红孩 著

红孩谈散文

散文是说我的世界

中国散文学会向全国散文爱好者特别推荐

中国言实出版社

图书在版编目（CIP）数据

红孩谈散文：散文是说我的世界 / 红孩著 . -- 北京：中国言实出版社，2018.8

ISBN 978-7-5171-2921-9

Ⅰ.①红… Ⅱ.①红… Ⅲ.①当代文学—散文评论—中国 Ⅳ.① I207.67

中国版本图书馆 CIP 数据核字 (2018) 第 207401 号

责任编辑：葛瑞娟
责任校对：王战星
责任印制：佟贵兆
封面设计：戴　敏

出版发行　中国言实出版社
　　　地　　址：北京市朝阳区北苑路 180 号加利大厦 5 号楼 105 室
　　　邮　　编：100101
　　　编辑部：北京市海淀区北太平庄路甲 1 号
　　　邮　　编：100088
　　　电　　话：64924853（总编室）　64924716（发行部）
　　　网　　址：www.zgyscbs.cn
　　　E-mail：zgyscbs@263.net
经　　销　新华书店
印　　刷　三河市金元印装有限公司
版　　次　2018 年 9 月第 1 版　　2018 年 9 月第 1 次印刷
规　　格　710 毫米 ×1000 毫米　1/16　22 印张
字　　数　300 千字
定　　价　78.00 元　　ISBN 978-7-5171-2921-9

红孩怎样谈散文（序言）

肖云儒

作为朋友，红孩与我不生也不熟，不新也不老。有次他来西安参加学术活动，茶歇时半认真半随意地对我说，他提出散文写作的"确定非确定"说，与我早年提出的"形散神不散"论，倒很可以作为散文写作理念的一个对子呢。我笑道，五十多年了，"形散神不散"不提也罢，你的"确定非确定"倒是十分愿闻其详。

红孩说，确定，一是指文体的确定，二是指题材的确定；非确定，则指写作技术的变化和思想的多变。换个说法，写作是具有有限和无限的可能的。一部（篇）作品，若写得信马由缰，由非确定性的开始到非确定性的结束，那真是很难得；一位作家，若能由确定性的追求开始，最后进入非确定性的从心所欲的化境，那也不是一件容易的事。

他评王蒙时说，一个人，走过的人生经历是确定的，而你对走过的人生的思考、体验和表达则具有非确定性。他引铁凝的话：散文之河里没规矩。散文具有不可制作性，完全可以自由，不受任何约束，河水在确定的河岸中不确定地流淌。

他说，类型化（即确定性）写作是创作中不可回避的现象。任何作家都有类型化问题，鲁迅有，老舍也有。曾经风行一时的伤痕文学、知青文学、寻根文学，难道不是很好的类型化写作吗？类型化可以使作品走向成熟，也可以使作家拥有固定的读者群。所谓风格，就是作家在长期创作中形成的一种模式。一个作家写一辈子，没有风格是可悲的，有风格后没有了变化，同样是可悲的。有追求的作家，形成风格之后，尽快从"过去的我"走向"今天的我""今后的我"，就显得十分必要了。

哦，原来这样。如果说"形散神不散"主要还是从中国美学的形神关系来谈，"确定非确定"则带有相当的哲学色彩，它是从静与动、不易与变易、澄彻与模糊这些范畴的交相融通之处来提出问题的。

《红孩谈散文：散文是说我的世界》是一本生气勃勃的书，红孩是个精力充沛的人。集子里的文章，通过紧密追踪二十多年来散文创作的足迹，宏观评述散文创作的态势和脉象，捕捉最新的创作现象（包括网络散文），质疑冒头的创作乱象，推介老中青几代散文家的作品。这是那种非常有温度的、时刻在场的散文评论。这些文字将会以它的思辨光彩和文献价值为当代散文史提供资料。红孩的评论显示出自己独特的色彩。这些特色来自他对生活和艺术、作家和作品的理解、感受，更来自他的气质和生命深处。

他敢于提出新观点却不追求惊世骇俗、哗众取宠的秀态，许多新见皆是从知人论世、知书论艺中自然引出，从自己的和作者的创作实践体悟在两相酬对中自然引出。他提出散文写作的"确定和不确定"说；提出散文和诗是"说我"的世界，小说是"我说"的世界；提出散文的非对称原则、散文要陌生化、散文是结尾的艺术；提出散文要从文字出发，文学、文化大体是一回事，又不是一回事；提出要让熟悉的生活充满诗意，不能做这一类，要做这一个；提出让评论家捉摸不定的散文家是好散文家，三五句能说清的反倒不是大家；提出没有故乡的人写不出好作品，每个作家都需要属于自己的气场、生活场和心理场，只有在这样一个环境中，灵魂才能安静下来，才能找到写作的最佳状态；提出名家一定要有名篇，名家总是和他写的经典作品相联系，因而要重视单篇散文的推介奖励；等等。我说红孩新见迭出，恐怕没有人不同意。

他善于在评论中发挥逆向思维，敢批评、敢碰硬、敢亮剑，给散文批评注入了一股新风。敢指名道姓批评是因了评论家的责任和勇气，更是因了为人为文的坦诚和率真，加之时时糅进一点幽默，读来毫无凌厉之感，倒显出了热络和亲切。我为此喜欢上了红孩，这是个可以深交的人。他推敲文化散文、大散文、行走散文、新散文这些关联着名家且已被散文界认可的提法。他痛陈散文"八怪"的乱象。他质疑散文创作文史资料化、哲思化、随笔化、小品文化、游记化是否有利于发展。他正面回答为什么不将陶铸的名篇《松树的风格》收入自己主编的散文选本。他认为刘锡庆评价史铁生、素素评价余秋雨有失当之处，便催马向前，专文商榷，一一指出自己认为的过誉之词，说出一番一番道理来。

尤为难能可贵的是，早些年，时任中国散文学会常务副秘书长的他，不同意有人在会上当着时任会长林非先生的面，将林的散文《离别》和朱自清先生的《背影》相媲美，认为《离别》是当代散文的高峰。他竟直接地以《〈离别〉能称为当代散文的〈背影〉吗？》为题，公开谈出自己的看法，得出的结论是，这两篇都是好文章，同一题材的作品，在比较中得与失容易显而易见。这种得与失，不同的人有不同的认识标准。他的看法是《背影》就是《背影》，《离别》就是《离别》，《离别》绝不是当代散文中的《背影》。如果非论个短长，从个人的喜爱程度看，他还是推举《背影》。这是何等的人格力量和学术勇气。散文界、文艺界太需要这样有锋芒、有尊严、讲道理的批评风气了。

红孩的散文理论和评论常常以人在事中的真切感受为出发点，对年度的或某个时期或某种类型的散文创作扒梳整理。在梳理中归纳，归纳中分析，分析中深化，时时有独立见解，常常能总揽全局。"创新，创新，创新"，是他二十年来有增无减的呐喊。他的评论思维和评论文字"从不装腔作势，叫卖新词，更不成天背着主义作弄人，能让最普通的散文爱好者看明白"。红孩一把甩掉了或者说从来就没有穿上过学者、精英和绅士的大氅，他从讲坛上走下来，身着休闲装，在散文的草坪上轻松地溜达着，亦庄亦谐地说自己想说的，那是挚友相见，推心置腹，时不时有激情流淌，时不时有智慧闪光。隔三岔五，还撒上一星半点幽默的胡椒面，让你大快朵颐。

红孩从事散文理论研究，本身又是一位知名散文家。大家都感到当代散文理论滞后，内里原因多多，有一点恐怕是许多研究者没有散文写作的亲身实践，理论不免空对空。红孩不同，他大批量地写散文，大批量地编辑、评论、研究散文，大批量主编出版大型散文书系。每项工作都干得风生水起、津津有味，都有"舍我其谁"的岗位意识和责任担当。他将职业、事业、文化责任和生命追求熔冶一炉，几十年来就这样苦并乐呵着。摆在面前的这本书分明是散文研究评论集，但透过作者所评论的散文现象和散文作品，分明能看到一个辛劳的身影，为写作，为编辑，为评奖，为讲课，为研讨采风活动，为全国各级散文学会事无巨细的工作，马不停蹄地忙碌。散文是"说我"，说自己的，评论则是"说他"，说人家的。但红孩在说别人的创作时，如此恣意而尽兴，不经意中便处处说出了自己，说出了一个生命力和创造力都蓬勃得让人羡慕的红孩。这个"红孩"果然功夫了得、智慧过人，敢说敢想、能写能干，活灵活现地让我们领略了一回《西游记》中那个从天上折腾到地下的"红孩儿"的风采。

也许正是这种潜沉于散文事业和散文创作深处的多方面的实践，使得红孩的评论文字有温度，有个性，有生命感。若要说这本书的不足，我以为一是对一些新的、好的见解还可以阐发得更充分更深湛，让评论之力、思辨之美得到更多展示和发扬；二是由于有些文章是在不同场合同一主旨的演讲，难免内容交叉重复，作者不妨再刮一些油水，做一点瘦身运动。

为了体验红孩的评论，便引一段他的文字与各位共享并作结：

"我不是纯粹的学院式理论家，我是读者，是作者，是研究者，是记者，是王蒙文学的追随者，是这个会议的关注者，也是一个极想发言表明我观点的人。我不说，我不抢着说，我怕别人先说，别人先说我就不好再说，我就得转化思路，我就得顿悟，我就得冥思苦想，我就得见招拆招，我就得一鸣惊人，我就得与众不同，我就得发飙，说一些歪理邪说，说一些你不敢说的话，说一些你想不到的话，让王蒙先生知道我，让与会者知道我，让这个会结束后大家还议论我。哈哈，请允许我模仿王蒙先生的叙述方式表达方式思想方式。"

二〇一七年八月四日，西安不散居，时气温四十度，创历史新高

目　录

上部　散文内部研究

❦　本体论　❦

❦　情感论　❦

❦ 技巧论 ❦

❧ 通变论 ❧

❧ 风格论 ❧

下部　散文外部研究

❧　散文与生活　❧

❀ **散文现象论** ❀

❦　散文与历史文化　❦

❦　散文机构、评奖机制与活动　❦

❧ 散文与大众 ❧

上部

散文内部研究

本体论

王蒙文学的确定性与非确定性
——关于散文体小说《闷与狂》及其他

最近的文坛很是热闹，鲁奖就不说了。我要说的是有三个作家，成为当下不可回避的话题。第一个，当属王蒙先生，他因为新近出版了所谓的长篇小说《闷与狂》，广被关注，也备受争议。第二个是张贤亮先生，这位新时期文学的开拓者之一，后来西部文化产业的领军人物，因为他的离世落幕而被人们热议。第三个是萧红先生，也可以称为萧红女士，因为电影《黄金时代》的国庆热映，而继去年电影《萧红》后再度掀起一股萧红热。

我们这次研讨会的主题是"王蒙最新双长篇小说学术研讨会"，乍一听，觉得有点怪，长期以来，我们总习惯一事一议。但后来一想，这事若发生在别人身上或许有点怪，但发生在王蒙先生身上，就很正常。熟悉王蒙文学的读者，我这里是指读过他作品的人，是过去进行时的那群人。而相对于过去进行时的人群，所对应的应该是将来进行时的人群。我们今天参加研讨会的，基本上属于现在进行时。那么，有人会问，你当属于哪一种人群，我想说，我既属于过去，也属于现在，更属于将来。

我不是纯粹的学院式理论家，我是读者，是作者，是研究者，是记者，是王蒙文学的追随者，是这个会议的关注者，也是一个极想发言表明我观点的人。我不说，我不抢着说，我怕别人先说，别人先说我就不好再说，我就得转化思路，我就得顿悟，我就得冥思苦想，我就得见招拆招，我就得一鸣惊人，我就得与众不同，我就得发飙，说一些歪理邪说，说一些你不敢说的话，说一些你想不到的话，让王蒙先生知道我，让与会者知道我，让这个会结束后大家还议论我。哈哈，请允许我模仿王蒙先生的叙述方式表达方式思想方式。

请注意，我在这里谈的不是王蒙先生的具体哪部小说，哪篇散文，哪首诗，哪篇讲话，我说的是王蒙文学，包括所有的文字，和与文学有关的非文字的东西。譬如他的社会活动，譬如他的演讲，譬如他在人们心中的印象。在中国，我不知道哪个作家可以在他的名字后面用文学去冠名去定义，我们过去可以用鲁迅小说、老舍小说、朱自清散文、杨朔散文去冠名去定义去解读，但很少有人用鲁迅文学、老舍文学去冠名定义的。今天，我提出了王蒙文学这个说法，不是心血来潮，不是吸引眼球，不是溜须拍马，不是想让王蒙先生点一个赞，而是实在是被王蒙先生三十年来在文学形式上的不断突破创新所吸引。

毫无疑问，王蒙先生是新时期文学新世纪文学以来在中国当代作家中最领潮头之先风气之先最不拘形式也是最讲形式的人，从他早期的意识流到他后来的散文、随笔、回忆录、长篇小说、中篇小说、短篇小说、小品文、讲演稿以及思想性散文《大块文章》《九命七羊》《老子的帮助》《庄子的享受》《我的人生哲学》《红楼启示录》《读书解人》以及去年以来的长篇小说《这边风景》和今年的《闷与狂》，等等。对此，有人惊呼王蒙写疯了，什么都写，什么都尝试，什么话都说，什么都让你来不及准备，什么都让你措手不及，什么都让你速度惊人，什么都让你瞠目结舌。

关于《闷与狂》，有人说它是小说，有人说它是散文，有人说它是回忆录，我觉得这都不重要，重要的是王蒙先生以他特有的语言、结构、情绪表达了他想要表达的东西。如果非要说它是小说，也可以。记得丁玲在谈到萧红的小说时，曾说萧红写得不像小说。萧红则说，不同的人写不同的小说，我的小说就这样写。我想也是，谁规定小说怎么写了，谁给小说下定义了。谁规定小说就是罗贯中，就是曹雪芹，就是鲁迅，就是老舍，就是托尔斯泰，就是马尔克斯，就是莫泊桑了。我看到《上海文学》选了书中的某章节，但并没标出这是什么文体，它只告诉读者这是王蒙先生的一个专栏的一篇文章。这样的文章它属于文学，它不属于小说、散文、随笔、笔记、日记，它只属于王蒙式的表达。

关于《闷与狂》的书写，王蒙先生是有他的想法的，这种想法是一种试验，这就如同他当年玩意识流，你习惯不习惯、接受不接受是你的事，反正我要这样写，怎么开心就怎么写，怎么逗你玩儿就怎么写。王蒙先生在书中其实也不止一次在向读者表白，他说"这本书你在阅读，这本书现在完全听你的支配，你想翻到第几页就是第几页，你想卷到什么程度就卷到什么程度"。他还说，"快乐是一种变化。缺少变化是烦闷的由来。而烦闷是快乐的死敌。你烦闷了，你感到了一种重复，重复使人疑惑，你需要醍醐灌顶，你需要振聋发聩，你需要当头棒喝，你需要五雷轰顶，你需要革面洗心，你需要做得成强悍，强悍得成钢铁，你要敢下手，出手辣，练就铁砂掌。你不能对别人出手，你还不敢对自己出手吗？你要敢尝试敢变化敢刀山火海敢就地十八滚降龙十八掌练就十八般武艺扫堂腿横扫千军，远走高飞千里万里与往事干杯"。

这就是王蒙，不断寻求变化的王蒙，不断寻求新鲜的王蒙，不断寻求刺激的王蒙，不断特立独行的王蒙，不断让人眼花缭乱的王蒙。人生就是一条直线，你可以选择一个又一个线段，这个线段就是你的直接经历，它是可以确定的。而人的思想是穿越线段后向两端继续发展延伸的射线，它具有非确定性。艺术也是如此，王蒙文学的特点其确定性在于他始终不断地寻求变化，其非确定性在于是怎么变化。我们过去总爱说，某某作家形成什么风格，什么流派，王蒙先生却不信这个圈套，这个惯式，这个约定俗成，这个千篇一律，这个被人膜拜，这个被人定义，他总是在变着法儿地玩魔术，玩魔方，玩花样，玩捉黑枪，玩打升级，玩敲三家，玩砸金花儿，玩斗地主，玩灌蛋，玩押大小，玩清一色，玩一条龙。对于他这种昏天黑地、五光十色、神出鬼没式的写作，从一开始它就被关注，被争议，被口吐莲花，被说三道四。这使我想到王蒙先生的文章《"饥饿效应"与"陌生化代价"》，虽然这是一篇谈论人际关系的，但也同样适用于艺术："第一，开始吃的时候，你正处于饥饿状态，而饿了吃糠甜如蜜，饱了吃蜜也不甜。第二，你初到一个餐馆，开始举箸时有新鲜感，新盖的茅房三天香，这也可以叫作'陌生化效应'吧。"然而，再陌生的东西你一旦有了一回生，就会有二回熟，熟了就会不讲道理，"了解了这一点，也许我们再碰到对于新相识某某某先是印象奇佳，后来不过如此，再往后原来如此，我们对这样一个过程也许应该增加一些承受力"。

我注意到，近来关于《闷与狂》的多数文章，人们讨论的内容多不在艺术形式上，更多的是作品的社会性，对历史、事物的判断，以至是用词是否准确上，还包括编辑的勘误校对上。诚然，这些问题都是对一部作品不可或缺的研究角度、判断尺度。就当下千篇一律、千人一面式的写作，我以为对形式的创新是更为迫切的。不妨我们看看当下的小说，一样的题材，一样的腔调，一样的描写，没有一点的新鲜感。这其中包括我们某些获奖的小说，名家大腕的代表作、成名作。许多有识之士纷纷站出来提出批评，但终究人微言轻，寡不敌众，败下阵来，还是王蒙先生能够自解："与其对旁人要求太高，寄予太大的希望，不如这样要求自己与希望自己。与其动辄对旁人失望不如自责。都是凡人，不必抬得过高，也不必发现什么问题就伤心过度。"

或许王蒙先生人到八十真的成了精了。什么叫成精，成精就是想怎么说就怎么说，想怎么吃就怎么吃，想怎么睡就怎么睡，他可以这样说，你不可以这样说，他可以这样做，你不可以这样做。就如同这本《闷与狂》，王蒙可以这样写，可以写世界领袖中国领袖，也可以写歌厅小姐、路边小贩，也可以把自己当成靶子自我射击自我解剖自我嘲讽自我现实自我浪漫自我虚无。很难想象，中国作家还有谁有这种资历这种智慧这种毫无遮拦这种津津有味这种语法这种深刻这种冷酷诗意这种浪漫的写作。

是的，王蒙的青春、王蒙的热烈、王蒙的冷峻、王蒙的幽默、王蒙的达观都体现在他的文字中他的脸上。可是，你未必真的懂得，真正的作家、艺术家、政治家，其内心都是孤独的，都是不可言说的，这就如同三顾茅庐、西安事变，当时的当事者他们都说了些什么，至今无人知晓一样。王蒙先生的"闷"与"狂"这本身就是一种对立统一，因为闷所以要狂，反之，因为狂所以要闷。你不要以为他在书中最后一节他毫无回避地说出"明年我将老去"，这是事实也是非事实，这是一种确定也是一种非确定，这是一种冷酷也是一种非冷酷。王蒙先生说，冷酷是一种伟大的美，冷酷提炼了伟大的纯粹，美的墓碑是美的极致。如果用孤独可以代替冷酷，那么我要说，孤独同样是一种伟大的美，孤独同样提炼了伟大的纯粹，孤独的墓碑是孤独的极致。换句话说，孤独也是一种燃烧，是人生的巨大燃烧。这种燃烧是疯狂的，是苦闷后的疯狂。这种燃烧——"它可能发出美轮美奂的光彩，可能发出巨大的热能，温暖无数人的心，它也可能光热有限，却也有一分热发一分光发一分电，哪怕只是点亮一两个灯泡，也还照亮了自己的与邻居的房屋，燃烧充分，不留遗憾。"假如这段话可以作为王蒙先生文学确定性的一种认可，我愿把它作为这篇文章的结尾。

二〇一四年十月十八日

向肖云儒老师致敬

——从"形散神不散"说开去

　　站在这地方谈散文，其实诚惶诚恐，我最惧怕的就是肖云儒老师。说实话，我这人比较狂妄，就全国而言，对搞散文理论的我没有几个看上眼的，但是在肖老师面前，我没办法，我得低头。因为搞散文理论肖老师在当代属于祖师爷级别的人物，他老人家一九六二年提出"散文形散神不散"的时候才二十二岁，那时候我还没出生呢。我二十岁的时候，在北京郊区的一个乡政府做团委书记，每天跟着乡干部一起讨论计划生育的问题，要么到农村的麦田里去蹲守，去抓罪犯，还没有心思，或者说没资格去研究散文。几十年以后，当我成为一个报社的文学编辑，我有幸作为肖云儒老师的责任编辑，编了很多他的散文，而且跟他面对面多次相见。前一段我把一本谈散文的稿子给了肖老师，肖老师在酷热的夏天不辞辛苦为我写了序，对我给予了很大的鼓励。要知道，一般提出重要理论的人，他不轻易接受他的晚辈的理论，就是说我提出了一个几十年的理论，在散文界、在文学界大家已经公认了，那么你一个小伙子，冒冒失失地也提出一个理论，而且你还想在这个行当里有一个霸主地位。但是，我说的是但是，肖老师在他的序言里居然承认了我，他说我谈到的散文的"确定非确定"与他的"形散神不散"有异曲同工之妙。这就是说我的那个理论在他的理论上有了新的发展，我听了以后感到很振奋，搞得好像是散文的新时代到了。

其实任何一个学科，文学也好，艺术也罢，都是踩在巨人的肩膀上，刚才肖老师讲的三点，有一部分我们很有共鸣，我记的笔记比我准备的提纲都多。因为我每次来西安，我都非常愿意参加有关散文的会议，总觉得哪怕我来两个小时、半个小时，只要有一句话对我有用，可能我回去就能写一篇好文章。刚才肖老师谈到了散文的密码，我回去不出一个星期，就写了一篇文章，为什么呢？因为您提出来了，您写不写是您的事，您最好不写，我来写。我知道这散文的密码是怎么回事，我有我的钥匙，我要打开散文的密码来谈一谈。我也想说，有人说我提出了散文的标准概念，刚才肖老师说散文没有标准的概念，因为历史上谁也没有给散文一个完整的定义，但是词典给散文是有定义的，它说这是跟小说、戏剧、诗歌并列的一个文体，至于散文怎么去确定，并没有给一个说法，那么我想说，没确定就是最好的概念，当确定了这个概念的时候这个文体就出现问题了。如果我们写的散文都是《古文观止》那样的东西，或者说我们写的散文都是鲁迅，都是朱自清，都学余秋雨，那我们就会出洋相。以文化散文为例，一个余秋雨在前面走，后面有一万个人跟着在走，学得四不像，为什么？没有余秋雨的学问。余秋雨可以放开谈谈对世界的认识，人家是大学老师，是学者，人家有这个资历。就整体的成就而言，二十世纪九十年代余秋雨搞了文化散文，在散文这个领域，他开拓了他的一个旗帜性的东西，这是余秋雨非常了不起的地方。在他之前，比如杨朔，比如秦牧，比如白羽，他们三个人在散文的文体上确实做出来很大的贡献，我们没法否定。现在有很多年轻的作家把杨朔秦牧贬得一钱不值，我要问，你拿出一个像样的作品没有？没有，那你叫什么散文革命，你革哪家的命，这就是出洋相。现在很多年轻人一味想着革命，我觉得这个没有道理，你一定是在前人的基础上、肩膀上做一些探索，如果被社会所接受，那么你革命成功，如果不接受，那你就要重新再来。

现在我们很多作家，自己没有写出像样的作品，到处说他开始革命，这个我觉得就是一个狂妄的表现。其实不论你现在提出怎样的文学观念，虚构非虚构，大散文小散文或文化散文，它本身就是一个伪命题。大散文，什么叫大散文？是文字的长，还是思想力量的大与小，还是其他的问题，比方说文化散文，反过来一推，谁的散文是没有文化的，一推就倒了。所有的文字都是文化。难道只有余秋雨写的才是文化散文吗？那么我写的散文就不是文化散文了吗？这显然是不对的。那么又有人要说我们现在想做原生态的东西，更好一点，我不大赞同。比方说有人写乡村，写老井，辘轳，老屋。您对原始的再描写，我看了以后还是陈旧感，我前些日在文化部党校学习班一次研讨会上就提出，当时有人就说原生态的东西如何好，几个歌唱家也跟着呼应，我说你们提出的原生态我不太赞同，有些地方的原生态一点都不好听，为什么不好听，他们没有经过我们专业的作曲家、艺术家的再提升。王洛宾的歌曲好听，因为在原来采风的基础上他经过艺术加工处理了，把原来的作品又重新打造了，变成非常好的作品。我们要接受这个，大的艺术家、词曲作家，他们肯定是在原来的作品上有提升的，而且我们要相信作家作曲家一定会比人民高一点，说白了你写散文写小说，你对生活的认识水平，你跟普通人是一样的，你怎么能写出好作品。我非常赞同肖老师说的，我们对于这个新的时代，要关注它，并不是记录它，你必须要很好地去思考，甚至提出自己对当下生活的判断，这个判断一定要高于生活，一二三年，甚至能够预测十年、二十年。你有这样的水平你的作品才可以。现在，网络，你有，人家也有，甚至你不知道的，人家比你看得还快，那你写出那样的作品，谁喜欢看？这就是现在为什么有的报刊发行得很少很少，因为你写的作品出了问题，你写的小说都是很少的那部分人看，是圈子里的人互相看。并不是像二十世纪八十年代周明老师他们做《人民文学》主编的时候，杂志发行量一百多万份，每一期读者都是在等着这个杂志出来。《十月》《收获》都是几十万几十万本地卖。为什么？其发表的小说思想与其时代是共鸣的，把人们想说的，说不出来的，写出来了，然后，一篇小说出来以后全国沸腾，互相传播着看。

目前，咱们这些杂志，发行少得可怜。我家里的每期给我赠送的几十本刊物报纸，我现在已经很少打开看，已经不想看了，为什么？那个杂志的水平比我要看的水平要低下几个点，我怎么看？与其看看杂七杂八的东西，不如回到经典，看看我们历史上的经典，看看国外的经典，甚至我多次提出，我们的作家应该向美术、音乐、戏剧、宗教学习。现在很多创作者黑天白天看的书，还是就文学谈文学，搞散文就把散文杂志订上七八本，整天看这个，以为就会写散文了，不是这样的，这七八本刊物登的散文不一定是我们心目中的好散文，大部分水平很低的，我这么说很多人觉得我很狂妄，是的我是很狂妄，因为我有标准，我有我的散文理论在这支撑着。如果我没有我的散文理论支撑，我不敢说这话。比方说，我认为我心中好的散文，它第一提供多少情感含量，第二提供多少文化思考含量，第三提供多少信息含量，第四在技术上是不是有大的突破，最后一说，语言是不是有独特性。如果说你这个作家在这五条里面占一条、两条已经很了不起，如果你能占五条，我认为那你就是当代的鲁迅，你现在就是苏东坡的水平，我相信我们到不了这个层面。没有办法，因为现在我们太躁动了，我们读一篇作品时，不要说看整篇散文，看一个段落一个词语一个句子，能够震动你的，让你觉得人家怎么能写出这样的句子，都太了不起了，可惜这样的句子已经很难找了，都是公共的语言公共的思维，发表的量很大，全国每天都在发表，每天都在出版，一搞评奖，呼啦啦几百本散文集，一搞单篇散文评奖，好几千上万篇都来了。最后你发现，有五千篇，可能有四千五百篇甚至四千八百篇几乎写的是一篇。比如我们搞"母爱"散文大赛，全国的母爱散文几乎是一致的，都是勤劳勇敢孤苦一生，对儿女如何，要不就是从生到死，整个一个过程，没有自己的独特性，没有独特的写法。每次评奖我跟周老师等评委在评的时候其实是很痛苦的，有些作品一看标题一看第一自然段，就知道这个作品怎么回事。择择择，选选选，先拿出十篇，实在不行，没有办法，就直接约稿，张三，你给我写一篇母爱散文，你给我好好写，写一个能够让我眼前一亮的散文。我要的是这个东西，如果这个都不行，那我觉得就是一个麻烦。有人说你们做编辑的发人情稿，是的，我是发人情稿，因为这个人情决定我的水平，我知道这个作家，我约他，是因为他靠谱。很多自发来稿不靠谱，没法去看，作为一个编辑，我有我的取舍标准。

比方说关于乡愁，我跟肖老师的概念有很多相似的地方。我一直说乡愁不等于乡村。有的人一说乡愁就是家乡的小桥流水，磨盘，碾子，驴，以为这就是乡愁。乡村是我们中国人的集体记忆，大部分人前两代人几乎都是农民的儿子，你几乎就是土地上长大的孩子，是跑不了的，那么给你的记忆就是这样子的。我认为乡愁跟乡土接近，它是精神层面的，并不是完全的地域性、时间性的。什么叫乡愁，我是西安人，我写西安的东西叫不叫乡愁？像秦锦屏从陕西到深圳，离开家乡一二十年这样一个乡愁，像林海音写《城南旧事》，席慕蓉写《父亲的草原母亲的河》，它是一种地域的概念，还有的是时间的概念。如果有人规定，离开了十年以上写叫乡愁，不够十年还不算，你肯定不同意。如果从地域上来说相隔多少里，十里以外不行，太近。相隔二百里可以。可不可以呢？也不一定，我觉得把它作为精神的层面就好理解。其实老舍写的北京是不是乡愁，我认为是。萧红写的《生死场》是不是乡愁，我认为是，鲁迅写他的家乡，包括鲁迅喜爱的北京我认为也是一种乡愁。它是一种精神上的东西，这种东西我们能确定它，也不好确定它。就是在这种确定与不确定之间便产生了这个东西，其实文学的东西恰恰是在这种不可确定的时候，它就有味道了。如果我们看到一篇东西，从头到尾都是一种确切的写法，我看得很清楚，你告诉我写的什么，经过了什么，发生了什么，结论是什么，对不起，你的文章为我认为失败了，因为文学是不承担确定性的东西，它承担的是非确定性的东西，就是给读者想象的空间越大，你的作品越成功。相反，你的作品给读者没有空间，我觉得你完蛋了，可以不写了。现在写人物也是这样，包括写风景也是这样，到哪去旅游，从头到尾写完了，我需要你去记录吗？不需要。我需要你的感受。你到了这个景区，到了这个景点，我需要你去感受。肖老师连续几次沿丝绸之路到很多国家，写自己的见闻、感受，写他的思考。并不是像一个旅行者在记录，早上起来到哪见了谁，吃的什么饭。不是这样的，他有文化分析，有文化思考。

所以我对乡愁有我的判断。我想说三个字，第一个字是情，散文一定要抒情。如果非情感的东西，过于理性的东西我认为它不是散文，起码不是好散文。第二要有思，要有他的思考。有自己的独立的判断，有这种哲学性的东西。第三要有一个理，文章不管你怎么写你都要有一个理，要有逻辑性，看完后内在要有联系。这也是肖老师说的神不散。通过理性的东西从头到尾能够串下来，我们现在写着写着就写飞了，我认为好文章不怕写飞了，高手在写的过程中逐渐会拉回来，到最后会猛然全拉回来。这恰恰是高手。能放能收，这就是散文家要干的事，其实我看人家好多的画家，好多的书法家，人家有这个本事，墨滴在纸上没关系，拿起来借着墨顺势画，又画成别的了，他在这个过程当中不断变化。其实，开始的时候心里可能有一幅画的样子，但是画着画着根据墨的特点根据自己心境根据他整个情绪的变化，他改变了，不怕改变呀！黄河它流下来不可能从西到东直线就去了，它也是依山傍水不断地曲折前进，随后流入东海。我们的作品其实就应该要有曲折，周游才能不断进步，才能成为好散文好的文学作品。

所以我们把这次分享会取名"记住乡愁"，叫这么一个名字，是二十天前在北京搞了一场乡愁散文的首发式，当时是二十个作家的作品。今天我们四个人正好每个人都有一本书，他们三个人都是陕西人，我是陕西女婿，也算是半个陕西人。我就说干脆用"乡愁"把我们四个人拢在一起。我们所谓的师生基本是按年龄分的，肖老师说你们这是老中青三代，我说是这样的。其实文学也是一个传承关系，每一次来在老先生面前都能得到一种新的思考。我觉得"贾平凹邀您共读书"从发起到现在，两年多，真没想到搞到了六十一场，本来想着搞个十场八场就自动结束了。要知道，全国搞的各种文化大讲堂已经没剩几家了，原来一个星期一场，一个月一场，我原来也参加过好多大讲堂，最近一年多没什么人请我了，原因是什么？不是我没本事了，是人家的大讲堂结束了，不搞了。咱们是一枝独秀，"贾平凹邀您共读书"搞了，而且搞了六十一场了，所以说，确实不简单，此时此刻我们应该为自己鼓掌。

说了很多，其实还想说，因为时间关系就说这么多。希望大家多支持"贾平凹邀您共读书"，支持中国散文学会。我们也正在协商准备搞中国好散文的大型赛事，真正地评出好散文来，既有社会大众参与，也有专家参与，真正地把文学搞得火热起来。最后，我想对肖云儒老师说，您那个"散文形散神不散"理论永远不过时，再过两百年，也不过时，真的向您致敬！

（本文系作者在二〇一七年十月二十八日西安"贾平凹邀您共读书"公益活动第六十一场——周明、红孩、王洁、秦锦屏师生散文作品分享会上的演讲。）

在第六届在场主义散文学术交流会上的发言

　　我今天想谈的是关于散文的哲学问题。我觉得，文学的最高境界还是哲学。

　　散文充满了确定性和非确定性。我们写了几十年的散文，当别人问我们什么是散文的时候，我相信在座的各位都回答不了，因为没有一个人的定义，没有一个人的概念，能让全国的作者和读者接受。就是说，散文从一开始就充满了非确定性，可是我们现在总在寻找它的确定性。理论家和作家最大的区别是什么？作家总是希望自己的作品从一到十到一百到无限，是外延的扩大；而理论家则是从一百到十到一，不管你（如贾平凹）写什么样的作品，我总要一二三把你确定了，而贾老师呢，他就想办法像鱼一样，不能让你确定我。如果贾平凹被确定了，虽然这个作家的风格形成了，但也是他结束的开始。如果贾平凹在不断地变化，那么，这个作家是伟大的。

　　散文有很多类型，你认为你不接受杨朔的模式，又来了一个在场主义，那也是一种类型。我认为，不管是抒情、叙事还是议论都没有关系。这里有个"我"和"我们"的关系问题。作家从我出发，终结点是让更多的读者来接受，与你产生共鸣，这就是文学的美学意义。我们在写作当中，在很多的情况下只强调了"我"，而忽视了"我们"，这是不可以的。人生跟文学也是相似的，它是一条直线而不是一个线段，我们现在所写的东西，是通过线段去折射其两端无限延长的射线，它解决的不是确定性。如果说，我们写的散文像论文一样，那么我们写历史或其他事情，查阅之后再一二三四，最后形成一个结论——如果这个散文写成一个结论性的东西，这个散文是失败的散文。

散文不解释这个世界是什么，应该是让你回味什么，让你思索什么，给你更多的无限大、无限多的空间。这就是散文要做的事情，也是文学要做的事情。现在我们有大量的散文家把自己当成了论文家、思想家，每天把世界变成他笔下的一二三四，这怎么行呢？因为你不是教书匠，你不是教师爷，你不是通过告诉学生这个世界一二三四，就认识这个世界了。我对这种样式的写作不大接受，也不大喜欢，我更喜欢给我留下很多空白的作品。

我认识西安的一个画家，她写了很多作品，有一天我跟她谈到小说和散文的时候，谈了我的一些看法，她反问我一句（这句话对我的冲击力很大）："我不知道什么是小说，什么是散文，我也不知道小说和散文怎么写，我只是把我想表达的写出来、画出来就可以了。具体你们做编辑的人是把它们归类为小说还是散文，那是你们的事情。"她还说："我在上学的时候，包括我自己的思考，没人告诉我什么是散文，没人告诉我小说怎么写。如果我看《十月》《当代》的小说，看杂志上的散文，那我就模仿你，学你的样子，那不就是一个结果吗？没有意义的事情。"我觉得，她说得非常好。在这个意义上，我认为散文在当下应该不是一个转型的问题，无论哪一个样式都是在丰富我们的散文，丰满我们的文学。如果这些散文、这些样式更多地使我们去接近我们心中的散文，正如你画一幅画，你说这就是美人，别人也可以说美得还不够。每个人心中都有一个美人，你心里最好的散文你心里一定知道。

我们不能相信谁的散文是第一，谁的散文是第二，文学艺术没有第一、第二，都是对世界的认识，对世界的解释。当下的在场主义也好，所谓的新散文也好，都提出了一些观点，作为一种存在，作为一种对别人的启发是非常好的事情。但如果大家说，我们今天不写杨朔模式了，我们都搞在场主义，那同样是一种倒退，是从一个极端走向另一个极端。所以，散文要有更多的宽容，接受不同的样式。现在有写抒情散文的高手吗？如果有，你让他写一千字、两千字对草原的描写，如果有，我愿意给他跪下磕头，我不相信有这样的作家，更多的是一种自我的滔滔不绝、唠唠叨叨的叙述。对于这样的作品，我们应该感到失望。对当下的写作、评奖和出书，我总在寻找一种多样化，只要你写的东西大家都公认很美，跟读者有了情感的共鸣，思想的共鸣，就是好作品。反之，如果我们都往一个方向去，这不是文学所需要的。

二〇一五年八月二十日

散文中的几个哲学关系问题

自二十世纪九十年代以来，散文创作继五四运动之后的二十年、中华人民共和国成立后的十七年之后，呈现出第三次繁荣时期，其主要特征是写作的人群多，发表、出版的阵地多，各种评奖、笔会多，形成风格、影响的流派多。对于这种态势，我在十年前曾以《散文进入商业化写作时代》进行过详细阐述。然而，繁荣的背后，也存在着许多盲目与乱象。有道是存在就是合理的，话是这么说，我却不这么看。我以为，这些问题说白了还是个哲学关系问题。

一是大与小的问题。九十年代贾平凹先生提出大散文观，确实在散文界引起很大震动。有相当多的散文作者很自觉地在散文题材、写作技巧上做了不同程度的探索。应该说，这种探索对散文今日的繁荣与发展是有重要贡献的。但是，我们从大量的散文阅读中，也不难发现，有相当一批的作者他们对大散文的理解是机械的歪曲的，他们所认为的大散文就是宏大叙事，就是动辄洋洋万言。其实，小散文也不是因为文字的短小，题材的简单，就不足以彰显文学的大。历史已经证明，我们有相当多的千字文，因其思想的深刻，叙事的精巧，至今依然为读者青睐。反之，我们多年来看到的大散文，有几篇能留给读者铭记呢？

二是多与少的问题。我们说一种事物发展繁荣，首先突出一个多字。散文也是如此。二十余年来，散文的多主要体现在作者多，读者多，但这是不是意味着人多作品的质量就高呢？这就要具体分析了。就散文创作的总体而言，较之二十世纪二三十年代、五六十年代，应该说提高了很多。尽管如此，我们应该看到，今天的读者的欣赏水平也大大提高了。因此，当今的散文作家，不管你写了多少篇，出过几本书，获过多少奖，你在圈子里名气有多大，你要能在读者心中留下名篇的记忆恐怕还真很难。因此，我提倡散文评奖评单篇。我也提倡散文写精短篇。（有位西安的中学语文老师曾对我呼吁：请让作家们为孩子写千字文。）

三是虚与实的问题。散文能否虚构，这是个老生常谈的问题，也是散文写作者、研究者无法回避的问题。多少年来，散文一直以叙事、抒情为主。在上学时，老师总强调学生写真人真事，似乎不写真人真事，就不会有真情实感。包括教育学生要讲实话，讲真话。于是乎，多少年来我们的散文教育也一直提倡真实。其实，文学的真实跟生活的真实是截然不同的概念。既然文学属于艺术，就不能把生活的真实原封不动地放在作品里。我赞成影视编剧们关于历史题材创作的准则：大事不虚，小事不拘，即大致情节要有，细节可以充分艺术把握。

四是变与不变的问题。前几年，有一批年轻的作家发出了散文要革命（或称新散文）的呼声，为此还开过几次会议。等过了几年，人们发现，散文并没有被革了命，倒是提出革命的人内部发生了革命。譬如有人明确提出，他（她）写的不是新散文。这就涉及散文变与不变的问题。我以为，变是正常的，不变是不正常的。变不等于不尊重艺术的基本规律。任何人都在寻求变化，风格很难形成，形成了就很难改变。杨朔散文是一种风格一种模式，你可以不学，但不可以否定它的存在。

五是深与浅的问题。近些年，抒情散文已经很少看到，主要原因是：生态环境的破坏，人际关系的淡漠，市场经济的残酷，使作者很难产生对生活的激情。人们似乎更愿意看文史类的杂文与随笔，认为这些作品更厚重。至于叙事，人们对生活中的家长里短，亲情怀旧，乡俗风物，已然审美疲劳。于是，有相当多的作家，像考古队员那样走入历史，寻找答案。我的理解是不管哪一类的散文，首先要考虑艺术性，离开了艺术性，再厚重的东西也会被怀疑。

二〇一五年七月五日

美的本质在于审美
——罗光辉散文印象

当下的文学，已经越来越光怪陆离。尽管市场经济如火如荼，但心仪文学的人仍旧挤满前行的小路。每次到各地采风、座谈、办讲座，听到的问到的最多的就是文学到底是何物。对此，不同的人有不同的理解，理解不同，其答案也就不同。

我的回答是：文学是发现美和审美的过程。

是的，文学首先是能不断地发现美。美是无处不在的，它是具体的，物质的，也可以是抽象的，精神的，这些只有通过人的思想情感才能产生。在文学诸多样式中，散文来得最敏感。这就难怪有人喜欢将散文理解成美文。当然，美的东西也不都是喜剧，有的恰恰是悲剧。散文中的悲剧往往蕴涵着大美。譬如冰心的《小桔灯》、朱自清的《背影》。

我还想到刚刚读过的罗光辉的《看陈独秀墓》和《再看陈独秀墓》。陈氏作为中共最早的创始人和一大至五大的最高领导人，其身前身后一直是个有争议的人。关于他的生前，人们从中共党史和中国革命史基本上都有所了解，但对于他的死后，几乎很少有人问津。至于他的墓地在哪里，就更无人知晓。一个偶然的机会，作者到安徽安庆出差，无意中得知在不远的大龙山里矗立着陈独秀墓。说是矗立，也是勉强的，因为那墓实在不够规模，"一下车，我就看见一个不壮观，也不复杂，面积又不大的墓地静静地耽于林丛间。缓步走上陈独秀墓前约有百余米的甬道，甬道尽头的墓廓微微高出我的视线，墓上面长满了草，但看墓并不需要怎样去仰视"。对于陈独秀为什么不需要仰视，这肯定源于他所犯的错误，这是有定论的。我们中国的事就是这样，很多的人和事都亘古不变地沿袭着"一荣俱荣，一损俱损"。然而，人又是有思想的，对好多事终归有自己的判断。面对杂草丛生的陈独秀墓，作者不由感慨道："他的人生我觉得比这墓地复杂得多。"特别是接下来的描写："我绕墓地又转了两圈，好像总想看出哪怕随便一点什么来也好。这时，我发现墓地两侧还有八棵桂花树，树上桂花不见了，自然，香气也早已溢散。香气溢散，但桂树还在，季节还在，墓地还在。在墓的前面我还发现有一些烟花纸屑，还有用松杉扎成的似花圈又不是花圈的东西。我问朋友：'还有人来墓地扫墓？'他说：'有。他还有家人，还乡亲。'我再看了看墓，又望了望蓝天，我知道，这山的下面，睡着一个复杂的魂灵。"读至此，我相信任何一个读者都会与作者的感悟产生共鸣。五年后，当作者再次来到陈独秀墓，其看到的景象却发生了较大的变化："站在墓上，我思绪万千，变了，的确不一样了！浮现在青烟绿霭中的，是扩修了的墓园，与原来墓顶裸露，一片黄土朝天，杂草疯长，象征盖棺而未论定的墓地相比，壮观多了，牢固多了。墓是圆顶，起码有我两个身高，直径有六七米以上，通体用汉白玉砌成，四周是石阶、石栏，材料都是上等白石，占地达一千多平方米，石碑也显高大，从甬道上看墓，要微微仰视了，但在碑上刻着的仍是那'陈独秀之墓'五个大字，仍没有任何文字介绍。'这只是第一期工程，'陪同我的友人介绍说，'据说还有二期，三期，规划中，要修成一座很壮观的陵园。'"见此，作者不禁又发了一通感慨：墓地的变化，是人世荣枯的投影。事情往往就是这样，一个大起大落、毁誉交加的复杂人物，总要等时间老人剔伪存真，删繁就简。几十年，甚至几百年才能完成他最后的造型。以后的陵园会是什么样？除材料变化面积扩大以外，墓碑上会不会增加他祖父的预言"不成龙，便成蛇"——应该说，作者的第二次感慨是对第一次感慨的升华，思维独特，大胆而不失偏颇。

作为一名军旅作家，因为职业不同，我和罗光辉不是很熟悉。但通过以上两篇散文，我对他猛然间高看了很多。许多读者不会理解，军队不同于老百姓的地方，首先是要讲组织纪律性的，这是职业军人的共性。只有在此前提下，你才能讲你自己的个性。由此，也似乎在证明，我们部队的思想工作越来越朝着人性化不断进行改进。这既是军队的进步，也是我们这个时代的进步！

当然，罗光辉在散文中能有如此的真知灼见，除了来源于他多年从事政治工作积累的理论素养，还源自于他平日对生活的发现与感悟。我们的生活由每一天构成，每一天又由很多具体的琐碎的俗物组成。一个优秀的作家，一定要当生活的有心人，不断地从俗常的事物中发现亮色。这种亮色，就是形成文学的基本要素。我向来反对作家写自己不熟悉的生活，也反对作家装腔作势地去考古掉书袋做假学问。我曾说，散文和诗歌是说我的世界，小说是我说的世界。散文既然说我，那么要说什么呢？我以为，要说的是我的发现，我的感悟，这种感悟是一种美，艺术的美，是作家自己的审美。在这一点上，罗光辉显然有着自己独特的优势，我在其创作的《到心仪的地方去升华生活》《泉州的文友们》《那天，泰山顶上无雨》《随纳米儿看动物世界》等大量篇什中，都有精彩的发现。有些感悟如同警语，常能让人掩卷之后深深地思考。

去年，在第三届冰心散文奖颁奖结束后，有好多记者采访我，关于当前散文创作我回答了许多问题。当采访快结束时，一位中学女教师对我说：您刚才讲的都好，我都记录了。但我有一个建议，您能让我提吗？我说，只要对散文创作有益，您只管提。女教师说，当前报刊上的散文越写越长，一点都不节制。我们的学生不爱读，读不懂。您是中国散文学会领导，散文理论家，请您代表我们呼吁一下，为了孩子们，请作家们学会写短文章，写千字文！女教师的提议，如同醍醐灌顶，我听后内心感到很震动。在如今一味强调自我、追求个性的时代，我们的作家们谁考虑过给孩子们写作呢？

我所以写这些，主要想说：罗光辉的散文大都是千字文，很适合在校学生和生活忙碌的人们阅读。我相信，只要你认真读，在读后你一定会有惊喜，那是一种发现后的惊喜！

二○○九年六月二十六日

情感论

对抒情散文的呼唤

时下，散文很热闹。写散文的人多，读散文的人也多。当然，容纳散文的阵地也非常之大，除传统的报刊，最大的地方是网络。随便进入某个人的博客，你几乎都可以看到类似散文的文字。我想到过去的一句话，知识青年到农村去，接受贫下中农的再教育，在广阔的天地里大有作为。这句话如果用到散文创作上，是不是可以改为知识青年搞文学去，在散文的天地里将会大有作为。

对于散文创作，我觉得有好多话可说。譬如谈技巧，谈题材，谈出版，谈语言，谈其中的思想、哲理、情感、细节、故事等，似乎可以无所不谈。散文嘛，总应该可以谈得轻松些，不必那么拘谨，那么扭捏，那么一本正经，那么装腔作势。我这么说，或许有人站出来，说我拿散文太不当回事，太过于草率，太过于玩票。所以，在谈到散文时，往往我有时又觉得无话可说。我国是文化古国，也是文化大国，更是文学大国，随便拿出一部书来，就可以让友邦惊诧，比方说《诗经》《史记》《古文观止》，尤其是我们的诗歌和散文，简直可以用文学的巅峰来形容。

既然我们的文学曾出现过巅峰，是不是我们就可以不写了呢？当然不是。我们现在的写作，是用白话文写作。白话文发展到今天有一百多年了，我不能说我们已经将白话运用得非常娴熟。白话写作虽然很自由，表达一个意思可以选择多种语汇，但真的要做到说得写得恰到好处绝非易事。我们看一部作品好坏，首先感受到的不是它的思想，而是它的语言。如果一个作家的语言让读者接受不了，那这个作家离失败就不远了。这就像年轻人谈恋爱，你出身再好，工作再好，再有钱、有车、有房，可你嘴巴很笨，不会同异性沟通，人家怎么好接纳你。当然也有贪财的，那纯属例外。

因此，我提倡作家在语言上下功夫。在这方面，鲁迅、老舍、赵树理，都可以堪称是模范。语言是不分文体的，什么文体都需要好的语言。即使是政府工作报告、领导同志讲话，也都需要流畅、准确。我们看一个作家的经典作品，小说除了塑造人物，关键看有没有独特的个性语言。诗歌对语言就更为讲究，那可真是一句顶一万句。散文看似轻松、随意，其实最容易暴露作家的知识、趣味、性情。道理很简单，散文来不得虚假。

我们一说散文，就离不开叙事、议论和抒情。叙事好说，但议论和抒情就不好定位。《古文观止》中有不少名篇是政论体的，或者说是议论性的。议论的核心在于说理，这个理既可以看作道理，也可以理解成推理。我总觉得，文学作品中的散文是以叙事和抒情为主的，如果一篇散文过多地议论，就会失去回味的可能。同样，抒情过多，就会让人感到虚假。进入新世纪以来，散文的议论、说理越来越多，有好多人很喜欢文化散文，大都把散文当论文来写，我虽然不完全反对这种形式，但总觉得缺少艺术的神韵。而读过去的散文，特别是那些抒情性的散文，读后就有美的享受，美的愉悦。在一定意义上，抒情的东西最能体现作者的才气，一个不会抒情的人，如同不会谈恋爱。你总给人说教，让人家应该这样，应该那样，结果令人讨厌招人烦。

二〇〇九年八月三十一日

我写散文是因为散文找我

——读阎纲新著《散文是同亲人谈心》随想

阎纲老师出了新书《散文是同亲人谈心》，连同他五年前出版的《美丽的夭亡——女儿病中的日日夜夜》一并送给我，随书附短信一封，嘱我读后能写上一篇短文，并希望我能将书中的《人生三悟》在本报副刊给予转载，注明选自《散文是同亲人谈心》，以此让关心他的人知道他还活着。还说，希望能用他的两本书换我的两本新书给他。我看后会心地一笑，心说老先生又跟我玩黑色幽默呢。

我与阎纲老师何时认识的，时间久矣，无从记起。我从二十世纪九十年代中期，开始往来于文坛，结识的作家、艺术家总有几百人之多。阎纲老师是大评论家，我在八十年代步入文坛就知道他的大名。等我于一九九六年末调入中国文化报社，才知道阎纲老师几年前已经从报社领导岗位上退休。我很遗憾没有与阎纲这样的编辑家、评论家共事，如果能在一起，说不定会学到许多东西，起码能增长一些见识。或许是早熟，我从很小的时候，就爱与比我年龄大的人交往，在文艺界，我熟悉的往往不是青年，而是年龄偏大的中老年作家艺术家。

阎纲这一代评论家，成长于二十世纪五六十年代，成名于八九十年代，为新时期文学的发展起到了推波助澜的作用。很难想象，中国现当代文学，如果缺少了八十年代会是什么样子。可以说，中国改革开放四十年，也是中国当代文学最活跃最繁荣的四十年。今天的人们，每当谈论文学的话题，人们还是要更多地提到《哥德巴赫猜想》《班主任》《绿化树》《许茂和他的女儿们》《中国姑娘》《蹉跎岁月》《乔厂长上任记》《人生》等等。

严格地说，阎纲的文学评论属于媒体评论。我向来认为，评论可以分成学院评论、媒体评论和社会评论三部分，这三种评论方式各有利弊。就我个人喜好，我是喜欢媒体评论的。媒体评论接地气，接现实，观点明确，文字活泼，政策性强，通俗易懂。阎纲老师长期在媒体工作，过去一直关注小说和报告文学，近年来开始转向散文。

印象中，阎纲老师真正写散文是因为亲人的离去。有记者就这个问题曾经采访过他，阎纲老师说："我喜欢小品杂感，没有正经写过散文。我写散文是因为散文找我。母亲在悲苦的深渊里离世，我陷入巨大的悲痛和刻骨的反省之中，散文来叩门，我写了《不，我只有一个母亲》。女儿与死神坦然周旋，生离死别，那痛苦而镇定的神态令人灵魂战栗，我想她，散文又来叩门，我写了《我吻女儿的前额》。"

女儿阎荷的去世，对于阎纲的打击是何等的残酷，这不是一般人能想象到的。阎荷毕竟才三十八岁啊！对于这段经历，阎纲老师在其《美丽的夭亡》一书中有着详尽的记述，这本书我是断断续续看完的，每次看着看着，我就痛心地放下来。因为，我有切肤之痛，感同身受！所以，不论是《我吻女儿的前额》获得冰心散文奖，还是《美丽的夭亡》获得徐迟报告文学奖，我都没有向阎纲老师祝贺。包括这两个作品，虽然在散文、纪实文学写作上有很多可圈可点之处，我也不曾写上评论文字。

阎纲老师是个真正的汉子。女儿去世，我没见他哭泣；夫人刘茵去世，我也没见他哭泣。记得阎纲老师在女儿墓前曾发过誓：生命倒计时，我要学父亲和女儿那样对待死亡。当我离开这个世界的时候，要像父亲一样，不与人争地，不给后代添麻烦；要像女儿那样，坦然面对死亡，该哭不哭，该笑时笑，给人留下内心的禅。

禅是什么？禅是对生活的态度。阎纲老师的人生禅我觉得在女儿去世前后是不一样的。他过去曾说，他爱悲剧，爱喜剧里的悲剧因子，因为悲剧里有崇高，历史在悲剧中发展。话可以这么说，但现实生活中又有几人愿意悲剧不断呢？以我同阎纲老师多年的接触，我觉得他骨子里在很大程度上是个喜剧人物，他善幽默，讲笑话抖包袱形同马三立。他在谈到散文的独特体验时认为，以乐写悲而增悲怆，以悲写乐而倍增乐感，这种反衬手法，具有强烈的艺术感染力。

阎纲老师打小就在西安的易俗社听戏，他对京剧、秦腔均情有独钟。记得有一年，我陪我父亲到南池子附近的一家小剧场看京剧，正逢阎纲老师与郑欣淼先生也在，我便引荐他们交流了一下。我们家几代人都喜欢京剧，我父亲对京剧可以用痴迷形容，他对传统戏大都能说出个七八九。多年后，我与阎纲老师见面他还总不忘与我父亲一同看戏的情形。周明老师告诉我，他与阎纲是兰州大学同学，阎纲不仅会唱戏，他还会拉小提琴。这是我不曾想到的，不过说实话，以阎纲老师的酷似马三立般的尊容，我是很难想象他能歪着头拉着小提琴的。这就叫世事难料吧。

晚年的阎纲老师写得一手好散文，对散文理论也琢磨出一些自己的心得。对于如何写散文，他给自己立下四条规矩：一是没有独特的发现，没有触动你的灵魂，不要动笔；二是没有新的或更新的感受，不要动笔；三是情节是天使，细节是魔鬼，没有一个类似阿 Q 画圈圈、吴冠中磨毁印章那样典型的艺术细节，不要动笔；四是力求精短，去辞费，不减肥，不出手。作为从事散文创作和散文理论研究多年的我，深知一个作家在某些创作方面要总结出一些经验的东西，他必须是建立在创作和研究大量作品之上的。阎纲老师的家我去过，八九十平米，他的小书房也就四五平米，除了桌子上留有稍许空地，其他地方到处堆满了书籍。面对这斗室，无论如何不能用充满诗意来形容。

文人都喜欢诗意，甚至喜欢诗意般的爱情。但我看阎纲老师的各种文学作品，是看不到诗意有多么浓烈的，相反，他的作品是单刀直入的，是阴冷的，冰凉的，以至看不到抒情的形容的文字。他常引用牛汉说过的"散文是诗的散步"，认为散文的文字必须精炼，有韵味，以我少少许胜人多多许，不能像出远门似的把什么都往包袱里塞。出远门不能漫无边际，行程再远最后还得回到家里。

　　读阎纲的散文，最重要的不是思想的穿透，而是情感的共鸣。阎纲老师说，散文贵在情分，就是同亲人谈心拉家常，同朋友交心说知己话，恂恂如也，谦卑逊顺，不摆架子不训人，千万不要把自己当成读者的教师爷。在《散文是同亲人谈心》一书的第一辑，收入的全部是阎纲老师近年的散文新作，不论是写父母亲情，还是朋友往事，自始至终都以丰富的情感交织而成。诚然，散文不承担塑造人物的功能，但许多人物散文又确实能将人物立起来。如阎纲老师在九十年代写的《我的邻居吴冠中》，通过吴冠中先生花五块钱剃头、夹着画打出租车、在花池子自毁印章等细节，将一代画坛宗师吴冠中的形象栩栩如生地呈现在读者面前。我看过阎纲老师许多散文，几乎没有看到他纯粹的抒情散文，更看不到风景散文。这是不是他长期写评论已经没有了那种风花雪月的浪漫呢？我没有问他。

　　每个人都有自己的选择。写什么不写什么，吃什么与不吃什么，其实本质上是一样的。看阎纲老师的评论，其文风就是个陕西冷娃。读他的随笔杂文，又有点像马三立、刘宝瑞说单口相声，阎纲老师说他骨子里还是喜欢幽默的。不然，他胃癌手术三十年，怎么能英雄不倒呢？他说，他发明了两种治病良方：一是吃饺子，二是说笑逗乐子。写到此，我想用陕西方言对阎纲老师说：阎老汉，端直走，好日子，聊咋哩。

二〇一八年三月五日

我喜欢无类有情的文字

——读肖复兴散文新作有感

最近几年，文学理论界常用类型化写作来确定某一个作家或一群体作家。这是不是意味着这样的作家在题材、体裁和表现手法上有着很大的雷同呢？如果成立，那作家的创作意义就值得怀疑。前几日，北京电视台采访童话作家郑渊洁，当记者问他写作到底有没有秘诀时，郑渊洁说了这样的话：刚开始写作时，最好的方法是别人怎样写，你就怎样写；当写到一定份儿上，则要改为别人怎样写，你偏不这样写。这样，你的写作就成功了。听了郑渊洁的话，我似乎悟出了何谓类型化写作，也就是——"别人怎样写，你就怎样写"。

关于时下的散文写作，有没有类型化现象呢？当然有，而且程度还挺深。譬如学者化散文、文化散文、乡土散文、历史性随笔等，几乎充斥大小的报刊。我历来反对文坛的一窝蜂，好像谁捞不着一把稻草谁就没有希望似的。类型化写作有自己的原因，也有社会的影响。就个人而言，既有自己对别人的咿呀学步，也有自我的不断复制。二十多年前，贾平凹在《美文》创刊时，提出了"大散文"思想，十年前，有几个年轻作家则提出了"新散文"之说，这二者目的都有感于散文的类型化写作日益严重，而不得不进行"散文的革命"。这其中也包括有一批作家对"杨朔散文模式"的批评。为此,我曾多次著文为杨朔不平:人家在新中国成立后选择了适合自己的方式,写出了大量脍炙人口的散文,你可以学,你也可以不学,而不能采取否定杨朔的方式。因为,杨朔没有对任何一个作家说,你们就学我的散文写作方式吧!反之,我们后学者对杨朔先生应该心存敬意。同样,我们对余秋雨先生也应该心存敬意。我们对所有对文学文体有所创新的作家都应该心存敬意,由于有了他们,才使文坛充满了希望与活力!

类型化写作没有褒贬,它只不过是文学创作中不可回避的现象。任何作家都有类型化写作的问题,鲁迅有,老舍也有。二十世纪八十年代风行一时的伤痕文学、知青文学、寻根文学,难道不是很好的类型化写作吗?类型化有多种,有题材上的,也有体裁上的,还有写作技巧上的。有的作家可能在最初是这种类型的先行者,但到了一定程度就会变得僵化、定型。所谓风格,就是作家在长期创作中形成的一种模式。一个作家写作一辈子,没有形成风格是可悲的,相反,形成了风格后没有了变化,同样是可悲的。

由于从事报纸副刊编辑和担任中国散文学会的组织工作,使我有机会接触到全国各地的作家,从他们的作品中,我几乎都可以把他们归结到各种类型写作中。就大多数作家而言,不要怕类型化,类型化可以使作品走向成熟,也可以使作家在读者中拥有固定的读者群。但对于有个性追求的作家来说,在拥有了一定的名气和形成一定的风格后,尽快从"过去的我"走出来走向"今天的我"就显得十分必要了。

春节过后,在一次散文研讨会上,肖复兴将他最新出版的散文集《肖复兴散文新作》送给我,并希望我看后说点什么。肖复兴是读者熟悉的作家,也是我的良师益友,十年前他在主政《人民文学》期间,围绕"新散文向哪里革命"的话题我们还进行过一次对话。对于肖复兴,读者是早已把他类型到知青作家的行列的,这一点,我想肖复兴自己也不会回避。但我必须告诉你的是，肖复兴成名于知青作家这个符号，但他的作品绝不是以知青题材为主要特征的。从体裁上，他早期以报告文学、散文为主，后来还写小说和诗词，五十岁以后主要以散文著称于世；从题材上，他早期以北大荒、体育界生活为主，后来在散文上集中写过北京的风土人情，中外的音乐、戏剧、戏曲、美术以及到世界各地的旅游见闻等，包括大量的读书笔记。可以说，肖复兴的写作涉猎之广是当代很多作家所不及的。多年的散文研究和写作，使我越来越感到，散文作家不是越专越好，而是生活面、知识面越丰富越好。如果用我最近十年来反复所说的"什么样的散文是好散文"的标准——"在语言平白朴素达美的前提下，好的散文应该给读者提供三种可能：一是信息知识的含量，二是情感的含量，三是文化思考的含量"去衡量的话，肖复兴的散文显然是全部做到了。因此，我要说，肖复兴的散文是难得的好散文。

具体说这本《肖复兴散文新作》。按照封面的提示，这本散文集里的五十二篇作品，是作者在二〇一三年一月到二〇一四年二月一年间所写的全部散文，基本上每周一篇。这在全国散文作家中，大抵算得上高产的。我仔细阅读了每一篇散文后，给我的感觉是，除了编排顺序按写作时间自然排列外，其他诸如题材、写作手法全部是打乱的，你很难用类型化去给以确定性的结论。想来，人们为什么怕被类型化确定呢？就是因为类型化容易让人熟悉得生厌，就像三十年前我们的早中晚三顿饭"白菜、窝头、咸菜"一样。诚然，一部优秀的作品由非确定性的开始到非确定性的结束是伟大的，就一般作家而言，如果能由确定性的开始到非确定性的结束也不是一件容易的事。肖复兴这一年的散文创作，他采取了非确定性的开始，一切顺生活的自然，这一天碰到什么是什么，只要心里有了那么一点触动，他就会拿起笔去把这一份情感记录下来。至于下一篇是什么，谁也无法预测。我以为，这样的写作比起他过去集中一段时间去写《音乐笔记》似乎更接近艺术的真实和本质。

生活的每一天都是迷乱的，只有人的眼睛是冷静的，思想是无限的。

我很感佩肖复兴对生活的敏锐，读他的作品常在不经意间让你感动，让你与之共鸣。如五月十三日所写《孙犁先生百年祭——重读〈曲终集〉》，作家采用的方式不是像铁凝所写的《我四次见到孙犁先生》那种直接的叙事，而是通过孙犁散文集中的文章去分析揣摩，把孙犁的为文与为人跃然纸上，让你觉得一个栩栩如生的孙犁就在你的眼前。特别像孙犁对老家乡亲、亲属的一段内心独白——"老家已是空白，不再留一草一木，一砖一瓦。这标志着，父母一辈人的生活经历、生活方式、生活志趣、生活意向的结束，也是一个从无到有，又从有到无的自然过程。"读了这样的文字，你不觉得生活的无奈和人生的凄凉吗？又如四月十九日所写《后知青时代的"老三样"》。对于今天的各种同学会、同乡会，社会十分盛行，议论也颇多，这种潮流也同样在影响着后知青时代。在知青中出现的"大聚会、出书、文艺演出"老三样，为什么会如此三箭齐发，作者写道："'致青春'是人生和艺术的永恒主题。尽管后知青时代的知青已经是一脸褶子了，并不妨碍一样可以'致青春'，这样的'致青春'是涂抹在心灵上的去皱霜，是让过去的回忆成为今天早已经变幻了的语境中的编码，以此进行交流沟通，以此虚拟了眼下早已变化了的等级乃至权力与财富的人们，在知青的共同称谓与命名中寻找消失的身份认同。"这样的剖析够深刻的了！再如二〇一四年一月二十六日所写《李娜的传奇》。李娜是中国体育界炙手可热的人物，作为曾经是体育记者出身的作家，肖复兴并没有谈李娜的网球和她的个人生活，而通过李娜一句"我只是一个网球运动员，我来这里不是为了我的国家"的答记者问，想到中国的运动员正在经历郎平——刘翔——李娜三种不同的时代，即从为国争光、国际视野向个性彰显的时代发展。这样的发展，作者作了深刻的思考："李娜的出现是必然的，因为时代变化了，人们的价值体系变化了。体育不再只是作为政治来考量，而是更多地作为文化来考察了。体育文化的秩序被冲破，甚至被颠覆，都是必然之事。如果说中国女排唤起中国大众爱国之情，是那个时代的必然，今天李娜的出现，则是将体育的神话重新书写为写实主义，它让曾经飞舞漫天的金光灿灿的蒲公英落地为草。"看着这样的文字，我一方面感受着作者的宽容，另一方面也能强烈地感受到作者的忧虑与担心。因为，我们毕竟经历过那个曾经让亿万国人激动的时刻。

我们过去不止一次地说，成功是属于有准备的人。《肖复兴散文新作》看似信笔拈来，其实每篇作品都有着他多年的生活积累、知识积累和情感积累。我注意到，这五十几篇散文，涉及音乐、戏剧、戏曲、美术、民俗、影视、体育、地理、诗词、宗教、雕塑等十几个大的艺术门类和社会门类，这些百科知识集合在一起，仿佛是一桌丰盛的酒宴。也许你觉得这里没有大菜小菜之高低，也没有中菜西菜之优劣，甚至觉得缭乱得不好下箸，那么我告诉你两条进入的路径，一条是文化，另一条是情感，当然，最大的情感就是最大的文化。反过来，最大的文化也是最大的情感。

二〇一五年三月十六日

作家不仅仅是生活的记录者

　　——由杨国生散文集《亲情 乡情 闲情》想到的

　　长期从事报纸副刊编辑，常接到基层作者的电话和来信，问得最多的问题就是你们需要什么样的作品。由于副刊是散文当家，故他们提出的问题主要是指散文而言。是啊，散文是什么？什么样的散文是好散文？好的散文有没有标准？给报纸写散文和给刊物写散文有没有区别？是不是所有的题材都可以写入散文？这些看似容易回答的问题，其实最难回答。因为它涉及散文的实质问题。

　　关于以上的问题，我在多篇文章中都曾阐述过。总的思想是：散文和诗歌是说我的世界，小说是我说的世界。好的散文，是能用最简单朴素的语言把自己的内心体验表达出来的文字。在唯美的前提下，一篇好的散文应该能够做到给读者提供一定情感的含量、文化信息的含量和哲学思考的含量。如果不能三点都做到，哪怕能体现一点也是难能可贵的。散文的终极目标就是从我走向我们。谁的散文得到读者共鸣的声音越大，它越是成功的。

　　散文这种文体，过去是很贵族化的。在古代，写散文的人，主要是官员，即使是文人写作，也或多或少都有从政的经历。韩愈、柳宗元、王安石、苏轼，哪个不是官？不但是，而且是大官。这些人之所以文气大于官气，主要是他们写的不是官样文章。就是说，不论什么样的人，都有自己的七情六欲，都有情感需要表达。表达有两种形式，一种是语言，另一种是文字。说话是无须章法的，想说就说。但写文章就不同，想写就写可以，但写什么、怎样写却是个大问题。出口成章，毕竟是说说而已，不能太当真。

白话文发展至今，有百年的历史了。就散文创作而言，现代作家总体水平要比当代作家高出得多。但当代从事散文创作的人群却是非常庞大的，这其中不仅有作家，也有其他行业的。发表的阵地不仅有传统的报纸、杂志，也有网络。如此，便形成全民皆散文的态势。究其原因，主要是国家民主进程的发展，使人们说话的环境得以宽松。同时，由于市场竞争的残酷，生活压力的加剧，人们又需要把内心的情感进行释放。再者，就是新闻出版业、网络传媒的蓬勃发展，为写作者提供了展示才华的平台。

按说，有了这么好的环境，我们这个时代应该有大量的优秀作家和优秀作品产生。小说和诗歌不必说，仅就散文而言，我觉得还不能说进入它的鼎盛时期。也许有人说这是由于全民文化素质整体的提高，使人们的审美水平得以提升，所以即使有了优秀的作家和作品，也不容易显露出来。这话自然有一定道理。但我认为，这不是问题的关键。过去，有位著名的导演曾说过，所谓艺术家，就是要比人民高一点。不是地位高，而是认识问题的思想深度。可惜，当今有很多的作家，对现实生活缺少热情，不够关注，其思想、生活观念还停留在三十年前、四五十年前。这样下去，写出的作品人们还能喜欢吗？

我并不是说不可以写那些熟悉的生活。我历来主张，任何生活都可以写入我们的散文。人的经历不同，对事物的理解不同，选择的题材也就不同。有人喜欢到历史中去寻找先人的足迹，有人喜欢身边的细微琐事，还有的人喜欢四处奔走，以便触发灵感。以江西作家杨国生即将出版的这部散文集《亲情 乡情 闲情》为例，其所写的散文几乎都涵盖在这三种状态里。就一个读者而言，我更喜欢他所写的亲情、乡情部分，如《执拗的父母》《父亲的旅游》《家乡的路》《悠悠的米酒》《式微的狩猎》等篇什，那种近乎白描的写法，让人随时能感到生活的稻花飘香。

近些年从我接触的业余作者来看，在散文创作上其题材大都选择亲情、乡情和友情，好处的一面是作者太熟悉，不好的一面也是太熟悉。诗人汪国真有句诗，叫"熟悉的地方没有景色"。我以为，对广大的业余作者而言，不要怕太熟悉，首先要把太熟悉的写好，然后再不断地写出新意来。这就如同有些名家总试图创新、超越，写历史，写大散文，结果多年过去，不仅没有创新，反而把散文固有的东西丢失了。我们过去总是说，艺术来源于生活，高于生活。来源于生活，并不是让作家成为生活的真实的记录者，而是要到生活中去发现那些新鲜的种子，通过这些种子去生长我们的思想。像杨国生这样经历的写作者，在全国有很多，大家都有白描生活的本事，也有着从俗常生活获取亮色的慧眼，而真正缺少的或有待于提高的则是对生活的提炼。那些提炼的东西越多，"我"的个性就越鲜明，赢得别人的共鸣也才会更多。这是我所期待的，也是我所愿意看到的。以上所言，谨供杨国生和众多的散文写作者参考，不妥的地方请批评。

二〇〇五年八月三日

散文的闯入者
——高艳的散文及其他

这是一篇迟到的序言。大约在四五月间，高艳就说她想要出一本散文集，希望我能为其写一篇序言。这其中的原因，一是我曾编发过她的散文，二是她的散文在参加我负责的中国散文学会第三届"漂母杯"全球华人母爱主题散文大赛征文中获过二等奖，更重要的是，几年间的交往中，她一直视我为兄长。

感谢发达的网络，让很多陌生的人瞬间就可以成为朋友。我的博客是我的一个同学帮我注册的，由于我不谙电脑操作，两三年几乎没有使用过。某一天，《北京文学》的一个同学打电话，极力推销他的博客如何火，强烈要求我加他为好友。于是乎，我成了博客的闯入者。

在众多的好友中，来自东北黑龙江省牡丹江市的女作家高艳是无意中进入我的视线的，我看了她博客上的长篇散文《流放宁古塔》，后由她改编为上下集电视片在中央电视台"探索·发现"栏目播出。或许由于我与满族血统有关，对清初流放这一主题颇感兴趣。我很感叹，这篇两万余字的地域文化散文竟出自一位年轻女性作者之手。不说其文字所承担的思想之厚重，只从表达中所呈现出的写作者的成熟的笔力与开阔、大气，足以让我刮目相看。由此，我便对高艳多了几分关注。

当下，从事散文写作的人很多，女性也并非占少数。由于多年从事报刊编辑，又负责全国散文学会工作，我对全国散文形势非常地了解，对于各地稍有名气的作者也较为熟悉。我以为，写作者所以要写作，主要是两种目的：一种是思想感情的自我表达，发表、出版、是否加入作家协会并不十分关注；一种是在自我思想情感表达的基础上，求得发表、出版，实现自己的作家梦，最终得到读者的更广泛的共鸣。就大多数作者而言，写作只不过是一种爱好，正如我们在征婚启事上所看到的那样，人们总愿意以一句爱好文学来表明其是有素养的男女。其实，这些人无非是买本《读者》《青年文摘》杂志看看而已，跟文学没有更多的关系。就职业而言，我愿意把那些有文学素养有写作潜能的人尽快发现出来，把他们的作品发表出来，让他们尽快地加入各种文学组织，并给予应有的奖励和足够的认可。

我把那些有写作潜质并有可能走向成功的人，称为文学的闯入者。

二〇一一年初，母亲的去世给了高艳沉重的打击。她在给我发短信告知时，我也只能以天下没有不散的筵席那样的话来安慰她，我还提醒她，可以把想对母亲说的话写在纸上，放在母亲的手里，母亲是能知道的。也就在那一刻，我成了她的兄长。这一年，中国散文学会与江苏省作家协会、淮安市淮阴区人民政府联合举办了第三届"漂母杯"全球华人母爱主题散文大赛，我向高艳发出邀请，希望她把对母亲的思念与感恩写出来。很快，她就把《阿尔茨海默的疼》发给了我。应该说，这是亲情散文中难得的佳作，没有语言的玩味，在不动声色的叙述中，反而增加了情感的深度与纯度，不仅写到了真正的疼痛，也写出了不可替代的发现，平静中，却充满了力量。五月，在淮阴颁奖时，我见到了这位来自东北边城的女孩儿——虽然她的儿子已经上了小学，可在我的心中，一直是把她看作小女孩的。眼前的高艳是淡然的，与她的文字中所流露的气韵相得益彰。她不拥挤于众人，安静，内敛，给我留下了极深的印象。

两个月后，在呼伦贝尔草原，我见到了黑龙江省萧红文学院院长、女诗人李琦。谈到黑龙江的散文创作，我们自然说起高艳。李琦说，高艳刚参加了文学院组织的青年作家研修班，她对高艳印象很好，喜欢这女孩儿的温婉清澈，还说到高艳文字的品质，希望她能写出真正的格局与气象。从李琦的目光中，我读出了这位老大姐的温暖与疼惜。

　　高艳也曾向我表达过，希望自己的文字能以个体经验呈现出自己的气质，不强势，却有力量，非小众，却别样，以开放的气质表达隐藏，以文字洞悉人间的爱与美，伤痛与期许，无明与内省。我以为，一位有自己明确写作走向的作家是值得尊敬的，至少，她的内心有一份期待与责任。这本散文集，自然是高艳对自己写作的一个总结。我寄希望于她，以后依然能够沉静地写作，安然笃定，在坚持中走向更为深广和开阔。

二〇一三年十一月九日

捕捞一网月光

——重阳散文集《湖畔纪事》读后

朋友相识有很多的方式。当下最热门的莫过于通过网络，只要电脑一打开，天南海北的人都有可能成为朋友。当然，能称为朋友的要有条件加以限制。我的网络朋友条件是：虽然我们还没有相识，但我们的心灵一定要相知。特别是对于我们从事文学创作的人，更重视高山流水觅知音的感觉。

到现在，我的博客已经开通两年，先后有七八万朋友到我这里来串门。由于我的博文大都与散文有关，故往来的博友散文同行居多。或许是从事报纸副刊编辑多年，并担任中国散文学会的一些组织工作，有相当多的散文作家我们或多或少地都有联系。我既珍惜老朋友，也很看重主动登门的新朋友。尤其是当自己的新博文更新后，很快便有热情的朋友前来捧场。我敢说，在全国所有的散文博客中，像我这样被关注被追捧的十分罕见。我除了非常地感动，还能说些什么呢？只能通过不断的学习，尽可能地把对散文创作的心得尽快地向朋友们抛出，以期能对朋友们有所帮助和提供借鉴。

在众多的博友中，女作家重阳是对我博文比较关注的一个。自二〇一〇年以来的所有博文，她都浏览并留下评论，虽然只是寥寥数语，但却足以温暖人心。相反，我对她的关心却很少。如果用忙来搪塞，似乎有点不厚道。就想，有机会帮她发些作品或做点别的什么事情加以弥补吧。如此，便放松了许多。忽一日，重阳打来电话，问我双休日是否在家，她要从齐齐哈尔赶来，跟我商量她出散文集的事。最近几年，我给出版社主编了十几套散文丛书和年选，在业内有一定的品牌和反响，许多作者都纷纷打电话或直接到北京找我，希望我能帮他们实现出书的愿望。还有的作者，把书稿往我这一放，不管我有多忙，不容商量地要求我必须给其作序。面对这样的直率与真诚，你能说出拒绝的话吗？

重阳的散文我过去读过几篇，印象最深的是她的代表作《看江》。这是一篇叙事散文，有情有景有人物，语言也很生动，我偶然在一本书里看到，后来收入我主编的《名家笔下的灵性文字——致大海》一书中。这本书规格很高，全书收集一百位中外作家写江河湖海的作品，对于初学写作者有着很强的指导意义。用我的比喻是，看到这本书，你就知道前人的门槛儿有多高。我这样说，并不是说所有的作家他们的作品就都一贯地好，所有的都好。我总以为，一个作家能否创作出优秀的作品，尤其是创作出经典的有代表性的作品，除了生活的积累、情感的积累和知识的积累外，还需要机遇的碰撞。就是说，你还要有一双发现生活中亮色的眼睛。

通过交谈，得知重阳创作时间已经很长，陆续出版过几本书，还加入了市、省、中国作家协会，这似乎在证明，重阳是一位有创作实力的作家。其实，我们不必被一个人出过多少书，加入什么组织所迷惑。我所欣赏的是看这个人在自己的创作领域，是否找到了适合自己表达的文字规律、情感规律和思想规律。人一旦掌握了适合自己的规律，即使你不是什么高贵之人，你也能抵达胜利的彼岸。重阳热爱生活，把自己的目光随时都投入文学的土壤，几乎信手就可以拾起文学的秧苗，结出大大小小的果实。我以为这是一个写作者必须具备的，特别是一个勤劳的耕耘者必须具备。然而，创作不能光是勤奋，还要会表达，会描写，会抒情，那样才会使得收获的果实更加丰满、圆润、剔透、灵光。

我很喜欢作者对亲情、乡情和市井的描写。譬如在《母亲的爱》中，她写道：生活中有很多事情发生，为什么想起母亲，常会想起她挂起的彩珠帘？看来留在记忆深处的东西，不需要理由，也不会是人们惯性思维中的实用，或者是重大。往往是一些微不足道的温馨的小事情，赢得了感情的欢悦。在现代的宽敞的楼房里，人们用的隔断装饰，比起粗糙的彩珠帘来，要精美得多，上面印染或绣着花鸟鱼虫山水图案，也不是糖果纸能比的，但是它们只代表了一种华贵，一种静止的装饰。而母亲的彩珠帘是有呼吸的，母亲从原料到制成所付出的劳动，有一种深长的感情在里面。它是贫困日子里的一个灿烂的微笑，一个明媚的幻象，它活泛泛地流动着，有些朦胧，却有着无限的吸引力。使人想到，无论怎样窘迫的境地，不要放弃，去努力才会有所改变，才会使朦胧的东西清晰起来。母亲很普通的创意里，引起了一颗童心有关生活的想象。那种想象就叫温暖和睦的家吧。后来有一次读德莱塞的书，其中的两句话让我不禁想起母亲和母亲的彩珠帘，这两句话是："和睦的家庭空气是世上的一种花朵，没有东西比它更温柔。没有东西比它更优美。没有东西更适宜把一家人的天性培养得坚强正直。"再譬如，在《窗外的小街》中，作者写道：萧条了一阵子的小街，在一个春天的故事里苏醒过来。街两边临道的位置，开始大兴土木。原来有房子的地方，叮叮当当地装修门脸；没有房子的空地，盖起简易门市。两天就竖起一座，几天就排成一溜。接着这些刷新的门脸，挂起大大小小的招牌，做起五花八门的生意。食杂店、烧烤店、故衣店、美发美容店、服装店、日用百货店、中药西药店、大饭店小饭馆，呼啦一下子塞满了小街。让人不由感觉到"忽如一夜春风来，千树万树梨花开"的火爆。有几家店开张不久就停了，停了不久又开了，频繁地换着老板。我在窗口就看他们摘牌换牌。所以小街总是沉浸在新开业的兴奋中。很多的贺喜人，就站在当街。贺客有送花篮的有送牌匾的。那匾上的字大都差不多，"开业逢盛世，财源滚滚来"或"恭喜发财"，等等。字的背景有大帆船，扬帆远航的样子，也有鲲鹏展翅鸟，鹏程万里的意思。气魄都挺大。门前吊车叼起两挂长鞭。从清晨一直要等到十点五十八分，这才举行典礼。空中一阵响，地上一片红，在店门前铺展二三天，才被收拾掉。过不久，这阵势又重新演练。开始，附近的居民出来看新鲜，时间一长，也就没人理会了。随着这些店铺的起起落落，一些流动摊床也在道边支起来。比如水果啦、蔬菜啦、日杂用品啦，等等。从小街东边的十字街头，一顺水地朝西排开来。小街不再显得空旷，变得饱满而富有生气。这些门市和摊床，有一部分是属于工厂区里的人们的。他们从上班族的自行车潮汐里退出之后，在商海里找到了一席之地。我没有去问楼上的女人，她是否也有了自家的铺子，不过，我确信她已经习惯了新的活法。这从她的脸上就可以看出来，一种从容和自信代替了曾有的羞涩和忧愁。入夜楼上常常传来孩子们的笑声。她的二小子也结婚了，而且给她添了个小孙女，女人的脸上便常常挂着开心满足的笑容。

面对上面的描写，我想，那些整天沉湎于故纸堆里的写作者是不是该有所觉醒呢？当下，有相当多的写作者热衷于效仿别人进行文化思考类题材散文的写作，结果失去了生活的新鲜，到头来写的什么也不是。为此，我多次说过，作家要种自己的地，不要种文史专家的地！特别是广大的基层写作者，一定要扑向脚下的大地，那里有鲜花，有玉米，有黄金，有掌声！

重阳本是山东人，长在东北，这两片热土无疑为丰富她的文学创作提供了富足的宝藏。从聊天中得知，重阳过去曾写过许多研究萧红的文章。巧得很，我也是萧红迷，而且到过呼兰河边的萧红故居，写过话剧《生死场》的评论，而且用《萧红传》还曾救过一位自杀女青年的命。再有一点，我跟萧军一家有着长时间的交往。正是因为有了这么多的缘分，使我读起重阳的作品平添了很多亲切感。这本散文集，重阳开始起的书名叫《看江》，后来又改成《湖畔纪事》，我听后觉得有些勉强，但一时又想不到更好的名字。在湖畔生活，自然充满水性，不论是人还是物，有了水就容易鲜活。同时，还会荡起许多浪漫的情思。我想，即使在湖畔捕不到足斤足两的鲜鱼，如果能每天在夜半更深捕一网月光也是人生莫大的收获啊。想到此，我感到有一种难表的快乐涌上心田。不知重阳以为如何？姑且为序吧。

二〇一一年一月二十六日

有我在就会有风景
——刘江散文集《孤独行走》读后

到某地讲课，一位作者问我：我已经写作十几年了，只是发了一些豆腐块作品，您说我往下还有写作的必要吗？我回答他：写作者从来都是孤独的，孤独必然要经历痛苦。但这种痛苦还只是其中的一部分，真正的痛苦是你的作品得不到更多的人去欣赏去共鸣。尽管如此，你也应该为自己歌唱。因为，一个普通人来到世界，他只活了一回，而你却经历了两回。艺术之旅，实在也是人生之旅啊！

在诸多文学体裁中，散文最能与人沟通。我们可以听到有人说不懂诗，不懂小说，但很少能听到有人说不懂散文。当然，有些具有探索性的新散文写法除外。那样的散文有个别的我也看不懂。关于散文、诗歌与小说的关系，我多次说过——小说是我说的世界，散文和诗歌是说我的世界。既然散文说我，那么我是谁，我是什么？我以为，我就是我的经历，我的发现。离开了我，散文就失去了本质。

以散文集《孤独行走》为例。这本书的作者是延安的作家刘江。比起延安这座城市，刘江的名声自然不是很大，但因为他来自延安，谁也不能小瞧。想想毛主席的《在延安文艺座谈会上的讲话》吧，想想那些诞生中国革命文艺的优秀作品吧，还有写出《人生》《平凡的世界》的路遥吧，都与延安有关。从这个意义上来说，我挺羡慕刘江，羡慕他在延安电视台工作，其触角可以延伸到延安的各个角落。我总有一种感觉，刘江的散文不论现在怎样行走，最终还要由延安的刘江回到刘江的延安。

具体说刘江的散文。他把散文集命名为《孤独行走》，内容分成行走、独语、故乡、亲情、知青、欧洲六个小辑，大体概括了他的人生阅历。比起文史散文、新散文，这些散文的写作显得非常传统，是人们记忆中的散文样式。我觉得这没什么不好。好的散文，比的不仅是形式，重要的是内容。我对好的散文的标准是，在语言唯美的前提下，散文要做到三种可能：提供多少情感含量，提供多少文化思考的含量，提供多少信息的含量。如果三种都能做到，那最好，肯定是绝佳的散文。如果做不到，能实现其中的一两种可能，也当属质地优秀的散文了。通观这本集子的所有散文，刘江给读者提供的主要是情感的含量。这也是大多数作家最擅长的表现方法。我们的古代作家，散文写作主要是说理，这可能与他们做官有直接的关系。让文学还原大众，这是当代与古代的一大反差。

抒情散文有两种，一种是对自然情感的抒发，另一种是对人类自身情感的抒发。刘江的散文主要是后一种。其实，不论是哪一种抒情，都是为人服务的。自二十世纪九十年代以来，物质主义盛行，使得人们的眼睛被金钱利益所遮蔽，人们已经看不到茫茫的草原和奔腾的大海了。在文学上的直接反映就是——我们已经很少能看到作家对景物的自然描写了。而唯一剩下的是对人的记忆与描写。恕我目光短浅，如果文化散文再盛行下去，我们恐怕连对人自身的关注都不复存在。因此，我要说，对物质的极度追逐和对文化的极度理性依赖，必然会导致艺术的衰弱。在这里，文化和艺术有着显著的区别。

文学是需要感性的，非感性的东西与散文无关。只有通过感性，才能在俗常的生活中去发现文学的亮色。刘江无疑具有一双善于发现亮色的慧眼，不论是写故乡的乡情还是亲人，也不论是写他乡的风景还是人物，他总能从细节出发，找到让人心动的东西。如在《窗前的风景》中对麻雀觅食的描写：那麻雀吃米的情形非常有意思，它们先是落在防盗网上，叽叽喳喳地吵了一阵才达成了共识，迅速分成了三组。一组站在防盗网的高处，一组站在中间，一组去吃米。吃米的啄上七八口，马上飞到高处，高处的降到中间，中间的落到窗台上去吃米。如此循环往复，无论轮到谁去吃米都是一个姿势，头朝里，尾朝外，啄一下，抬头朝屋里望一下，一旦发现有人试图接近窗前便"喳"的一声飞得无影无踪。那高处的一组似乎是专门负责外保的，在同伴吃食期间如果有另外一个群体的雀儿想在这里落脚，它们就会飞到空中又叫又啄绝不给可乘之机。又如在《雨夜宿平遥》中对车辙的描写：在这细雨微风的寂寞清晨看见这车辙，立马就有一种轰轰隆隆的声音铺天盖地而来，震耳欲聋。我便不由双手抱头向那深深的车辙、向那磨出这车辙的日月、向那随着这日月逝去的生命俯下身去，去倾听。然而什么都没有，只有那车辙积水中的落雨，星星点点，了无声息。我想日复一日从这石道上经过的，除了那负重的车轮，应该还有那汗马的飞蹄和车夫的大足，可惜这欺软怕硬的石头只记住了那满载着金银辎重的车轮磨去了自己多少皮肉，却没有记住自己磨穿了别人的多少脚掌。

　　发现细节，从细节出发，这是一个优秀的作家必不可少的。但优秀的作品并不因此就会产生，它还需要作家对所描写内容和对象的提升。细节让人心动，思想情感让人共鸣。应该说，刘江深知这两点是写好散文的关键。所以，在发现细节的同时，他不断地注意思想的提升，尤其是近几年的作品更为成熟。如在《谁弄丢了我们的年味》《愿故乡宁静成一片森林》《早逝的老蔫》《我为母亲的手术签名》等篇什都有上佳的表现。正因为如此，我想到多年前汪国真写过的一首诗《旅行》，诗中写道：到远方去，到远方去，熟悉的地方没有景色。我不知诗人当时写作的心境如何，但以我多年对散文的研究，我还是提倡作家写熟悉的生活。不论是刘江、张江还是李江，请你们一定要坚信——"有我在就会有风景"。诚然，一个人的旅程是孤独的，但如果没有了自我的旅途，将是迷茫的。所以，我看好刘江的孤独行走。孤独者，是美丽的。

二〇一〇年六月二十日

散文的底线

——《2005年我最喜爱的中国散文100篇》序言

时下，关于散文的言论逐渐多起来。想来，有两个主要因素，一个是散文越写越像散文了，另一个是散文越写越不像散文了。对于这两种因素，不论是散文的创作者，还是散文的研究者，以至是散文的爱好者，都要必须面对。几年前，对于大散文、文化散文、散文革命和新散文说，我一直抱以怀疑的态度，后来索性写了一些带有批评性的文字。我知道我当时的思考还很不成熟，但由于性格的冲动，硬是给抛了出去，结果引得散文界说三道四，颇为热闹一番。最要命的，是我几位素来关系不错的散文同行，因此与我分道扬镳。我对此感到很不安，但我并不后悔。我相信随着时间的推移，这尴尬的一切都会自然淡化的。

转眼，二〇〇五年的冬天又来到了。按照与出版社的约定，今年继续编选"我最喜爱的中国散文100篇"。同时，按照惯例，在书的前边，还得写一篇序言一类的东西。对于今年度的一百篇，我还是分十个小辑，这样做主要是为编辑好编，读者好看，在篇目内容上尽可能与小辑的名称相符，当然也有个别勉强的。好在还搭边儿。从这一百篇质量上看，总体上要比前两本好。尤其是那些怀旧、记忆亲情的篇什，几乎每一篇都能把你的眼泪读出来。我承认我有感情脆弱的一面，但现在毕竟也是快四十岁的人了。既然到了接近不惑的年龄，理性的东西一定会渐渐强大起来。可是，我努力了很多次，还是做不到。如此，我反而倒庆幸自己还有那样一份普通人应有的情感。尽管这样的情感具有普遍性。

　　我过去在主持报纸副刊的时候，来稿中常有大量写父母子女亲情、家乡山水河流的散文，我在尽量发表了一些后，便有了一个奇怪的想法：除非特殊原因，以后再也不能发表这类题材的作品了。是的，不论是办刊还是办报，谁不想推陈出新呢？然而，这样的想法在实践一段时间以后，我便发现很难做到。这倒不是其他类题材的稿源不足，而是那些貌似彰显文化、说理清楚的东西占据较大的比例后，读者反而有意见了，认为我的版面文章缺乏真情实感，光会讲些大道理，没多大意思。其实，有这些想法的还不光是读者，即使是报社主管审稿的领导，对那些充满文化、讲大道理的文章也很烦。这样，我便又有回到过去的想法。特别是我在参加了一次部队举办的笔会后，更加坚定了我的信心。在笔会上，部队业余作者拿出许多写父母兄弟姐妹写故乡村庄小河的散文，我拿到手后感到很为难，就对组织者说，这些作品题材太雷同了，能不能再整点别的来。组织者说，你的想法是对的，但你也要从军人的角度想想。你想，这些军人大都从农村入伍，他们告别亲人，从家乡来到部队，每到夜晚夜深人静的时候，他们的脑海里想得最多的就是父母兄弟，就是村前的小河，村后的大山，这是刻在他们骨髓里的东西，谁也无法让他们忘却。在我们部队，再苦的训练，再难的任务，战士们都从来没有掉过一滴眼泪。但每当听到唱母亲的歌，唱家乡的歌，战士们便会不知不觉地落泪。在很大程度上，军人写文章绝不是要当什么作家，他们实在是想把内心的真实感受写出来。不然，他们会憋出病来的。

　　散文需要真情实感。这是一个老话题。现在，它又成了一个新话题。其所以"新"，主要是由于当前有相当多的散文作者已经放弃了这个传统。请注意，在这里我用的是"散文作者"，而不是"散文家"。就是说，我承认那些说理的散文模式的存在，但就作者而言，我还无法承认其散文家的地位。大凡能称其为家的，重要的标准就是创造了某一流派，形成了某一种风格，影响了一群人或影响了一个时代。在当代中国，能担当此重任的只有而且仅有余秋雨一人。在这里，我并没有否定其他人对这类散文的尝试与探索。不过以我的目力所及，我还很难看到有自己独特思想且充满文学意蕴的上乘之作。更多的作品，大都是文史知识的堆砌，有的连堆砌的资料都不准确，甚至是错误的。我曾说，散文不承担说明文的义务，也不承担文物考古的重任，散文承担的是文字的神韵，是艺术的感受。对此，有作家曾跟我辩驳，说古代散文有很多就不是抒情的，比如"史记""奏折"。我说，古代散文是有很多说理的，但那些作品是有神韵的，是有音乐感的。中国散文自白话以降，除抒情外，也借鉴西方思想在说理。但不管怎样，散文总是要讲究意蕴的，这其中的意与蕴还应该具有音乐的"韵"。没有了这个"韵"，光一味地说理，说别人也知道的理，那样的散文就真的成了"散"文了。可惜，我的这种认识还没有被更多的人所认同。就大多数人而言，他们不但相信那样的散文是"大散文"，而且相信那样的散文写作者是真正的散文家，是散文界的一代宗师。这不是我的悲哀，也不是我的尴尬。在这样一个急功近利的时代，一个讲级别的社会，当大师反而比当小民更容易得多。

因此，在这篇所谓的"序"里，我想提出散文的底线。我觉得，散文讲究真情实感，这到什么时候都不会错。同样，散文追求一些创新，诸如搞一些"说理""小说化"也没有错，关键要掌握一个度，看看自己有没有那个身手。如果说理说不通，说了也说不出什么新意，又忘记了真情，我看散文这事八成跟您没什么关系了。既然没关系了，那就站在道边当看客。如果连看客都不行，干脆一门心思看韩剧得了。不瞒您说，我就是个十足的韩剧迷。我以为，看韩剧能看出善良，看散文也能看出善良，一部韩剧就是一篇含笑的散文。

地域论

地域散文大有可为
——兼谈杨常军的散文集《秀色旬阳》

    关于小说创作，我曾经强调要塑造人物，要有地域性。其实，散文也要强调地域性。我并不是说，每个人的散文都要写成地域性散文。但我可以肯定地讲，地域性色彩浓烈的散文，一定会形成作家的鲜明特征。比如鲁迅、沈从文、孙犁、老舍的散文，也包括铁凝、贾平凹的早期散文，我们都可以感受到。在当代文坛，也有长期专门写某个地域生活的散文作家，譬如写青藏高原的军旅作家王宗仁，写河南农村生活的周同宾。

    地域散文不同于旅游散文。改革开放四十年，很多事情都发生了天翻地覆的变化。我认为人的流动性是一个最显著的特征，假如没有人的流动，思想的流动和思想的解放就会变成一纸空谈。也正是因为有了人的流动，人们的思想开始活跃起来，看问题的角度也变得多样起来。我们过去看杨朔的《泰山极顶》、刘白羽的《长江三日》、碧野的《天山景物记》以及陶铸的《松树的风格》、茅盾的《白杨礼赞》等，都是作家在参观、考察、旅游中的所见所闻。当前仍然活跃的中老年作家，如石英、柳萌、肖复兴、赵丽宏、陈祖芬、迟子建等人，他们笔下的作品大都秉承着前人的传统，这并不因此就影响他们不断地创作出精美的华章。换一种说法，对于旅游散文这个提法，我不大认可，这多少对从事描述型散文作家具有贬损的味道。

想来，我们今天为什么对杨朔式的散文记忆犹新，以至是根深蒂固呢？可以分析的原因很多。我觉得，那个时代从事散文创作的作家数量少，能够有机会采访、旅游的作家就更少，这就使得他们所写的有限的作品在有限的报刊上发表，产生无限大的影响了。看看当下，旅游热，黄金周，旅游已经成为环境保护的灾难。哪怕是一个再不出名的景点，都会被成百上千的有名无名的作家写过，可是，又有几篇被人记住呢？不是作家写得不够好，而是由于现代人的欣赏水平整体地提高了。二十世纪五六十年代，中国能读散文的人能有多少？现在，写散文的人比二十世纪五六十年代读散文的人还多。所以，在当代文坛，如果你的写作不是技高一筹，你还就真成不了大名。

这就给想从事散文写作的人出了难题。写作者写作，不论是谁，一定会面临这样几个问题，即写什么，怎么写，为谁写。对于这三个问题，不同的作者会做出不同的回答。就大多数人而言，应该是写自己熟悉的生活，用最能表现自己水平的方式写，为自己的心灵写。那么，什么是自己熟悉的生活呢？最熟悉的就是最不该忘记、时常想起的，譬如故乡、亲情。这两个题材，是作家永恒的宝藏。世界上没有一个作家能够回避这两个题材。有的人不仅拥有自己的出生之地的第一故乡，甚至还有他生活和战斗的第二故乡、第三故乡。

一个没有故乡的作家，是很难写好文学作品的。但有了故乡，不等于就是自己的文学的故乡，这里有一个转化的过程。即自己所看到的、经历的、知道的，不一定全部要成为文字，如果那样，就成了生活的实录。我们所从事的文学创作，虽然来源于生活，但一定要高于生活。所谓的高的部分，就是作家的情感与思想的提炼。一篇叙事抒情散文，如果离开人的情感与思想，描述的文字再精美，也会让人感到乏味。

一个城市、一个地方是否有名声，无外乎这地方出特产，出名人，名人也是特产。而要把这些特产宣传出去，就要看文人的本事。文人有大有小，也有运气之说。很多的文人都有个家乡观念，总希望自己能笔下生花，把家乡打扮得漂漂亮亮，让世界都知道。有的采用原生态的写法，有的借用故乡的一街一景，浮想联翩，洋洋洒洒，大都能写出不错的文字。就我的散文观而言，我更喜欢后者。我总以为，散文不只是让人知道什么，它还必须让读者想到什么，能够做到作者与读者的共鸣，这样，你的家乡才能走出去，才能被人记住。可惜，我们常看到的地域散文，只是大致对这个地方有个了解，但它还不能引起读者较大的共鸣。当然，要解决这个问题，并不是马上说到就能做到的事，它需要作者的进一步的感情积累和思想的积累。当然，生活在某一地域，有雄心壮志为家乡立言作传的人有很多，但能形成特色的寥寥无几。我希望写作者们多借鉴成功作家的经验，结合自己的特点，尽快地蹚出一条自己的路子来。我还相信，地域散文在未来的散文园地里是大有可为的。

二〇一一年一月十一日

一次艺术之旅的别样收获

——读《铁凝日记——汉城的事》

下了几次决心，一直想把过去写日记的习惯恢复起来。写日记的好处有很多，最重要的莫过于它可以使我们每天的生活富有节奏感，且能改变做事毛手毛脚的毛病。不仅如此，它还能把那些流动的岁月和往事在那不大的方寸之地留下永恒的记忆。

一个完整的日记，就是一个人完整的历史。

关于日记的定义，《现代汉语词典》解释为"每天所遇到的和所做的事情的记录，有的兼记对这些事情的感受"。另外，与此相关联的还有一个对"日记账"的解释："簿记中主要账簿的一种，按日期先后记载各项账目，不分类。根据日记账记载总账，也叫序时账。"我之所以要在这里对日记进行认真的考证，并不是要给学生讲应用文写作，而是要针对一部日记体散文进行评述。

这本散文集的名字为《铁凝日记——汉城的事》，它的作者是当代著名女作家铁凝。根据词典中对日记的解释，我以为不论什么人写的日记，它都有一个共同的特征，即记事。所不同之处在于，有的人写的日记只简要陈述事情的真实的存在，而有的人在陈述事情的真实的同时，还具有强烈的个人情感的表达。前者，一般应视为工作性的，而后者则为文学性的。

读一个作家的日记，跟读一个作家的散文没什么两样。铁凝这本日记，记录的是二〇〇三年四月二十八日至六月九日的四十三天中，她陪同画家父亲铁扬从北京出发到汉城出席密拉尔美术馆为其举办的"铁扬画展"期间以及前后的所见所闻，然后又回到北京的全过程。众所周知，二〇〇三年的春夏之交，中国，尤其是北京正在发生着严重的非典疫情。在这样的背景下，一个画家和一个作家要到国外去做文化交流活动将是一件多么复杂的事情，其艰难程度可想而知。然而，铁凝父女不但按时赴约，而且画展如期举办，并且在韩国期间铁扬先生还认真地帮助美术馆对朝鲜的美术作品进行了鉴定，同时，他们还同许多韩国艺术家进行了非常深刻而生动的交流，以及对韩国的名胜、环境、风俗、文化等进行了极为个人化的考察及实际体验。读罢此书，我感觉铁凝父女的此番韩国之行，对他们来说既是一次难忘的艺术之旅，也是一次全新的生命之旅，更是一次亲情、友情相互融合的情感之旅。在这之前，如果说在国与国之间，人与人之间，心里多少还有点国界的意识，那么现在，那心中的国界已经不过是花园里的篱笆了。

四十年来，随着我国改革开放政策的不断深入，出国考察、旅游、求学、定居已经越来越多。作为文化交流的一部分，我国每年都会有政府和民间的文化活动到国外举行，就我所知官方的就有中法文化年、中俄国家年等，至于个人的简直数不胜数。中外文化交流，不同于国内热衷的什么"文化搭台，经济唱戏"，它确确实实地独立于政治、经济活动，同体育很相似。当然，现在全国又都在一窝蜂地大搞文化产业，大有把文化当成摇钱树的味道。对此，我在为"文化产业能赚钱"兴奋的同时，也在为"文化产业能赚钱"感到忧虑。我总觉得，不是什么文化的东西都是为赚钱服务的，文化一旦工业化、商业化，其文化的含量将会大打折扣。

很显然，铁凝这次陪父亲的韩国之旅，其目的绝不是去为挣钱。但这也并不是说，铁扬先生的画就没有更高的经济价值。相反，铁扬先生的油画在韩国拥有相当多的喜爱者，也包括很多的收藏者。一个画家的作品的价值，在一个喜爱他的收藏家的眼里，是很难用一定量的钱币来衡量的。究竟铁扬先生的作品在书画市场以多少钱标价，我不得而知。但我从铁凝在《观众如此热情》(画展第三天)的描写中，足以看到铁扬先生油画艺术的魅力："我们匆忙换过衣服赶到美术馆，果然，原本显得空旷的美术馆前厅，现在人群拥挤，可谓摩肩接踵。当这些观众发现画家本人突然出现在他们面前时，纷纷上前握手致意。面对这些陌生而又热情的面孔，我想，他们早已忘记眼前本是一位中国人了，他们也一时忘记了SARS的流行。我再次感觉到，只有艺术才具有使人忘记国界，忘记民族，忘记一切隔阂的力量。"

游记，在我国历史文学诸多样式中有着其特殊的地位。因为，历代中国文人，都有着寄情于山水的文化传统。游记不同于日记，并不要求把每天发生的事都记录下来，它只要求把旅途中的见闻记录下来。在常人看来，它可以不大讲究文采，甚至不必归于散文。但如果作为作家，你要写游记，那就得按文学的规矩来要求。第一，要有文采；第二，要有思想；第三，要有知识；第四，文字要凝练。如果做不到这几点，你就不必写游记了。很可惜，在当下作家所写的游记中，能达到我所列的四条要求者微乎其微。他们呈现在读者面前的大多是些说明书般的资料堆砌，文章枯燥不说，而且还非常的冗长。就是这样的文章，却常被很多人推崇为"大游记""大散文"或"文化散文"。想来读者为什么对这种"大游记""大散文"不满意呢？除上面提到的因素外，关键在于作者缺乏独特的发现和独特的情感体验。

不必讳言，铁凝的这本《汉城的事》，它既是一本日记，也是一本游记，或者还可以称作是一本散记。我不知道别人在阅读这本日记后的感觉会怎么样，我在铁凝所描述的四十三天的经历中，自始至终感受着作者的文字具有非常迷人的亲和力。本来，到韩国的一个多月，是女儿陪父亲的一次艺术之旅，"我"即女儿是这次行动的配角，主角自然是父亲。但我在阅读时，却一直把铁凝看作主角。因为，这本日记是"我陪父亲的记录"，是"我个人眼里的父亲以及父亲的朋友，包括围绕父亲画展以外的一些见闻"。在这里，作者带有非常强烈的主观色彩，一切都是充满感性的，换言之，从身份上父亲是主角，但在文字上作者却成了主角。所以，读这本"日记"，读者便会感到极强的亲和力。我总以为，一个聪明的作者，他不仅要考虑采访对象的主角地位，他还必须要考虑到自己文字的主角地位，不然，他写出的文字一定会很单调、乏味。

铁凝当然很聪明，她不但把两个主角都激活了，而且通过自己独有的笔触将其他与之相关的人物也渲染得有声有色。比如父亲二十世纪五十年代就开始交往的朝鲜画家金基万，后来交往的韩国画家洪正吉、李在兴、元京子、闵更灿以及翻译姜雪子等人。

铁凝这本日记虽然写的都是汉城的事，但我在阅读时竟然没有一点障碍。这大概是源于中韩两国在文化上有很多相同或相似的东西。事实上也确实如此。在生活中，一个人到另一个地方所谓的感到不舒服，除了生活和环境气候上的原因外，根本差异就是在文化上。

我想到了朝鲜画家金基万和郑中黎。他们最初一起出现在铁凝日记中的《老朋友》里。金基万同铁扬先生早在二十世纪五十年代相识于北京亚非洲学生疗养院。在铁扬先生眼里，金基万一直是"那青年和他的同胞讲话时，常把攥紧的拳头坚定地伸向前方，随着手势，头也不停地向一边摆动。有时，他那中分的头发从头上垂下来，他用手捋捋，又将拳头挥出。这使人觉得他曾经冲破过重重困难，或者正在冲破重重困难，完成着他的未竟事业"。然而，就是这样一位意气风发的青年，由于历史的原因，几十年来他的名字一直在三八线南北被传说着。在汉城，他有着同为画家的哥哥金基昌，甚至还有人盗用他的名字在倒假画。这其中包含着几十年来铁扬先生对金基万的思念，而且这种思念已经深深地影响到铁凝，同样，在密拉尔美术馆参观朝鲜画展时，画家郑中黎用国画小写意的手法画的小鸟和篱笆墙的良苦用心也不禁感染了铁凝，"一道篱笆将几只小黄雀隔开，这边的五只聚在一处遥望被隔在篱笆对面的一只，那孤独的一只回首凝望篱笆，显得很凄惶。洪先生认为郑中黎先生的画代表了朝鲜和韩国人民的心态：同是兄弟，为什么不得团聚？"

要想了解一个人，其方法多种多样。我相信看别人的日记和信件是一个不错的选择。但我不大相信自传、回忆录一类的东西，我有充分的理由怀疑其真实性。而日记和信件就有保证得多。读铁凝日记，我曾傻傻地猜测，这平均每天要写的两千字都是她当天所写的吗？以我个人的写作体验，这种可能性不大。不过有一点我相信，她每天所要记的基本事实是不会有错的，尤其是其中的细节肯定千真万确。熟悉铁凝作品的人，很少有不惊叹她对细节描写的能力的。我想这该是得益于她从小受画家父亲的熏陶吧。

读铁凝日记，我最为感动的倒不是中韩艺术家们的友谊，而是他们对艺术的尊重，对劳动的尊重。在韩国的四十余天，你几乎每天都能感受到中外艺术家们一刻不停地在为他们神圣的艺术奔走忙碌着。透过这本日记，我们在了解了铁凝勤于观察写作的同时，还看到了铁扬先生作为劳动者的敬业精神。尽管我无法知道在韩国期间铁扬先生一共画了多少幅作品，但我能体会到他的画笔每天都在舞动着——特别令人饶有兴趣的是，艺术家们在气氛融融的友好相处的同时，他们也常常因艺术的观念不同，或者是只因一点点技术上的原因，又经常不断地讨论以至是争论。据五月一日日记《"太行山"之争》说，在铁扬先生画展布展期间，密拉尔美术馆负责布展的千先生为画幅在展壁上的高低标准同铁扬先生发生了不可调和的分歧，千先生坚持自己的标准，铁扬先生却坚持要把画幅提高一些，在经过几番争持后，"千先生总算做了些许让步，勉强把画幅上升三公分吧"。但后来，关于《太行山》要不要展出的问题他们的争持就更为激烈，大有"国际谈判"的味道。最后，铁扬先生看在千先生太辛苦的份上，勉强先将画撤下来运回仓库。而到了第二天一早，铁扬先生根本就不再征得千先生同意，毅然决定将《太行山》展出（这幅画在展览期间，获得巨大反响）。

如果说过去读铁凝写人记事的散文，更多的是欣赏她对人物内心世界和社会生活美好情愫的深刻挖掘的话，那么，自二〇〇三年我读过她谈美术的散文集《遥远的完美》和这本《铁凝日记——汉城的事》后，我从她的作品里又不断地学到了很多文学以外的东西，包括对艺术问题的思考方式。它既是艺术自身的，也是哲学的，或者也还关联到社会学、宗教学、民俗学等学科的内容。当然，有些知识的传递并不一定是铁凝的原创。比如，在怎样给一件陌生的作品下结论上，她便把父亲是如何把握的观点记录于《朝鲜的油画》中："一、社会背景——画家画此作的可能性；二、艺术风格的因袭；三、对绘画材料的判定。"又如，在关于韩国人为什么热衷于吃冷拌菜上，铁凝通过翻译姜雪子得到答案："韩国的冷拌菜一般都讲究直接用手拌，韩国人认为手指本身是有味道、有温度的，不同的手拌出来的菜有不同的味道。切生鱼时则多由男性来切，因为生鱼对温度很敏感，过热就会失去鲜味。而男性手的温度是低于女性的。（铁凝问：那么，戴上薄手套不是更好吗？又卫生又隔温。）戴上手套的手感觉是麻木的，切时心里没底，切出的鱼片肯定不均匀。"面对如此的讲究，铁凝写道："这样想来，韩国的冷拌菜其实是融入了皮肤的暖意的。一只人手究竟有多么独特的气味可为菜肴增色，暂且放在一边不说，单是这种讲究的本身便是一种浪漫的文化了。这是一个感觉的民族，这个民族何以对音乐如此迷恋便也不难理解了。"

铁凝的话，使我想到了"艺术就是感觉"，这话不是我说的，它出自一位大师之口。我还由此明白了我母亲做的手擀面为什么比机制面好吃的真正原因。铁凝日记，记录的是发生在汉城的事，也记录了发生在汉城以外的事。它将给我以不尽的思索。

从梦呓中醒来
——读韩少功散文集《山川入梦》

在中国当代文坛，韩少功的名字够响亮的了。其响亮程度该到了谁也无法忽视的程度。多年前，他以小说《爸爸爸》和《马桥词典》而轰动文坛。后来，他又从湖南到了海南，当作协主席和文联主席。不过，他没拿主席这差事当回事，继续回到他所依赖的故土。又是多年以后，他推出散文集《山川入梦》，再次引起文坛的关注。

可以肯定地说，人们这次关注韩少功，关注的不全是散文，而更多的是韩少功所选择的生存方式和思想方式。换句话说，如果《山川入梦》不是韩少功所写，而是李少功、张少功所写，其影响自然没有这样大。这些年，这样的事还少吗？基于这样的考虑，往往很多热销的书，我往往买来先不读，只是放在众多认为有必要读的一类书堆里。等热炒或热吵风过后，我才将那书拿出来品读。我决不跟风，我相信自己的判断。

我这样说，并没有贬损韩少功散文的意思。今年春节前后，我有极度的怀旧感。我甚至感到极度的恐慌和孤独。于是，我找过去的同学、老师和乡亲。我知道那里有我的根。我甚至还知道如韩少功在《怀旧》中所言"眼泪在歌声中闪烁，闪烁得似乎有些夸张"。

这是一个结。每个人都会遇到的一个结。作为作家来说，这个结将贯穿生命的始终。

我越来越迷信作家的地域性写作。韩少功的写作一直是地域性写作。即使他到海南当了作协主席，他的文学土壤还是在湖南乡下，那个叫马桥的地方。这部散文集书名很好——"山川入梦"。梦里的情景是泥土、岩石、河流，还有长期在这土地上生存的动物、植物，更重要的是人。我们的现当代文学，从本质上讲，是乡土文学。乡土文学，即地域文学。鲁迅、老舍、沈从文、萧红、赵树理、孙犁、贾平凹是这方面的杰出代表。当然，也有些作家他们的地域性不是很强，也取得不俗的成就。但从历史的经验来看，地域性强的作家他们的作品容易被后人记住，成为经典的机会多。

就散文而言，全国当下以写一个地域而闻名的作家有二三十位，如写青藏高原的军旅作家王宗仁，写河南的周同宾，写新疆的刘亮程，写山西的曹乃谦，等等。这些作家，他们的散文或以叙述故事见长，或以描写民俗见长，语言平白，情感细腻，节奏舒缓，宛如夕阳西下，掩卷后回味无穷。以往的地域散文写作，作家往往注重的是记录什么，而不是说什么。有相当多的散文，我们只要读读作家近乎原生态的描写，你就会在不知不觉中受到感染，享受到美的浸润。自余秋雨之后，有相当多的作家受到启示，已经不再满足原来的静态白描，逐渐在作品中加以议论、思考，其结果由于自身思想的浅薄，不但无益于散文的美质，反而破坏了散文原有的叙事之美。

那么，韩少功此番经过多年精心准备的《山川入梦》呢？我的直接感觉是他做到了散文的原生态叙述和文化思考二者的完美结合。本集散文分四个部分：前三辑为叙事部分，由"农活""乡亲""家园"组成，第四辑是"思想"——主要是作者对土地和人的一些思考。或许是从小在农村长大的缘故，我非常喜欢作者的前三辑的叙事描写，虽然韩少功笔下的是南方的乡村，可我这个北方娃依然能产生共鸣。作为一般的读者，看一些乡间的人事风俗就可以了，可我不同，我还要读出作家的散文元素和文学元素。韩少功毕竟是韩少功，他的散文几乎每篇都给我留下深刻的印记，或是语言的美质，或是技巧的娴熟，或是哲理般的思索。通常看散文，能用笔勾画一两处就很不容易，而韩少功的散文每篇我都要勾画五六处之多，足见他的散文在感染着我。譬如，在《犁田》中，他形容犁过的田——"翻卷的黑泥就如一页页的书，光华发亮，细腻柔润，均匀整齐，温气蒸腾，给人一气呵成行云流水收放自如神形兼备的感觉，不忍触动不忍破坏的感觉"，而"没有牛铃铛的声音，马桥是不可想象的，黄昏是不可想象的。缺少了这种喑哑铃声的黄昏，就像没有水流的河，没有花草的春天，只是一种辉煌的荒漠"。在《鸡群》中，他形容一只公鸡——"这只公鸡是圈里唯一的男种，享受着三宫六院的幸福和腐败，每天早上一出埘，就亢奋得平展双翅，像一架飞机在鸡场里狂奔几圈，发泄一通按捺不住的狂喜，好半天才收翅和减速"，然而，就是这样一只看似强大的公鸡，在美食一旦来临时，它所表现的不是疯狂独自占有，而是"立刻吐了出来，礼让给随后跟来的母鸡"。由此，作者不禁感慨道："一只鸡尚能利他，为何人性倒只剩下利己？同是在红颜相好的面前，人间的好些雄性为何倒可能遇险则溜之见利先取之？再说，这公鸡感情不专，虽有很多不文明之处，可挑剔和可责难之处，但它至少还能乱而不弃，喜新不厌旧，一遇到新宠挑衅旧好，或者是强凤欺压弱莺，总是怜香惜玉地一视同仁，冲上前去排解纠纷，把比较霸权的一方轰到远处，让那些家伙稍安勿躁恪守雌道。如此齐家之道也比好多男人更见境界。"如此这般的韩氏风格，在本书中可谓随处可见，你能说这不是散文的重要元素？

　　地域文学，强调的是对过去的记忆。换言之，文学就是一个人的经历。在本书的第四辑，韩少功以"思想"为总题对前三辑——以至对自己的人生进行了诸多的思考。在《青春》一文中，他在问自己："时光匆匆，过去之前还有过去，我们几乎已经忘记了井田制，忘记了柏梁体，忘记了多少破落王府和寂寞驿站，为什么不能忘记知青？"也许，知青代表着一代人的苦难，"人很怪，很难记住享乐，对一次次盛宴的回忆必定空洞和乏味。唯有在痛苦的土壤里，才可以得到记忆的丰收"。记忆的丰收，即生活的丰收。韩少功的记忆大都来自乡村，离开乡村进入都市多年后，当他想进一步拓宽他文学的路径后，他发现城市的门洞并没有向他打开，他只有重新回到他的故土，去不断进行灵魂和肉体的劳动。因此，他怀念劳动，他看不起不劳动的人，"这种念头使我立即买来了锄头和耙头，买来了草帽和胶鞋。选定了一块寂寞荒坡，向想象中的满地庄稼走过去。阳光如此温暖，土地如此洁净，一口潮湿清冽的空气足以洗净我体内的每一颗细胞……我们要亲手创造出植物、动物以及微生物，在生命之链最原初的地方接管我们的生活，收回自己这一辈子该出力时就出力的权利"。

诚然，韩少功选择了劳动，选择了回到乡村，其作品必然在他过去的乡村记忆中增添了鲜活的内容。他是在有意完成一个否定之否定的哲学命题。我们有理由相信，韩少功比那些还停留在第一次对乡村记忆的作家们肯定要"多收了三五斗"。但我总觉得，他这样做还不够，他必须看到今天在农村城市化进程中出现的新情况新问题。过去，他到农村是知青，今天，无数的农村青年到城市里打工，他们不是知青，而是"农工""农青"，甚至就是"劳工"。如果韩少功仍然停留在他第二次返乡后对第一次乡村记忆的自我呓语中，显然他的乡村童话不过是自己的"精神乌托邦"。因此，我呼唤第一次留有乡村记忆的作家们从梦呓中醒来，我也呼唤诸如韩少功们的第二次走入乡村的作家们从梦呓中醒来。那种只看到劳动和自己劳动的做法是不能全面解释劳动的真实含义的。我对韩少功寄予更崇高的期待。

二〇〇九年十月二十六日

俗常之中见雅润

——读林裕华散文集《钱塘三章》

关于散文我已经说过很多的话。每每看到一篇散文，或一本散文集，我都力图有新的话语表达。但这样的情形终究越来越少了。对于当下的散文，似乎可以用五光十色来形容，这当然也可以视作散文繁荣的表象。我喜欢那种能把我震住，能在纸页上停留片刻，以至于能让笔在上面再画上一些标记以示重要的散文。可惜，这样的作品不是很多。原因在哪里？我以为关键是对散文的基本认识。

我反对将散文过分地泛化。就相近的文体而言，诸如杂文、随笔、时评一类的东西，最好不要跟散文划等号。既然散文是文学的体例，同小说、诗歌、报告文学、戏剧并列存在，就应该文学的且艺术的存在。过去有人提倡大散文，本意是在题材、技法上有所开拓，结果到头来创新不足，反而弄出个以文字冗长为能事的大散文，真是让读者开了眼。有人也反对我将议论文体划出散文的提法，其直接的依据就是搬出《古文观止》，说那里边大部分都是议论文章。我说那是历史的局限，假如那些写手生在当代，充其量他们也只是个半瓶醋的杂文家。

请原谅我对散文的不够宽容。但我并不觉得孤独。在我所结识的和未曾结识的散文家中，毕竟还有相当多的人在支持我的观点。就以上海作家林裕华新近出版的散文集《钱塘三章》为例。林裕华我们不曾相识，他的这本散文集也并非全部是写杭州的。有点机缘的是，去年他发表在文学报上的散文《我找到了那片风景》，因为喜欢，被我收进本人主编的《2006年我最喜爱的中国散文100篇》。收入本集的三十五篇散文，按地域划分，大致可以分成写杭州和上海两部分。按题材划分，可以分成写书画、瓷器文化和记人叙事两部分。作者之所以有这两方面的划分，想必与他的经历有关。这在其散文中有着详细的记载。

当下盛行一种文化散文。何谓文化散文呢？就是作者就一人或一物进行考史般地去求证出某种结论。这样的散文大都爱引经据典，而且一写就是洋洋万言，具有鲜明的理性色彩。我对此一直持怀疑态度，即这样的文章可以存在，可以满足一部分人求知的需要。但若真的把其视为散文，作为今后散文发展的方向，我是断然不能接受的。我始终认为，散文是感性的东西，其语言应该是带有音乐节奏的，是山谷间叮咚作响的小溪。我们写散文，重要的不是看到什么，而是看到什么悟出什么。作为读者也是如此，其在欣赏作者优美的文字的同时，还能从中有所感悟。我曾说，一篇好的散文，是那种用最朴素的语言写出最佳的意境和情感来的美文。

读林裕华的散文，我时常会感到一种雅润之气。说其雅，是指其文字多富有诗意，这自然与他首先是个诗人有关。在他的多篇散文中，都以诗抒情，像"是哪一片传唱／带走我的阳光／在大塔儿巷行雨／／我小心地伸手接住了／可是丁香／伸进故土的幻想／／南飞而去的芬芳／是否摸回水边／在湖一隅／／还在油纸伞下呦／那百年烟雨／摆弄的乡情／／这般悠长，悠长／我的江南雨啊"（《杭州的巷子》）"我怎么能够冷漠你／枯黄的落叶／你也有过碧绿的青春／无私地托起春的爱／／于今，老了／掺落尘埃／生命终有尽头／春天还会再来"（《一叶秋色随我上云溪》）。说其润，是指其叙述文字具有浓浓的清香，仿佛在旅途劳累之中突然品到一杯他家乡上好的西湖龙井。如"我喜欢观潮，这一礴云天的水势，便是英雄的大无畏之精神；我也喜欢听潮，那半空舞雪的开怀一笑，引出多少金戈铁马，慷慨悲凉，有了排遣的机会，把一层秋色往潮头上轻轻一揭，人世间的什么声响你都可以一饱耳福了"（《一江潮声出钱塘》）。又如"曾几何时，一到夏日，我便回乡探母，晚饭之后即挪一张竹凳坐在巷口，母亲早早回房了，可我把望星空的眼睛因为还没有找到儿时的影子而很有自信地安静地独坐在贴近西湖的星空下。我记得，那时的云走得很急，似乎就是岁月的脚步，叫我怎么也赶不上它，所以我尽管用足了力气，终究没法把它扯住，让它停下来，和我多待一会儿。它飘去了，它把母亲也一块带去了，现在，只剩下一个我，走在南山路的星空下。"诚然，文字的雅与润，绝非是这样的寻章摘句，它体现的是通篇的整体感觉。

　　林裕华的散文之所以让人读着有雅润之格，恣意由性，这与他注重写情有直接关系。乡情、友情、亲情这是任何人都无法回避的，但当下却有一股潮流，认为写这样的散文过于落套、俗常，只有写文化思考、历史考证的东西才深邃，才精英，对此我实在不能苟同。试想，散文离开了情，就是离开了我——离开了我的情感，没有情感的散文还有存在的意义吗？我过去一直认为，小说是我说的世界，散文则是说我的世界。所谓散文不能虚构，在很大程度上强调的就是我的亲历。读林裕华的散文，最能让人与之共鸣的就是情感的表达。如若对故乡，对父母，对友人没有真正的情感，他怎么会能发现那么多足以打动人的细节呢？如《西湖夏夜遇琴音》中对拉二胡残疾朋友的关注，《为我打字的来沪务工女孩》中对心地善良女孩的期冀等篇什，都有极佳的描写。特别是最后一篇写父母的《如庐》，可以说将亲情写到极致。作者通篇没有一句说教，也没有以往情不自禁的抒情，而是通过对如庐的描写以及发生在如庐里的几个与父母有关的故事，将扶危济困、乐德好施、心地善良的父母形象跃然纸上，让人看罢久久不能忘记。甚至有些至理名言，对于今天的年轻人仍有现实意义。可以说，这样的怀旧散文在近年还是不多见的。由此，我想到一个问题，散文热固然可喜，但并非要人人都写散文，每个人都要大量地写散文。散文毕竟是从心田流动出来的，那种像工业机器一样制作出来的东西，终究不会有生命力。也正因为如此，我对林裕华的散文开始关注。

二〇〇七年十一月十二日

铁凝的北京结和永远的文学世界

二〇〇六年十一月，在中国作家协会第七次全国代表大会上，著名女作家铁凝当选为新一任作协主席。两个月后，铁凝正式到北京中国作家协会报到。很多熟悉铁凝的人都知道，她长期生活在河北，其创作的五百多万字各种文学作品也都诞生在那块神奇的土地上。毫无疑问，河北肯定是铁凝的文学之根。然而，在铁凝的内心深处，她还始终有一个关于北京的"结"，这个"结"让她整整经历了人生五十载。在本文中，我不能问铁凝该把北京与河北哪个视作故乡哪个视作他乡，这就如同问一个孩子最喜欢父亲还是母亲。因为，在铁凝的心中，她拥有的已经不是河北、北京这样一个简单的地理概念，她真正拥有的是永远属于她的那无法割舍的文学世界。

一个优秀的作家总是和他（她）有无经典作品相联系

认识铁凝，必须从认识香雪开始。香雪是一个生活在二十世纪七八十年代山里的女孩子，像她那样的孩子从来没有走出过大山，他们对外面世界的认识，只能靠每天去看经过那里的火车。火车在小站仅停留一分钟。这是看过铁凝的成名作短篇小说《哦，香雪》后，人们自然能想到的记忆。这个后来被拍成电影的小说最初发表在一九八二年的《青年文学》上。那一年我刚上初二，还不知道这世界发生了这样一件事。等我真正看到了这篇小说，是两年后在学校图书馆看到的一本过期的《小说月报》上。由于借阅的人很多，杂志已经发黄了，转载《哦，香雪》的几页还有几粒饭嘎巴儿糊在上边，想必是看的人上了瘾，不忍撂下碗筷。三年后，由于同名电影的进一步传播，使人们彻底记住了香雪这个形象。多年以后，当人们的目光开始关注那些失学儿童时，特别是看到摄影家解海龙拍摄的那个"大眼睛"和电影《一个都不能少》《凤凰琴》《美丽的大脚》后，人们才发现，铁凝塑造的香雪这个典型其实更早，虽然她的主题是传统的封闭乡村对现代文明的渴望。

透过香雪，我们会发现一种有意思的文学现象，那就是看一个作家有没有名儿，优秀不优秀，在很大程度上要看他（她）能不能塑造出让人记住的典型人物形象。我们看罗贯中、施耐庵、曹雪芹，我们看契诃夫、莫泊桑、海明威，我们看鲁迅、老舍、赵树理，他们之所以被称为大师，往往是同他们相对应的名著名篇联系在一起的。看一部作品是不是名篇，标准有很多，但能否塑造出典型人物形象尤为关键。离开了典型人物，你的语言再生动再出奇，恐怕也难被人记住。我很羡慕铁凝，她二十五岁时便给中国文学画廊里添加了一个鲜活的香雪。

二月六日中午，我在整理这篇文章的资料时，央视电影频道正播放根据铁凝的中篇小说《没有纽扣的红衬衫》改编的电影《红衣少女》。凭我的直觉，铁凝是把自己家庭的生活写进了作品里。看着女中学生安然调皮、聪颖、倔强的影子，我马上想到铁凝的散文《你在大雾里得意忘形》。于是，我情不自禁给铁凝发了个短信：电视里正播《红衣少女》，虽说看过很多遍，但我仍然喜欢安然这个形象。铁凝没给我马上回信，那个钟点她正在中央党校上课呢。

我不属于哪一类，每个人都有自己的风格

文学写作，不同于新闻、公文写作。新闻、公文讲究程式、套路，文学创作则强调创新，既创新于别人，也创新于自己。关于铁凝的文学创作，有研究者喜欢将铁凝纳入荷花淀派。对此，我不能认同。我以为，文学作品是不能随便称为这派那派的。任何一个流派都是由每一个具体作家组成的，每个作家的生活环境、语言习惯、思维方式都带有独特性，如果这个作家和那个作家接近了，那么这后边的作家必死无疑。这就是文学创作同戏曲表演的区别，它充满着强烈的个人色彩。铁凝年轻时向前辈作家孙犁、徐光耀先生请教过，那只是在创作思维和技巧上的。他们创作的成就再高，也不能让铁凝学习他们的语言和思维习惯。在这一点上，不要说作家与作家之间，就是作家自己，他（她）这一时期的作品和他（她）那一时期的也都会有着明显的不同。比如铁凝早期写的中篇小说《棉花垛》和去年出版的长篇小说《笨花》，题材虽都涉及写棉花，以棉花做象征，但在语言的叙述和思想的挖掘上已经有了本质的变化。

二〇〇三年，铁凝出版了一本谈艺术的散文随笔集《遥远的完美》。在这本书中，作家选取了五十位中外画家以及他们的一百零七幅代表作进行了评述。显然，这种写作很难，其难度不仅仅是对艺术理论的把握，而更多是作家能否用通俗的语言既讲明了画家的风格，同时又阐释了自己的见解。为此，我曾用散文作者所处的三种现场进行判断。第一种是"我"在第一现场，这种散文强调的是作者亲历，体现的是一种自我叙述，作品感性色彩浓郁；第二种是"我"在第二现场，这种散文主要借用他人已有的知识，"我"虽然在现场，但这种现场带有一定的虚拟性，其作品体现的是理性色彩；第三种是"我"在第三现场，这种散文是将"我"放在第三方，即局外人，把第一、第二现场已有的东西看作是一种假定的静物，由"我"进行重新审视和解读。这种写作既是感性的，也是理性的，如果写作者没有超出常人的知识储备很难完成。铁凝当然属于第三种状态。几年前，有人将铁凝贴上"女性主义写作"的标签，她本人并不认同，她认

为她不属于任何一类，因为每个人都有自己的风格。事实上，她在写作长篇小说《玫瑰门》时，就已经开始尝试以第三性的视角进行了。我觉得，铁凝所说的第三性与我所理解的"第三现场"有殊途同归之妙。

《笨花》，地域写作的经典抑或是乡村音乐的绝唱

搞文学创作的人，在最初从事写作的时候，前辈作家总要告诫你"要写熟悉的生活"。一个作家肯定有他熟悉的生活，不论什么样的生活，大都带有一定的地域性。从中国现当代文学来看，大凡取得卓越成就的作家，其作品无一不充满浓郁的地域性。鲁迅如此，萧红如此，老舍如此，孙犁、赵树理以及汪曾祺、陆文夫皆如此。就是说，一个优秀的作家，必然要诞生在一块丰硕的土地上。一个没有土地的作家，是很难在文学上取得巨大成就的。

二○○六年初，人民文学出版社隆重推出了铁凝用六年心血精心打造的长篇小说《笨花》，开机印刷二十万册。这部书一面世，很快在读者中引起较大反响，在文学界更是好评如潮。当时，在第一时间我就买了一本，花了一周的时间看完后，便把书冷静地放在书架上。我没有像以往那样，很快写一篇推介文章。理智告诉我，写这篇评论文章，需要更多的时间进行思考。近十年来，在小说创作上有两种明显的路数：一是传统的写实，即作家写我看到我想说的世界，也就是作家眼睛向外的"向外转"；另一种是现代的表现自我，即作家写我的内心世界，也就是作家眼睛向内的"向内转"。当然，向内与向外并非完全的分开和对立。不论哪个路数，都可以写出经典的作品。纵观铁凝的文学历程，可以肯定地说，她的作品带有很强的地域性，主要涉及冀中的乡村、保定和石家庄两个城市以及北京。就她创作的总体文字和最代表她创作成就的作品看，绝大部分是写冀中乡村的。可以说，《笨花》是铁凝关于地域写作的集大成者，她的心血她的优势尽在其中。

出版社的编辑在《笨花》的折页上称作者"一改作者以往创作中关

注女性命运、注重个人情感开掘的基调，而是截取从清末民国初到二十世纪四十年代中期近五十年的那个历史断面，以冀中平原上一个小村子的生活为蓝本，以向氏家族为主线，在朴素智慧和妙趣盎然的叙事中，将中国那段变幻莫测、跌宕起伏、难以把握的历史巧妙地融于'凡人琐事'之中"。这段话从宏观上说是准确的，很多评论家也有类似的话语。可在我看来，这些不是最重要的，近些年写民族阶段史、家族史的作品很多（如周大新的《第二十幕》），而最重要的是铁凝为我们所描绘的已经久违了的温暖如阳光的乡村景象：农田、农活、农事，乡土、乡情、乡音。这些看似平淡的常物俗物，它们却伴随着我们这个民族的过去、现在和未来。只可惜，随着城镇化的如火如荼，那美丽的乡村景象正宛如童话般渐渐淡出我们的视野。至此，我豁然开朗，如果说铁凝当初写《哦，香雪》通过一个女孩子每天去看火车是对现代工业文明的呼唤，那么《笨花》则是通过向氏家族的变迁起伏对土地的本质回归。这一点，铁凝在其散文《又见香雪》中已经有了最初的预示，只是没有引起更多人的注意。看《笨花》我想到二十世纪三四十年代萧红笔下的《呼兰河传》和沈从文笔下的《边城》。

出生在北京，又回到北京，一切都是命运安排

绝大多数铁凝的朋友和读者，向来都把她看作河北人。这也难怪，铁凝从小生长在河北，成长于河北，成名于河北。何况她的祖籍又是河北赵县呢。尽管这样的认识铁凝并不十分反对，但我要说这并不准确。事实是，铁凝一九五七年九月生于北京，后来随父母到了河北省保定市。二十世纪六十年代初，由于父母去了遥远的"五七"干校，幼小的铁凝便被送至北京西城的外婆家寄居，做了几年名副其实的北京胡同里的孩子。关于这段记忆，作家在散文《想象胡同》中写道："外婆家的胡同地处北京西城，胡同不长，有几个死弯。外婆的四合院是一所坐北朝南的两进院子，院落不算宽敞，院门的构造却规矩齐全，大约属屋宇式院门里的中型如意

门。门框上方雕着'福''寿'的门簪，垂吊在门扇上用作敲门之用的黄铜门钹，以及迎门的青砖影壁和大门两侧各占一边的石头'抱鼓'，都有。或者，厚重的黑漆门扇上还镌刻着'总集福荫，备致嘉祥'之类的对联吧。只是当我作为寄居者走进这两扇黑漆大门时，门上的对联已换作了红纸黑字的'四海翻腾云水怒，五洲震荡风雷激'"。

像这样的记忆，铁凝在其散文《共享好时光》和《一千张糖纸》中也多有描述。当然，北京留给铁凝的不只是景物的记忆，还有许多她至今不能忘记的人：如在胡同口百货店卖酱油的"大荣姨"以及隔壁院子里一个叫世香的女孩子。我想到了铁凝的另一部中篇小说《永远有多远》，那完全是一部以北京为背景的小说。这时的北京，在作家的笔下已经变成：

"二十多年过去了，每当我来到北京，在任何地方看到少女，总会认定她们全是从前胡同里的那些孩子。北京若是一片树叶，胡同便是这树叶上蜿蜒密布的叶脉。要是你在阳光下观察这树叶，会发现它是那么晶莹透亮，因为那些女孩子就在叶脉里穿行，她们是一座城市的汁液。胡同为北京城输送着她们，她们使北京这座精神的城市肌理清明，面庞润泽，充满着温暖可靠的肉感。她们也使我永远地成为北京一名忠实的观众，即使再过一百年。"

其实，铁凝近些年一直是多次往来于北京的。我以为，她不完全都是为文学，也为她对北京的记忆。这里毕竟记载着她的童年。就是说，北京对于她永远有一个解不开的"结"。如果你想进一步证实我的判断，不妨去看一看作家的散文《关于头发》，里边记载着她一次又一次光顾北京一家名为"雪莱"的美发厅的经历。

作品要有光和热，首先作家自己的心里要有光和热

二〇〇六年十一月十四日，在中国作家协会第七次全国代表大会上，铁凝当选为新一任作协主席。一时间，各种新闻媒体和网站纷纷以最快的速度发布了这一消息并进行了相关报道。有媒体称，铁凝继茅盾、巴金之

后当选作协主席，标志着"中国文坛的巨人时代结束了，平民时代到来了"。显然，这是一种带有预言性的评价。我想，随着时间的推移，这种预言，也包括其他类似的评价，不论是对于铁凝还是对于整个中国文坛，似乎都显得不太重要。人们所关注的应该是铁凝将要做什么，作家们将要做什么。

"我本质上还是作家，以写作为本。"二〇〇七年春节前夕已经正式到中国作协开始履行作协主席身份的铁凝面对各界朋友的种种猜想，非常清醒地做出回答，"当然，我必须习惯某个时间段在开会，然后在另一个时间段迅速回到写作状态，也许是在写作中迅速回到会场。"话虽是这么说，这种角色的时空转换对于铁凝肯定是个考验。不过，人们也不必担心，以铁凝在河北担任作协主席的经验来看，她还是很能把握这种关系的。不然，她在河北作协担任十年主席期间，怎么会写出那么多的作品？仅《笨花》就历时六年。由于工作关系，河北的很多作家都成了我的朋友。他们每次谈到他们的铁主席，都报以钦佩的话语。在河北作协，最让人津津乐道的是河北文学馆的建立、各种评奖制度的设立以及这十年来一批作家的作品在全国被广为关注。譬如在中国作协鲁迅文学奖评选中，连续三届都有作家获奖，获奖数量居全国之首。面对取得的成绩，身为作协主席的铁凝当然十分的自豪与兴奋，但她从来不说自己在其中如何如何，她只道自己是个重要的参与者。说白了，当主席不给大家做事，人家选你干什么。

铁凝当选中国作协主席后，河北作家自然为他们拥戴的铁主席高兴。但他们也有一些顾虑，他们担心铁凝以后就不再兼任河北作协主席了。许多作家认为，铁凝在河北作家中有旗帜性的作用，由她担任主席，感到心里有底气。铁凝当然理解作家朋友们的心情，她在回答《河北日报》记者类似的采访时，非常动情地说："我不敢妄称是河北文学的旗帜，我只是努力做一个河北文学的优秀代表。我的文学创作起步是在河北，截至目前，我的所有重要作品，都是在这块土地上完成的，我没有在河北以外的任何地方写成过任何一部文学作品。这块土地，对我的人生，我的文学，不仅是以往的文学创作，对我今后的文学创作也是非常重要的。每个作家都有其所习惯的一个写作环境，或者说是一个'气场'，作家只有在这样一个地方，才能让灵魂安静下来，只有在这样一个地方，才能找到写作的源泉和表达的最佳状态。河北，是最能使我安静并激发我文学灵感的地方。我不会放弃写作，也就永远热爱着河北大地。另外，这个地方有我的亲人，还有许多熟悉的朋友和同事……"——印象中的铁凝永远是明朗快乐的，从容不迫的，很少见她皱过眉头，也从来没有见过她掉眼泪，但是这一次她忍不住哭了。

这篇文章到此似乎该打住了。我看了一眼日历上的时间，是二〇〇七年二月十一日。十二日下午二时，在北京饭店，中国作家协会按惯例要举行迎春联谊会，我想铁凝主席一定会出席的。最后，我想用铁凝担任中国作协主席后说过的一段话来作为本文的结尾：巴金先生曾经说过，文学能给人光热和希望，能让人变得更善良，更纯洁，对别人更有用。我愿意记住这些话。我想，作品要有光和热，首先作家自己的心里要有光和热，文学如果真能给人光热和希望，那文学也应该有能力温暖这个世界。

（原载二〇〇七年三月九日《北京日报》，略有改动）

西部自有风景

——在二〇一三年重庆西部散文家论坛上的讲话

尊敬的各位领导、各位同人：

　　大家上午好！在这惠风和畅、花团锦簇的美好季节，我们在美丽的重庆长寿古镇相约，共叙友谊，交流创作经验，展望散文创作的美好明天，我谨代表中国散文学会和王巨才会长对大会的召开，表示热烈的祝贺，向前来与会的散文家们致以文学的敬意！同时，也要向为这次大会召开付出辛勤劳动的重庆市、长寿区等有关单位表示真诚的谢意！

　　中国散文学会自一九八五年成立以来，一直得到全国广大散文作家、散文爱好者的关心和支持，在几任领导班子的带领下，取得了一定的成绩。特别是近十年来，随着我国散文创作整体的繁荣和发展，备受文学界关注和社会瞩目，二〇一二年十月二十九日，学会召开了第三次全国代表大会，对过去的工作进行了很好的总结，并选举产生了新的领导机构。目前，学会会员总数已达到五千人，位列中国作家协会所属文学社团的前茅。这其中有相当多的散文作家属于西部地区。

　　进入二〇一三年以来，全国散文创作形势继续保持以往的繁荣，中国散文学会在王巨才会长的领导下，调整了工作思路，制定了学会发展规划，创办了学会机关报《中国散文报》，相继启动和完成了第五届"漂母杯"全球母爱主题散文大赛、第三届"岱山杯"海洋文学大赛和"以竹喻检"诗文大赛，河北、山东等散文学会分别召开了年会和省市间的联谊会。这次西部散文家论坛年会，有西部九个省派代表参加，并邀请了其他省的部分代表，应该说，这是二〇一三年上半年全国规模最大的一次散文会议。我相信，经过主办者积极认真的精心准备，在大家的共同参与下，一定能够很好地总结成果，交流经验，迸发出耀眼的思想火花，为下一步的散文创作打开思路，提供多种可能。

最近一段时间，我一直在思考学会的工作思路，也在总结文学创作的心得。在此，我愿把自己的一己之见提出，供大家参考。我以为，不论写哪种题材、体裁的作品，如果要使自己优秀起来，大体上要做到这样四点：一是弘扬进步精神，二是遵循创作规律，三是体现地域特色，四是形成语言风格。而要做到这四点，还要注重四个方面的积累，即生活积累、感情积累、知识积累和技巧积累。对于以上内容，我会写文章具体阐述，希望大家以此作为一个话题进行讨论，权且作为我参加本次大会的一种愿望。

基于以上的想法，我对本次西部散文家论坛年会充满期待。我历来是地域文学的支持者，中国的西部，地域辽阔，人口相对较少，但自然条件非常独特，给广大的作家提供了无限的想象空间。当然，西部是相对的，丰富的，各地的差异很大，我们通过开会，不可能总结出一条大家共同遵守的模式、定律，真的那样，是违背创作规律的。我还是提倡在相对性的同时，坚持各自的独立性。我们坚持举办西部散文家论坛年会，其目的就是看到各自的独特性，找到规律性，再形成自己的独立性。今年下半年，中国作家协会散文专业委员会将于七月在北戴河召开散文座谈会；年底，中国散文学会要召开全国散文学会工作经验交流会。在这期间，其他省市学会也还要召开大大小小的散文会议，这些都将为促进我国散文事业的繁荣起到推动作用。因此，我们期待这次会议，《中国散文报》将拿出大的版面来报道，希望大家踊跃投稿。总之，我会全过程地参加大会，也希望大家对中国散文学会的工作提出建议和意见。我深信，西部自有风景，重庆的夏季风会让我们流连忘返。再一次为筹备本次大会圆满召开的同志们表示深深的谢意！

二〇一三年五月十七日

人站得高了，世界屋脊就显得低了

——我和军旅作家王宗仁老师的交往

王宗仁这个名字对我有特殊意义。可以说，这个名字改变了我的人生。我最早知道这个名字，是在报刊上。具体他写的是什么，我记不清，或许是他当年最早写第四军医大学学生张华因为救掏粪工人而牺牲引发的关于人生价值的讨论吧。当时我在北京郊区的一所中学读初中二年级。后来，与王宗仁结识后，才得知，他不仅写了张华，还写了华山抢险等大典型。慢慢地进入他的创作，他的人生，我发现，他的文学积淀是在青藏高原，他的文学高度、人生高度也在青藏高原。

我与王宗仁老师正式接触是在一九八八年。那时我在京郊双桥农场，一个偶然的机会，湖南的一个北漂作家邓杰给我打电话，说他一直在帮著名作家柯蓝先生做事。柯蓝当时担任着中国散文诗学会的会长，并且主编《中国散文诗报》。邓杰说，他想请柯蓝等十几个写散文诗的作家到我们农场参观，问我能否接待。我说三天后答复。放下电话，我就到农场机关找有关领导，最后找到畜牧分场党委书记张志明，把情况向他做了简要的说明。张书记是军人出身，办事痛快，说没问题，就到农场的鸭场、牛场和乳制品加工厂参观，中午就在乳制品加工厂吃涮羊肉。我听后喜出望外，要知道，我当初不过是个二十岁的年轻人，和张书记又不在一个单位，人家凭什么帮你忙？无非是爱才。

后，柯蓝率领的十几个散文诗人如期而至。我至今能叫出名字的有柯蓝、王宗仁、张捐中、邓杰、刘书良、季清荣、芊华、苍月等。其中，我与王宗仁的这一见，使我的生活彻底发生了改变。由于是冬天，农场的天气又特别冷，可是，作家们到农场的牛场、鸭场参观还是饶有兴致。特别是在鸭场看到填鸭，大家都很兴奋，我说，你们在北京城吃的烤鸭，大部分是来自我们农场系统。我还告诉他们，鸭场技术员袁光斗的哥哥就是著名诗人袁水拍，大家听后，都向袁光斗投去了赞许的目光。

午饭时，我和王宗仁老师挨着。我对他说，我早知道您的大名。王老师那时还不到五十岁，性格很温和，不多言语，他把家里电话告诉了我，说有关创作的事随时可以问他。本来，这样的采风活动结束后，人们的关系也就逐渐归于平淡。可从那天以后，我就鬼使神差地三天两头给王宗仁老师打电话，哪怕聊上五分钟也觉得很充实。不久，王老师把他主编的《后勤文艺》杂志邮给我，不要说里边的内容如何吸引我，单是信封落款那一排红字——"中国人民解放军总后勤部政治部创作室"就足以让我激动不已。长期生活在农村，对于国家大机关，尤其是部队总部机关，我是从来没敢奢望有联系，更不敢想有人会给我来信。以前，虽然也有报社、杂志社给我来信，但我觉得没有大机关那么神秘。

两年后，我从农场调到刚创刊的《北京工人报》。这样，我到城里上班，与王宗仁老师接触的机会就多了起来。我们经常在一起聊天，九十年代初，我们几乎把总后四周的饭馆都吃遍了，每次都是王老师请客。在总后，上到部长、政委，下到普通战士，认识王老宗仁的人都习惯称呼他王老师。一九九三年年末的一天，王老师把六本《后勤文艺》交给我，说你对文学评论有感觉，你回去把这一年的杂志看看，然后写一篇总的评论吧。我听后觉得受宠若惊，我说，我没写过文学评论啊！王老师说，从聊天中我发现你懂文学理论，你的许多观点很新鲜，不妨试一试。这样，我集中一星期的时间，仔细阅读杂志的每一篇作品，然后写了一篇八千字的评论交给王老师。王老师看后很满意，当即决定发在一九九四年第一期《后勤文艺》上。应该说，这是我真正写文学评论的开始。

一九九二年到一九九五年，是王宗仁老师创作的黄金期。他先后在《当代》《十月》等大型期刊上先后发表了五部中篇报告文学《青藏高原之脊》《死亡线上的生命里程》《女人，世界屋脊上新鲜的太阳》《情断无人区》《嫂镜》，在文坛引起强烈反响，为此，总后政治部连同几家杂志为其开了创作研讨会。在此前，王老师已经出版了反映平津战役的长篇报告文学《历史，在北平拐弯》、卢沟桥事变的长篇报告文学《枪响卢沟桥》和首钢改革题材的长篇报告文学《周冠五与首钢》。这三本书我都详细拜读过，后来还为其进行转载宣传。我很佩服王宗仁老师，他一个军旅作家，不但军事题材写得大气磅礴，即使地方题材，尤其像首钢这样的工业题材，他也写得气势如虹，文采飞扬。在文学界，工业题材一直是作家头疼的，无从下手。印象中，只有蒋子龙写的中篇小说《乔厂长上任记》算得上是上乘之作。诚然，每个作家对自己的所有作品都视如己出，即便如此，我觉得王宗仁老师最动感情的还是他的青藏高原系列作品，包括散文、报告文学、散文诗，甚至是不多的小说、诗歌和大量早期的通讯作品。

王宗仁老师早在八十年代就获得全国第一届、二届报告文学奖。在近三十年的交往中，我对王老师的散文和报告文学分得不是很清楚，这恐怕他自己也是这么想的。从广义方面讲，韵文之外都称为散文。在二十世纪五十年代，甚至在八十年代，人们习惯把报告文学称为人物特写。也有人认为，报告文学应该列入新闻作品中的人物通讯。更有人认为，报告文学应该列入纪实文学。到了九十年代中后期，文学界干脆弄出个"非虚构"概念，一下子把真人真事的东西全都装进去了。我对"非虚构"的笼统界定并不完全认同，非虚构的反义就是虚构，按照这个逻辑推理，什么是虚构的，小说还是诗歌？那么，我就要问了，何为的小说《第二次考试》为什么长期以来按散文名篇对待？冰心的小说《小桔灯》中的人物是有原型的，这是虚构还是非虚构？雷抒雁的诗歌《小草在歌唱》是写给张志新烈士的，请问这是虚构还是非虚构？由此不难看出，我们在谈论虚构和非虚构时，表面是想把问题说清楚，实际反而失去事物的本质。我的主张是，生活不都是艺术的，生活一旦成为艺术，就会有虚构产生，离开了虚构，生活就是一杯白开水。说白了，没有虚构的艺术是不存在的。

大约在二〇〇〇年，王宗仁老师发表了他的散文名篇《藏羚羊跪拜》。这篇作品，通过猎手和藏羚羊的故事，提出了人性不如兽性，极大地震撼了生态文学界，也震撼了读者。先后被上百家报刊转载，还在中央电视台《朗读者》节目中被导演陆川推荐朗读，再次被社会所关注。关于这篇散文，可以说，在二〇〇〇年以后，还没有哪个作家的作品能有这么大的影响力。记得有位资深的散文家对我说，你如果能写出像王宗仁《藏羚羊跪拜》那样的作品，我就佩服你。我知道这位老作家在有意刺激我，甚至在挑拨我和王宗仁老师的关系，我说，王宗仁是我老师，我写散文是跟他学的，我怎么能超过我的老师呢？

二〇〇八年四月，王宗仁老师出版了散文集《藏地兵书》，在封面腰封上赫然印着这样的文字：比小说更精彩，比传说更感人。一个上百次穿越世界屋脊的军人，一个把生命化作青藏高原一部分的作家，他写出了四十多年高原军营生活，有数百名藏地的军人从他笔下走过，他被誉为"高原之子"。这一年，《藏地兵书》获得第五届"鲁迅文学奖"。迄今，这本书已经再版八次，这在当下出版的散文集中十分罕见。

王宗仁老师系陕西扶风人，一九五八年当兵来到青藏高原，历任汽车驾驶员、文化教员、组织干事、宣传干事，一干就是八年，曾经数十次翻越唐古拉山，昼夜驰骋在两千公里的青藏线上。一九六五年调到总后宣传部从事宣传工作，后来成为专业作家。从离开青藏线那一天，他就承诺，以后不管到哪里，每年都要回青藏线。王宗仁老师是这么承诺的，也是这样做的。一九九六年夏天和一九九八年秋天，我曾两度陪王宗仁老师来到青藏线，还同他一同到两千公里的青藏线去采访，在那十几天的日子里，我不仅欣赏了青藏线旖旎的风光景色，更多的是认识了那些长年坚守在青藏线各个兵站上的那些可爱的兵们。回来之后，我陆续写了《鸟岛听歌》《一根黄瓜的价值》《夜宿沱沱河》等系列散文，我这些作品，同王宗仁老师五百万字的青藏题材作品相比，简直是九牛一毛。从青藏高原回来的一两个月时间，心灵仿佛受到一次大的洗礼，以至在相当长的时间，脑子里装的一直是那些兵们。他们虽然满脸的高原红，指甲凹陷，甚至谈到内地的事情表情十分木讷，可在我的心里，他们是这个世界上真正最高大最可爱的人！

二〇一八年，王宗仁老师即将进入八十岁，也是他军旅生涯六十载，我们相识相交三十个春秋。回首往事，似乎发生的事就在眼前就在昨天。记得总后宣传部文化部部长卢江林在一次总后创作会议上，当介绍我时，曾经不无幽默地说，红孩不是外人，他是我们总后的女婿。这虽然是一句玩笑话，但从中不难看出，在总后人们一直把我当作他们中的一员。就我个人而言，我多想成为青藏高原上的一个兵啊！在那里，有王宗仁老师的足迹，有我非常崇敬的那些兵们，更有着我们这个时代的中国梦想。王宗仁老师在《青藏高原之脊》中曾写道：人站得高了，世界屋脊就显得低了。我愿把这句话作为我生活的座右铭，让它永远激励我，前行。

二〇一八年四月十日

熟悉的地方景色依然
——从席星荃的乡土散文说开去

我向来认为,文学是带有强烈地域色彩的。大凡优秀的作家,都与地域有关。比如鲁迅、老舍、沈从文、赵树理、孙犁、汪曾祺、刘绍棠、浩然,也包括当今有着广泛影响的作家陈建功、铁凝、莫言、贾平凹、陈忠实。中国文学,从宽泛的意义来说,都该属乡土文学。这当然与我们这个国家长期处于农耕社会直接相关。当下的作家,绝大多数也都来自于乡村,起码上翻三代,基本上是农民。请注意,我这样说,并不是表明乡村就是乡土,描写乡村题材就是真正的乡土文学。我以为,乡土文学是作家对所描写的地域的文化关照与情感关照的融合,是来自于乡土同时又是对乡土的反哺。

近年来,有相当多的作家一直致力于乡土散文的创作。年龄大一些的如周同宾、和谷,年轻些的如刘亮程、乔忠延、徐迅、周伟、谭延桐等。面对这样的一些作家作品,我一直在思考一个问题:他们写的散文能被冠以乡土散文吗?当前,有人还提出新乡土散文的概念。我觉得提法固然有一定道理,但若从理论上,或从创作实践上,选择一个或几个标志性的作家和作品,似乎还为时尚早。我觉得,这需要创作的实践者和理论者认真地总结研究。

正是带着这样的一种思考，我开始阅读湖北作家席星荃的乡土散文集《记忆与游走》。这本散文集共分五个部分，其实也可以看作是一个部分，即书名所表：对乡村旧事的记忆以及一些联想。我虽然自幼生长在北京郊区，但对席星荃笔下的湖北襄樊（今襄阳市）一个叫槐树畈的小山村的风情、民俗描写以及一些小人物的生命历程，还是相当熟悉的。有些人和事仿佛就发生在我曾经生长的那个村庄。因此，读席星荃的散文，我始终感到有一种乡亲般的温暖与亲切。其实，这种感受也不仅仅是席星荃带给我的，我相信，只要读乡土散文，每个人都会有这种感受。这使我联想到十几天前，在一次散文创作座谈会上，我曾说，所谓我心中的好散文，就是那种从我到我们引起共鸣的散文。也就是说，读朱自清的《背影》，我们之所以被感动，就是因为从朱自清父亲的身上让我们看到天下的父亲对儿子的关怀与疼爱。

这本书所写的内容基本上是关于槐树畈这个小村的，时间跨度大约在中华人民共和国成立前到八十年代初的三四十年间的事，用英语语法表示应该为"过去进行时"。写乡土散文，一般都逃离不了这个规律，无非是写一些作者生活栖息地的小河、流水、人家，以及自己的亲情往事。在这一点上，席星荃同许多写乡土散文的作家一样，也没有跳出这个窠臼。这就给自己和读者出了个难题。即你写的最熟悉的东西，是否有新意，新意有两重含义：一是你有没有独特性，比如你写的湖北的槐树畈只能属于你的，而不能属于北京某个人的；另一个是在都熟悉的地方有没有新的发现。很显然，如果能做到这两点，这个作家肯定是有自己个性的，他的作品也会非常地吸引读者。坦诚地说，席星荃的作品在这两方面都做出了自己的努力，有成功的一面，也有很多欠缺的东西。换句话说，对席星荃乡土散文作品的分析，也就是对当前整个乡土散文创作的分析。席星荃有一定的典型性。那么，乡土散文就一味地回忆过去吗？当然不能。我觉得乡土散文在不断地对过去进行梳理的同时，也应该不断地将目光放在当下的乡土生活，要不断地观照"现在进行时"。说老实话，不论是做报刊编辑，还是编辑散文年选一类的散文选本，我对写过去的黑狗、黄牛的东西已经产生审美疲劳了。我们必须清醒地认识到，中国的乡村已经不仅仅是篱笆、女人和狗的画面，它还包括汽车、地产、美容、电脑等现代的景象。如果我们的作家总是沉浸在对往日乡愁的记忆与叙述中，我想，我们的思维肯定是出现了问题。这个问题，也同样发生在小说和影视作品当中。

关于乡土散文，还有一个语言表现问题。过去，一看到这类散文，就给人一种鲁迅散文留下的凄凉、肃杀的感觉。也有的则流露着哀愁、凝重的氛围。读席星荃的散文，我却找不到这种感觉。他笔下的乡村景色、风情、人物，是活灵活现，有声有色的。即使是写阶级斗争、贫穷苦难那样的悲剧经历，他也是用一种灰色幽默的喜剧形式去表现，如《在油坊里》《小人物的荒唐事》。从这一点上，可以看出席星荃在散文创作中有意识地借鉴了小说与小品的写作技巧，同时也不难发现，他是一个对生活非常乐观的人。我以为，在这一点上，席星荃的乡土散文是有别于他人的。

既然提到了小说，我就不得不提到最近的两部长篇小说。一部是去年铁凝创作的《笨花》，另一部是贾平凹刚推出的《高兴》。前者是对农业文明的呼唤，后者是对城市文明的渴望。他们分别对自己过去的代表作品《哦，香雪》和《秦腔》进行了自我颠覆。从大的乡土文学的范畴，我觉得他们对中国社会的思考，很值得我们散文作家，特别是致力于乡土散文创作的作家进行借鉴。不管怎样，我十分看好乡土散文，熟悉的地方不会没有景色。

二〇一一年九月十四日

北京地域文学的新收获

——从周振华散文集《我爱北京》说起

二〇一二年六月中旬，北京人民艺术剧院迎来六十华诞，首都各界举行了很隆重的庆祝活动。作为北京人，我当然为北京人艺感到自豪和兴奋。北京人艺所以在国内外享有盛誉，我以为她做到了四性：人民性、地域性、原创性和艺术性。对于这四点，大凡熟悉北京人艺的观众都会认可。

由此，我想到以老舍先生为代表的京味儿文学。关于京味儿文学，不同的人有不同的理解。我的理解是：北京人写的表现北京生活的大众文学。这其中，有三层意思。第一，何谓北京人。一是具有北京户口，在北京长年生活、居住的人，且对北京的风土人情、地理环境、语言习惯比较熟稔，运用自如；二是虽非北京人，但在北京长期居住，已经融入北京市民生活的人。第二，表现北京生活。一是表现过去的，如一九四九年前、"文化大革命"前、新千年前的；二是表现当代的。第三，大众文学，指的是被北京市民普遍接受的带有市井性的文学作品。以上这三种集大成者是老舍先生，后者如邓友梅、陈建功、赵大年、刘绍棠、韩少华先生，再后者则为袁一强、刘一达、邹敬之、刘恒先生。不过，以我的观察，总感觉当下的京味儿文学越来越后继乏人。

这其中的原因当然是多方面的。一方面是北京的有关部门对群众的业余文学创作重视程度不够，引进有余，本土意识较弱；另一方面是北京的业余作者眼光过于狭窄，缺少全国性的视野。还有一点，北京自改革开放以来，首都的功能越来越世界性，流动人口急剧增加，极大地冲击了北京固有的本土文化特征。不论是中央单位，还是市属、区属单位，很难再像过去那样找到清一色的北京人组成的单位了。这种你中有我、我中有你的格局，必然对京味儿文学乃至传统的北京文化构成冲击和瓦解。因此，当下的京味儿文学向何处去，北京的京味儿文学还能否独立于文坛，北京的京味儿文学是否应该多元发展，必然会引起北京文学界的广泛关注和深刻的思考。

关于地域文学，我曾多次地呼吁过。我以为，北京的地域文学还可以具体细分。如，城乡之间可以分城市文学和郊区文学，郊区可以分京西文学和京东文学。多年前，我曾同《十月》的资深编辑王洪先先生交谈过。我出生于东郊双桥农场，那地方既不是城市也不是农村，是真正的城乡结合部，写出的作品容易四不像。王洪先说，你就写你的郊区特色，全国哪个城市没有郊区呢？如果把郊区写好了，说不定能形成一种文学现象呢！我对北京郊区的作家群体非常熟悉，这个群体不论在小说、散文还是在诗歌、报告文学、影视剧本创作上，在全国都有一席之地。但问题是，北京年轻的一代作家，包括城区的本土作家，就创作整体实力而言，在全国还没有形成稳定的作家群，特别是还没有出现像刘绍棠、陈建功、刘恒那样的具有领军性的标志性作家，这无疑是令人遗憾而困惑的事情。刘绍棠先生生前曾提出乡土文学的十六字方针："中国气派、民族风格、地方特色、农村题材。"我以为，这十六个字今天丝毫也没有过时，反而更应该强调。当下，千篇一律的作品太多了，有风格有特色的几乎凤毛麟角。北京京味儿文学要振兴，就要有新的代表作家产生。

因此，从这个意义上，我看周振华同志的最新散文集《我爱北京》

的出版就具有很强的现实意义。周振华是地道的昌平山里人，后来到政府机关从事多年的领导工作，他的身上既保持着山里人的纯朴与倔强，也有着作为领导干部高远包容的眼光与胸怀。他的散文作品，大都描写的是自己所经历的人与事，乡音乡情，民风民俗，生态环保，时代变迁，其细节处如涓涓流水，意蕴绵绵，而宏观处气势磅礴，理性盎然。特别是其成熟的郊区语言，已然成了他有别于其他作家的重要特征。我与周振华多有接触，也在自己负责的报纸副刊上编发过他多篇作品。如《人老了竟是那么卑微》《总想起小平植树的日子》《长城脚下放蜂人》《山丹丹盛开在陕北高原》《唱着红歌爬大山》等，他的作品自始至终充满着对生活的热爱与憧憬，饱含着对北京对家乡对父老乡亲的深深爱意，读后给人以一种神清气爽、阳光灿烂的感觉。也许，有的人认为这是他人生如意的一种外在表现，而我深知道他因为家庭出身问题在青少年时代是如何过着寄人篱下的生活的，即使他到官场上，也并非一帆风顺，有过坎坷，也有过挫折，但他始终以极其乐观的精神去对待。通过阅读他大量的作品，我觉得周振华以他的文学修养和政治修养，已经把文化的自觉自然地融入到对党对祖国对改革开放的拥护与讴歌上。从而，也就有了一个文化人的自尊、自信和自强。想来，周振华近年来先后获得全国冰心散文奖、老舍散文奖、北京市中青年德艺双馨艺术家称号就是绝非偶然的了。也许，我把周振华看作北京京味儿文学的代表性作家还稍嫌太早，但我可以自信地认为，北京郊区因为有了周振华这样的作家的出现，北京的新京味儿文学就会大有希望。

二〇一二年七月三日

你就是一篇大块文章
——读张天夫散文集《天不在意》

　　这是一篇拖了很久的文字。二〇一三年元月十九日，中国散文学会会员、湖南作家张天夫通过电子邮件把他的散文集《天不在意》书稿发给我，希望我看后提点意见，也就是通常所说的给写个序言。说实话，这几年为各地的散文作家写的序言和评论确实不少，想来人家找我的原因主要有：一是十几年来我一直在中国散文学会担任领导工作，二是我的一些观点鲜明的散文理论在散文界有着广泛的影响，再有，近些年我重点创作出一批带有强烈个人感情色彩的散文和随笔，在读者中赢得了赞誉。大言不惭，我非常愿意给别人写序和写评论，这倒不是由此能够换得什么虚名，而更多的是通过阅读各地不同作者的散文，对不同类型的散文作出不同的判断，以此获得学习的机会。尽管如此，由于春节前后工作繁忙，各种会议、写作任务繁重，我还是把这个序给耽误了。好在我最近对散文创作又有了心得，不妨结合张天夫的散文谈谈体会，权且当序言之。

　　说实话，张天夫的作品，在此之前我并不是很熟悉。从他的简历中，知道他这个人生活经历丰富，在基层摸爬滚打了几十年，亦文亦政，智商高，懂经济，善策划，用老百姓的话说，是个了不起的能人。近些年，领导干部舞文弄墨十分盛行，不管怎么说，都是天大的好事。就散文创作而言，领导干部也是出奇得多，仅省部级干部我接触的就有十几位，至于局处科级的恐怕得有几百位。很多散文同人经常问我，你对官员写作怎么看？我的回答是肯定的：不管什么人，只要写的是散文，我就接受他。如果他写的不是散文，不管是多大的官，我都不会用散文的礼貌对他。就是说，文学是需要被人尊重的。

不必隐瞒，我之所以把张天夫的序言耽误，还有一个原因，就是很多的地方业余作者，包括一些领导干部，他们的散文写作大都有一个共性——没完没了地写乡村往事。看得多了，常觉得写的都是一个内容，无非是作者的名字换了。为此，我曾不止一次地呼吁：乡村写作一定要跳出来！这话说起来容易，而要进行真正的改变，并非易事。作为从农村成长起来的作家，我对于乡村写作从来都不拒绝。我想看到的是具有现代思维的乡村写作，而不是对往事的缠绵记忆。所谓的现代思维，就是用现代的思想去思考去审视我们曾经的过去。

我近来一直在推行我的"确定与非确定"理论。这里所说的确定，一是指文体的确定，二是指题材的确定。至于非确定，则指写作技术的变化和思想的多变。换个说法，写作是具有有限和无限的可能的。就说乡土题材创作，内容和体裁是容易被确定的，一般的作家都能做得到。然而，在非确定的技法和思想上，就不是所有的作家都能具有的了。我花了大半天的时间读了张天夫的这部散文书稿后，感到非常惊讶。其原因主要有这样几点：一是作者题材选择很宽，既有家乡石门县的山水风光，也有异地的美丽景色；二是作者的思考具有领导者与文化人综合的哲学思辨；三是作者的语言非常的独特，形成自己的风格。多年前，我在回答什么样的散文是好散文时，曾经说过：在语言朴素达美的情况下，散文要给读者提供三种可能，一是提供多少信息知识的含量，二是提供多少情感的含量，三是提供多少文化思考的含量。如果用这个标准去衡量张天夫的散文，我以为，他已经是很优秀的散文家了。

看一本书，或者看一篇作品的得失，我有个习惯，就是在书上进行批改。同样，做编辑多年，我总爱在别人的文章里找到自己所需要的那种兴奋。譬如好的字、词、句子，包括由此产生的思想的火花。我看一篇散文，整体上感觉固然十分重要，但我更偏重某一部分，或者某一个段落和句子。如果觉得精彩，我就在其下边画上曲线，有时在旁边的空白处还批上几句"精彩"的字样。时间长了，我就告诉那些让我帮他们看稿写文章的人，你要想让我为你说话，除非你能让我在你的文字上多画几条线。在此，我想把我读张天夫散文画过线的几处文字摘录如下：

> 时值晚秋，夹山抹上了薄薄一层黄叶，一阵风过，满山摇出一片金属般的脆响；山林红黄间绿，愈远愈渲染得分明，大不似春天笼统的绿了；一树树红枫举在万木丛中，正领导着秋天的潮流。夹山拥抱着这有声有色的世界，夹山可谓真正的夹山了。(《夹山秋行》)

> 其实，英雄魂归何处对人生来说并无多大意义，对后人来说也不是研究他的目的。像杜甫、李白等到底身卧哪座山丘至今也不知所云。历史的疑点何止千万，留下一些历史疑点倒是人类聪慧和明智的表现。历史总是诡诡秘秘地创造了无数疑点，这些历史疑点正是我们今天历史科学中的美学。可叹的是我们有些人用可悲的手段研究历史上可悲的人物，把自己连带英雄都变得更加可悲了。(《再赋夹山》)

> 钓鱼炼性子。陈崇万看上去比老街还要宁静，站在急滩上钓鱼，心如止水，是动中取鱼；我们心如急滩，在平水中卡鱼，是静中取鱼。不知道当年严子陵在富春江是怎样钓鱼的，但知道他钓的不仅仅是鱼，更多的是钓君王的眼睛。后来在富春江边留下了子陵钓鱼台，千百年来，子陵钓鱼台把无数看客的眼睛都钓过去了，还钓走了若干落魄者的心。(《乱世中的古人》)

以上精彩的段落在张天夫的散文，尤其是写景抒情的散文中，几乎随处可见。当然，这些精彩，有的因为语言的活力，有的因为思想的深邃。我过去在讲课时多次开玩笑说，一个好的作家一定要自恋，比方说写到精彩叫绝处，断然可以狠狠地拧一下自己的大腿，骂上一句——"我怎么能写出这么奇妙的句子！"二十世纪五十年代，著名戏剧表演艺术家石挥就曾说过"艺术家就是要比人民高一点"那样的话，这话看似有点轻狂，其实，道理是对的。这也符合我所说的确定与非确定性理论。即向人民群众学习是确定的，如何把群众的语言升华为自己的语言，这在很大程度上就具有非确定性。

　　很遗憾，石门县、夹山我没有去过。但透过张天夫的散文，我仿佛看到了一座活脱脱的夹山，这夹山显然是有生命的，闪动着思想的。尽管张天夫在《再赋夹山》中说——"夹山没有大块文章，也不曾帮天下载道"。可在我看来，夹山因为有了张天夫的描写，它一定更充满神奇，比有李自成的夹山还富有传奇。或许，张天夫本身就是一篇大块文章。

二〇一二年四月三日

做一个拥有诗和远方的人
——夏辉散文集《遥望敦煌》读后

　　每个人都有他心灵朝圣和归宿的地方。譬如，对于土地，对于故乡。在中国的版图上，西部于我是充满神奇与诱惑的地方。而且我相信，即使出生在西部，长期在西部生活的人们，也认为脚下那无垠的大地依然是充满神奇与诱惑的。

　　我记不清到西部去过多少次了。西部是熟悉的，更是陌生的。因为不管你去过多少次，西部永远是西部，它永远有你不知道的东西。我有时常问我自己，你知道西部吗？你对西部了解吗？

　　我不了解西部，西部不只是方位上的西部，它是许多人心灵的故乡。

　　近些年，随着西部大开发、"一带一路"的兴起，西部再度成为中国乃至世界的关注点。西部文学，作为西部重要的精神高地，自古至今，一直以其独特的魅力享誉中国文坛。由于职业关系，我每年都要阅读大量的有关西部题材的散文、小说、诗歌，包括摄影和美术作品。毫不客气地说，东部的作品也许在技巧上变化会多一些，但就内容而言，西部题材的大气、苍凉、辽阔，是东部题材作品远不能达到的。夜深人静，我常把东西部的文学进行比较，我总觉得，人与人的距离越近，表面上心里接近了，其实人的障碍反而加大了。反之，西部地域辽阔，人与人相对距离较远，反而把人的思想、情感变得更加厚重丰富了。

我最近几年接连参加几次西部散文论坛，这个活动最早由重庆、四川和陕西三个省的散文学会发起，现在全国十几个省市区都参加了。今年，陕西省散文学会和西北大学现代学院设立了首届丝路散文奖，参加的作者十分踊跃，题材涉及西部的多个地域。中国西部是个大概念，这个大有时让人摸不着头绪。其实，西部的各地差异很大，陕西跟新疆、云南隔得很远，甘肃与贵州、四川隔得也很远，你不论写什么样的作品，也不能把西部这个概念所覆盖。在西部几乎每个地区都有它特出的地理地貌、风土人情，也正因为如此，每个地方都会产生自己的作家、艺术家。

敦煌在甘肃，由于在一个世纪前发现了莫高窟，这个享誉世界的文化遗产宝地在西部有着特殊的文化地位。我不知道中国有多少地方能像敦煌这样，可以呈现一门敦煌学，吸引着世界大批的学者、艺术家来此学习修炼。我很佩服常书鸿、樊锦诗那一代的艺术家、学者，他们为了自己的精神信仰，甘愿放弃大城市的生活，而在敦煌这个荒凉的地方工作生活一生。我猜想，在他们的心灵深处，一定有着自己的生命图腾，也许是宗教，或者是诗和远方吧。

是的，人活着固然要好好地生活，享受生活，但在物质生活之外，一定要有诗和远方。

承蒙好友推荐，将作家夏辉的散文集《遥望敦煌》的文稿发给我，并嘱我看后写个序言或书评的文字。我听说是写敦煌的，自然对之有很大兴趣。我曾经于一九九六年夏季到过敦煌，到今天已经二十年有余了。由于时间久远，对于当时看到什么，听到什么，已经变得模糊了。敦煌在我心里仿佛就剩下了一座莫高窟，一座鸣沙山。还有，就是好吃的西瓜，和夜色时分的烧烤。前几年，天津市群众艺术馆开展了文化杯孙犁散文大赛，敦煌文化馆的方健荣以一本写敦煌的散文集参加，我作为终评委，毫不迟疑地给投了一等奖。这张票，是投给方健荣的，也是投给把情感和人生都交给敦煌的敦煌人的。

夏辉我们没有见过面，从他的简介和作品中得知，他最初不是敦煌人，他在农村的田野牧歌中长大。是命运把他带到了敦煌，在这里做宣传文化工作。我以为，夏辉是幸运的，因为不是什么人都有可能在敦煌扎根生活，埋头研究敦煌抒写敦煌的。

《遥望敦煌》这本散文集分两大部分，前一部分写敦煌的历史文化、地理风俗，后一部分重点写作者故乡的经历。简言之，敦煌是历史的，故乡是乡情的。这两类散文，也大致代表着当下散文创作的两种类型，或者说是创作倾向。就我个人而言，我不拘泥于对哪一类散文的偏好，我的目标只有一个，那就是好散文。何谓好散文？我的理解是，在语言平白朴素的前提下，要给读者提供四种可能：一是文化信息的可能，二是文化思考的可能，三是情感容量的可能，四是创作技法创新的可能。这四种可能，不要说面面俱到，即使能在某一方面有突出表现，那么，这个人的散文就足以让我青睐让我有话可说了。

我想说，夏辉的散文是足可以让我青睐的。尤其是他对敦煌历史文化、地理风俗的记录与思考。这不光是我，也是读者所重点要看的。诸如《一幅油画牵动三代人的记忆》《楼兰放牧》《敦煌清代粮仓》《永远年轻的敦煌飞天》等篇什，都给我留下了深刻的印象。这些作品相对来说，都是比较成熟的，想来也是作者倾心的近作。至于有些作品，我看后觉得还有些不满足，一是将敦煌知识以说明的方式进入，有生硬的感觉。再者，就是写童年故乡的作品，作品没有大的展开，还停留在一事一忆当中，缺少提升。或许这是作者对那些初学写作的作品感情不好割舍有关。这倒也无碍，作者毕竟以他的敦煌高度找到自己的成长方式。有了这个选择，就等于选择了诗和远方，我相信他会有更加精彩的散文会呈现给读者。

二〇一七年十月三日

一次温暖而疼痛的阅读

——王小洲散文集《另一个长安》推介

最近一个时期，总是接触故乡这个词语。从春节过后，接连参加几个散文研讨会，都是关于故乡的写作。即使我自己，也因河南大象出版社出版了一套"乡愁文丛"，里边收入了我的散文集《运河的桨声》，使我不得不放弃其他的事情，而为这套书奔走宣传。说实话，对于故乡、乡愁的写作，我已经没更大的兴趣，我一直想回避她，甚至超越她，可是，当我面对自己的家乡，面对那些无数的关于故乡的来稿，我的心还是不免被激活起来。我知道，故乡于我注定是无法割舍的。

每个人都有自己的故乡。故乡是同家乡联系在一起的，家是同亲人联系在一起的。有人说，所谓故乡，就是埋葬你亲人的地方。也有人说，故乡是让你魂牵梦绕温暖而疼痛的地方，即使你远隔千山万水，也会时常想起它。我觉得这说得都对，我还想说，故乡是我们语言形成、风俗形成的地方，也就是说，故乡是一种文化符号，只要你出生在这个地方，你的身上就不可回避带上那个地方的烙印。你想忘记，是不可能的。

我接触的作家，大部分人或多或少都写过自己的故乡。有的作家，即使离乡几十年，他笔下写得最多的还是他的家乡。用著名乡土作家刘绍棠先生的话说，他要在家乡打一口井，这一辈子就在那里挖掘生活。刘先生这么说，也这么实践了，他终其一生，所写得最多的、最出色的就是他的大运河。与刘绍棠相似的还有柳青、赵树理、孙犁、浩然等。以至后来的陕西作家路遥、陈忠实、贾平凹，河北的铁凝、关仁山，北京作家刘恒、陈建功等。再往前，鲁迅、茅盾、巴金、沈从文等，他们都是乡土文学的杰出代表。

我向来以为，乡土不是乡村，乡愁更不是乡村。相对于置身于海外的华人，中国就是他最大的乡愁；相对于台湾，大陆就是他最大的乡愁；相对于月球，地球就是人类最大的乡愁。我们看鲁迅笔下的《社戏》《故乡》，看老舍笔下的《骆驼祥子》《茶馆》，萧红笔下的《生死场》《呼兰河传》，林海音的《城南旧事》，听席慕蓉作词的《父亲的草原母亲的河》、李叔同作词的《送别》，那就是乡愁。

乡愁很难用时间空间限定。没人规定你离开故乡多少时间、相距多少路程你就有了乡愁。乡愁是一种此岸对彼岸的向往与思索，一个人即使从来没有离开过家乡，他同样拥有属于他的乡愁。乡愁更多的是心灵的栖息场所。

做文学编辑多年，我看到的许多业余作者，也包括相当多的作家，他们笔下写得最熟悉最真诚最感人的就是乡愁和亲情两种题材。尽管每个人的角度不同，情感不同，但站在总体的把握上，难免有雷同之感。久而久之，当面对这类题材的作品时，我就有些谨慎，既要寻找新的亮色新的解读，也要避免感情用事一味地去纵容这样的作品充斥文学的土壤。这肯定是件两难的事。

我的作家朋友中，有许多以写乡村题材作品著称的。这一点也不奇怪，我们国家本身就是个农业国，虽然现在城市化进行得如火如荼，但就大多数人而言，其上翻到三代，也几乎还是从农村走出来的。当下六七十岁的作家，即使是王蒙、莫言、铁凝、张抗抗、贾平凹、王安忆、叶辛等名家，也基本上是来自农村或有过在农村插队的经历。很难想象，在中国如果没有农村的经历，他能写出好的作品来？

西安长安区的作家王小洲是我近两年新结识的朋友。他本行是教师，现在是区教育局的主要负责人，按说他这种经历的人，写的散文应该书卷气十足，更倾向于学院派那种的学者散文，也可称为文化散文的那种大散文。可是，王小洲偏不这样，他把目光一直锁定在他熟悉的乡村生活。我在所供职的报纸副刊上，陆续发过他一些散文，这些散文就是我前面提到的乡土散文，每一篇都很细腻，像工笔画似的。我很佩服他的执着，他的耐心，有一度我曾经有意提醒他把题材放宽些再放宽些，不然，我就很难再发他的稿子了。对于我的观点，王小洲听得很认真，从来不说话，我说得多了，有时甚至觉得，王小洲根本没有听进去。因为，过了一段时间，他还是把他对乡村的描写发给了我。那意思是，我就这么着了，你看着办。

这年头，谁能把谁怎么着呢？特别是文化和文学的事，谁能说你就是真理。我理解王小洲的乡土写作，这种执着是融进他血液里的。我对乡土写作有着诸多的不满意，关键是这些散文都是对人和物的确定式写作。这也难怪，我们的古典散文，现当代散文，尤其是中学生课本里所选的散文，几乎都是确定式写作。因此，造成中学生作文、高考作文，也几乎都是确定式写作。确定式写作很能练基本功，不论是写人还是写物，来不得半点投机取巧，如果你敢疏忽放松，读者一眼就能看清楚。

王小洲的父亲是秦腔演员。戏曲讲究的是程式化，不仅唱腔讲究程式，即使扮相也是如此。王小洲从小喜欢戏曲，深得其个中要领精髓。参加工作后，他当语文老师、教导主任、教育局负责人，所从事的都是极其规范的非常确定的岗位，这些必然会使他的创作进入确定性。再者，作者长期在长安，生于斯长于斯，对这里的一花一草都十分的熟稔清晰，并且从骨子里对家乡充满着挚爱，他是真正地在家乡打了一口深井，这里的水源浸润着他的心田和心灵。如此说来，王小洲选择确定式写作没有错，相反，倒让我产生了敬意。

当然，王小洲的散文，如果能有意借鉴美术、音乐等其他艺术门类的技巧，也许写得能更空灵更好看一些。这只是我的一点建议，至于王小洲下一步会不会在已有的路子上有所创新突破，那就看他是否有这个自觉了。最后我想说，我喜欢这本《另一个长安》，这本书是有别于别人的，他属于王小洲。看《另一个长安》，是一次温暖而疼痛的阅读。

二〇一七年三月十八日

深夜里的蓝色精灵

——衷九兰散文印象

我家乡的山道大多是逶迤曲折、纵横交错的。山间有小溪环绕，道中有小桥相接，屋场与屋场之间相隔较远，大多散落在半山腰。房屋的结构也颇具个性，有土墙房、有砖瓦屋，有平房、也有高楼房，绝大多数农家的房前屋后用竹篱笆围起了院子，里面种植了四季皆宜的水果蔬菜。这儿有的路坑坑洼洼、高低不平；有的路平坦、笔直而宽敞。有沙子石头路，有黄土石头各半铺就的路面。有的路段迂回幽深，有的窄小潮湿。路的两旁有茂密的树林、各色各样的花草，还有那散在性的小村庄。

这是一段很自然的对山区景致的描写。亲爱的读者，不知你读后会有什么样的感觉？也许你会说，这样的文字以前在教科书、报刊上经常可以看到。也许你还会说，这实在没有什么呀，在我们的家乡每天就是这个样子。是的，朋友，但凡有过山村经历的人，对上述的描写都不会陌生。可我要告诉你的是，在当下的散文写作中，这样的描写已经不是很多。人们已经习惯城市化，住楼房，吃洋快餐，学城里人说话，穿城里的流行色，对于身边的树木、花草、小鸟、昆虫、河流，已然失去了往日的耐心观察与白描。特别是经过十几年的变迁，人们越来越发现，城镇化带给我们的不全是幸福快乐，也有不尽的感伤与痛苦。

于是，人们开始寻找原生态，喜欢回归自然，听山歌，喝山泉，吃农家饭。每每看到那些欣喜若狂的人们，我总在想，城市化也好，工业化也罢，人最难割舍的还是自己的生命之根。根是什么？根不是概念，根不是钢筋，根是泥土，根是文化。一个民族可以被战火暂时绞杀，但一个民族的文化却可以把战火熬焦。

文学无疑是传承文化的最好的文字形式。我们学习历史，所看到的大多数文字大多与文学有关。可以这样说，一个作家的笔下就是一部历史。进入二十世纪九十年代，随着市场经济的蓬勃发展，新闻出版业空前繁荣。有无数的普通人开始拿起笔，宣泄自己的情感，与世界进行沟通与对话。在这支浩浩荡荡的写作大军中，从事散文写作者无疑人数最多，影响最大。

二〇〇九年三月，在好友的鼓励下，我开通了自己的散文博客。在不到三个月的时间，竟然有上万人光顾，这些网友几乎全部是散文写作者。对我的每篇文章，他们都进行了很好的研读，并提出了许多宝贵的意见。在此除了感动，我还能说些什么呢？我所能做的，就是继续探讨散文理论，满足散文写作者的要求。

在众多的网友中，有个叫蓝天白云的女作者对我的博客关注得极为热情，不但写了大量的留言，还把我的一些文章主动加入到好友圈子。伴随着不断的交流，我们由网上转到电话，我至此方得知她的真实名字叫衷九兰，在江西的一家国电企业医院工作。国庆节前的一天，衷九兰突然打电话告诉我说，她要出一本书，内容包括散文和诗歌。我建议她最好把散文和诗歌分开，她说散文数量不太足。我说你利用十一长假再写几篇，写完发过来我帮你看看。衷九兰说不光是请你把把关，还要请你给写个序。我说好啊，写序不敢当，但就你的散文写一下读后感还是应该的。作为朋友，你长时间关注我，鼓励我，我如果不好好地为你写篇推介文章，于情于理都说不通。衷九兰说，你怎么写都可以，我欣赏你的散文评论，你的每一篇散文理论文章对我们普通的写作者都具有指导意义。我一听笑了，说衷九兰你别给我戴高帽了，你就等着我狠狠地批评你吧。

几天后，衷九兰把大部分散文发给我，她把自己的散文集取名为《深蓝》，我觉得有点深不可测，甚至觉得这个书名不像散文集的名字，但衷九兰还是坚持了。书名对于一本书固然很重要，但最重要的还是里边的内容。衷九兰的这本散文集主要分抒写故乡亲情、工作经历和人生感悟几个部分。我对散文写作从来不看重题材，更不是题材决定论者。写作者都知道，写熟悉的生活，但往往越是最熟悉的越难写，所谓"熟悉的地方没有景色"就是这个道理。但是，如果一个写作者不擅于从熟悉的生活去发现亮色，那这个人是很难端写作这碗饭的。我很高兴地看到，衷九兰就是个很擅于从俗常的生活中捕捉亮色的好手，读罢她那些大量写故乡的作品，我简直可以用"美丽的乡村歌手"来形容她。譬如，在《柚子树，故乡路》中对"古树新枝"的发现："妈妈说，栽种这棵果树是花费了一番功夫的。不过，它好像有灵性，知道感恩回报。记得有一年，这树不咋长叶子，有的叶片呈现不少虫蛀过的斑点；有的枝干开始干枯断裂，涨水冲刷后，根底部全被裸露。父亲知道后，进行过浇筑加固、施肥修整治等。没过多久，它像脱胎换骨似的，以崭新婀娜的姿态，呈现在我们面前。满树的花朵迎风飘香，不久，便长出密密麻麻的青涩的幼果。那一年结的柚子最多，味道最好。"又如，在《板栗》中对果农的心理描写："这果实的味道只有等到别人挑过后，不要的'半残废'产品，才有资格自己享用的啦。就像种菜的主人吃不到新鲜的蔬菜是同样的道理。看见他用手不断地在篮子里搅动，有空没空总喜欢爱不释手丢侍弄它的这些珍贵宝贝。这些果实，好像如同他的知己或伴侣，每颗都散发着他的汗水与体味。饱满的半圆形的果实，抓在手上沉甸甸的，抛下时，又噼里啪啦噼里啪啦地作响。"这种对细节的发现，在人的眼前一亮，便形成了内心的共鸣。一篇散文，整体性再完美，如果没有某一部分的个性张扬，恐怕也很难叫人过目不忘。

好的散文写作者，除具备一双发现亮色的慧眼，还要有很好的文字驾驭能力。好的散文语言，像油，像诗，像叮咚作响的小溪。衷九兰的散文语言，显然像油，宛如油画的那种凝重中透着张扬的生机。譬如，开头提到的作者在《山间的小道呵》中对山村道路的描写。又如，在《阿依莲》中对几个店铺的描写："今天去逛街，阿依莲三个字呈现在我的眼前时，我新奇了好一会儿。走向前一看，是一个店面的名字，也是这家店铺的招牌。店内摆设极为简洁，样品却很繁多，大大小小的货架上，挂满各种各样新潮抢眼的服装，以儿童及青年少年的样品居多。店主年轻，穿着虽然不算很考究，但比较大胆时尚。脸部表情阳光大气，给人以亲和的感觉。生意大概是受太平洋购物中心、左右隔壁邻居的冲击，人气不咋旺盛，维持生计应该不成问题。它的对面是中国电信，旁边是一家不大的'华讯维修'部店面。店主姓刘，专业维修工。他专门为全县新老客户安装和维修电话，包括布置线路。生意不错，找他的人不少。尤其遇到雷雨交加、风雪来临的季节，电话线路中断，电话机被损，声音听不见，或显示器不灵等故障，找他准没错。他态度和蔼，待人诚恳热情，做事认真负责。且收费很合理，他从来都是明码标价，是个实诚人也。"

那么，有了一双慧眼和熟练的文字表现能力就能写好一篇散文吗？肯定不行。还要有通篇的整体性。整体性不仅是逻辑的合理，更为重要的是"神不能散"。如果做不到这些，好散文就很难产生。我以为衷九兰的散文写作，在前两点上已经做得很优秀，她当下最需要的是对散文"神"的凝聚。神是什么？神是思想，是灵魂，是情感最后的归宿。以我对衷九兰的了解，我相信她很快会解决这个问题，因为她对散文之神是那样地钟爱，甚至可以用痴迷来形容。毕竟，她还是个初学者。可我从内心里还是非常愿意把她往高处推，谁让她给自己起个好听的名字——"蓝天白云"呢！哈哈，真心地祝福你，九兰！

二〇〇九年十月十二日

104

每个人都是一朵红杜鹃

今晚没有月光，窗外落着小雪。我的眼前摆放着一本书稿，首页印着《情醉红杜鹃》（熊亚兰 著），聪明的读者一看就明白，我要么是为这本书稿做责任编辑，要么是为这本书稿写序。我不是出版社的编辑，自然是带着写序的托付的。我知道，写序就是写在一本书前面的话，其目的就是要介绍这本书和书的作者。一般来说，序言都是说好话甚至是赞美的话，否则人家要你写序干吗？

先说本书的作者熊亚兰。这是一位人到中年的女作家，担任着湖北麻城市的文联主席。她是我们中国散文学会的会员，出版过散文集《雅兰集》。她还是湖北省舞蹈家协会会员、湖北省作家协会会员，并且担任着麻城市人大常委。应该说，有这样的一堆职务和荣誉，在一个县级城市的文化干部当中，已经足以让人羡慕不已了。记得我在地方工作时，就曾经做过这样的梦，哪怕是到文化馆当一名创作员也好啊。

大凡有过熊亚兰这样的经历的人都明白，在取得这样的成绩的背后，不知要付出多少艰辛的汗水和泪水。以我多年对基层文化工作者的了解，有相当多的人一辈子都不曾出过书，也有的人写了几十年还不曾在中央甚至是省部级的报刊发表过作品。尽管如此，他们仍然对文学痴迷，孜孜以求，不达目的决不罢休。对这样的群体，我从来不给他们泼冷水，人是为了希望而活着的，没有了希望，活得就会没有滋味儿。

熊亚兰是一个活得有声有色的人。她热爱文艺，热爱文学，她有着为此献身的精神。我注意到，在她的周围团结着一大批文学的跋涉者，当然包括像她一样的女作家。譬如，鲍捷就是我所熟悉的。她是我们中国散文学会评出的第五届冰心散文奖获得者。我还注意到，在熊亚兰和一帮文友的努力下，创办了以发表当地作者作品为主的《杜鹃》杂志，过去叫《麻城文艺》。不要小看这本杂志，她是一个城市的文化标志，其作用绝不比一座商业大楼一个文化广场小。我办报办刊多年，其个中甘苦了如指掌，一个刊物能长期办下来，主要负责人没点魄力没点超人的韧劲和良好的人际关系是很难想象的。

我见到熊亚兰那天，恰逢她受中国文联之邀，到北京参加每年度的百花迎春春节联欢节目的录制。我在中国文联工作过，知道这台晚会的分量。参加的人几乎都是文学艺术界的著名艺术家和文艺界的领导，基层的文联干部能参加这样的活动不说凤毛麟角，也是绝无仅有。由此，不难看出，熊亚兰在基层文联主席这个岗位上肯定是干出了成绩。

我在这里不是为熊亚兰歌功颂德，我写的只是我结识她后的一些印象和感触。如果说过去对于麻城我只知道是湖北的一个将军县，那么，现在因为读了熊亚兰的《情醉红杜鹃》，则使我认识了一个立体的多情的花海城市。我曾说，好的散文在做到语言平白朴素的前提下要做到三点：第一，给读者提供多少信息的含量；第二，给读者提供多少情感的含量；第三，给读者提供多少文化思考的含量。从本书的四十几篇作品中，我大体对熊亚兰的作品有了基本的估量。可以说，这本书的信息含量还是比较充分的，譬如，有多篇作品介绍了麻城盛开着杜鹃花、杏花、山茶花、兰花、菊花。尤其是杜鹃花，因为是红色，与中国共产党领导的红色革命联系在一起，便给了人们很多敬畏与遐想。如果不读熊亚兰的作品，以及她主编的作品，我不会知道《闪闪的红星》故事的发源地就在麻城，原来一直以为是在江西的瑞金。再有，通过读麻城作者的作品，我还知道了明代大思想家李贽在他生命的晚期，也是他思想的成熟期一直在麻城。可巧的是，我在北京通州居住八年，经常去西海子公园，那里有李贽的墓碑。通州人很是以李贽埋在通州而骄傲，但绝大多数人是不了解李贽的思想成就的。想来，这该是李贽的悲哀。关于散文的情感含量，我从熊亚兰的作品中，可以充分体会到其对家乡对亲人和朋友的热爱，这一点也是大多数人所具有的。我要说的是，熊亚兰的这些情感太直接，缺乏沉淀与含蓄，说白了，人的情感如果不是直接喊出来，而是通过文字流溢出来，那味道就厚重得多了。这也是我读后感到还不够震撼不够共鸣的原因。或许，作者太爱她的家乡和亲人了。

这当然不是熊亚兰一个人的现象。以我做编辑多年的经验，发现很多基层的作者，往往写作不是从心里的独特感受出发，而更多的是从对当地的宣传出发。宣传不是错误，新闻的宣传是告诉社会发生了什么，而文学的作用在于用形象用思想和情感的感染力去引起读者的共鸣。我这么说，并没有批评熊亚兰的意思，我只是想提醒她，写作时的自己和工作时的自己角色是不能等同的，要学会转变，写作要多讲个性，工作要多讲共性，只有这样，才能知道哪些是可以写哪些是可以不写的。

我之所以这样直言不讳，无非是希望熊亚兰在现有的水平上能再上一个或几个台阶。我很羡慕熊亚兰诞生在麻城这块红色的土地上，这里历史悠久，自然资源丰富，给写作者提供了无限的创作可能。熊亚兰把这本书定名为《情醉红杜鹃》，她打电话说她对这个书名有些犹豫，意思是麻城有很多的作者都以杜鹃为题发表过文章出版过书。我觉得大可不必，殊不知，越是这样，越能激发自己的创作潜能。我想说，每个人都是一朵红杜鹃，只有你长得更高大更鲜艳，你才能在百花丛中脱颖而出。我很清楚，熊亚兰是有这个准备的。我更清楚，熊亚兰还有更大的准备，那就是她会用自己的力量让更多的麻城作者走出麻城，走向湖北，走向全国。因此，我对熊亚兰充满期待，对麻城的更多的熊亚兰充满期待！

二〇一一年十一月十七日

太行山，令人神往的地方

　　我国是一个多山的国家，从南到北，从西到东，都有名山。历史上，有无数的文人对山川景色多有抒情描写。至于发生在山里的各种故事和传说，更是数不胜数。我生活在京郊平原地区，自小对生活在山里的人们就有一种崇敬和憧憬。想来其中的原因，就是山高林密，那样的地方不论对于任何人都充满神秘，而越神秘的地方越能增加人的神往。

　　在祖国众多的名山中，太行山我是知道得比较早的。记得没上学的时候，就听父亲跟我讲过愚公移山的故事，从那里知道了太行王屋二山。等我长大了，还知道了其他很多的山脉，并多次游览过，像昆仑山、泰山、大兴安岭等。山西以产煤闻名全国，其多山的地理环境决定了它的经济特点。山西有两大山脉，如人们在歌中听到的"左手一指是吕梁，右手一指是太行"。这两座山脉很有名，与其相关的对现当代人来说，最著名的是长篇小说《吕梁英雄传》和歌曲《太行山上》，这两个经典的文艺作品都是抗日题材的，尤其是《太行山上》，几乎成了抗日战争的标志性歌曲。我是特别喜欢这首歌曲的，为它鲜明的主题，更为它优美的旋律。也正因为对这首歌的钟爱，使我对太行山有着无限的热爱，很想拥抱它、亲近它。

太行山又名五行山，从北京京西经河北、山西和河南三省，绵延四百多公里。大约在二〇〇一年，应壶关县旅游局的邀请，我曾到壶关县太行山大峡谷走过一趟。去之前，我刚好从湖南张家界回来。看到太行山大峡谷后，我对当地的同志说，早知道太行山有这么雄伟漂亮的大峡谷，何必非要舍近求远去张家界呢？当然，我这么说，并没有贬损张家界的意思。张家界的山峰奇险是另一番景致。

从电脑上百度太行山大峡谷，其简介上说，太行山大峡谷位于山西省东南部的长治市壶关县，集雄、奇、峻、美于一体，位列中国最美的十大峡谷之一，是壶关著名的旅游风景区，由青龙峡、红豆峡、黑龙潭等组成。古诗云：若非紫团山顶雪，错把壶关当江南。峡内自然风光独特秀美，气候温和宜人，同时历史悠久，文化底蕴深厚，拥有许许多多的传说故事、历史事件，是中国文化的重要传承地。绵延四十多公里的太行山大峡谷，相对高差二百米到八百米，峭壁陡立，峡谷纵横，极为壮观。刀削斧劈的悬崖，千奇百态的山石，甘甜可口的清泉，如练似银的瀑布，碧波荡漾的深潭，引人入胜的溶洞，遍布群山的林海尽在峰峦涧壑之中。景区主要以五指峡、龙泉峡、王莽峡三大峡谷组成，串联黑龙潭、紫团洞、真泽宫、羊肠坂、红豆峡、八泉峡、青龙峡、天桥、万佛山、十八盘等多个景点，构成了雄浑壮丽的太行山大峡谷奇观。

从太行山大峡谷回来后，我写了散文《壶关疙瘩》。文中着力对壶关人民吃苦耐劳、坚韧不拔的疙瘩精神进行了大力的赞扬。之后，我又两次去长治，到过平顺县，瞻仰过赵树理故居，见到赫赫有名的全国人大代表申纪兰，与女作家葛水平成了好朋友，写了散文《太行山的山楂红了》，并为上党市民文化大讲堂做了一次讲座。我之所以写这些，无非是想说明，我与太行山有着不解之缘。

二〇一三年，我的文友，陕西散文作家王飞给我打来电话，说他到山西壶关太行山大峡谷工作了，希望我有机会带作家朋友到大峡谷参观。

王飞所供职的陕西曲江文旅集团在全国旅游界名声大得很，他们搞的很多旅游项目我都有所耳闻，有的还去过。这次曲江文旅与壶关旅游局进行大峡谷等几个景区项目对接，优势互补，无疑是一次跨省的有意尝试，我对此充满期待。二〇一四年春天，王飞又给我打来电话，说他和公司几位老总商量，想搞一个壶关大峡谷杯散文大赛，目的就是要扩大壶关太行山大峡谷的知名度，希望中国散文学会给予大力支持。我听后当即表示赞同，经与学会其他同志商量，并与山西省作家协会、长治市文联、大峡谷旅游公司等单位几经磋商，最后决定共同举办首届"壶关大峡谷杯"全球华文太行散文奖征文活动。征文启事发出后，得到国内外众多散文家和文学爱好者的关注。半年间，收到散文近千篇。其中不乏名家力作，更多的是新人新作，足见人们对本次活动参与的热情。

经过大赛组委会和评委会评议，最终评出了各种奖项。按照事先的构想，为把这次大赛成果具体化，我们决定把获奖作品编辑成书。鉴于有些名家和组委会成员也创作了太行山大峡谷题材的散文，本着回避的原则，不作为参评作品，最终决定将其一并收入本书，以飨读者。现在，本书就要跟读者见面了，编委会委托我写个序言，作为本次征文活动的具体组织者，我当然要答应了。拉杂写了以上的话，权且对本次活动的一个说明，望读者喜欢这本书，并提出宝贵意见。我们期待下一次征文再见！

二〇一五年三月十五日

技巧论

散文是结尾的艺术

从事散文创作三十年了，似乎对写作技巧也掌握了一些。外出讲座，常被人提问，怎样才能写出好散文？我不知道别人怎样回答，以我的经验，看一篇作品是否成功，关键看如何结尾。说得直接些，散文是结尾的艺术。当然，这句话也可以说成小说是结尾的艺术，人生是结尾的艺术。

文学创作不同于其他，但也有相通的地方。这就好比一个人，不管你童年、少年、青年、中年有多少幸福多少成就，一旦你因为疾病还是某种意外，使你过早地夭折，无论如何是不圆满的。我还想到我们的爱情，婚姻，一个人如果年轻时把恋爱谈得轰轰烈烈，而晚年却落得空巢一人，怎么看也是凄凉的。相反，如果七老八十了，夫妻两个还能心手相扶，于风雨中在街衢穿行，或者在清晨黄昏散步，倾听鸟鸣，享受阳光，那是何等的幸福享受呢。

我这么说，并没有完全否定有些人在中青年为了某种理想、爱情去奋斗去牺牲的做法，如秋瑾、赵一曼、瞿秋白、方志敏、周文雍、徐志摩，可是，每当我想到他们年迈的父母，嗷嗷待哺的孩子，我还是感到身心的痛。我承认我的脆弱，尽管这种人生的结尾被后人所敬仰。

回到散文。就大多数人来说，人们对散文是再熟悉不过的了。不论在小学，还是在中学，学生在学习语文课文中，大部分都是散文。其实，学生写的作文也属于散文的范畴。散文和作文的最大区别是，散文是我要写的文字，具有天然的自觉性；而作文呢，在很大程度上是被动式写作，是命题性的。作文是遣词造句的延伸，是散文的基础。没听说过，哪个天才没写过作文，就直接写散文的。关于什么是作文，怎样写好作文，这在很多语文老师那里都可以找到答案。现如今，为应对中考、高考的需要，社会上有很多教育机构都开设了作文辅导课，作文辅导教材更是堆积如山。至于作文辅导老师，其招数可谓多多，有的擅于押题，有的专长教写作方法，把各种作文做类型化分析。我就曾见过一位作文辅导老师，他把一篇作文分成五个部分，开头如何，过程如何，结尾如何，并且把每一部分能得多少分都对学生讲得一清二楚。更有甚者，有的老师干脆自己写上几篇范文，让学生去死记硬背，以备考试。

　　在语文教学中，老师在讲述散文时，常用西医解剖的做法，喜欢把一篇文章分解去讲，这有点像张屠夫剔肉。比如，他们会说开头如何，结尾如何，中间三段怎样，遇到描写精彩的段落还要让学生去背诵。对此，我不十分支持老师的做法，我曾经跟老师提出中医教学法，即文章要讲整体性，不能认为哪里重要哪里不重要，更不同意虚写与实写之说。因为，在整篇文章，存在一个整体的气韵，哪里破了，都构不成整体的效果。

　　写到这里，读者一定会说，你文章的题目不是讲"散文是结尾的艺术"吗？如此说来，你是强调结尾的重要性啦，怎样开头，中间如何叙述就没那么重要啦？我的回答是：非也。关于散文如何开头，中间需要怎样的结构，我固然有一定的经验，但在这里我还是不说为好。道理很简单，文无定式，水无定流，我的经验再多，那也只是我的经验，并不具有普遍性。文学创作，重点在创新，风格、技巧、语言都需要创新。我很佩服王蒙先生，自二十世纪八十年代以来，他的创作一直领风气之先。特别是他近年的作品，已经不被文体所限制，写得非常自由，任性。我还佩服韩美林先生，他的作品在文学、美术、书法、雕塑之间可以自由想象，你很难用一句话来确定他。我以为，一个作家、艺术家，什么时候到了让评论家捉不住、确定不了时，那这个作家、艺术家就真的成为大师了。而那些被评论家用三五条理论就能确定的人，充其量只能算作名家。

我崇尚散文创作的自然流露，只要你开头写下去，哪怕是改变了你原有的初衷，你也不要改变它，而是趁势或者借势继续地随着意识的流动去发展，当快要结尾的时候，借着整个的节奏、气韵去妙笔生花，那样的结尾才是令人叫绝的。如果你非问，什么样的结尾才算好？我想说，就是那种超乎常人想象，给人以深刻思考回味，或者是那种能让人激动的站立起来，开心一笑的。结尾不一定是有意的，但它一定是在整体的波浪运动中的最后的浪花，是最后的晚钟，是歌声在山谷中的回荡。

我历来认为，艺术门类之间，或者学科之间，要不断地进行借鉴、碰撞。散文可以向美术学习，也可以向小说、诗歌学习，我相信，通过不断的学习、借鉴，会使我们的创作不断地推陈出新。结尾是一篇作品重要的环节，多年来，人们从来没有把它单独提出来加以研究，结果，使得散文越写越类型化。类型化首先是题材的类型化，这并不可怕，最可怕的是结尾的类型化。如果你的结尾超乎常人，我想即便题材相近，也还是会有读者的。题材的类型化我们谁也无法回避，但结尾的差异，确实能体现出作者的水平高低。这该是引起我们高度重视的。

大意失荆州
——浅议当前散文创作

刚要写这篇小文，一位近几年致力于西部文化研究的记者朋友打来电话，说她策划的西部民歌音乐会得到有关方面的认可和支持，并且还告诉我这场音乐会的歌手全部是那些长期生活在西部的民间歌手，现场演唱一律不使用麦克风，要的就是原汁原味。听罢，我很为她的创意叫绝。我以为，任何艺术都有其一定的特殊发展规律，尤其是那些历史悠久的民族艺术更是显见。就如同东北人爱二人转、京津两地爱京剧、河南人爱豫剧、山西人爱晋剧，各地都有各地的绝活儿。我很佩服那些戏迷，只要演员一登台、一张嘴，他们马上就能分辨出这戏是哪折角儿是哪个，稍有破绽一听便知。

由此，我想到当前的散文创作。相对于小说、诗歌，散文近二十年在创作理论和创作实践上的争议似乎不是很大。但进入二十世纪九十年代后期，随着报刊散文、随笔热的出现，特别是一些年轻的散文作者、小说家和学者步入散文的创作后，使散文这一主要的文学样式在白话发展八十年后，焕发了新的青春活力。其主要表现在：一是散文（随笔）的创作队伍不断发展壮大，这不仅是新时期文学的一大奇迹，也是二十世纪中国文学的一大奇迹。以目前的趋势看，其人数之众，不亚于八十年代"楼上掉下三块砖，有一块肯定砸到一位诗人"。过去写散文，主要是一些专业作家，而且大都以专事散文创作为主。现在不同，除一批主要从事散文创作的作家外，小说家、诗人、评论家、学者、编辑、记者也都加盟进来，成为一支重要的生力军。再有，校园学生、海外留学人员、城市白领阶层也占有很大比重，其重要表现特征就是《读者》《青年文摘》杂志被市场所青睐。二是散文发表阵地的庞大，以专门发表散文、随笔的文学类期刊主要有《中华散文》《散文》《散文海外版》《随笔》《美文》《散文百家》《散文选刊》等，报纸副刊主要有《人民日报》《光明日报》《中国文化报》《文艺报》《文汇报》《天津日报》，再有各种期刊的散文专号、散文栏目，各种散文征文大赛等。三是散文出版业蓬勃发展。近些年各种散文、随笔集几乎每日可见，估计每年至少有一两千本。每年度公开发表的散文估计在一二十万篇以上。四是散文理论建设空前发展。目前已经出现专事散文研究的机构和理论家、收藏家。另外，还有一部分边从事创作边进行理论研究的作家。五是电视媒体的介入，如中央电视台的电视诗歌散文栏目、辽宁电视台的文艺栏目等都进行了有益的探索，观众十分喜爱。六是散文创作在内容和形式上有了一定的突破，各种观点经常见诸报端，有些还产生一定的反响。如"大散文""小女子散文""学者散文""行走散文"等，包括"百年百篇散文评选"和"年度散文排行榜"。

　　散文热比之小说、诗歌、报告文学热反映出我们的社会文化已经进入多元化时代。人们的生活方式和思想方式再也不拘泥于"大一统"，而更多的是我行我素。应该说，在人、自然和社会的三者关系中，今天人真正地成为主体了。这在小说、诗歌、报告文学盛行的年代是不可想象的。人的思维活跃了，必然带来对自然、社会认识的活跃，因此，出现当前散文热就一点也不奇怪了。但是，散文（随笔）热也并不是完完全全地合乎散文的内在的独特规律，这需要一定时间的积淀和澄清。摆在我们面前的主要问题大致有：当代散文需要向古代散文、现代散文、外国散文继承借鉴什么；现代汉语在散文创作上的优势如何表现；现代散文创作中的叙事、抒情、议论如何把握度，是否有个界定；散文创作中的剪裁和虚构该怎样认识；大散文与小散文之说有何现实意义；散文创作随笔化、小品文化、说明文化、公文化、论文化能否看作是散文创作的突破；散文创作与大众阅读是什么样的关系；从杨朔、秦牧时代怎样认识散文大家的形成；散文的私人化写作如何表现时代精神；等等。以上问题表面上一方面可以看出当前散文创作的多元化，而另一方面则提出散文环境该不该有个净化问题。就个人而言，我以为在鼓励探索的同时，也一定要对散文有个正本清源。倘不如此，就会对传统散文中的精华认识有误，特别是对那些对中华民族传统文化产生深远影响的作家作品继承不利，同时，也不利于促进散文在新世纪的发展，尤其会对青少年在文学鉴赏上产生非客观的负面影响。《三国演义》中有"大意失荆州"一节，而我们在当今散文空前热的关口万不可顾此失彼，得不偿失。这该是我撰写此文的一个直接原因。

二〇〇〇年六月十六日

散文的非对称原则

近来，电视上总在讨论各国的军事装备到底谁优谁劣，这跟我们评价一个作家作品的得失很相像。当然，战争的决定因素并不全在武器的优劣，但一个国家拥有完整的武装体系和强大的高科技武器是最好不过的事。

写文章也是如此。有的作家擅长小说、散文、诗歌某个文体，也有个别作家对各个文体都有不俗的表现。这都属正常的。在这里，我想以散文为例，谈谈散文的非对称原则。要谈非对称，首先要回答何为对称。所谓对称，原指图形或物体对某个点、直线或平面而言，在大小、形状和排列上具有一一对应关系。如飞机、蜻蜓的两翼，人体的四肢等。这既是数学、物理上的专有用词，也是哲学上的。譬如上下、左右、前后、黑白、虚实，等等。用老百姓通俗的说法是，你有我也有，你有一千，我也不能少于八百。似乎也只有如此，事物的双方达到了平衡，才可以互相制衡，于是才有了和平相处、共同发展。

那么，文学创作有没有对称的关系呢？显然是有的。这种对称，反映在作家身上，主要是对作品认识的程度，也可以说是概念上。有人说，

117

散文是韵文以外的所有文体。于是有人说，小说就不是散文。这个问题的争论在于，自从有了小说，小说从广义的散文分离出来后，人们就不再把小说列入散文了。还有人说，散文无外乎分成叙事、议论、抒情三种，于是又有人说，谁规定这三种模式了，难道公文不算散文吗？二〇一六年十二月十七日，《新京报》刊发《江苏80后女法官"诗意判决书"走红》一文，文中大意是女法官在一起婚姻判决书中写出了"生活平淡，相辅相成，享受婚姻的快乐与承受生活的苦痛是人人必修的功课""人生如梦，当婚姻出现裂痕，陷于危机的时刻，男女双方均应该努力挽救，而不是轻言放弃"等感性文字而遭到质疑，到底判决书该不该出现这样的文字，不同的人有不同的回答。我个人认为，这个判决书是带有一定非确定性的，它的非确定是相对于传统的固有的判决书模式。毫无疑问，判决书的文字要求是确定的，不能有任何模糊的。但我们看到，这女法官的感性文字也并非是模糊的，因此，我认为这个判决书是成立的，甚至是一篇独特而优秀的判决书。诚然，法院是裁定控诉双方对错的平台，不解决道德问题的对错。但在婚姻、赡养等民事案件中，适当融入文学的表达，也许会收到意想不到的效果。三十年前，我在地方政府工作时，每到年终岁末，单位都要举行评选先进活动。我最头疼的是为先进人物填表，几十个人往往填的内容十分相近，这让我写起来非常恼火。于是，我在最后几张写了几段感性文字，结果被领导批评了一通，说我这不符合填表要求。我说，写那些干巴巴千篇一律的语言有意思吗？有人看吗？领导说，没意思也得这么写，这叫规矩。面对领导的回答，我不能再说什么，只能依规而行。

近些年，文学界出现一个术语，叫"类型化写作"。这不难理解，指的是在内容或表现形式上的接近，也就是过去所说的雷同化。对这种类型化，我倒喜欢用对称性写作来形容，即写什么都一窝蜂，如官场题材、农村题材、爱情题材、谍战题材，等等。至于表现手法，也是长矛、大刀、火箭炮、导弹、核弹纷纷亮相，只要你今天敢用，明天就会有一部分用得比你还好。这让我想到余秋雨的文化思考型散文，余氏在九十年代中后期刚一横空出世，很快就有一大批的跟随者、效仿者，也包括对季羡林、张中行等人的克隆模仿。这也不奇怪，在二十世纪五十年代杨朔散文盛行时代，也有相当多的人进行模仿，即使现在也依然有相当多的老作家的作品里带有杨朔散文的影子。必须说明的是，我并不极端否定向他人学习，我自己就承认，我写散文，主要学习鲁迅、朱自清和杨朔的风格。近些年，我也借鉴了孙犁的风格。我想说的是，我们在继承前辈作家，包括外国作家的表现手法的同时，也要结合自身的条件，进行创造性的实践。

非对称原则，在现代战争中往往能出奇制胜。过去冷战时期，美国与苏联进行了长时间的对称竞争，即你有五千辆坦克，我也得有五千辆；你有三千颗核弹头，我也得有三千颗核弹头；你有十艘航空母舰，我也得有十艘航空母舰。最后，双方上演了星球大战计划。过度的军备竞赛，都想当老大的思想，使得两国的国力下降，直接导致老百姓生活水平的降低。苏联的解体，在很大程度上与军备竞赛有关。而作为中国，一直以来，坚持韬光养晦，采用非对称原则，不与这些军事强国搞对称竞赛，而按照中国的模式发展自己的某些尖端武器，如战略导弹、核潜艇等，在客观上达到了震慑强敌、御强敌于国门之外的效果，踏实埋头搞经济建设，使得国力突飞猛进，一跃成为世界第二大经济体，同时，提高了人民的生活水平，得到了全国人民的热烈拥护。这种成功的模式，如果借鉴到文学创作，我看也是可行的。改革开放三十余年，随着政治思想的解放，使得作家取得了很大的创作自由，各种禁区纷纷被解冻。特别是新闻出版业的产业化迅猛发展，使得众多的写作者成为职业的文字生产者。按说，这一切将预示文艺的更大繁荣吧？可是，从近十几年的文艺发展看，文艺在总体取得一定的成就的同时，人们还是有更多的期待，即如何从高原走向高峰。我觉得，当下的作家，不缺少对称性的常规武器，缺的是非对称性的一剑封喉性的利器，而要获得这个利器，必须在向前人向他国借鉴的同时，要学会思考，根据中国的国情去做出自己的判断，那种放弃自我，整天吵着要走出去的做法是不足取，至少是不能过分提倡的。如果中国人自己都不自信，而单等外国去评价去认可，那纯粹是新一轮的洋奴哲学。试想，孔子、老子、庄子，他们需要外国去评判了吗？显然没有。他们的非对称原则，就是立足中国哲学，离开了自己熟悉的土地，你不可能真正找到自己的利器。即使你借鉴到别人的利器，充其量也不过是个二等货。至于在散文创作上，如何找到属于自己的非对称手段，那就要看不同的人的不同智慧了。我相信，再过几年、十几年，新的散文风格一定会出现。

二〇一六年十二月二十三日

从文字出发

人来到世界，有多种目的。最基本的目的是认识世界。认识世界的方式有两种，一种是直接的，另一种是是间接的。那么，人类为什么要认识世界呢？也有两种，一种是生存的需要，另一种是审美的需要。就是说，人只有掌握了事物的发展规律，才能更好地认识世界，发现世界的美好，使我们的生活拥有更高的质地。

所以，我们要不断地学习。要学习，就离不开文字，尤其离不开美的文字。我们这里所说的美的文字，不是指书法中的文字，而是指字与字相连组合成的文章。离开了文章，单纯的字写得再好，又能有多大的意义呢？文章人人都可以写，但高低上下差异往往很大。不说其他文体，就说近些年非常盛行的散文，真可用百花缭乱来形容。翻开大量的报刊，你或许看不到小说和诗歌的身影，但不能没有散文。你如果浏览网络博客，大量的文章都可以用散文来框定。是不是可以说，散文是最能表达人们思想情感的一种文学样式呢？我们的回答应该是肯定的。

关于散文的话前人已经说了很多，今人说得也不少，核心问题是：什么是散文？什么样的散文是好散文？好散文的标准在哪里？这些问题，我们自己在很多场合已经发表了自己的看法，在不同的文章里也表述了相同的观点，为了不强加别人，在这里就不再重复。我们希望当今的散文作家、散文研究者、爱好者就这些话题继续讨论下去。也许，再过十年二十年，甚至几百年后人们仍然在讨论这些话题，对此我们一点也不觉得意外。因为，艺术从来都不是一成不变的，时代在发展，人们对艺术的观念也在发展。

要发展就要不断地创新。创新就是创造，一切创新者都应该得到肯定与支持，但创新者也不要被自己的创新所迷倒。或许，在你这里认为创新是合适的，是成功的，可是若放在全局，或者放在历史的检验中，你的创新可能恰恰是滞后的，甚至是失败的。在文学创作中，这样的例证实在很多。譬如关于意识流小说。在某个作家创作上可能会取得成功，但如果一窝蜂地都玩意识流，结果就都失败了。再譬如，关于文化大散文的写作。余秋雨的实践与探索是非常成功的，而后来效仿者就很难，因为你不是余秋雨，你没有余秋雨的本事。

这就给散文写作者出了个难题，散文究竟怎样写。我们的回答：一是看看前人怎样写；二是看看前人还有哪些没有写；三是不适合自己的坚决不写。所谓看看前人怎样写，主要是看他们的技法。而最容易比较的就是看同题和题材相近的作品。正是在这个意义上，我们选编了这套"人生坐标"丛书，目的在于既对散文写作者提供创作借鉴，又使散文爱好者得到对美的欣赏与共鸣。至于对人生成长的影响，那就要看个人的感受了，我们希望您看后多少能有所启发。那样，我们的努力就值得。

二〇一六年二月十二日

朱自清先生教我写散文

　　仲夏，到南戴河度假，小住中华荷园，归来后创作出散文《女人的荷》。先是贴在自己的博客上，后又发给几个报刊编辑同行，大家看后大喜，皆认为这是我的名篇诞生。也有散文研究者认为，这篇散文不仅仅是我个人的收获，也将是新世纪十年来中国散文创作的收获。甚至有几位中学语文教师将《女人的荷》誉为当代的《荷塘月色》和《桨声灯影里的秦淮河》。我听后，先是感到欣欣然，然后是惶惶然。

　　作家写作，有多种追求。其中，写出名篇，该是最高的境界。我把这种追求看作是文学的奥运会。作为一个写作者，不论你会几把刷子，名声多大，如果没有得过奥运冠军，终究是遗憾。也许有的人提倡贵在参与、体验过程，而我决不，我的目标就是夺取金牌。当然，能得到金牌的毕竟是少数。得金牌者，不仅要付出汗水，还要有一定的天分和缘分。

　　有些事，你必须等，等待机会来临。就像婚姻。

　　我很羡慕那些拿金牌者，特别是拿多块金牌者。譬如鲁迅，譬如老舍，他们一南一北，交相辉映，为中国文坛，为世界文坛，分别贡献出十个以上典型人物。这十几个人物，就是十几块金牌。后来者，在阿 Q 面前，在孔乙己面前，在祥子面前，你只能肃然起敬。这就是小说的魅力。同样，散文和诗歌也是如此。

我过去曾说，在古代文学面前，我们只能趴着；而在现代文学面前，我们只好跪着。因为，前人太会侍弄文字了。古文自不必说，就说现代作家们。他们倡导白话文写作，用白话文写作，有的三五年，有的一二十年，就写出那么多的杰出作品。而我们当代作家，在白话文使用了七八十年、一百年后，反而不会驾驭文字了。

我对现代文学的认识始于鲁迅和朱自清先生。这大概与中小学语文课本有关。记得学得最早的文章是朱自清先生的《匆匆》。多年以后，我还能依稀记得开头的句子——"燕子去了，有再来的时候；杨柳枯了，有再青的时候；桃花谢了，有再开的时候。但是，聪明的，你告诉我，我们的日子为什么一去不复返呢？"后来，我又学到先生的《背影》和《荷塘月色》，以及《桨声灯影里的秦淮河》等名篇佳作。在这一时期，我也学到鲁迅先生的《一件小事》《藤野先生》《故乡》和《从百草园到三味书屋》。但两厢比较起来，对我影响更深的还是朱自清先生的《背影》和《荷塘月色》。想来其中的原因，是朱先生的这两篇很具有代表性，一个写人，一个写景，而且都写到了极至。如果你要从事写作，从事散文写作，这两篇散文是最好的范本，是不可回避的两扇门。

应该承认，那时的我读《背影》，只是一味地感动，还不能从散文的真谛里得到提升。等我真正悟出先生散文的真谛，是在三十年之后，在自己从事散文创作二十多年后。二〇〇七年十一月二十九日，中国散文学会在西北大学现代学院举行了西安散文创作基地挂牌仪式。在仪式上，由我代表学会进行致辞。按以往的惯例，这样的会议，领导发言一般都说些祝贺的话语。那样的东西，我过去没少讲过，也给一些领导写过。我总觉得没多大意思。咱不是领导，说一些不着边际的话让人讨厌。带着这样的一种想法，我在走上主席台的瞬间，改变了讲话稿的原意，我说出了我想说的话。

我说，今天是个好日子。在这一天，全国各地，或者说就在西安，恐怕会有许多的仪式，如公司开张，新婚大喜，孩子满月，这都需要一定的仪式。那么，是什么让我们齐聚在这里，当然是文学，是我们挚爱的散文。是的，散文确实是我们的挚爱，是我们永远的新郎和新娘。我过去说过，散文同小说比较，小说是我说的世界，散文是说我的世界。尽管文学创作是个体劳动，是作家自己的事，但作家创作的作品毕竟要呈现给这个社会。我以为作家写作的过程，就是一个不断我说和说我的过程。我们挚爱散文，是由于它能够给我们更多的表达自己内心情感世界的机会。我说与说我，都是要表达一个我的过程。但仅仅如此，是远远不够的。想想那些优秀的散文，无一不是通过由我到达我们的过程，这就如同我们读朱自清先生《背影》中的父亲，使我们想起天下的父亲。其实，纵观天下的事情，完美如意并不总是钟情于我们，我们拥有的更多的恰恰是生活的艰辛与苦难。同天上的星星比起来，我们不过是星星中的小星星。我们应该感谢散文，它总是在提醒和鼓励我们，散文的创作过程就是从我走向我们的过程，也就是从心灵走向心灵的过程。

我没想到，我的这个简短的发言，竟会引起与会者的极大兴趣。在接下来的两天会议里，很多人总在有意无意地谈论着我和我们的关系。贾平凹先生在吃饭的间隙，对我的发言很中肯，他说你说得很准确，一下把散文给说清楚了，我们过去总结了多年，一直没有说明白。从贾先生平和的眼神里，我知道他是真诚地表达，绝不是顺情说好话。其他几个作家朋友说，听了你的发言，我们的眼前豁然开朗了，好像终于明白散文是怎么回事了。十二月一日晚，我到现代学院进行散文讲座，我又谈到散文中的我和我们，想不到五六百学生居然能跟我共鸣。有了这样的几方面认可，我知道，我的这个观点可以立住了。

再说《女人的荷》。创作这篇散文我的着力点并不在于写景，而是通过写景去写人，写人心灵深处的东西。当下的散文，大多是议论与叙事居多，缺乏写景与抒情，所以读起来便缺少意韵。没有了意韵，还会有美质的东西吗？记得我把这个作品首先给了两家在圈内有影响的大报，哪知竟遭到退稿。编辑同人说我写得太浪漫了，他们更喜欢发表写文史题材的东西。我听到感到很悲哀，不是为自己，而是为散文。因为，我们的文坛有时就是个屠宰场，机械化程度虽然很高，但所生产的东西并不是我们心中的艺术品。真正的艺术不可复制，更不可以批量生产。

还是回到事物的原点吧。有时创新到一定程度反而离本质更远。而回到原点恰恰是最好的创新。换句话，坚守有时比创新更重要。这是我最近重读《朱自清散文选》所悟到的。不知您以为如何？

二〇〇九年九月六日

如果朱自清开出租会说些什么话

　　已经多年没有听广播的习惯了。忽一日晨起，偶然打开收音机，传来冯远征声情并茂的朗诵，细听之，是在播讲侯宝林先生的传记《为民求乐一户侯》。侯宝林先生的相声是广受国人喜爱的。我以为，侯先生的相声魅力主要集中在语言上，一个字概括：脆。还有一个字：像。学什么像什么，往往由于语言的生动使人物栩栩如生。

　　旧社会，艺人地位低下，人们习惯把各种艺人称为吃开口饭的。说白了，就是靠嘴巴混饭的，不论是说还是唱。与吃开口饭相对应的，则称为吃文字饭的。或许是出于对文化人的尊敬，没听说管这种职业的人叫吃闭口饭的。而在我看来，不论是开口还是闭口，统统称为"玩语言的"似乎更合适。

　　过去的艺人大都文化程度不高，有的甚至就是文盲。徒弟向师父学习，靠的是口传心授，这很像不懂外文的人学唱外国歌曲。但文化人就不同了，他们从小就要学习文字，不光认识，还要知道字意，不断地进行组词、造句，直到能够写成文章。文章不是文字堆砌起来就可以的，它需要一定的章法，既有体裁的区别，还要运用不同的修辞手法和结构技巧。像中国古典诗词，经过多年的演变、修正，已经形成了一套严格的格式。因此，后人在写作时，你只能旧瓶装新酒——也就是填词，而不能打碎旧瓶，除非你创造了一种被大家共同接受的新的模式。

作家写作，写什么，取决于他的生活经历和世界观，至于怎么写，那就要看他的技术掌握程度了。这二者看似简单，反映的却是哲学问题。即写什么是内容，怎么写是形式，一般地认为内容决定形式，形式为内容服务。这个观点就一般规律而言是不错的，但在具体的文学创作上，有时形式是更为重要的。譬如，文体本身就是个形式，于是便有了散文家、诗人、小说家、评论家、剧作家。大凡成了名的作家、诗人，他们往往也是很好的文体的创新者，或者有着独到的文体把握。既然如此，这里就会出现一个问题，并不是什么内容都适合某种文体，鲜明的文体作家对内容的要求是十分苛刻的。这其中也包括写作中的具体操作问题，如有的人喜欢先定下标题，然后再写；也有的先靠情绪写，在写的过程中或结束后再确定标题。二者成功的范例很多。于是，有人就会对内容和形式的关系问题提出质疑，到底谁决定谁呢？恐怕谁也不好给出准确的答案。以我的研究和自己的经验看，我认为只有当内容和形式做到统一和谐的时候，这篇文章才是它最该出笼的时刻。

内容和形式是一篇文章无法回避的两个根本性问题。确定了内容和形式，就要涉及另外两个也无法回避的问题：思想和语言。思想是一个作家对世界的态度，既是一个不断认识的过程，也是一个不断发展的过程。这往往是作家为什么写写给谁的直接动因。在此，暂且搁置这个话题，我想谈谈语言。

毫无疑问，语言是人类认识世界互相交流的载体。它分口头语言与书面语言。每一个人，一个地区，一个民族，一个国家都有着鲜明的语言特征。就文学创作而言，作家独特的个性语言常常使作品增色，甚至因为语言而成为经典。在古典文学中，以《红楼梦》《三国演义》《水浒传》《西游记》四大名著为代表的小说、神话不可说不是语言经典中的经典。

现当代作家中，鲁迅、老舍、赵树理、朱自清、萧红、沈从文、孙犁、汪曾祺、刘绍棠都是经过时间检验的语言大师。尤其是老舍和赵树理，他们对普通人的描写简直入木三分。你很难想象，他们的作品很难被翻译成外文，即使翻译了也会对原作的味道大打折扣。同样，我们许多翻译的外国文学作品，读起来常感到磕磕绊绊，让人觉得怀疑，这就是那些世界级的作家的经典作品？

老舍、赵树理的语言所以经典，主要来自于他们对社会底层生活的了解，他们没有把自己视为大知识分子，是人上人。我到山西平顺县赵树理生活的村子去采访，亲眼所见了他的炕头、四壁，没有一处不是普通农民的生活图景。老舍也是如此，据他同时代的作家写的回忆文章说，老舍经常深入北京的市井胡同，有时下班或看戏后，很少坐车回家，而是步行，一路上同各行各业的群众打招呼、攀谈，仿佛那些人就是他天天相见的街坊邻居。

与老舍、赵树理不同，朱自清、沈从文的语言就带有明显的文人气，但那种文人气，呈现的是一种气韵，闻上一口让你觉得沁人心脾，心旌摇荡。看不同的文章，会出现不同的效果，语言真的是个迷人的妖精！

这让我不能不联想到当下。自二十世纪九十年代以来，中国文坛进入了商业化写作时代，脱离生活的作品大量充斥于文坛，包括一些获得过各种大奖的作品。关于一部作品的得失，评判标准有很多，仅就语言而讲，我可以负责任地说，在近二十年中，中国文坛还没有出现一位举世公认的具有独特风格的作家。反之，我们看到的竟是千人一面的语言，更有甚者有的作家竟然躲在书斋里替人物说些不符身份的话。让人看后大跌眼镜。举例为证：春节放假期间，我在家里整理近期的各种文学期刊，无意在一本散文刊物上看到某知名作家所写的有关蝈蝈的文章。大意是：在暮春时节，作者乘出租车去音乐厅，无意听到蝈蝈的鸣叫，感到很惊奇，于是与的哥有了一段对话。其中有这么一次问答——

（作者）："这么说，在旅途上蝈蝈成了使你保持好心情的小伙伴。"

（的哥）："不仅如此，大冬天，下了雪，你约几个朋友，到西山八大处温暖的茶室里，品着香茗，把各自的蝈蝈放在一起，边赏雪，边闻着月光下凛冽空气里腊梅的幽香，同时聆听蝈蝈们此起彼伏的齐鸣那是何等的乐趣，何等的享受！"

　　面对上面的对话，特别是的哥如此抒情的书面语言，你能想象这是一个的哥所说的话吗？显然，这是作者在替的哥说话。熟悉北京的人都知道，眼下北京的出租司机大部分是远郊区县的农民，正宗的北京城里人大都不干这个辛苦熬人挣钱不多的职业了。在这里我没有歧视郊区人民的意思，何况我也是郊区出身，我的意思是，就绝大多数的哥而言，是断然不会说出那么充满书卷气的话的。看后思忖，我不禁想到，老舍、赵树理如果写这次与的哥的相遇，他们会写出的哥如上所说的文人话吗？换一种说法，假如朱自清先生有幸做了一把的哥，他又该说些什么话呢？

二○一四年二月十五日

谈论艺术技巧是最危险的

——迟子建散文《春天是一点一点化开的》赏析

  很多喜爱散文的朋友经常爱问我这样一个问题：写作究竟有没有技巧？面对这样的提问，我常常感到很窘迫，因为我不知道怎样回答才好。多年前，散文名家秦牧先生曾出版一本谈艺术的随笔集《艺海拾贝》，在序中他就说"谈论艺术技巧是最危险的"。我的理解是，一方面在那个年代，艺术只能为政治服务，政治是共性，而个人的艺术创造则是个性，在二者之间，只能是个性服从于共性；另一方面，抛开政治的影响，即使就艺术谈艺术，也是一件很难的事情。这是由于，艺术从来都没有一个固定的标准，每个人的审美也都不尽相同。

  历史的经验告诉我们，艺术就是感觉。这个感觉最初来自于艺术家本人，一旦经过他（她）的创造，以文字、画面或灯光、音响进入人们的视觉、听觉之后，就形成了共鸣。通俗地说，所谓艺术的欣赏过程，就是从我到我们的过程。谁的作品能引起我们的共鸣度越大，谁的作品越成功。那种把艺术关在房间里、抽屉里，从来没有示人的艺术，是没有意义的。

  带着这样的一些思考，当我读罢迟子建的散文《春天是一点一点化开的》，我的眼前便不由得出现了作者美丽的家乡——黑龙江漠河的春天景象。那个地方是令人向往的，一个叫作北极的地方。由于纬度的不同，虽然处在同一个春天的季节，但各地的景象是不同的。正如作者所言："立春的那天，我在电视中看到，杭州西子湖畔的梅花开了……而我这里，却还是零下三十度的严寒。早晨，迎接我的是一夜寒流和冷月，凝结在玻璃窗上的霜花。"这一个梅花，一个霜花，形成了鲜明的对比。聪明的作家，没有投机取巧地去写南方的感受，而是紧紧抓住霜花这个亮点，运用自己娴熟的描写之笔，一层一层递进，从二月到五月，直至达子花开，将北极的春天像旭日东升般呈现在人们面前，让你觉得这个春天是温暖而充满力量的。与其说这个结满霜花的春天是属于北极的，倒不如说是属于作家自己的，是作家为我们创造的。

至于这篇散文的技巧，我觉得作者并没有过分讲究，她所传递给我们的是描写的生动和语言的张力。我所理解的张力，是作家思想的张力，正如作者所议论的那样："北极的春天是一点一点化开的。它从三月化到四月甚至是五月，沉着果敢，心无旁骛，直到把冰与雪，安葬到泥土深处，然后让它们的精魂，又化做自己根芽萌发的雨露。"有了这些，技巧显然已经不很重要了。

二〇〇九年六月十日

通变论

散文的陌生化

写了三十年的散文，越来越觉得这个文体陌生起来。思来想去，问题还是发生在对散文概念的确定上。尽管前人今人对散文有这样那样的提法，我还是觉得谁也没能说清楚。忽一日，翻女儿用过的中学课本，在人教版九年级下册的最后有一篇《谈谈散文》的文章，不知什么原因，没有署作者的名字。不过，文中有一句对散文定义的话引起我的兴趣：散文，是一种描写见闻、表达感悟的自由灵活的文学样式。并且，其后还作了引申解释：描写见闻，表达感悟，是就散文的内容而言；自由灵活，是就散文的形式而言。内容与形式，这无疑涉及哲学问题。

为谁写，写什么，怎样写，这是个无法回避的问题。在相当长一段时间，这样的问题是不需要讨论的。即，文艺为工农兵服务，要表现现实生活，至于手法嘛，可以鲁迅模式，可以冰心模式，可以朱自清模式，可以魏巍模式，可以杨朔模式。可写来写去，人们越写越模式化，大有换汤不换药的架势。于是，有人提出大散文概念，也有人提出新散文概念，甚至更有人提出散文必须来一场革命，似乎只有这样才能一鸣惊人、出人头地。我以为，提出什么主义，喊出什么口号都没什么问题，其核心的意图无非就是对以往的散文模式化不满意，而要想办法去创新。

散文的创新，如同小说的创新，诗歌的创新，包括音乐、美术、书法、舞蹈、戏剧、影视等艺术形式的创新。任何事物其规律都一样，都要新陈代谢，推陈出新，一代新人换旧人，倘不如此，就会落后于时代，落后于同行，落后于对手。其实，我对创新的理解就三个字：陌生化。过去，有人提出过小说要陌生化，我觉得这也适合散文。二十世纪八十年代，朦胧诗盛行，对传统的政治抒情诗、民歌体、口号诗是一次极大的颠覆，从而开启了一个新的诗歌时代。那个时期的小说也出现了大批的创新作品，典型的是以王蒙为代表的意识流，真的是领风气之先啊！那些今天我们仍然能耳熟能详的轰动作品，几乎都是那时的产物。这些作品对当时的读者，绝对是陌生的，是从来没有听说过的。回想那个时期的作品之所以轰动，首先是题材、思想的轰动，然后才是表现方式的创新。当然，思想观念的更新，必然会对表现形式的创新起到推动的作用。内容决定形式嘛！

创新的结局，就是要有新鲜感，陌生化。就艺术规律而言，任何创新都是阶段性的，在一个时期，有一个时期的先行者，他们是第一个吃螃蟹的人。但我们必须清醒地知道，不是所有的创新都是成功的，也不是所有的创新都会长久的。还有一个值得注意的，就是地域问题人群问题。有的创新在这个国家这个地区是创新的，在另一个国家地区就是常见的。譬如现代主义的许多表现形式，在西方已经玩得差不多，以至是玩剩下的，于是被我们一些人拿过来火了起来盛行起来。这在八十年代，城头变幻大王旗的主义满天飞时期最常见。今天回过头来，无论如何我们要感谢当时拿来主义的人们，是他们为我们打开了眼界，扩大了视野。现在，不论在政治、经济，还是在军事、文化上我们都与世界接轨了，谁再玩什么花样也不会觉得新鲜了。这就给创新者出了难题，在知识信息均等的机会面前，你拿什么创新，你是否能够创新？

以我目前看到的大量散文，还很少看到能让我眼前一亮几亮感到新鲜陌生化的作品。相反，很多是熟悉的作者，熟悉的题材，熟悉的技法，虽有个别的想玩思想玩政论玩历史，但终究艺术性不如人意而让我不忍卒读，就艺术性的散文观而言，它不是我要的菜。必须承认，散文能够给读者提供思想，也能够给读者提供知识，但它毕竟不是书袋子，在滔滔不绝地兜售人们不一定需要的思想和知识。知识不等同于文化，文化也不等同于文学。文学要给读者的是不确定的而必须要思考的东西，只有那些东西于读者才是陌生的。至于表现形式，如同穿衣服，穿一次叫新衣服，穿第二次就少了光泽少了鲜艳，再穿，就成了旧衣服。

旧衣服也并非一无是处。存放的时间久了，它还有可能成为文物。譬如，现在如果有人流畅地写章回体小说，题材就是当下的生活，也未必没有读者。时下的读者有趋众的普遍心理，如果这章回体小说是王蒙、莫言、贾平凹、铁凝、王朔写，我相信读者一定会热捧热读的。也许在我写这篇文章的时候，说不定哪个大腕已经着手正在写呢。因此，我们也不能完全相信旧的就是彻底结束的，在一定条件下，旧的反而会成为更大的时尚，是真正的陌生化呢。如此说来，我倒想看有人学鲁迅、冰心、朱自清、杨朔写几篇过时的模式散文，不知你以为如何？

二〇一六年三月十五日

散文进入商业化写作时代

　　这几年，由于一直做散文方面的图书策划、编辑工作，便有机会阅读了大量的散文。应该说，今天的散文创作不论在数量还是质量上，都是前所未有的。自然，随着阅读量的不断增加，散文的视野也就随之开阔了很多。不论出版作家的个人专集，还是出版多人组合的选本，都有一个无法回避的问题，那就是选择的标准。更确切地说，当代出现散文热，热在哪里？什么样的散文是好散文，好的散文有无明确的标准？当前的散文和过去的散文，包括同国外的散文相比较，其得失在哪里？这些问题对于任何一个散文创作者和研究者都有着重要的影响。

　　中国当代出现散文热，绝不是孤立的偶然的文学现象，它既有着历史的原因，也有着社会的直接原因。作为有着悠久历史的散文国度，我国自先秦以来，直至清末，历代都有散文大家的出现，成就最为突出的是"唐宋八大家"。二十世纪初，随着白话文的蓬勃兴起与新文化运动的历史变革，白话散文同小说、诗歌一样以其崭新的姿态登上了新文学的舞台。在二十世纪二三十年代，以鲁迅、周作人、梁实秋、林语堂、郁达夫、朱自清、沈从文、丰子恺、巴金、冰心、萧红等作家为代表的创作群体迅速崛起，他们在以小说、诗歌进行创作的同时，还积极投入到散文的创作，以至后来有的作家在散文创作上的成就远超出小说和诗歌。中华人民共和国成立后，我国的散文成就远不如小说和诗歌的影响大，直至刘白羽、杨朔、秦牧的散文风格形成，才使散文的地位有所提升。"文化大革命"结束后，文学样式最先受宠的是诗歌和小说，到了八十年代初，报告文学以其不断干预生活的姿态开始火爆，几乎与小说、诗歌并驾齐驱活跃于中国文坛。但是，反观散文的发展，我们会发现在长达十几年当中，散文竟成了一只丑小鸭，被晾在文坛的一个死角里。人们不禁要问，散文怎么了？其实，散文并没怎样，它的失语，主要是相当长一段时间以来，散文创作始终津津乐道地坚持传统模式——"歌德式"。而当时的人们已经开始对"文化大革命"进行反思，进而是进行思想的大解放。这样，人们怎么能继续钟爱散文呢？再者，那时从事散文创作的作家也很有限，散文创作在一定意义上似乎是少部分人的专利。即使到了"寻根文学""朦胧诗"的后期，散文仍然不肯革命，依然抱着传统不放。因此，在二十世纪八十年代前后的十余年，与其说是读者冷落了散文，倒不如说是散文冷落了时代。当代出现散文热，准确地说是从"汪国真、席慕容、三毛热"后开始的，其直接背景是经过十年的伤痕、反思、寻根后，沉重的话题已经逐渐让人烦躁不安，甚至有些令人生厌。特别是在邓小平同志进行南方讲话后，社会主义市场经济的风起云涌极大地刺激了新闻出版业的改革，各种星期刊、周末版，青春、女性刊物以及电台、电视台的直播、对话、休闲、娱乐版块的推出，无形中形成了一个庞大的文化市场，使得过去靠笔杆子吃饭的人们一下变得眼花缭乱起来。在这些出版物中，最适合于人们表达情感和引起共鸣的莫过于散文、随笔，在人们眼里，散文是糖果，是清风，是心灵鸡汤。

　　当代散文热同上世纪二三十年代有着很大的不同。上世纪初的散文热主要热在作家身上，以鲁迅为代表的作家大都是精通中西文化的学者、教授，是纯文人的热，是新思想的热。当代散文热热的不仅是作家，而且也热读者，尤其令人始料不及的是有一些非文人（如官员、明星、老板、打工者，等等）也都投身到散文写作的队伍里，而且还有广阔的市场。他们进入散文市场，在我看来不只是兜售思想，更主要的目的是为赚钱和赢得虚名。因此，我们现在可以把散文创作看作是文化产业中的组成部分，靠这个产业，可以养很多人。说白了，散文创作已经开始商业化。尽管商业化是我对当代散文的基本估价，但必须强调的是，商业化并不是我完全反对的，我甚至觉得我们的文学商业化还很不够。其实，文学开始商业化，并不是近十几年的事，早在二十世纪二三十年代，鲁迅、周作人、巴金等作家，他们可不是端铁饭碗吃大锅饭的主儿，他们的生活完全是凭借自己的学识在学校当老师，或是开书店办报刊，但那时的报刊发行量不大，想必广告也很有限，所以收入很低。在工作之余，他们主要靠给报馆写稿子挣钱养家糊口。当时的稿费结算的时间比现在快，因为是现金交易，有的甚至是当场交易。可以肯定地说，那时的作家写作是相对自由的，因为他们都不在体制内，是真正的自由撰稿人。

不论怎样估价，中国当代散文毕竟以其热闹非凡的景象成为二十世纪末中国文坛的一道亮丽风景。在此需要肯定的是，在社会主义市场经济越来越深入人心的今天，我们的各式各样的写作者，以他们过去从来没有过的热情投身于散文创作，这本身就可以看作是社会一种文明进步的表现，虽然他们创作出的作品不可能完全游离于商业化，但他们对散文的发展都是做出贡献的。也许这种潜在的价值我们今天还不能完全看得见。即便如此，对于当下的散文热，如果一味盲目地追捧，显然无益于散文的健康发展。这主要表现在三个方面。一是散文的创新问题。任何一种文体，都要不断地进行创新，从文言文到白话文可以说是二十世纪文化变革中一件最为激动人心的事情。以目前散文创作中出现的"大散文""文化散文""行走散文""新散文"看，我觉得创新的意义不是很大，甚至将散文的发展方向引向歧路。试想，一篇散文写上万八千字、两三万字，使劲往里边塞公共材料，或是毫无边际地呻吟、呢喃，那样的作品能有读者吗？

"行走散文"更是可笑，天下的散文哪个不是靠行走获得的感受呢？如果以旅游为目的，把异地的资料简单一罗列，作者再言不由衷地发些议论，就攒成一篇散文，挥就成一本书，那写散文岂不太容易了，散文毕竟是创造性的劳动啊！至于"文化散文"，其提法比"行走散文"更荒唐，请问：谁写的散文是没文化的？二是散文的大众化问题。散文进入商业化，必然会使散文在更多的读者中得到普及。而要使散文普及，这就要求内容要新鲜，风格要多样，能够给读者提供更多的知识和情感的信息。同时，在表现形式上要有时代感，尤其是语言要体现现代语感并传递美的意蕴。当然，在文化分流的今天，不同的人群对审美肯定有着不同的追求，但前提必须是真情的表达。散文上的造假，将面临直接失去读者。当下的散文创作已经明显带有小说化、贵族化倾向，"亲情故事"越多，反证生活越发缺少亲情。三是作家的心态问题。作家进行创作，至少有三个不可回避的选择，其一是对情感的表达，第二是对艺术的追求，第三是对经济的需要。除此，还有当官的需要，个人价值的需要，个人自尊和社会认同的需要。本来狭义散文主要是指我们过去所说的叙事和抒情散文，但精明的读者会发现，翻遍大小报刊，很难找到几篇精彩的篇什。为什么呢？一是难写，二是没人相信。所以，作家们主要写散文的同门文体——随笔和杂文，这类文章不用采访，写作自由，而且容易引起读者注意，非常适合市场性强的报刊。因为市场需要量大，稿费也就随之越高。由此不难看到，如今真正潜心从事散文创作的作家并不是多数，而整天忙于写作散文的其实只是散文的影子。这就是散文界也是散文热背后的真实写照。

二〇〇九年三月二十四日

当代散文的峰巅标准是什么

——对刘锡庆《史铁生散文成就之我见》的不同看法

说心里话，写这篇文章我内心犹豫再三。第一，这篇文章首先要面对散文理论大腕刘锡庆教授。虽然我与刘先生至今无缘见面，但凭他过去对散文理论上的建树足令我这个毛头小子高山仰止的。前不久，我还同周明、冯秋子谈到刘先生，并希望听到先生对当代散文的高见。第二，因为刘锡庆先生，我还要面对作家史铁生。史铁生一直是我关注和敬佩的作家之一，可惜，至今我与他无缘见面。近一时期，关于他的身体状况说法很多，不论怎样，人们都希望他健康快乐地活着。史铁生的存在，无疑会使人们觉得文学界清澈许多。第三,八月十四日，我在《中华读书报》发表了《是论坛还是神坛——对所谓二十世纪末中国散文十家的质疑》一文，在文学界，特别是散文界引起广泛关注，议论之声四起。对于这篇文章，我无意于把谁当成自己的靶子，我只反对文学上的"造神"活动。

回到正题，我之所以要提出"当代散文的峰巅标准是什么"，主要是针对二〇〇二年八月二十七日刘锡庆先生在《文艺报》所做文章《他攀上了当代散文的峰巅——史铁生散文成就之我见》而言。刘先生在开篇写道："作家创作成就的高低、大小，从来就不以职位、头衔、数量计，而只看他作品的‘质’，看其作品所达到的思想、艺术的‘高度’，看他本人都做出了哪些超越前人的个人独异的‘贡献’。如果上述论断不错的话，我要说：史铁生的整个文学创作——包括他的小说和散文，都是卓尔不群、超拔于世的！特别是他的散文创作，仅就《我与地坛》而论，即可谓前所未有、轰动文坛！他正是以这篇旷世华章站在现今散文创作的制高点，攀上了当代散文的峰巅！如果没有史铁生，没有《我与地坛》，当代散文将失去它‘哲思’的高度，失去它悬浮的光影！因此，可以毫不夸张地说，史铁生是当代散文的一面旗帜，是九十年代中国散文的一个骄傲！”后面，刘先生还列举了史铁生独自深入思考、感悟的文学观，最终的结论是“读这样的散文，不啻是一种最大的、美的享受。而且，每个读者在每读一遍时，怕都会有新的、不同的体会和感悟——这种常读常新的审美愉悦，只有在读‘上乘之作’中才会遇到：这是读者的幸运！”文章至此，我相信一般读者都会读出刘锡庆先生是怎样推崇史铁生和他创作的《我与地坛》的。不管别人怎样看，我总觉得刘锡庆先生的文字有点悬，悬得有些吹捧之嫌，悬得不像一个大学教授的理性文字，悬得对散文的理解让人感到吃惊。

关于文学创作，我历来反对论资排辈，当然也反对唯权力论，更反对“排行榜”“谁最最最”。我始终坚持，任何一个文学上的写作者，大家都是劳动者，劳动者都应该被社会所尊重。因此，从这个意义上讲，我比较赞成刘锡庆先生所说的“作家创作成就的高低、大小，从来就不以职位、头衔、数量计，而只看他作品的‘质’，看其作品所达到的思想、艺术的‘高度’，看他本人都做出了哪些超越前人的个人独异的‘贡献’”。但是，我不曾想到的是，在具体到史铁生的作品时，刘先生却用了“卓尔不群、超拔于世”，尤其在评价《我与地坛》上，甚至用起了“前所未有”“旷世华章”“制高点”“峰巅”等词语，使人读后惊诧不已。我当时就想，这是刘锡庆先生说的话吗？他为什么要说这种具有盖棺论定性质十分绝对的话呢？殊不知，史铁生在写《我与地坛》时是在一九八九年的五月十一日，改写时间是在一九九〇年一月七日，发表时间还要更晚些。就是说，《我与地坛》距今已经发表十余年，在过去的十余年中，刘先生一直没有像今天这样表态，他所以今天要表态，肯定是出于某种目的。其真实的目的也许有很多，但我一时难以知道。不过有一点不能忽视，在本期《文艺报》一版右上角赫然发有一则消息：中国作家协会党组书记、副主席金炳华于八月二十三日专程到家中看望作家史铁生（并配有金炳华与史铁生亲切交流的照片），不论是有意安排，还是偶然巧合，在客观上刘先生这篇文章起到了补充说明的作用。作为报纸同人，我非常理解《文艺报》的精心安排，但我不明白，他们为什么发表这样一篇对史铁生盖棺论定的文章。难道史铁生的身体状况真的不行了？我不敢想象，也不愿想象。理性告诉我，即使史铁生真的不行了，不论是谁，如果为其写了一篇言过其实的文章我以为都是不妥的，既是对史铁生的不尊重，也是对广大读者的不尊重。可以想见，什么作品是"卓尔不群、超拔于世"的，既然《我与地坛》是写作发表于二十世纪，凭这样一篇作品就可以比二十世纪诸如鲁迅、周作人、冰心、朱自清、杨朔的散文成就还要高吗？何谓"前所未有"？大凡是作家创作出来的作品，只要不是抄袭别人的，都可以视为前所未有。"旷世华章"是谁封就的，"制高点"又在哪里？当代散文的"峰巅"是什么状态？标准有哪些？诚然，《我与地坛》在最近二十年的散文作品中，确实是一篇难得的优秀之作，但其艺术水平究竟是否达到刘锡庆先生所说的高度，在我看来仁者见仁智者见智，或许还要再等待一段时间的检验。仅就我个人而言，我很难接受刘锡庆先生如此的盖棺论定说。

　　说句不恭的话，史铁生的《我与地坛》我一共看过两遍，不像刘先生所说的"常看常新"，更没有觉得"是一种最大的、最美的享受"。第一次看是在二十世纪九十年代初，那时我还在农场工作，看后只觉得有点感动，同时也觉得读得有点累，那时很少有类似这么长的大散文。第二次是在昨晚夜深人静的时候，我想找一找刘锡庆先生的感觉。可是，我几次读又几次放下，最后才勉强读完。看罢，对着镜子我问自己，我这是怎么了？那样的一篇旷世之作你怎么就读着费劲呢？看来你完了，你不能再继续搞文学了，更不能搞散文研究。后来，在睡觉时我又思考了许久，我对《我与地坛》与刘先生在认识标准上不完全一样，大概有以下几条原因：一是刘先生长期在大学教书育人，多强调理性，而我长期在生活的底层呼吸，更重于感性；二是我对大散文缺乏足够的阅读勇气，尤其是对过多堆积资料的作品很难一睹为快；三是我对细节的要求更苛刻，而史铁生的细节（如写母亲的部分远不如肖复兴、梁晓声、陈建功笔下写母亲的文字）常常湮没在没完没了的议论中了；四是在史铁生诸多充满哲理的议论中，在刘先生看来是"哲思"的"高度"，而在我看来这恰恰是史铁生的败笔，因为我始终认为，散文是润物细无声的，过多的议论，思想反而成了"悬浮物"；五是我生来喜欢散文的快乐，不主张把散文写得太沉重，太沉重容易伤害散文的美质。

在文学创作上很长时间没有旗帜了，绝大多数作家感到很快乐。本来嘛，创作是很个性化的东西，谁也不是谁的师父，更不是宗师。现在，刘先生突然给散文界送来一面史铁生旗帜，多少让人感到惊奇。我一看到旗帜，仿佛在史铁生的背后跟着一群人，有名的，没名的，还有跟着瞎起哄的。旗帜是什么？旗帜是方向，旗帜是标准，旗帜是生产力。我不知道史铁生愿不愿意当这个旗手，如果我是史铁生，我宁愿继续写几篇"旷世之作"，也不能当这无聊的旗手，人写作毕竟是为了好好地活着啊！

二〇〇二年九月三日

散文的创新与坚守
——兼谈石英的散文

写散文多年，我的体会越来越多，归纳起来，主要是哲学和审美问题。当下的散文作者，有相当多的人提出或正在尝试着散文的创新。创新是相对于传统而言，抑或是相对于守旧而言。我以为，白话文发展上百年了，散文写作的高峰也经过了几个轮回，不论进行怎样的创新都不为过。问题是，这些创新有没有实质意义的突破，如果只是空喊口号，或者说所做的尝试同行不接受，读者不响应，那这个创新就值得怀疑。

二十世纪九十年代初，贾平凹在创刊《美文》杂志时，提出了大散文概念，在文坛引起很大的关注。关于何谓大散文，贾平凹已经说得很清楚，即鼓呼散文的内涵要有时代性，要有生活实感，境界要大，拒绝那些政治概念性的东西，拒绝那些小感情小感觉的作品，艺术抒情的作品，可能会使散文的路子越走越窄，导致散文更加沦为浮华和柔靡。在这之后，余秋雨的散文横空出世，真正地实现了一次大散文的成功尝试。继余秋雨之后，有相当多的散文作家模仿或步余氏散文的后尘，开始进行文化散文的写作。就我目力所及，迄今还没有一个作家赶上余秋雨的水平。

至于贾平凹自己，他提倡大散文，这可能与他当初作为刊物的主编有关，而他自己的写作，则更多地是继承着五四散文的写作特点。有很多散文作者不止一次问我，怎样看余秋雨与贾平凹的散文，我说，作为新时期乃至白话散文一百年来两个有着重要影响的散文作家，他们的写作代表着两个方向。贾平凹的散文是向内的，余秋雨的散文是向外的，二者都取得了重大成功。贾平凹显然受中国传统文化的影响，其作品中充斥着儒家与道家的思想，余秋雨则是带有西方的批判意识，在传播知识的同时，还在不遗余力地呈现着自己的哲学精神。形象地说，贾平凹宛如一个高深的道长，一个精通医术的老中医，余秋雨则是一个西方传教士，中西医都懂的医学教授。毫无疑问，贾平凹是真正的坚守，余秋雨是坚守中的创新。若问他们两个谁的医术更高明，我觉得难分伯仲。

新中国成立以后，散文界也曾出现过各种创新，成功者如杨朔、秦牧、刘白羽等人。杨朔的散文，是叙事抒情的典范，在读者中更具有影响力。秦牧的散文，融知识性、趣味性、文学性于一体，属于随笔、小品类型，其影响虽然没有杨朔那么广泛，但在知识界、文学界还是广受推崇的。这二位的比较，如同贾平凹与余秋雨。我觉得，在他们那个时期，散文按照自己的艺术追求，能写到那个程度，就今天的人们而言，足以让人叹服！

自九十年代后，散文创作开始甩开杨朔模式。这主要随着整个社会的向内转而开始的，比起前十年小说、诗歌、报告文学的干预社会，散文显然是落后了。祸兮福所倚，否极泰来，自进入九十年代后，随着整个社会的转型，散文开始有了用武之地，许多作家都写出了与以往不同的散文样式。当然，摆脱杨朔模式，并不是忘记杨朔模式，也并非彻底否定杨朔模式，即使到今天，我们有相当的作家散文写作或多或少地还有杨朔的影子。我觉得这很正常。谁能说我们的写作不受鲁迅、朱自清、冰心的影响？恐怕贾平凹、余秋雨也不能否认。

在此我想谈谈作家石英的散文。石英系山东人，中华人民共和国成立前夕加入了中国人民解放军，后入南开大学学习，毕业后分配到天津

《新港》文学杂志社，后调入百花文艺出版社，创办主编《散文》月刊。一九九〇年，调入《人民日报》，主管文艺副刊。石英在二十世纪五十年代开始发表作品，诗歌、小说、散文、纪实文学皆有大的成就。就散文而言，以他的年龄和创作成熟期，应排在杨朔之后贾平凹之前。我是在八十年代初开始读石英散文的，印象中他走的是杨朔的路子，其散文是诗性的。九十年代我们相识后，发现他的散文开始转向随笔化、文史化，有时也写写叙事抒情散文。

二〇一三年，石英出版了《石英散文新作选》，文中收录的作品均是他最近两三年创作的作品，凡涉猎历史、采风、亲情、乡情、军事和国外见闻等。这类作品，较之他过去的作品，有坚守，也有创新。对于所谓的"新作"，石英在自序中说，我之取名"新作"，还有另一方面的潜隐含义，即不满足于数量的积累，还志在随着时光的推进，阅历的丰厚，尽可能在对事物的认识上、生命的感应上应具有更新的发现，更深的发掘，尽量使读者读起来不只是觉得充其量是篇目的叠加，而不能受到任何新的触发。因此，求新是我的一个不能绕过的目标。

对于近些年盛行的文史类散文随笔，石英认为，"作为一个尚有追求不甘俗常的作者，如果较大量的笔墨还只限于铺叙和介绍一些文史资料，固然亦可起到某种传播知识的作用，但少了对读者较深刻的启示，我认为仍未充分地尽到一个作家的职能"。鉴于此，石英在近年散文创作中，重新写就了《再读袁崇焕》《再读北戴河》等篇章，显然，较之过去的抒情，现在更多的是进行了对历史的沉思与思辨，这种思辨重点不是考证历史是否真实，而是将自己的人生经历融进去，这样就有了属于自己的独家认识。在当代作家中，石英的史地哲知识首屈一指，从我接触的几百个大小作家中，这方面知识还没有超过其左右的。我过去曾说，以余秋雨的知识、阅历，他是有资格写那种文史散文的，甚至他可以通过散文这种形式，去向读者宣传他自己。同样，以石英的阅历、知识，他也是有资格对历史进行臧否的。我喜欢石英对历史的思考，他的思考是朴素的，通人情的，还是风趣的。

石英的散文是随着年龄的变化而变化的。一个作家，不囿于自己熟悉的套路写作，进行各种有益的探索与尝试，这是难能可贵的。但我总是觉得，进行新的尝试固然新鲜，刺激，可一旦背离了原来的自己也未必就那么尽如人意。就我个人而言，我还是喜欢石英的抒情散文，如早些年发表的《进入瑞士》《阿尔卑斯山的夕阳》《北戴河听涛》等，都是不可多得的美文。在这本《石英散文新作选》中，我还是发现在一些篇什中依然保持着他抒情的优势。如在《井冈雕塑图》中，作者写道：次日午饭后，我们乘车下山时又从雕塑园门前经过。我想再与这些井冈山根据地的开创者和战斗者告别。留给我的最后一个影像是，雕塑的神情似乎在相互寻问："曾记否，同志哥在一口锅蒸过红米南瓜？"回答当然是无声的。但园周树丛中那叫不上名来的翠鸟却抢先作出了有声的回答："记得，记得！——记得！"又如，"来到梨乡，我不禁迷失了方向。这种迷失，不是因为天气不佳或路途不明，而是由于这梨乡太广阔，竟使我有些眼花缭乱了。平时一般形容广阔爱用'一望无际'，在莱阳的梨园中，一望倒是'有际'的，但那是因为秋日的梨树状貌太盛大，梨子结得太密实，尽管我想望眼欲穿，却也仅及数尺之距。任凭我驰驱自己的想象，也难以估明这梨阵的纵深有多远。所以，在这里，必须修改这个成语的含义：'一望有际'实际上比'一望无际'更深远，更引人浩叹"。（见《莱阳梨乡感怀》）面对这样的文字，我们是不是有种久违的感觉呢？从中，读者不难看出这里有杨朔的影子，然而，这种影子又恰恰是抒情散文所具备的。也许有人认为时代变得具体而实用，抒情成了一种奢侈，可我要说，我喜欢这种抒情！散文不抒情还叫散文吗？

二〇一八年三月十六日

风格论

散文的气质

　　每一个人都不是孤立存在的，他需要社会的滋养。社会就是人群之间的往来，既然人与人之间有往来，就必然会有人与人之间的评价。评价一个人，标准很多，可以用小家碧玉，也可以用大家闺秀，最简单的方法就是用好人和坏人区分。这在二十世纪六七十年代的电影中处处可以看到。而事实上，这世界的芸芸众生，哪里有那么多的好人和坏人，好人和坏人是相对的，就大多数人而言，基本属于不好不坏的人。

　　生活中，我们对一个人的外表评价，通常爱用气质这个词。譬如，形容某个女人漂亮，常用气质高雅；形容某个男人有修养，喜欢用气质儒雅。由此可见，气质这个词是人们所需要的，也是男女可以通用的。查汉语词典，对气质的解释有两种：一是指人的相当稳定的个性特点，如活泼、直率、沉静、浮躁等，是高级神经活动在人的行动上的表现；二是人的风格和气度，如革命者的气质。很显然，我们一般选择的是后者，前者过于确定，而后者是让人感觉到又不好定义的那种。

　　同样，我们看一篇文学作品，往往也会从作家的文字中读出其人与文的气质。这就是所谓的文如其人。以我的见识，人和文在很多的时候并不一致。一个文弱的书生，他的气节和人格可能是刚硬的。鲁迅个头不足一米六〇，可谁能说鲁迅不高大呢？不管怎样，我们看一个人的作品总会很自然地和这个人的人品联系在一起。所以，我们在研究一个人的作品时，往往会从作家的社会性和作品的艺术性两个方面来考证。近些年，社会价值取向多元化，人们对于过去的人和事也变得宽容起来，像过去被封杀被长期边缘的作家作品逐渐走向人们的视野，这些作品甚至如日中天地成了一段时间的文学主流。文学的艺术性与社会性，是不可割裂开来的，过于强调哪一方面都会有失于偏颇。

　　散文也是如此。我们说一篇散文的优劣得失，其评价体系也很难绕开艺术性和社会性。当然，如果是风景描写的那种游记作品，就另当别论了。即使是风景描写，也不完全超脱于当时的社会背景，如《白杨礼赞》《茶花赋》《荷塘月色》《樱花赞》等。假设我提出鲁迅、冰心、朱自清、杨朔等作家的作品具有散文的优秀气质，不知会不会有人站出来反对？我想肯定会有的。据我所知，有相当多的一些作者，始终坚持散文的艺术性，而不愿提作品的社会性，似乎一提到社会性就是和政治挂钩。远离政治，已经成为某些作家的信条。前几年，周作人、林语堂等二十世纪二三十年代的作家突然走红，就是被这类人追捧的结果。以我个人而言，我对散文创作的路数是提倡百花齐放的，风花雪月与金戈铁马都可以成为作家笔下的文字。我们不能说写花鸟鱼虫、衣食住行就题材窄、格局小，就缺少散文的气质。有的作家倒是常把江河万里挂在嘴边，可其文章味同嚼蜡，一点散文的味道都没有，更谈不上散文的气质。

　　我理解的散文的气质，首先是文字的朴素、洁净，如果一篇散文连这一点都做不到，就很难有别的作为了。这就如同我们看到一个衣衫不整的人，他怎么可能有好的气质呢？然后，是作品的内容要更多地承载读者所要获取的知识、信息、情感、思想的含量。第三，在写作技巧上，要发现出生活的亮色，特别是能在所见的人与物中悟出人生的道理和对世界的看法来，且能熟练地运用修辞手法和文章的结构方法。第四，文章的意境要高拔出常人的想象与思维，具有超越时代的精神高度。第五，要做到内容和形式的统一，其内外气场要打通，要浑然一体，有霸王神弓那种气派。有了这些，还不够，一篇好的散文必须与社会相结合，要得到广大读者的认同与共鸣。这个社会的认同，光是一时的认同还不行，它还必须是超越时代的，像我们读《岳阳楼记》那样，要能产生"先天下之忧而忧，后天下之乐而乐"那样的人生思想境界，这才算真正地具有了散文的气质。

　　散文的气质是不可确定的，不同的作家创作了不同的作品，其气质也是不尽相同的。气质是最让人捉摸不定的东西，它像风又像雨，很难用数字去量化。大凡这种捉摸不定的东西，恰恰是审美不可回避的问题。艺术的美是感觉感悟出来的，即我们常说的艺术就是感觉。在这里，我们也可以把散文的气质说成散文的气象，气象可以是眼前的，也可以是未来的。我喜欢气象万千这个成语，它如果作用于散文，那就是散文是可以多样的，一篇优秀的散文一定有着不同寻常的气质，拥有了这个气质，你就能鹤立鸡群，就能羊群里出了骆驼。

二〇一六年五月八日

150

不能做这一类，要做这一个

——读鲁院《新创作》（2005 年 1—3 期）的几篇散文

受中国文联出版社委托，我与著名军旅作家王宗仁从二〇〇三年起，每年编选一本《我最喜爱的中国散文 100 篇》。在我们编这个选本之前，全国大概已有八九个年度散文选本。按说，在选本市场相对饱和的情形下，我们再"克隆"出这样一个选本就有点得不偿失，或者说是费力不讨好。然而，在出版社的大力支持下，我们居然编辑完成了二〇〇三年和二〇〇四年两个年度的选本，虽然出版时间比其他选本要晚上几个月，但销售得异常好。究其原因，无外乎我们遵循了这样的选稿原则：第一，不唯名家，鼓励新人；第二，强调散文的文学性、艺术性；第三，鼓励探索作品；第四，文字短小；第五，题材多样化。以上五点原则，定位容易，但在编选过程中若能始终如一地坚持却很难。因为面对其中的每一项，都有一个对散文的态度问题。为此，我在两本书的序言中，分别写了《散文应该这样》和《谁的散文将被写进历史》，权且算我对当下散文创作的基本认识。

本来，在写《散文应该这样》之前，首先要写《散文应该怎样》。但考虑"怎样"有些模糊、含糊，不如"这样"来得鲜明、具体，而且第一本选本一定要有冲击力，便选择了"这样"。在《散文应该这样》里，我曾说，在语言平白朴素达美的前提下，散文大致有三种可能：第一，提供多少情感含量；第二，提供多少文化思考含量；第三，提供多少知识含量。在此基础上，我于《谁的散文将被写进历史》中又加以引申具体化，提出散文创作可分为三种类型：生活积累型、艺术感觉型和文化思考型。有了这样一种基本的认识，我想无论面对什么样的散文，都不会失之偏颇。从一定意义上讲，这是判断一篇散文得失的尺度。

言归正传。我现在要具体谈谈鲁迅文学院培训中心编辑出版的教学刊物《新创作》（2005年1—3期）上发表的九篇散文。应该说，这些作品不论从题材上还是从创作技法上大体能代表或折射出当前散文创作的光与影。当然，这里的光与影是中性的，既包括成功的"得"，也包括问题的"失"。综合看这九篇散文，题材主要涉及文化思考和叙事抒情两大部分。事实上在我们众多的作家笔下，也大都写这类题材的散文。由于大家都写，这其中就有个散文的共性和个性问题。以文化思考型散文为例。这类题材一般做法是某人到某地去，看到了一处风景古迹，或者看到一个人物，主要是早已故去的古人，于是引发作家很多的联想与思考，其对眼前的人与物描写比较简单，往往是立足此一点，向外无限地去延伸思考。这是共性的部分。那么，个性的部分呢？一是看选取的角度，二是看联想的丰富，三是看思考的深度。凑巧的是，在三期刊物中，分别发表了一篇这种类型的散文。以我个人的欣赏眼光，首推《感慨崔浩》，其次为《日落云梯关》和《浮来山的魅力》。《感慨崔浩》一文约有两千字，前半部分主要介绍云冈石窟，后半部分则借云冈石窟于北魏文成帝时期开凿面世而对崔浩进行感慨议论，道出佛世与人世的悲欢多变。本文之所以被肯定，并非是对前半文工笔般的描写认可，恰恰在于作者能由此引发对崔浩人生沉浮的思考。本文稍显不足的是前后层次分得太清楚，有点断裂，若能在一开始就能直接面对崔浩，恐怕文章便有了整体的张力了。看罢《日落云梯关》，我感到很繁杂，不知道作者究竟想要表达什么。开始是一段叙述性的情境描写，接下来是对六十年前一场战争的描写，然后是引用一点历史资料，最后是对今日云梯关的抒情展望，感觉越读越散了。我过去曾说过，文学要有整体性，对文化思考型散文而言，细节不必大肆渲染，更不必设问抒情太多，过分的议论反而使作品直白浅显。像类似"君不见""君已不见"的议论句最好不出现，"不见"的多了，就是实实在在的"见"。《浮来山的魅力》从严格意义上，更应该算作散文范畴里的游记。游记常见的有两种：一是通篇写景，作者不露声色，完全凭文笔生动感染人；另一是借景抒情、言志，既有文字的优美，又有思想的深刻与崇高。很显然，《浮来山的魅力》当属前者，作为一般游记，写得还算精彩，只可惜引用的东西比较多。

　　同样，我们以这样的分析方法来看其他六篇叙事抒情散文。客观地说，此六篇散文，尤其是其中的《客家女人》《亲近草原》和《火塘边的雪天》其成熟度要比前面所分析的三篇文化思考型散文强得多，这样的作品即使放在公开发表的刊物中，甚至放在每年度的八九个散文选本中，一点儿也不逊色。在此，我姑且不谈共性，只想说说他们吸引我的地方。先说《客家女人》。过去，在我们的文学作品中，描写普通农家女人、少数民族女人的作品一直很多，涌现出很多高手，如鲁迅、孙犁、汪曾祺、铁凝等。每每读他们的作品，常常有观工笔画的感觉。《客家女人》的作者松龄要么是深受前辈作家的影响，要么就是天生具备这样画工笔画的本事，他（她）将客家女人阿君嫂以及客家人的民俗、风俗和勤劳与坚韧描写得有滋有味，让人读后产生美的浮想。如在开头的描写："夜色渐浅，晨光未至，灰蒙蒙的大地一片寂渺。突然，嗨——嗨两声，通晓人性的健硕的水牛听懂了阿君嫂的第一声问候，默默下田去。可它还有点不习惯，前面灰蒙蒙、黑乎乎一片，脑子里的美梦还在纠缠，再睡一会儿多舒服呢！可阿君嫂不干，早已把裤脚卷得高高的，露着一双粗大的腿，又扁又厚的大脚已经踏入泥土中，水牛只好接受了问候，又接受了绳索牵动的关怀，赶紧挑起犁与泥土亲吻。泥儿扭着身子埋着头，把丰收的喜悦藏进心里乐个够。"

同《客家女人》比较起来，《亲近草原》除也具有独到的细节描写外，更多的则是融入作者的感受，将草原、我与母亲三者有机地联系在一起。当篝火晚会进入高潮，作者悄然离开，他写道："我悄悄走出喧闹的人群，将目光移向远方，远方是幽静的夜色，头顶上是幽蓝的天空，耳畔是静静的风吹。草原上没有路，却可以依着性子，任由它带领，悠闲自得地走，走向不可知的地方。"读着这样充满油性的文字，你能说这不是成熟的文字吗？《火塘边的雪天》题材不是很新鲜，当属过去怀旧的那一种，但作者却写出了新意，写出了感情。天下的母亲无不是爱自己的儿女的，她们同时还是忍辱负重、勤劳勇敢的象征。选择这种题材，不要说一般业余作者，即使是名家高手，也难免有几分艰难。可喜的是，本文作者李天斌写得很成功，即通过写自己的母亲，写出了天下的母亲，这一点有如朱自清笔下的《背影》。其余三篇虽不及这三篇相对成熟，但在有限的文字里也还能找到亮色的东西来。如李红伟的《柳树》，我特别为其对生活的领悟所激赏，面对着作者所描述的"我一直以为柳树是在以一种激情的姿态生活着，但他们也需要能量的储存呀！他们那么柔弱的体质此刻更应该得到好好的休养，然而面对早春，他们仍是控制不住自己的喜悦，争先恐后地把自己的兴奋和美丽宣泄在枝头上"，我们除了为其击掌外还能有什么过多的挑剔呢？

但我还是要挑剔。从整体上看这九篇散文，或多或少地还存在明显的不足：一是谋篇布局缺少总体性考虑，主题发"散"；二是细节描写不够，议论过多；三是民俗、传说、史料等引用生硬，没有转换成自己的语言；四是结构过于完整，给读者留的空白不够。总之，这些都是我的直觉，不一定准确，更不一定正确。在此，我谨用著名作家毛志成先生在给一位青年作家写的序言中的一句话与朋友们共勉：你不能做这一类，要做这一个。

二〇〇五年六月三十日

她是文坛里的"这一个"

——舞蹈家资华筠和她的散文印象

在中国当代文坛，有很多很特别的作家。比如王蒙，他是名作家，当过文化部长，中央委员，因为年龄的原因，他无缘担任中国作家协会主席，可在文化界他却有着领袖般的地位。再比如王朔，他什么官也没当过，甚至连作家协会的会员都不是，但他却以自己的语言和思想影响了这个时代。当代中国文学史，让谁写，你都无法绕过他。还有贾平凹。贾平凹本是个农民，上了西北大学，分配到西安，做编辑，当作家，小说写得好，散文写得更好。现在还鼓捣书法，自成一家。他原本也没当过什么官，现在当了陕西省作家协会主席，可在人们心中，那个主席啥也不是。贾平凹就是贾平凹，这三个字字字有声。我常爱把这三个人放在一起跟文友谈论，他们都说我的眼毒，看得准，且狠。

写作是个人的事情。写得越有个性，越会形成自己的风格。在我所接触的作家中，绝大部分没有风格，或者风格还不是很突出。我喜欢有风格的作家。我常告诫一般的写作者，你要想在文坛上有一席之地，你必须向有风格的作家学习。你只有做到你是文坛里的这一个，而不是一群，你才会成功。

因此，我从很早就关注资华筠的写作。

资华筠是新中国培养的第一代舞蹈家，也可以说，她是与新中国一路同行的艺术家。在昔日的舞台生涯中，她创造了很多优秀的舞目，如《荷花舞》《飞天》《白孔雀》《长虹颂》……代表祖国出访过几十个国家。可惜，由于年龄的差距，我没能亲眼看过她精彩的表演。二十世纪八十年代末，她离开了热爱的舞台，出任中国艺术研究院舞蹈研究所所长，专门从事舞蹈理论研究，并带研究生、博士生。由此，也开始了她背靠舞台、直面文坛的写作生涯。她出版了十几部专著，此外还有散文、随笔集《舞蹈和我》《我的爱》《华筠散文》《人世婆娑》《学而年轻》《过电影》等。

资华筠的写作分三部分：一是对舞蹈理论的写作，她最大的贡献是建立了具有开创意义的舞蹈生态学学科；二是对身边人和事的记述，这部分主要是散文写作；三是文艺批评，这部分随笔、杂文体现的是她的个性张扬。此外，她还有诗歌作品、报告文学、电影文学剧本等发表在《诗刊》《女作家》等文学刊物。但比起前三部分来，自然没有那么厚重。

我不是专门的舞蹈演员，也不是舞蹈理论的研究者，对资华筠专门的舞蹈理论没有系统的通读，但从她带过的研究生、博士生以及舞蹈界的同行对其评价来看，用高山仰止一词一点也不觉得过分。当下，全国从事各种理论研究的人很多，形形色色的理论家也不少，仅就文艺理论家而言，真能让我服气的并不多。像过去的周扬、张光年、冯牧、陈荒煤那样的理论家今天已经非常罕见。我总以为，一个真正的理论家，其所以被称为"家"，他（她）必须建立起自己的学科，有一套完整的思想理论体系，否则，只是对别人的继承与附庸。资华筠能够在舞蹈界树立自己的权威，除了她在舞台实践中为华人舞蹈留下了经典舞目，以及乐于助人、仗义执言的性格外，还与她通过多年的实践与研究，建立了自己的舞蹈生态学学科和形成了自己的完整的舞蹈理论体系有着直接关系。

大凡提到作家，人们大都认为是专门写作文学作品的人。而在我看来，从事理论写作的人也应该包括在内。过去，有人提出作家是杂家，既要掌握各种知识，也要会多种文体写作。像鲁迅、郭沫若、老舍、沈从文、刘绍棠这些作家都是其中的优秀代表。那么，在我眼里的资华筠也自然属当代作家中的优秀代表。只是她这种身份更多地被她舞蹈家和舞蹈理论家的形象给遮住了（她也始终不入"作协"）。

我喜欢资华筠的散文。由于作者有着特殊的成长经历和生活体验，她的散文视角跟一般的作家自然有着显著的不同。资华筠的散文很少有写风花雪月的景物描写，而更多的是写人——写名人，写领导名人的人，写熟人，写熟悉的普通人。我始终认为，散文是可以塑造人物的。如鲁迅的《藤野先生》、朱自清的《背影》、冰心的《小桔灯》，都是人物散文的经典。资华筠的散文，大部分是写人物的，她从细节琐事出发，以小见大，每每阅读，都会让你于感动中记住这个人物。像《恩师李少春》《金山就是金山》《在叶伯伯的画前"不敢"起舞》《不怕"得罪"的沈醉》《华君武先生"赔罪"赠画册》《难忘起扬》《给王人美委员当"三陪"》等。通过作者的激情之笔，让我们领略了一个又一个艺术家在艺术之外的风范。在此，我特别需要指出的是，资华筠的散文始终带有平民性。第一，她的语言采用的是口语入文，绝不可以雕琢，更不装腔作势；第二，她的散文注重自己对所写对象的直接感受，没有感受绝不硬写；第三，不因为自己是艺术家，接触的是艺术家等，而忽视与普通人的交往。记得在一九九九年中华人民共和国成立五十周年之际，我所在的《中国文化报》文艺副刊搞国庆文学作品征文，我向资华筠约稿，她给我写的不是自己和名家的交往，而是写一位在"文化大革命"中对自己有过帮助的"胖嫂"——"文化大革命"中，作者被剥夺了跳舞的权利，只能每天去和临时工一起打扫卫生、干体力活。一次偶然的想法，她决定每天早起偷偷地去排练厅练功，不料让同样早起的工人"胖嫂"发现，胖嫂非但没去报告，而竟然说出了"您跳得真好看，比他们强""大姐，再听我一句话，好好保重身子骨，别伤了腰腿，以后有用……"那样的话。正是因为这温暖人心的话，使作者"蹲下身，掀起满是尘土的衣角捂住脸（假装擦汗），任凭泪水无尽地流淌"。多年之后，当"我"重返舞台，准备拿最好的演出票回报胖嫂时，胖嫂却已不知身在何方，想来是多么令人遗憾的事。与之相似题材的还有《我家的刘奶奶》《二姐如母》等篇什，读来至今叫人感动不已。

熟悉资华筠的人都知道，她既有古道柔肠，也有侠肝义胆。读她的文艺随笔，也可称为杂文，使我们看到她的一副丈夫之气，在她的眼里，只能有真善美，容不得假丑恶，每次读到她这方面的作品，我都有痛快淋漓之感。如《谁是中国进入维也纳"金色大厅"的首演者》《虽然是主旋律……》《借鉴与套用的混淆》《繁荣中的忧思——舞蹈创作现状思考》《"？？？"的困惑》等作品，便是众多篇什的代表。资华筠的随笔，从当下出发，针砭时弊，具有强烈的现实感。如针对当下文艺批评的软骨病，她提出了《反思文艺批评之七戒》：一腻、二套、三泛、四涩、五讳、六花、七霸。文章发表后，在文艺界引起很大反响，甚至引起高层的高度重视。最近一两年，关于改进文艺批评的文章屡见报端，但还没有一篇能超过《反思文艺批评之七戒》的。

因为做报纸副刊编辑的缘故，十余年来我有幸多次向资华筠约稿，前后大约经手编发的有近二十篇。在文坛，编者与作者的关系可以用鱼水关系来形容。而在我看来，资华筠不仅文章写得好，而且做学问更为严谨。特别是在守时上，堪称典范。每次约稿，她都要问：什么时间截稿，多少字？她一旦答应了，再忙也会如期将稿子发过来。有时，为了修正文章中的某一个词，或者某一句话，她还会专门打来电话叮嘱一定要改过来。由于报纸的需要，我偶尔也会对她的文字做了某些删改，或者是动了标题（事先未征得她本人意见），她有时会心一笑，有时却跟我言辞犀利地争论，甚至还发过脾气，但事情过后她很快就会忘记，根本不会记仇。按她的话说——"我把编辑当哥们儿！"既然是哥们儿，一切也就烟消云散了。（不过，据说，她也曾因为一件事——触及了她做人的原则，就此不再与其打交道。）如今，我做编辑也快二十年了，每次想到自己交往的作家朋友，我首先想到的就是资华筠——多年来，我一直视她为我的真正的良师益友。她不仅是文坛里的"这一个"，她也是我的老师中的"这一个"。感谢上苍，给了我和资华筠老师相识的缘分。

二〇一〇年八月二十二日

努力营造属于自己的悲剧美

——从吴光辉散文《大雪是喊魂的节气》想到的

谈文学中的悲剧美是一个重要话题。谈散文中的悲剧美更是绕不开的话题。从事多年的散文批评，不论是自己还是他人，几乎很少有人涉及这个话题。最近，连续读了吴光辉一组冠之以"废黄河历史民俗文化系列"命名的散文，使我猛然间想到这个话题。这组散文包括《七十七盏河灯》《七表妹》《向生命借贷》和《大雪是喊魂的节气》。吴光辉将其标为"废黄河历史民俗文化散文"，而我更想直接称之为地域文化散文。显然，吴光辉在这方面是肯于实践，而且是颇有心得的。

吴光辉生活在苏北阜宁地区，从小在废旧的黄河岸边长大，虽然后来到了县城，甚至工作调动到淮阴，但他魂牵梦绕的始终是苏北大地。那里有他的父母，有他的乡亲，有他的亲朋，更有他熟悉的河流、花草、树木，尤其是千百年来绵延不断地民俗文化，如放河灯、喊魂等。近些年，我一直在呼吁，我们的文学创作一定要眼睛向内，从我们的脚下出发，关注我们的地域文化。历史已经表明，从鲁迅、老舍到沈从文、孙犁、汪曾祺，以至于到铁凝、贾平凹、陈忠实，这些作家所以成名，除了他们在不断地塑造人物外，更重要的一点在于他们的作品大都带有浓郁的地域性。

当然，我这里所说的地域文化，不仅仅是民俗，还包括政治、经济以及自然环境，人的生存状态，等等。这些东西，必须融入文学的情感表达，而并非文史知识的说教与灌输。当下，有很多的"文化散文"，表面在写文化，实质是在写论文，属于非文学的东西，因为它没有创造性，特别是没有感情的创造性。吴光辉在这方面也有所尝试，譬如写张衡、祖冲之的《边缘》，写彭雪枫与张灵甫夫妻比较的《泪读历史巧合》，这些篇什尽管他自己很看重，认为很厚实深邃，而我恰恰不支持，甚至给他泼冷水，让他玩玩而已，最终还要回到叙事抒情上来。只有这样，才是文学的表达，否则就不属于艺术的范畴。也许，我的这种狭隘吴光辉目前不好接受，但我相信时间会证明我的说法不错。

我喜欢这篇《大雪是喊魂的节气》。尽管这是一篇充满悲凉的作品。在人世间，大凡悲剧一定与贫穷、死亡和爱情有关。不幸的是，文中所写的表婶，她的悲剧与这三点都紧密相关。因为战争，表叔以二十五岁的年龄上了前线就再没有回来，而表婶一直坚信表叔会回来，她把一生的寄托都放在那把桃木梳上。在农村有这样的说法——桃木是辟邪的。可是，表婶手握桃木梳等待了一生，也没等来男人归来，最终那桃木梳只剩下三根稀疏的梳齿。想来这该是人世间多么的大不幸！

这篇散文在技巧上并没有过于追求，而是将喊魂这一民俗巧妙地运用于人的情感过程，即表婶对表叔思念一辈子，喊魂喊了一辈子。这样的女性形象在今天的"八〇后"看来或许有点不可思议，但对于文学人物的塑造确是不可多得的，至少我们可以感觉到悲剧美的魅力所在。也正因为如此，吴光辉的散文很值得文坛关注！

二〇〇九年七月二日

散文的差异取决于人的差异

——《2010 年我最喜爱的中国散文 100 篇》序言

自去年鲁迅文学奖评选结束后，我已经有半年的时间很少再动笔写关于散文的理论文章了。你想，在一片沸沸扬扬的喧闹声中，有几个人还能静下心来认真琢磨散文的内在规律呢？我曾经说过，当代文坛热闹的不是作品本身，而是作品之外的如明星一般的名字。之后，我也曾经开过几个研讨会，还给两位朋友写了散文集的序言，但总感觉我始终没有把想说的话说出来。有好多的朋友期待我的声音，也有好多的人惧怕我的声音，还有热心的朋友劝阻我：不要再写那些猛烈的文字了，那样对于你的成长没有好处。

这一切的声音我都得接着，不管他们来自哪里，不管他们抱着什么样的态度。因为，每个人都有自己处世的方法，每个人都有自己对生活选择的权利。我姑且把这称为人的差异性。在现实生活中，人们关心的往往不是人的差异，而是人的差距。我以为，人的差距是可以靠努力追上的。而人的差异，则带有先天性。它与人的出身、性别、性格、血型、地域等有着密切的联系。在很小的时候，我就不接受父母和老师所说的人与人之间要找差距，譬如，有人比我跑得快，我就不主动和他们攀比，而我则选择写诗。记得在小学三年级时，我的一首打油诗刊登在学校的"三夏战报"上了。老师和同学都夸我是神童。到中学以后，我更是不断地找寻我与他人的差异性，记得在中学毕业后，在学校我已经是非常耀眼的学生。参加工作后，我也是在不断地通过自己与他人的差异来实现自己的进步。

应该说，我是一个聪明的人。是的，我是一个不必谦虚的聪明的人。但我还要说，你也是一个聪明的人，只是你的聪明还没被自己发现。

写作何尝不是如此。

今年春节过后，我就应河北、天津、江苏等地的地县文联、作协和文化馆邀请去讲课。讲什么呢？讲高深的文学理论，那是大学教授们干的事；讲全国的文学创作形势，那是作家协会的领导干的事；讲文学界的文坛轶事，热闹是热闹，可对广大的写作同行又能有多大的帮助呢？思来想去，我觉得还是实实在在地讲怎样通过找到差异性，发现你自己。想不到，几场报告下来，很受文学爱好者的欢迎。

几年前，受学林出版社委托，我曾主编了一套十卷本的《零距离——名家笔下的灵性文字》散文大系，书中涉及"致父母""致小鸟""致师长""致森林"等十种类别的散文，每本一百篇，其中外国作家占十几篇。编这套书时，我就曾对一些朋友说，你想写作散文吗？你首先要知道前人的门槛有多高。你就想吧，你如果写父母亲情，你就买一本"致父母"，看看那一百篇是怎么写的。看过之后，也许你有压力了，你会发现你笔下的父母原来别人在几十年前上百年前就写过了，于是你放弃了；也许，你看过后会感到前人还没有写完，还给你留下空白，于是你另辟蹊径，终于创造了自己的高峰，也创造了这类题材的高峰。要相信那句充满禅机的话：一切皆有可能！

多年的创作体会，使我越来越感到，文学的问题归根结底还是哲学的问题。我在这里讲散文的差距和差异，其实就是讲数量和质量的关系问题。差距是可以用数量计算的，差异则无法用数量计算。所以，每当很多的朋友跟我讲，我已经出了七八本书，发表了上百万字的作品，怎么名声还这么小时，我就告诉他，你写的作品固然不少，但一直是在数量上增加，而质量却不高。更重要的是，你的作品缺乏个性，个性就是差异性。这就如同在一块土地上，如果大家都种小麦，你的产量再高，甚至质量也不错，也很难鹤立鸡群。如果你放弃种小麦，而改种油菜，或者种芹菜，那你就会让人感到眼前一亮。

今年的散文年选，同往年比较，或许名家没那么多，艺术性也不是那么强，但在作者的差异性和题材的差异性上我确实做了精心的选择。我不敢说这些作品都是精品，但我可以说，这些作品都很有作者的独特性。有些作者的名字，我是第一次看到，也有的作品，所发表的阵地并不那么高，甚至是内部办的刊物。这都无所谓，我所看中的是我喜爱的，哪怕不是全部，而是其中的某一点刺激了我。我在最近的几次讲座中，都会对朋友们说：要相信你自己，我们可以适当地为自己骄傲一点。比方说，你写完一篇作品，假使你还满意，你不妨跟你的家人说，我真是天才，我怎么写出如此好的作品。如果你对自己整篇的作品还不满意，那你就对一段一句满意的话说，太棒了，这样的词句怎么会出自我的笔下！当然，等这本书出版后，你也可以当众说，看看，我的作品都入选"全国我最喜爱的散文100篇"了，是红孩老师选的。他的眼光老高啦！

这就是我的思维。做编辑多年，我发现很多业余作者与名家相比，其作品优劣大都不是输在语言上，有的甚至比名家写得还好。问题在于，很多业余作者一直在模仿名家，结果越写越没有自己。相反，有的业余作者从一开始就找到自己与名家的差异性，所以，作品一面世就得到读者的青睐。正因为如此，从现在起，我将集中一段时间，把感情更多地投入到底层文学的扶持当中。我知道，那里是我的根，也是文学的根。

《离别》能称为当代散文的《背影》吗？

——并非是林非和朱自清先生的硬性比较

从事业余文学创作二十年，其个中滋味只有自己心里知道。我的喜悦在于我在各种文学样式上都进行了尝试，同时借工作之便结识了众多的著名作家、文艺理论家和文学爱好者，从而使自己在文学创作和理论学习上小有收获。反之，我的苦恼在于在创作上始终形成不了自己的风格，在理论研究上也难以形成一套自圆其说的体系。所以，尽管我在文学界很活跃，但终究活跃的是自己的影子。近几年，由于在文艺批评（特别是散文批评）上敢于讲些真话，遂开始引起人们的关注。当然，因此遭到别人误解、围攻的事情也时有发生。既然如此，我就将文艺批评放弃而改弦更张写溜须拍马的文章吗？可我的性格又注定我不会做出那样的选择。

在当好文艺编辑编好报纸副刊的同时，我还兼任着几个学会的闲职。如在中国散文学会担任着常务副秘书长。这两三年，由于学会搞了几项影响较大的活动，使学会的人气指数与日俱增。我个人在写了数篇散文的酷评文章后，有散文同行曾问我，你写了那么多批评别人的文章，你怎么不敢写批评你们学会主要负责人的文章，他们可个个都是有影响的散文家呀！也许说者是闹着玩的，但我这个听者却是有心的。于是，我开始寻找可以批评人的由头。忽一日，我想到有朋友在公开场合曾经说过林非先生的散文名篇《离别》可以和朱自清先生的散文名篇《背影》相媲美。我清楚地记得，当时会场的人们听后一片肃静，继而是议论纷纷。其意思大概是"林非先生怎么能跟朱自清先生相比呢"？

作为我国当代文学中有着重要影响的散文作家和散文理论家，由林非先生担任中国散文学会会长当属情理之中。过去，我只知其名，看过他一些作品。到中国散文学会一起共事后，我们便有了较多的接触，每有新作出版，他都会送我一本，并谦虚地说让我指教。我知道，以他那样的身份，说出那样的话除表现出他为人的诚恳、谦和外，还体现着他对晚辈后学的尊重。跟林非先生在一起，我觉得很温暖，也很受教益。那么，现在当有人提出把他的散文作品和我国现代文学史上一位举足轻重的散文大师的作品做比较，我听后感到不知所措。当时，我很为林非先生捏把汗，不知他会做出怎样的反应。可是，在会上和会后，我一次也没有听到过林非先生对此有过什么说法和解释。也许有人会说，林非先生在会场上为什么不发出"不要这样讲，我怎么能跟朱自清先生相提并论"的话，那样不是更能体现他的谦和吗？如今事过境迁，对于这件事我始终找不到答案。我想，林非先生当时所以不表态，其意义或许就是让人们凭自己的感觉去认识去猜测吧。然而，很长时间过去，我从来没有看到有人为此专门写文章进行讨论，是不是他们怕写不好由此而得罪林非先生呢？既然这样，在此小可不怀浅陋，愿对这两篇散文评说一二，对不对，您姑且听之。

不妨先对比一下两位散文家及其作品的基本情况。

其一，关于写作时间。朱自清先生的《背影》完成于一九二五年十月，林非先生的《离别》完成于一九九三年十月，两篇散文创作时间相差六十八年。

其二，关于写作年龄。朱自清先生创作《背影》时年仅二十七岁，林非先生创作《离别》时六十二岁。二人写作年龄相差三十五岁。

其三，关于写作内容。《背影》记述的是作者跟父亲奔丧回家，然后他回北京念书，父子二人在南京蒲口火车站分别的一幕。《离别》记述的是作者夫妇到首都机场送儿子赴美国芝加哥留学前后的所思所想。前者写的是儿子眼里的父亲，后者写的是父母眼里的儿子。

其四，关于写作背景。《背影》创作于军阀混战、满目疮痍的时代，作者跟父亲回家奔丧，题材充满着悲剧色彩；《离别》创作于我国改革开放十余年后的经济蓬勃发展的变革时代，出国已经成为一种热门，一种时尚，父母送儿子出国留学无疑是一件足以令人幸福、自豪、羡慕的好事，题材充满着喜剧色彩。

其五，关于写作字数。《背影》约一千四百字，《离别》约两千一百字。

有了以上基本情况的比较，读者就可以大体想象出两篇文章的轮廓。下面，我想从创作手段的得失上对两篇散文进行比较。

第一，两篇散文都是叙事抒情散文。《背影》里的叙述主体是我，《离别》里的主体是我们。在《背影》里的叙述客体——父亲，是具体的在现场的，而《离别》中的叙述客体——儿子，人虽然在现场，但一次也没有出现，完全是靠"我们"的叙述和记忆来给读者提供的，是幻境中的具体存在。

第二，在叙事过程中，《背影》在前边做了必要的交代后，主要将笔墨放在父亲送我上火车的具体描写上，尤其是运用白描的表现手法将一个内心热血柔肠实际生活非常艰辛的逐渐衰老的父亲油然而生般矗立于读者面前，让人潸然泪下。《离别》则开始直接进入事情的实质，匆匆几笔带过后，马上用联想的手法分别将几十年前母亲送我到上海念书的嘱托情形以及儿子初学走路、到天津讲课和深夜里我们与儿子交谈的往事极其精练地呈现在读者面前，尤其是结尾处当我们回到家中，面对人去屋空的情景描写，把人世间儿行千里母担忧的情怀推到极致，具有非常强烈的感染力。

第三，在对父爱（母爱）的表现上，《背影》的情绪氛围是凄凉的悲伤，《离别》的情绪氛围是温暖的感伤。在语言处理上，《背影》更多强调的是不露声色，《离别》则是抑制不住的抒情、议论、感慨。如果把《背影》比作月光如水，那么，《离别》则是阳光灿烂。

第四，在抒情式的议论上，《背影》将感情泼墨于一点："近几年来，父亲和我都是东奔西走，家中光景是一日不如一日。他少年出外谋生，独立支持，做了许多大事。哪知老境却如此颓唐！他触目伤怀，自然情不能自已。情郁于中，自然要发之于外；家庭琐屑便往往触他之怒。他待我渐渐不同往日。但最近两年的不见，他终于忘却我的不好，只是惦念着我，惦念着我的儿子。"而《离别》却采用散点式的，如"肖风说过多少回，我们早已失掉这样走向世界的机会，应该让儿子去外面闯荡一番，认识整个的人类，是如何打发日子的"。又如，当母亲送作者到上海读书前嘱咐完"用功念书，别想念家里"后，作者写道："我当时丝毫也没有觉察，她这颗疼爱我的心，已经沉甸甸地坠落下去，只有在今天我才懂了，因为这颗沉甸甸的心，刚在往下坠落啊！可是我已经无法向她倾诉了，只有默默地祝愿她，在泉壤底下静静地安息。"至于在关于儿子的联想中，这种议论还有四五处，在此恕不一一列出。

第五，在语言节奏上，《背影》俨如用微火慢慢地煨牛肉，《离别》则是采用中低火焙烘茶叶。应该说，《背影》在节奏上显得十分从容，张弛有序；《离别》则语言凝练，构思精巧，时空转换非常娴熟、得法。

第六，两篇散文在文字叙述上，都有一个语句重复问题，或许在别人看来是作者有意为之，而我却无法接受。《背影》在第三自然段中，出现两次"踌躇了一会"，"他再三嘱咐茶房，甚是仔细。但是他终于不放心，怕茶房不妥帖；颇踌躇了一会。其实我那年已二十岁，北京已来往过两三次，是没有什么要紧的了。他踌躇了一会，终于决定还是自己送我去"。《离别》在后半部的叙述上，曾两次用"回家的路上"做叙述的开始，即"回家的路上，望着一棵棵碧绿的大树"和"回家的路上，我们回忆着儿子的多少往事"。这样的语句重复，不比音乐中的反复，只能让读者觉得生硬、突兀，甚至有叙述断裂感。

从以上两方面就《离别》和《背影》的比较后，我想不难得出以下结论。

一是朱自清先生的《背影》和林非先生的《离别》均是产生于不同时代的优秀散文代表作品。其题材都是表现父爱（母爱）情感的。

二是朱自清和林非先生在散文创作上都能充分发挥己之所长，使属于自己的散文样式达到自己的极致，为我国现当代散文画廊添加了重要的一笔。

三是朱自清和林非先生的散文都充满自己的个性，其作品体现着传统散文的精髓。由此可以看出，叙事、议论、抒情仍不失为散文发展的主流方向。

四是不论是现当代散文之比较，还是现当代同古代散文、外国散文之比较，是提高散文创作、理论和鉴赏水平的有效途径之一。

五是文学比较不同于田径比赛，比较的目的不是争论高低上下，而是探讨文学创作的得与失。那种认为谁是第一、第二或者谁与谁的作品相媲美的说法是荒谬的、非科学的。

六是同一题材、同一主题的作品，在比较中得与失容易显而易见。当然，这种得与失，不同的人有不同的认识标准。以《背影》和《离别》为例，我的看法是《背影》就是《背影》，《离别》就是《离别》，《离别》绝不是当代散文中的《背影》。如果非论个短长，从个人的喜爱程度看，我还是推举《背影》。

在此，我要特别说明的是，林非先生一直非常尊敬朱自清先生。一九九三年，由林非先生主编的《朱自清名作欣赏》一书经中国和平出版社出版后，现已再版多次。最后，我想用林非先生在该书序言中对《背影》的评价来结束这篇文章："《背影》所以能够感动读者之处，恰巧是因为朱自清善于运用朴质、鲜明和细腻的文字，洋溢出一股诚挚而又深沉的情感。我们常说散文最要紧的是应该抒发真情实感，《背影》就相当出

168

色地表现了这一点，散文不仅要抒发真情实感，还应该尽可能地写得优美，从单纯和明朗的美，直至绮丽和纤秾的美，都会引起具有各种不同审美情趣的读者的欣赏，更重要的还在于它能够进一步升华广大读者审美的才智，这对于丰富和提高整个民族的精神生活来说，确实具有无法估计的意义。"

二〇〇三年七月十五日

主题论

母爱在这一刻定格
——"漂母杯"全球华人母爱主题散文大赛联想

地上的生灵，谁不爱自己的母亲呢？二〇一四年十二月十二日下午，淮安市淮阴区淮州中学千人大礼堂座无虚席，第六届"漂母杯"全球华人母爱主题散文大赛颁奖仪式在这里隆重举行。当主持人范小青走上舞台中央，看着黑压压的人群，不由说了声——"今天的观众这么多啊"时，观众会心地报以热烈掌声。

自二〇〇九年五月，在淮阴举办"漂母杯"母爱主题散文大赛，至今已成功举办六届，作为这个大赛的主要负责人，我自始至终都具体参与着。如果有人问我，搞这个大赛你最大的动力和收获是什么？我想说，是母爱，是崇高而伟大的母爱！

早在二〇〇五年，我受上海学林出版社委托，曾主编一套十卷本的"零距离——名家笔下的灵性文字"的大型散文丛书，其中有一本为"致父母"，共收入中外上百位作家写父母的散文。或许是人们对母亲有天然的感情，在这一百篇散文中，写母亲的占大多数，而且写的明显要比写父亲的好。因为从事写作多年，且又编辑报纸副刊，在平日里有很多年轻的父母总爱带着孩子找我，希望我能为其孩子辅导。我说，你想写好作文吗？就从最熟悉的人和事去写。那么，你对谁最熟悉呢？当然是你的母亲。

我第一次写我的母亲是在二十岁，那时我已经参加工作。记得那年特别流行蝙蝠衫，就是袖口超肥大的那种，通风凉快。我用所得的二十元稿费为母亲买了一件红色的蝙蝠衫。母亲第一眼看到时，异常地欣喜，她说很喜欢。当问我多少钱时，我告诉她二十，是用我刚领到的一笔稿费买的（当时我的工资是每月四十三元）。母亲听后，马上转变了态度，她说我一个企业工人，哪能穿那么艳的衣服上下班，你还是退了吧。我知道母亲说的话不是真心的，她是在心疼我，于是我说，人家店里有言在先，商品售出一概不退。母亲说，你不退我也不穿，你爱给谁给谁吧。母亲的话在当时的我听来十分地伤感情，我含着眼泪非常气愤地对母亲喊道：以后我再也不会为你买衣服了！然而，母亲说到做到，在那个炎热的夏天，她竟真的没有穿那件红色的蝙蝠衫。转眼秋天到了，一次我在路上碰到母亲她们单位的妇联主任，在聊天时，主任对我说，你妈在我们面前总是夸你懂事孝顺。我说，才不是呢，我有许多事她都不支持我，甚至还跟我拧着。主任说，你前些日子是不是给你母亲买过一件红色的蝙蝠衫，我说是啊，可她说什么也不穿。主任一听，笑着说，才不是呢，你不在家的时候，她试着穿了好几回呢。她只不过不想让你知道，她总是说，孩子每天都写作到半夜，挺不容易的。主任的话让我有些喉咙哽咽，多好的母亲啊，她对我的爱原来是以这样的方式。这年年底，我写了《我给母亲买了件蝙蝠衫》，参加农场里的一次文学征文活动，被评为特等奖。

漂母不同于孟母和岳母，取材于一饭千金的典故。相传在韩信少年时期，由于家境贫寒，经常吃不饱饭，且受人欺负。一位在河边以为别人洗衣为生的老妇见韩信可怜，便把自己的饭给韩信吃。韩信非常感动，发誓将来一旦成事非加倍报答这位仁慈的妇人。多年以后，当韩信辅佐刘邦取得帝王霸业之后，他想到了昔日舍饭于他的妇人。于是，他派人回家乡打听。结果，老妇人于几年前就已经去世了。韩信闻听，非常悲痛，遂命令手下十万将士，每人从合肥兜一袋土，随他赶往老家淮阴，将兜土堆在漂母墓上，以示祭奠这位义母。

我第一次听到漂母的故事，就被其深深地打动。所以，当二〇〇九年春节刚过，淮阴区委区政府的领导专程到北京和我们中国散文学会的几个负责人谈创立"漂母杯"全球华人母爱主题散文大赛时，我当时就感觉到这是一个非常有现实感的赛事，其意义已经超出了文学本身。这一年的五月二十日，在母亲节到来之际，我们全体的与会者集聚在漂母墓前，举行了隆重的颁奖仪式。我没想到，这个散文大赛吸引了几千名中外作者参加，有很多还是名气蛮大的名家。一晃六年过去了，当时有些景象已经忘却，但十里八村的乡亲们看着我们的目光至今让我无法忘记。或许，在这次颁奖活动之前，漂母墓已经沉寂千年了。今天来了这么多人，是来凭吊这位仁慈老者的，还是有着什么现实的诉求？我没有回答，我相信随着时间的流动，人们终将会明白我们组织者的良苦用心。

按照大会的安排，上午颁奖结束，下午要举行获奖作家的座谈。记得第一次座谈，是由我主持的。本来以为，获奖者无非说些感谢评委感谢大会的精心安排那样的客套话。哪料，母爱这个话题一打开，马上就变得凝重起来。第一个发言的是已经七十五岁的从维熙老师，这个当年因写小说而被打成右派在监狱劳改二十年的作家，提起往事，特别是在自己离开北京，是母亲拖着小脚照顾处在风雨飘摇中的孙子时，几次哽咽，最后是老泪纵横。一旁有同样遭遇的老作家柳萌，在回忆母亲时，以至难以继续讲述下去。我正要想办法打破这个局面时，老诗人赵恺激动地拉过话筒说，他们二位的母亲想来是伟大的，可我呢？我几乎连母亲都没有见过啊！在我出生不久，正赶上日本的飞机在重庆大轰炸，我的父母双双被炸死。那一刻，我成了孤儿。我不管别人怎么讲中日要友好，我断然是不能原谅的。现在不能，将来也不能！

母爱座谈会在一片凝固中陷入僵局。我不好再说什么，任眼泪在与会者的眼里夺出。我实在没有理由阻止人们的悲痛与伤心。

"漂母杯"征文的散文没有一篇不感人。我可以肯定地说，大凡从事写作的人，没有哪个人不写母爱的。也没有哪个人不爱自己的母亲的。每次征文，最难的就是评委。如果光从艺术本身去判断优劣，这好办。但如果从母亲之间去判断优劣就很难。世界上的母爱都是一样的，无非是呈现的方式各有不同。

　　二〇一二年夏天，第四届"漂母杯"散文大赛颁奖仪式如期举行。在这次一等奖的获得者中，有贺龙元帅的女儿贺捷生将军。因跟贺将军是忘年交，我习惯叫她贺老妈，她则称我红老师。贺老妈参评的散文是她写生母蹇先任的。评奖结果出来后，我就把颁奖时间告诉贺老妈。老妈说，她一直想去淮安，不是为了获奖，而是去周恩来总理的故居和纪念馆去瞻仰凭吊。听说贺捷生将军要来总理家乡，淮安市区的领导都很兴奋，他们表示一定要接待好。不料，在颁奖仪式的前三天，贺老妈突然感冒发烧，一连输了几天液。我听后很焦急，担心老妈不能参加颁奖会了。在前三届颁奖会，我们每次都有亮点，譬如来自新加坡的尤今、美国的施雨、加拿大的汪文勤，更有国内的王蒙、从维熙、柳萌、肖复兴、赵丽宏、阿成、葛水平、郭文斌、吕锦华、潘向黎等名家，以及倪萍、吴小莉、李光羲、石维坚等艺术家，冰心先生的女儿吴青、女婿陈恕更是不辞辛苦前来助兴，这些闪光的名字使得"漂母杯"在国内文学赛事中异常闪亮。那么，这第四届最大的亮点就是贺捷生将军的到来了。听到贺老妈生病的消息，淮安的朋友也很焦急，他们一再询问我贺将军能否会到。这时，我心里也没底了，贺老妈毕竟已经七十八岁了，我怎好对老人家提出必须来的要求呢？我只有等待，耐心地等待，希望老妈尽快地好起来。

　　北京到淮安，那一年还没有通航，也没有高铁，只能选择飞往南京，或坐火车到淮安。在颁奖的前一天晚上，我在去淮安的火车上给老妈发了一条短信：老妈身体好些了吗？如果实在没好利索，这次您就不要来了。本来总理家乡的领导乡亲听说您要来，他们已经准备好鲜花，等您为总理献花呢。短信发出后，我一直期待着老妈的回信。但老妈始终没有回信，看来老人家身体还没有恢复，工作人员也不好打扰她。

第二天一早，我到淮安的时候，当地负责同志还在问我贺将军能否如期出席颁奖大会。我说，昨晚联系了，没有得到回音，看来老人家身体还没有康复。于是，大家决定取消原来的计划。然而，一个小时后，我突然接到老妈公务员的电话，说首长决定今天不输液了，他们马上到机场，争取中午一点前到，准时出席两点的颁奖大会。听到这个消息，我又感动又担心，老妈的身体状况能行吗？

真是天助我也！中午十二点四十，当贺老妈的专车准时开到宾馆门口时，我一下就抱住了她，仔细看了看她的脸庞，只是略显倦意，但仍不失往日的风采。在去房间的路上，公务员对我说，昨晚首长休息得比较早，我发的信息他没有转告首长。今天早晨首长正要输液，听完我的信息内容，首长落泪了，她果断决定马上到机场，一定要来参加这个活动。听了公务员的话，除了感动我还能说什么呢？

下午的颁奖会如期举行。晚上，贺老妈早早地就休息了。承办方淮阴区的领导问我，明天一早到周恩来纪念馆敬献花篮，市里、区里的领导由哪些人陪同？我说我问过老妈了，老人家说领导都忙，就让我们这些获奖的作家和嘉宾去就行了。

次日一早，贺老妈早早就起来了。或许昨晚休息得很好，老人家显得格外精神。我陪老妈简单地吃完早餐后，便分乘汽车直接开往周恩来纪念馆。汽车开进纪念馆后，在宽阔的广场上有一支武警方队正在操练。我当时在想，在前几次我来纪念馆时，并没有看到武警站岗啊！等我们走到周总理汉白玉塑像前，这时武警方队的指挥长忽然命令方队按礼宾方队队列站好，六名战士分别垂立站在六个花篮旁。待我们站好，指挥长快步跑到贺捷生将军面前，立正、举手敬礼，并报告他们是来自武警哪个部队，然后请首长为周恩来总理塑像敬献花篮。（事后贺老妈告诉我，当地武警知道老妈要为周总理敬献花篮，经请示上级，特意安排武警方队以最高礼仪进行，既体现对周总理的无限热爱，也体现对贺龙元帅的无比敬重。）

按照事先的准备，我们安排五位同志分别代表不同的单位陪老妈一起走上台阶，为总理敬献花篮。那一刻，我们的心情百感交集，无不深情缅怀这位为中国人民奋斗一生、鞠躬尽瘁的好总理。我看到，当贺老妈一步一步庄严凝重走上台阶、站在花篮前整理挽联时，她的两眼噙满泪花。我知道，那虽然只是短短的几分钟，可在她眼前闪现的却是八十年一百年啊！

尽管我在贺老妈的多篇散文中多次读到周总理与贺龙元帅的故事，也读过贺老妈在长征路上在延安在北京被周总理邓颖超妈妈多次怀抱关心成长的故事，每次都被感动过，可当我们献过花篮——参观总理的陈列室时，贺老妈拉着我的手一刻也没有松开，我感觉得到，她的手是颤抖的是冰凉的。在仿建微缩的西花厅前，老妈声音哽咽着给我讲起当年她在那里与周伯伯邓妈妈相见的情景，说着说着她的眼泪不由簌簌滚下，幸亏我的口袋里带着两包面巾纸，便两张两张地拿给她。擦完后我把纸巾攥在手里，整整地装了一衣袋。原定在周恩来纪念馆参观一个小时，由于贺老妈和前来的作家们对总理的感情太深了，大家一致要求多看会儿，我只好决定时间再顺延一个小时。谁会想到，在近两个小时的时间里，贺老妈竟然用掉了我的两包面巾纸。可见她对周总理和邓颖超妈妈的感情有多深！

众所周知，周恩来与邓颖超这对革命伴侣终其一生没有自己的孩子，但经他们直接或间接培养关心成长起来的却成百上千，或者说上万上亿也不过分。他们传递给后人的既是父爱也是母爱。一生视周恩来邓颖超夫妇为知己的冰心老人曾说，有了爱就有了一切！我想，不论是孟母、漂母、岳母这样的伟大母亲，还是周恩来、邓颖超这样的伟人，因为他们的一生把对人对人民的爱做到了极致，所以后人才会永远地铭记他们。

感谢"漂母杯"，她让我知道、联想到这么多。

二〇一五年十一月三日

把你的风景写在我的风情里
——读刘芳绿色生态散文集《塞罕坝情思》随想

　　相对于城市来说，我们生活在农村的人，特别是生长在山区林区的人，是不是都可以说我们是大森林里的孩子。我觉得，这话一点都不过分。其实，就整个地球而言，即使是城里人，他们也应该被视作大森林里的孩子。到大森林里去，这曾经是无数少年儿童的梦想。可是，当我们真的长大了，我们又去过几次大森林呢？

　　二十世纪九十年代初，北京有一批作家，如袁鹰、黄宗英、王蒙、张抗抗、陈建功、周明、阎纲、张仲锷、高桦、张守仁、崔道怡、舒乙、赵大年、王宗仁、徐刚、李青松、查干、石湾、刘茵、郭雪波、方敏等几十位作家在国家环保局的支持下，成立了中国环境文学研究会，还创办了专发环境文学作品的文学刊物《绿叶》，搞得风生水起。我是九十年代中期参与这个组织的，开始觉得环境文学很稀奇，后来时间长了，就慢慢融入其中，在创作中便有意写一些与动物植物相关的散文。为此，我也曾下过决心，这辈子就写环境文学了。然而，决心好下，要真正地身体力行，长期坚持，还就真不是一般人所能做到的。

　　二〇〇〇年前后，国家环保局举办了第一次环境文学奖评奖，评得

176

认真，获奖的也是名至实归。这其中就有来自承德的作家刘芳。我那时与刘芳还不熟，之后与他的侄子著名诗人刘向东、刘福君聊天中才得知，刘芳乃是刘向东的父亲、著名乡土诗人刘章的本家兄弟。在文坛，一家出四个作家、诗人，且都加入了中国作家协会，这在全国是绝无仅有的。我与刘章、刘向东、刘福君交往甚多，友谊笃厚，一直没有机会认识刘芳。不过，我知道刘芳住在北京中国现代文学馆东门外的芍药居小区。

二〇一七年五六月间，我收到女诗人王晓霞给我的一个短信，她说她为刘芳老师的绿色生态散文写了一篇评论，希望在我主编的报纸副刊上给发一下。这期间，习近平总书记对塞罕坝林场的批示正在引起社会反响，能发刘芳老师专写塞罕坝散文的评论我求之不得，很快就发了出来。不久，刘芳老师通过王晓霞跟我取得了联系，我顺便向他约写关于塞罕坝的散文。刘芳老师几十年专事散文创作，重点写塞罕坝，应该说，他是绿色生态文学最早的践行者之一。只是由于他生活低调，不擅于向外张扬，致使他的文学成就和他的名声不大相符。我在发表了刘芳老师的新作《塞罕坝情思》后，他和王晓霞约上作家周明、赵晏彪与我一同见面小酌。席间，刘芳和周明老师两个八十岁老人欢乐开怀，竟然喝了一瓶多白酒。如果不是我拦着，他们喝两瓶也是有可能的。刘芳老师说，他从承德市文联退休后一直居住在北京，他很少与外界交往，一门心思看书，写绿色生态散文，这些年陆续出版了七八部散文集。我问他最近有新作要出版吗？他说他正要跟我说这件事，说着，他从手提袋里拿出一部书稿，说是专门写塞罕坝的，暂定名《塞罕坝精神颂》，希望我能给写个序言。我说塞罕坝我去过几次，也写过散文，不过比起您来，那可差得远，写序最好请个德高望重的。刘芳老师说，他一直欣赏我的散文，而且我还负责着中国散文学会工作，在散文界说话举足轻重，特别是我多年也在从事生态文学的写作，由我来写序言是再合适不过的了。见刘芳老师十分诚恳，我拗不过，只好听命了。

塞罕坝是一座机械化国营林场，始建于一九六二年。这地方在河北和内蒙古交界的坝上，过去为皇帝狩猎的地方。这使我想到我的出生地北京双桥农场。我们那个农场建于中华人民共和国成立前夕，前身为日本的军用农场，后为国民党特务组织励志社的副食品基地。一九五〇年，新中国最早成立的农业机械化农机学校就建在我们那里，为新中国农业建设做出了巨大贡献。我想，这塞罕坝机械化国营林场，其示范作用也该和我们的农业机械化农机学校的作用差不多吧。关于塞罕坝的历史，刘芳老师在其系列散文中多次写到，如："1962 年 2 月，从全国 19 个省市区、24 所大中专院校抽调 100 多名大中专毕业生和新招的工人共 364 人，组成一支绿色大军，奔赴坝上，开始了前所未有的绿色征程。"今天的人们，面对塞罕坝一百五十万亩大森林，谁能想到这里当年却是杂草丛生的不毛之地，根本看不到一棵一米高的树苗，可是，年轻的塞罕坝人硬是本着"先治坡、后治窝，先生产、后生活"的原则，经过几代人的艰苦奋斗，终于向党和人民绘出了一片绿色的林海！如果说我们过去只知道有大庆精神、北大荒精神、大寨精神，那么今天，我告诉你，我们还有一个塞罕坝精神。这些精神，就是中华民族生生不息、创造历史、改造世界的奋斗精神！

　　或许是从小生活在山区的缘故，刘芳对树木花草有着天然的感情，这为他后来专事绿色生态文学的写作埋下了伏笔。在刘芳的笔下，塞罕坝是有生命的，是充满活力的，他虽然不是塞罕坝的职工，可他早已把自己置身于塞罕坝了。我很惊叹于他对塞罕坝的生动描写，在他的笔下，雨中的塞罕坝是这样的："下过一阵小雨，整个林区像是洗了一个清水澡似的更加清新明媚了。那些放荡不羁的灯笼花、打碗花和五味子，像淘气精似的，互相追逐嬉戏，顺着老树的脊背，一个劲儿地朝上爬，一直到老树的梢头，才披散开来，像灯笼一样在林中高挂；站在地上的柳兰花、虞美人、野芍药，虽不能爬树攀高，但也毫不气馁示弱，它们争奇斗艳，各显身姿，用最美的颜色，在林地上织成一幅幅花的地毯、花的锦缎，让人见了，真有置身于迷宫之感。"（《林趣》）而冬日里的塞罕坝则是："那滚滚而来的狂风，像海浪在咆哮，似万马在奔腾，它们像醉汉一样舞弄着雪花，遮天蔽日；那怒吼的风声，如千钧霹雳，震耳欲聋。那座用红砖砌成的小红楼，像风筝一样随时都有可能被风刮走。人在这山顶上根本站不住，不时地被大风掀倒，只好挣扎着再爬起来。这是名副其实的风雪世界，我一步一个跟头地滚到楼前（烽火瞭望所），用力地推开门，像逃活命般向里屋扑去。"（《高山人家》）

关于文学作品中的风景描写，我在几年前写过文章，说现在的作家虽然有时间去到处旅游采风，可在他们的笔下几乎很少看到对风景的大段描写，这一方面说明作家的笔力不足，另一方面说明作家的人心浮躁，静不下心来观察生活。我甚至说，谁要是能看到有五百字以上的风景描写文章，我愿意出资奖励。今天，当我看到刘芳对塞罕坝人与物的生动描写，我真的有一种欣喜若狂的兴奋，这是一种期待多年的收获与享受啊！诚然，一个写作者能对人与物进行生动详尽的描写，只是创作的基本功，更重要的是还要把这风景融进自己的思想里。思想是风情，是一个作家区别于另一个作家的最重要的特征。如果每个作家都能做到把看到的风景都写到自己的风情里，我想，这个作家一定会取得成功的。谨此，由衷的感谢刘芳老师，读了他的这部《塞罕坝情思》，让我联想了这么多。姑且为序吧。

二〇一七年十二月六日

一个人在原地也有故乡
——赖赛飞海洋题材散文解读

关于海洋文学的写作，对于内地人来讲，肯定是陌生的。读者对海洋文学比较熟悉的莫过于海明威的《老人与海》，中国作家中以海洋文学著称的主要是邓刚的《迷人的海》《海碰子》等小说。二十年前，我读过霍达写的报告文学《海魂》，写中国远洋渔业捕捞的。前年军旅作家丁小炜出版了报告文学《亚丁湾护航》，去年我的鲁院同学许晨出版了写中国蛟龙号测量船的报告文学《第四极》，都引起了较大的社会反响。

对于写作，每个作家都有着自己的理解。就题材而言，可以分成有根无根的写作。所谓有根，是指作家的地域性写作。关于地域性写作，在现当代作家中有着许多代表作家，如沈从文、孙犁、赵树理、柳青、刘绍棠、浩然、陈忠实、莫言、贾平凹、铁凝、迟子建等。我们在这里，不好说作家到底怎样写作，但就我个人而言，我还是相信有根总比无根好。

五六年前，台湾推出系列专题片，统称为《他们在岛屿写作》，着重介绍了林海音、余光中等六位台湾作家的写作经历。看后，我思索很多，即作家该怎样地面对自己脚下的土地，也就是生于斯长于斯的家乡或故乡。

十年前，应上海学林出版社之邀，我主编了一套题为"零距离——

名作家笔下的灵性文字"大型散文系列丛书，其中有一卷为《致故乡》。书中收录一百位中外作家对故乡的描写佳作。关于故乡，我觉得是有特殊含义的。譬如，有人说故乡是自己的出生地，也有人说故乡是埋葬亲人的地方，还有人说故乡是让你时常想起来魂牵梦绕的地方。我觉得说得都不错。我的体会是，故乡是有空间距离感的，即你离开它，它才能成为故乡。我这个想法由来已久，我相信有相当多的作家会支持我的这个观点。

可是，我在最近不经意间看到浙江象山女作家赖赛飞的两部散文集《被浪花终日亲吻》和《从海水里打捞的文字》后，关于故乡的理解我又有了新的认识。赖赛飞在《归途岛》中写道："就这样一次又一次地回去。在此之前，从来没有考虑过自己有没有资格使用'故乡'这个词。说真的，故乡以什么标准来衡量，以最直观的距离？就跟划分城乡、学区一样，画一条线，比如以5公里或50公里为界——这弹性也蛮大的。以外的人准许发一个故乡证，名正言顺的怀乡，以内的人禁谈故乡，乱讲者罚。"在这里故乡成了空间概念，而时间呢？你能说离开家乡一年十年以上就可以称作故乡吗？对此，赖赛飞有着自己的理解：一个人在原地也有故乡。我理解，她所说的故乡是文学的，是身在此岸心向彼岸的那个精神的故乡。

有了这样的理解，当我再阅读赖赛飞的散文时，我就有了打开其心扉的钥匙。对于故乡的写作，就大多数作家而言，他一定是工笔式的，因为他太熟悉了，可以看到土地上的每一抹尘埃，可以听到大地不停地呼吸。我很佩服这样的作家，他们具有科学家的观察能力，对一草一木一屋一栏的描写让你不得不感动。显然，赖赛飞就是这样一位擅于描绘故乡的丹青妙手。请看她对海岛灯会的描写："鱼灯被人举起来，形成一支游动在人群头顶的鱼群，与更高处的星空辉映着。夜色如水，如果不怕上下颠倒，完全可以将他们想象成是在深海里畅游。也有被人高高低低拎着，成了性格温顺的岸上宠物，随人亦步亦趋。还有被挂在人家的门口，是终于找到了栖息的场所……黄鱼灯、虾灯、蟹灯、鲳鱼灯、乌贼灯……都是熟悉到深谙味道，只有鳌鱼灯相当扎眼。这属于谁都没有亲眼目睹过的鱼，它龙首鱼身，是当然的头领，有其神秘与威严，平常人家并不挂它，鱼灯队里却少不了它，每次出巡，左右两盏行进在队首，替后面的鱼群开道，威风凛凛，使人以为，鱼类在它的带领下正行进在化身为龙的伟大征程中。"又如对海边钓鱼的描写："不管是日钓还是夜钓，大部分时候，钓线突然绷紧，空出手来弹奏一下，肯定铮铮响，有金石之音。钓竿深度弯曲，连同人的腰板，仿佛五体投地，要向伟大的对手致以崇高的敬意。还是没用，如果手头陡然轻松（那是很有可能发生的），意味着被水下的家伙兜头一脚踢翻，鱼赢了人。如果钓具与钓者经受住了考验，结局当然是人将鱼拉到了另一个世界。甩上的瞬间，悠在空中的已经不是明晃晃沉甸甸的鱼，而是那颗活蹦乱跳的心。"

　　我非常理解作家的工笔式写作，因为作者太熟悉太热爱自己的家乡，他或她总想尽可能多地把家乡呈现给读者。这就像一位热心的大妈，家里来了客人，她恨不得把家里所有的好吃的都拿出来。诚然，这种热情是非常令人感动的。但是，如果你把好吃的堆成小山，那客人怎好下箸呢？因此，我历来主张散文写作要多像中国画学习借鉴，要立意，要留空白，要能给人以呼吸的空间。对于这个问题，我想赖赛飞肯定是注意到了，不然，在她的另一本散文集《生活的序列号里》就不会有大的变化了。如在《西沪人家》中作者写道："接近自然的地方，是否靠近幸福，不离开自然的工作，会不会更容易找到幸福的感觉？"又如在《父老乡亲》中写道："如果说人出世到离去只不过像两点间的一条直线，简洁明了，中间的岁月，却曾经拥有一切的无穷。不过时光最终还是像答案呼之欲出后黑板上老师留下的板书，正被一一拭去，听得见一路簌簌的消失声。这不得不使人联想起从中走过的行道树。秋天来了，树叶下了，地面的比枝头的多得多了。"看到这些思考的文字，你肯定会觉得有着强烈的思想与情感的共鸣，这种共鸣是从我到我们、从此岸到彼岸的必然结果。有了这样的抒写，在今后的散文创作中，我们有理由相信，赖赛飞一定会有更加精彩的呈现。

二〇一七年四月六日

或近或远的阅读

    ——肖萌散文集《心向海的鱼》荐语

    秦皇岛，北戴河，是我熟悉而又陌生的地方。熟悉，是因为去的次数多了，看到的景点，接触的朋友，让你亲切、熟稔，没有一点生疏。陌生，是因为太熟悉，以至于当人们真的问你那些景致那些人时，你又不一定说得那么准确那么头头是道。况且，生活的每一天都是在飞快地变化的。正如在某一天，秦皇岛文联的赵川突然给我打电话，说他有个姐妹儿叫肖萌，在电视台工作，非常热衷写散文，最近要出一本散文集，希望我能给写个序言。我问赵川，你的这个姐妹儿过去我见过吗？她对我的情况了解吗？赵川说，谁不了解你，散文界的大腕。前几次你来秦皇岛北戴河，人家在忙，没来得及见你，老遗憾了。今年你来，我们俩接待你。赵川是个直爽的人，她说话时总是嘎嘎地大笑，好像每天都过着阳光灿烂的日子。

    对于肖萌的名字我是熟悉的，但不是秦皇岛这个肖萌，是电视连续剧《年轮》里的女主角，还有一个就是我曾经有一个女学生，名字也叫肖萌。看来，肖萌这个名字很适合女孩，很容易让人记住。我对秦皇岛这个肖萌充满期待，期待什么呢？近几年，我一直致力于中国海洋文学的鼓与呼，在大连，在烟台，在舟山，在青岛，只要有机会，我就呼吁沿海城市的作家要关注海洋文学。我们这个海岸线漫长的国家，必须拥有自己的海洋文学，也必须拥有在世界叫得响的海洋文学作家。我们不能等钓鱼岛争端开始了，甲午海战纪念多少年了，郑和下西洋又有新发现了，才想到我们是海洋国家，我们是海洋的主人。在秦皇岛、北戴河，我所负责的中国散文学会分别建了两个创作基地，也曾搞过碧螺塔杯海洋散文征文，但都没有达到预期的效果。因为，中国海洋文学太年轻了！人们还不知道从何下手。

正是带着这样一种期待，当肖萌把她的文稿发给我后，我迫不及待地打开目录，我是多么希望这是一本全部写海的散文集啊！可是，除了书名提到海，里边只在第一小辑里有一篇关于大海的解说词，这一下让我有些失望。以我的阅读视野，全国现在专门写海洋题材的作家只有三四个，至于女作家一个也没有。我不是一个偏执的人，从不要求别人必须怎样，尤其是关于写作，每个人都有自己的选择。我只是想表达一下自己强烈的愿望而已。这样的心态，也适合肖萌。她这部书稿，共分五个部分，也就是五个小辑，大体上代表着她最近几年写作的方向。我的总体感觉是，肖萌在散文创作上是充满不确定的，不论是题材上还是写作手法上。写这话时，我内心也是矛盾的。一方面，我寄希望于作家找到自己写作的方向，尽快形成自己的风格，一方面又怕作家被自己的方向和风格所限定。这有点像父母对待子女，一方面希望他（她）快快长大成家，一方面又怕他（她）离开自己。以我的写作经验，我以为要想作品写得好，必须经过最初的不确定到确定的过程。

肖萌的写作题材是很宽阔的，不论是身边见闻，还是旅游经历以及读书思考，都可以跃然纸上。我觉得，一个成熟的写作者，就应该这样，是个杂家，是个厨师，不管预备的什么材料，只要有客人，都可以给你弄上一桌菜。我喜欢这种随机应变、见招拆招，因为从古至今，没有人规定什么可以写散文，什么不可以写散文。只要能表达自己的情感、思想，适合自己的语言节奏，你就写，至于适合不适合读者的胃口，那是另一回事。当然，女性写散文，也有先天的不足，就是题材往往过于窄小，但肖萌不同，大概由于出身于记者，涉猎的地区、人群比较广，这就给题材的选择上提供了多种可能。我以为，任何题材作家都可以驾驭，作家之间高低的分级不在题材的选择上，而是在题材的思想提升上。我常把散文写作比喻成参禅，高明的人说出的话让你无言以对。散文何尝不是如此，你的发现你的思索你的思考是别人没有形成事实的，你就是高人，你就容易让别人跟你产生共鸣。也就是说，作家不是生活的记录者，而是生活的提升者。对别人的文字，不是为了记住别人的生活，而是要记住对自己的影响，最终提升了自己认识世界的能力。

善于从微小的事物中悟出生活的本质，形成自己的思想力量，这是从事文学创作所必须具备的。肖萌显然已经具备了这个能力，这从她对父亲的锄头、对拉萨的阳光、对泰国人妖的描写中已经让我强烈地感受到。包括她在读书时的一些思考，也能让我感受得很清晰。稍显不足的是，就是结构的严谨和语言的凝练。我要说的是散文不是散漫的文字，它字里行间是有线的穿梭的，这个线就是神。就像本书的书名——《心向海的鱼》，这是地理性的，也是精神性的。不管怎么讲，经过这本书的出版，我相信肖萌在诸多的不确定中一定能找到自己的确定性。这是我所愿意看到的。至于从确定性到非确定性，更是我所期盼的。这或许需要很长的时间，我愿意与肖萌一起等待。

二○一六年一月十二日

发现，还是发现

——写在姚正安散文集《回不去的过去》出版之际

　　最近一段时间，接连看了几篇描写乡村的文章。一篇是何建明写他乡下母亲的。何建明何许人？著名报告文学作家、中国作家协会副主席，江苏苏州人。他母亲今年八十六岁，一直住在乡下，别看八十多岁的人，还能骑电动车在乡村公路上穿行。看着何建明写随母亲回老宅祭奠父亲的文字，让人潸然泪下。还有一篇，是陕西西安一个叫史鹏钊的作家，他写了散文《出村庄记》，记录了许多山村里的往事，读后挺让人回味的。当然，在这之前我还看过许多写农村生活的作品，包括梁鸿的梁庄系列。

　　我们这一代作家，大都是从农村走出来的，即使不是出生在农村，也多少有在农村的经历。特别是比我大上一二十岁的作家，他们起码有在农村插队的经历。因此，我常常说，中国的作家，基本是乡土作家。这些作家，即使进入城市，也是离土不离乡。我认识相当多的作家，他们尽管在城市生活多年，可他们写作的题材还是乡村。我以为，这不是什么坏事，这恰恰是中国这个农业国的真实写照。

　　几年前，几家报社的副刊主任一起聚会，有人提出他们报社几乎很少发写乡村题材的稿子，道理很简单，重复的太多，没有新意。我虽然深有同感，但我并不完全支持这种做法。我觉得再熟悉的题材也可以有新的发现，我们评价一个作家，不在于他题材的新颖，而在于他对题材的发现和提炼。如果我们都认为中国乡土文学的作品写到了尽头，那我们失去的不仅是乡土题材，甚至是失去整个中国乡土文学。在这里，我们不必就乡土是否等同于乡村去仔细地纠缠，我们姑且把乡土视同于乡村。

进入新世纪，随着城镇化的进程逐渐加速，许多的乡村已经逐渐淡出人们的视野。即使是户口在农村的青年人，也因他们在城市里打工而成为新兴的城市人，不管身份能否被认同被接纳，事实上就是如此。当下，虽然有一些文艺作品已经涉及这类题材，但从总体上看，还没有所谓的像柳青写《创业史》那样的具有时代意义上的大作品。

对于中国的城镇化，我们现在的评价还不能成为定论。它需要时间的沉淀。也许几十年，也许上百年。这就如同我们写红军长征，写抗日战争，写抗美援朝，比之苏联文学，我们还远没有达到人家的高度。对于"文化大革命"，对于"文化大革命"前的十七年，我们的文学作品写得应该说够淋漓尽致的了。可对于改革开放的三十几年，我们还没有史诗性的作品，或许是时间离我们太近，太近的事物往往缺乏深刻的思考。

在这样的背景下，当我接到江苏高邮市散文家姚正安给我送来的书稿《回不去的过去》，在阅读时更加引起我的思索与思考。姚正安是高邮人，生于二十世纪五十年代的农村，后通过考学考入扬州师范学院，毕业后当过中学语文教师，后进入市委机关工作，官至市委宣传部常务副部长。业余时间，他不断坚持文学创作，以散文为主，兼顾小说、报告文学和文艺随笔。在中国的市县级官员中，像姚正安这样的一边从政一边从文的人很多，但能做到知足常乐、游刃有余的并不是很多。相反，有很多人常在二者间徘徊悱恻。

与姚正安相识十多年，他的散文集、报告文学出了好几本，他也有多篇散文发表在我主编的报纸副刊上。我对姚正安的散文印象是文笔娴熟，语言朴素，感情真挚，题材以自身的经历和身边的见闻为主，其文章写得圆熟，中规中矩，与他的经历、身份十分吻合。二〇一四年五月，他的散文在获得第六届冰心散文奖后，我们曾经长谈过。我的建议是，在他退休后，可以多到各地走走，把写作的视野再开阔些，思想再解放些，这样或许能使他的散文创作有大的变化，也可称作质的飞跃吧。

我这样说，并不排除其对熟悉的生活的写作。我过去曾说，文学的魅力在于去发现，发现生活中有色彩的东西，这色彩当然是文学的，是关于生命的，关于哲学的，关于美学的。我们生活在信息社会里，每天要面对各种不同的信息，我们写作者同普通人比较起来，不在于你知道信息的多少，而在于你在各种信息中去提炼出我们要表达的东西。我们不仅是生活的记录者，我们更是生活的发现者、思考者和引领者。

从《回不去的过去》诸多篇什中，我明显地感到，姚正安的创作视野正在开拓，其对生活的思考也在深入，我想，这大概是他对生活的不断发现再发现的结果吧。回到开头我说的话，像我们这些从农村走出来的作家，在我们的创作上难免会不断地记忆过去、回味过去，可不管怎样抒写，我们终究是回不到过去了。正如姚正安出于好心给他年迈的父母买煤气罐，可老人还是愿意用柴火做饭。现代化的紧张生活，或许倒容易让我们想放下脚步去回忆过去，不论苦涩还是甜蜜，你都不能复制。我们需要的是现代人的现代意识，只有用现代意识去发现审视我们过去的生活，我们的创作才会有新意，才会为读者喜爱和接受。那种死抱着过去，重复记录生活的作品，必然被社会所淘汰。因此，我要对姚正安说，也对我自己说，我们必须学会发现，只有反复地发现，你才会真正地写出读者所期待的作品。在此，我愿与姚正安共勉。

二〇一六年十月六日

茶花深院自多风
——写在"溱湖散文丛书"出版之际

对于当下散文创作的繁荣，多年前我曾经撰文《散文进入商业化写作时代》。意思是说，散文创作最适合普通人群，而且随着报刊、出版业的空前发展，给散文写作者提供了广阔的舞台。有相当多的人，可以靠写散文谋生了。当然，我这是从经济上的一种分析。从另外一个角度，它则反映了我们国家社会民主制度和文明程度的提高。还有一点，就是我们国家的文化程度在总体上提高很快。在一九四九年以前，或新中国成立后的十七年，写作在很大程度上是专属于名家大腕的"贵族式写作"，如冰心、茅盾、叶圣陶、袁鹰那样的人物，老百姓只有引颈学习的份儿。

现在好了，人人都可以写散文，都有表达自己思想和感情的权利。而且，有相当多的人还出版了自己的散文集。无论如何，这都是让人羡慕的好事。这不，刚过立秋（七月，我曾到江苏姜堰市的溱湖采风），我就收到姜堰市文友发来的一套书稿，名曰"溱湖散文丛书"，并希望为之写上一个总序。写序谈不上，关于地域或基层文学创作，由于工作关系，我还是有很多话要说的。就以这套"溱湖散文丛书"为例。本丛书由十二位作者的散文集组成，分别是陶惠林的《水乡的记忆》、曹学林的《泥土与月光》、陈中华的《捻指间》、夏荫祖的《故乡琐忆》、周逸平的《我心迷失》、缪荣株的《半月依旧照乾坤》、夏文忠的《沿途的风景》、高泰东的《春联的故事》、顾潇的《化茧成蝶》、谢志宏的《七彩溱湖》、杨华中的《苦楝花开》和丁桂兴的《溱湖的橹声》。这十二位作者，大部分我都不相识，甚至在报刊上也很少见到他们的名字。我这么说，并没有不屑，更没有看不起业余作者的意思。以我自己的成长经历，我知道这些作者在姜堰在泰州，以至在江苏都有一定的名气。这种现象，不止发生在姜堰，在全国很多地方都是这样。我在参加一个大型文学创作研讨会时，有一个中年作家曾经问我：您说我已经出版十几本书了，为什么现在在全国还是默默无名呢？我告诉他，你这种情况在全国具有普遍性，根本问题是你的作品没有风格，还没有足以让别人看过久久不能忘记的东西。那么，怎样才能做到让别人无法忘记呢？不同的人会做出不同的回答。

基层业余创作，主要面临的问题是作者的身份转换问题。不论是工人、农民，还是机关干部、企业老板，你首先要干好的是你的本职工作。而要干好本职工作，除了辛勤的汗水，还要有智慧和知识的创新。知识不是凭空来的，他必须通过不断的学习，但是，学习没有足够的时间是不行的。因此，在大量的时间和精力被用于工作后，才能挤出时间琢磨文学创作的事，可想而知，要取得一点点的进步该有多难。我们不必怀疑天才和天赋，我们也不必过于迷信天才和天赋。很多业余创作，在很大程度上是为解决个人爱好和改变生活命运，如通过写作到机关、文化宣传部门工作。也有的在写作上取得一定成绩，走上专业或准专业的创作，或者直接从事新闻出版工作。

其实，从严格的意义上说，写作与自己的职业没有关系，与自己是否从事文学专业也无直接关系。国外有很多的作家，其本身并没有专业文学工作的身份。从我国的历史来看，大凡文学家、诗人大都有从政的经历，而且级别还相当高。所以，在一定意义上，我们的古代文学属于"政治文学"的范畴。当下，有相当多的政府官员也非常热衷于散文、诗歌的创作，这也充分体现了文以载道的古代文学精神。以陶惠林、曹学林、陈中华等人为代表的姜堰散文作家群体，也毫不例外地属于从政群体，尽管他们的官职不是很大。我觉得这是一件好事，我很希望全国有更多的县市能像姜堰这样，能够涌现出一批官员写作的队伍。我曾经说，写散文的人一般都能做到心态平和，思想清晰，心地善良，这对于构建一个地区的和谐秩序有着极大的益处。相反，如果一个地区的领导总是爱写小说和诗歌，可以想象，这个地区的社会秩序会该有多么复杂和动荡！我这样说，并不是出于我对散文的偏爱。我有充分的理由来证明我这个观点。

姜堰我虽然去过，但由于来去匆匆，一路走马观花，过去的历史积淀，今天的改革开放的成果，使我还来不及消化，更谈不上形成良好的文字作品。但名人之乡、围棋之乡、书画之乡、鱼米之乡的浓郁感受，已经足让我春风荡漾，思绪万千。综观这套"溱湖散文丛书"，使我感到非常的亲切，一是这些作品都不同程度地带有乡土的气息，我注意到这十二位作者基本是二十世纪六十年代前后出生，正值人到中年，有丰富的生活积累和人生经验；二是这些作品主题明确，格调清新高雅，决不无病呻吟，特别是对诸多往事的回忆让人产生情感的共鸣；三是这些作品篇幅短小，语言朴素，没有学院散文的矫揉造作，很适合普通读者阅读。如果硬要说些稍显不足的话，一是题材需要剪裁，尽可能剪去公共的生活；二是在作品的思想深度上要更加有意地去开掘，使自己的思想变成大家的思想，而不是把大家的思想变成你个人的思想；三是语言要体现时代特点，活泼，明快，尤其在思维方式上要有所跳跃。基层作者和名家比较，往往写得过于老实，过于规矩。多年前，铁凝在谈到散文写作时曾说，散文河里没规矩。我以为，她说的所谓没规矩是指——只要写出的是散文的前提下，什么方法都可以使用。否则，一味地坚持他人和自己的模式，就会越嚼越没有味道了。

或许，我这么说，很多人会感到有压力。这倒大可不必，散文写作本应该是一件快乐的事情，这世界上难道还有比自己想表达思想感情就能通过文字实现更快乐的事吗？诚然，写作可以求得功名，但不是写作的终极目的。这次，这十二位作家集体亮相于姜堰，亮相于文坛，我想其意义已经超出了散文本身。记得明代作家陈继儒在其随笔集《小窗幽记》中曾有"杏子轻纱初脱暖，梨花深院自多风"的诗句，这让我不由想到在姜堰溱潼的一座深院中，有一株世界茶花王，如此，是否可以改为"茶花深院自多风"呢？假如我的前辈不生气，我愿放到对这套散文文丛的出版祝贺上。最后，衷心地祝愿，溱湖的风，姜堰的雨，更加美丽动人！

二〇一二年九月四日

价值论

谁的散文将被写进历史
——《2004 年我最喜爱的中国散文 100 篇》序言

进入新世纪已经第四个年头了。大概离过去的世纪太近的缘故，人们在议论历史的时候，口头上还总爱说五十年代、六十年代、七十年代如何，那感觉仿佛故事就发生在昨天。或许是从多少个世纪以后考虑，现在的新闻出版规范中有个规定，即在五十年代、六十年代前一定要加上二十世纪。否则，几千年过去了，谁知道你说的那个五十年代、六十年代是属于哪个世纪的。

我很佩服现代人的史志意识。尽管很多人连同他们的作品非常速朽。最近，我有幸参加一本《中国当代散文史》的出版研讨活动。据我所知，自二十世纪九十年代以后，类似这样的史志性的散文书籍能有六七本，如果再加上"百年百篇"一类的选本，估计至少在十五六本以上。我总以为，大凡写史、编史之人，他们一定会有超人之处。细想之，有两点必须具备，一是勇气，二是智慧。所谓勇气，一要坚持客观性，二要坚持独立性。客观是对历史的客观，独立是自己人格的独立。智慧，是写作技术的选择问题，一是能充分调动自己资料的积累，包括感情和思想的积累，另一是怎样引领读者认识、接受你的问题。接受有两种，一是接受你所叙述的那个曾经发生的历史，再一个是接受你对那个过去的历史的态度。这就给人们提出两个问题，即：历史是否真实；写作者评价历史是否公正。

二十世纪的白话文学无疑是绚丽多彩的。任何文学史家大书特书都不为过。总的来说，写现代史的较多，写当代史的较少。时下，给领导、名人、大款写传记、报告文学的很多，大多是歌功颂德、胡乱吹捧的东西。就散文而言，关于古代、现代的部分让人看上去还基本信服，当代的诸如"百年经典""二十世纪散文十大家""中华人民共和国成立五十年散文经典"一类的东西就很难令人服气，起码我不服气。因为这些东西在很大程度上只代表选家的个人意志，同时还兼有市场的操作问题。当然，不管怎样说，有人有组织能干这种事，总不是坏事，大不了可以做个参照物。尤其是对我这样的年轻人。

话又说回来，像搞中国当代文学史，也包括中国当代散文史研究，不论是什么人，什么机构，谁搞都是一件费力不讨好的事。因为你要写的对象，大部分还活着，有的甚至很活跃。特别是散文，近二十年更是热闹非凡，各种风格流派层出不穷。本来，评论作家作品的得失，是从事文艺理论研究者最为正常的工作，然而，在文艺批评近乎失语的今天，谁要是发出一点独立的声音，很快就会遭到作家的不满。唯一的理解就是，当前的文学已经市场化，文学与市场的接轨变得自然且密切，你一批评，在很大程度上就会影响人家的进步。多少年来，散文界的理论建设一直十分薄弱，其关键就是批评的声音太少（对余秋雨的批评倒是不少，只可惜大多与散文无关），相反，吹捧、造神之声却十分鼎盛。

看一部文学史，散文史，抑或是什么经典选本，一定要考虑编选之人的局限性，任何人都不能眼观六路，耳听八方。因此，我通常把批评史、文学史、选本看成是一个人的批评，一个人的排行榜，一个人的史记，也当然包括一个人的当代散文史。过去，就有人曾经说过，任何历史都是当代史，想来这话非常深刻。我在看一部文学史、散文史的时候，总要看看史家们的评述里有多少公共话语，有多少自己的语言。我以为，当下多出几本散文史，散文选本不是什么乱事，出得多了，不是权威没了，而是更丰富了人们的视野。本来谁也不是谁的权威嘛！

作为散文的创作者，能有作品入选"某某散文史""某某散文经典"固然是一件令人高兴的事，但也还必须清醒地认识到，你入选的那个"典"充其量不过是某个人设置的，这个"典"能否成为"史"还有待于时间的淘洗。同样，作为一般的读者、散文爱好者，也应该保持这样一种心态，否则，你就不能客观准确地去把握中国当代散文的发展史。

本文的题目是——"谁的散文将被写进历史"，这话听起来挺庄严神圣的。其实你也不必就此被吓住。去年，我在《2003年我最喜爱的中国散文100篇》的序言《散文应该这样》中曾说，在语言平白朴素达美的前提下，散文无外乎有三种成分：第一，提供多少情感含量；第二，提供多少文化思考含量；第三，提供多少知识含量。今天，我把以上三点认识具体化，即散文创作可分三种类型：生活积累型、艺术感觉型和文化思考型。在此平台上，散文创作的题材越宽泛越好。不论是哪种类型，只要写好了，都不失为一篇好散文。只有好散文，才有可能被写进中国散文史。正是基于这样的想法，我们将今年所编选的《2004年我最喜爱的中国散文100篇》在题材的大致分类上，分为"美文之美""苍生之情"等十个部分。为鼓励对散文形式的探索，我们还有意安排了一个"实验之坊"，希望读者能对此发表高见。

好了，这些毕竟都将属于过去的二〇〇四年。其个中甘苦，还是由每个人自己去品味。二〇〇五年再见！

二〇〇四年十月二十八日

文学的可能

——写在勤政廉政精短散文征文评奖之际

文学是否真的会被边缘，在近年曾一度成为人们热议的话题。其核心是在市场经济如火如荼的今天，有多少人还在被文学着。有人举例为证，说现在有多少种文学期刊发行量骤减，有多少图书被库存在仓库里，综合起来的结论是，文学正在缩减，正在边缘，正在退出精神的舞台。

毫无疑问，以上的论调我是不支持的。不管是纸媒还是网络，文学是始终有它的阵地的，有它的知音的。我总以为，外面的世界不管有多么精彩，人总是要回家的。而回家的通道不是笔直的公路，不是奔驰宝马汽车，而是文学，那个直指人心抵达心灵深处的文字。

文学不是灵丹妙药，可它确实有救死扶伤的作用。如果你想直接让它给你带来巨额的经济效益，那是不现实的，也很难做得到。如果你想让它帮你买官得到领导的赏识，也是很难的。在庸俗的人看来，文学简直就是一堆废纸，有它无它根本没有什么用处。然而，文学的特殊地方在于，在你孤独看不到光明的时候，它就像一颗流星一样突然出现在你的眼前，让你觉得整个天空都灿烂辉煌；在你贫穷得什么都没有的时候，一首诗一句话往往会给你活下去的勇气和力量，它会告诉你这世界死不可怕，最可怕的是等死；在你精神萎靡的时候，它会给你坚定的信念和决心，让你充满理想地阔步前进！

有这样两则短故事。

有个房地产商看到一个农民承包的土地非常有市场开发价值，便去找乡长商量，说愿意出高价买这片土地的开发权。于是，乡长带着开发商、村长一起去找农民协商，问农民愿意不愿意把土地转让出来。农民看了看乡长、村长，又看了看开发商后一阵哈哈大笑。乡长问农民因何发笑，农民屏住笑声，举着铁锹说："我告诉你们，这土地是用来种粮食的，不是被你们用来赚钱的！"

有个大型企业的领导去世了。遗体告别的那天，几千工人自发地到八宝山为他送行。人们在横幅上写着：有的人活着，他在我们工人心里已经死了；虽然我们的好厂长走了，可他在我们心里却永远活着！

有人说当下的文学创作没有节制，文字太长；也有的人说当下的作家缺乏想象力；更有的人说当下的作家没有幽默感，我不承认，一百个不承认，一千个不接受！请问，民间流行的手机段子算不算文学？请切记，我们眼里的作家，千万不要以谁拿到了各级作家协会的会员证为标准。我们更应该记住，文学来自于生活，生活远比我们作家的想象更丰富，谁冷淡了生活，生活就会加倍地冷淡他！

最近几年，纪委、政法部门都在以不同的形式搞文学作品征文活动，如高检文联开展的"以竹喻检"诗文大赛和高邮市纪委主办的这次勤政廉政精短散文大赛就是很好的尝试。我觉得这种文学大赛的意义对于系统内外都是有警示作用的。当然，大赛的目的不仅仅是为得奖，证明自己文学创作的水平，更多的是为唤起整个社会特别是领导干部、国家公务人员的党性意识、国家意识、法制意识和公仆意识，也只有这样，才能够把社会主义核心价值观真正地形象地落到实处。如此，文学似乎被具体化、功利化了，这样往往就会缺乏形象，缺乏哲学的思考，但我仍固执地认为，经过作家文学的转化与提升，肯定会有好作品出现的。毕竟，我们已经有了很好的开端。我们期待着！

二〇一四年十一月三十日

美，就是性格和表现
——阎受鹏散文集《山海情絮》读后

舟山是我熟悉而又梦幻的地方。这些年，因为我所负责的中国散文学会与舟山市岱山县政府连续举办了"岱山杯"全国海洋题材散文诗歌大赛，使我有机会几次到岱山出席颁奖活动。在颁奖之余，少不了到岱山、舟山进行采风旅游。舟山是个千岛之地，海阔天空，历史悠久，宗教文化资源丰茂，是文人多愿徜徉向往之地。

农历丁酉年秋月，接舟山普陀区老作家阎受鹏先生的电话，希望我在去岱山颁奖时能顺便到普陀山给当地作者讲一课。我说讲课谈不上，跟文友见见面我倒是很愿意的。这几年，因了"岱山杯"，我越来越对海洋文学情有独钟。五年前，我在给复达散文集写序言时曾说：海洋文学的秋天到了。我所以用秋天而不用春天，其意义在于我们对海洋文学不能再播种了，我们必须要进行收获，而且是大面积地收获。

我对大海的记忆从二十世纪九十年代开始。我当时二十出头，在北京郊区的农场工作，业余时间从事文学创作。因为经常给报刊投稿，一个偶然的机会，黑龙江农垦局的《农垦工人》杂志要在北戴河举办骨干作者培训班，农场领导推荐我去。那是一个夏季，我是第一次见到大海。黄昏

198

在海边，我们几个作者围着北大荒的老作家、《农垦工人》杂志的老主编费加老师聊天。费加老师那时已经快七十岁，身形庞大，说话声音宛若洪钟，文人气十足。那天，他给我们讲了他如何从十万官兵转业到北大荒，如何被打成右派，如何自己掏钱资助创办《农垦工人》，如何在两个孩子结婚时没有分文，可以说，他把整个人生都献给了北大荒。其实，费加老师的人生，是他个人的，也是他们那一代人的。他们的胸怀像大海一样宽广，他们的人生起伏也像大海一样，波澜壮阔。

后来，我陆续读到了海明威的《老人与海》、冰心的《在海上》、邓刚的《迷人的海》和霍达的《海魂》，不论是写的近海还是远海，使我对海开始有了无限的憧憬。一九九一年，我到厦门开会，本来会议结束后应该直接回北京，可我竟突发奇想，执意坐轮船经过台湾海峡到上海。那晚，赶上八九级大风，轮船摇摆得厉害，使我眩晕、呕吐不止，即使喝了半斤白酒也没有抑制住。当时，我就发誓再也不乘坐轮船了。

话是这么说，心也可以这样想，一旦真的有到海上的机会，还是欣然愿往的。这些年，因为工作原因，我到过十几个海边城市，也到过舟山、台湾等岛屿，尤其是在三年前，我有机会登上了我国自行生产设计的中华神盾导弹驱逐舰，看着那庞大的巨舰，真的从心底里为祖国自豪。我曾经在各种文学会议上多次呼吁我们的作家要关注海洋题材创作。这几年，我有几位作家朋友分别写出了亚丁湾护航和中华苍龙海底测量方面的报告文学，在文学界引起很大的反响。这样的题材不是好写的，也不是什么人都能经历的。从文学这个层面来说，我们也正在向海洋进行大胆的航行与探索，这无疑是国家强大的一种重要呈现。

在舟山普陀区与文学爱好者座谈后，在吃饭休息闲谈时，阎受鹏老先生将一部散文书稿递给我，他希望我能为其写一个序言。阎老的书名为《山海情絮》，总计约三十万字，是他一生散文创作的精选，全书分四个部分，一是写原乡浙江奉化老家的，二是写他视为第二故乡舟山的，第三部分是对舟山的即兴小品式描写，第四部分是到各地采风旅游的。像阎受鹏老先生这种经历的作家有很多，即出生地和工作地是分开的。最近几年，关于故乡的话题很多，不同的人对故乡有着不同的理解。如有人说故乡是让人魂牵梦绕的地方，也有人说故乡是童年记忆的地方，还有人说故乡是埋葬我们亲人的地方，我觉得说得都不错。在我看来，人只有与故乡有了时空上的距离，才能真正体会到什么叫故乡。

阎受鹏老先生从二十世纪五十年代中期，就远离奉化那个叫马站的山村，只身来到陌生的舟山普陀区，长期从事教育工作。几十年来，他立足舟山，眼望奉化，将血与火、泪与水融化在这两个生他养他的地方。在《故乡风韵》一辑中，给我留下印象深刻的有《故乡马站的风韵》《等我回家过年》《家乡的竹林》和《走进巴人的故居》等，这些作品不论是对乡情还是亲情的描写，都让人回味无穷，有喜悦也有心酸。而在《千岛情思》一辑中，阎老开篇则直抒胸臆地写出了《舟山，我的第二故乡》——"我清楚地记得1955年1月在故乡奉师别业，被分配来舟山工作前夕，心呵，变成了小鸟，飞呀飞呀，飞向蔚蓝……"由此，阎老开始了长达六十余年的舟山岛民生活。在这里，他沐浴《沈家门港的灯火》，沿着《海上天路》，行走在《彩色的街市》，倾听着《白山清晨的鸟声》，《在水一方的舵峙》去《朝觐普陀山》，这些或许是《在蚂蚁岛的日子》，最终汇成《舟山跨海大桥赋》。第三辑《风物散鉴》，是作家对舟山即景式的见闻，既有对《海鸥悲歌》的吟唱，也有对《舟山的雪》的挚爱。第四辑《钟声悠悠》，应该是作者更自由率性的写作，不论是写《钟声悠悠》《山海关情思》，还是《千岛湖之谜》《从韶山冲到花明楼》，都给人留下很深的印记。这些作品，不仅是描写的细腻，更为让人深思的是作者思想的力量。

说实话，对阎受鹏老先生过去的散文创作我不是很熟悉，对于这种局限于地方性的写作我总觉得会有许多的窠臼在左右着作者，一般不十分看好。但看了阎受鹏老先生的散文，我不得不说：姜还是老的辣！我所说的辣，是指作家创作的成熟老辣，语言、细节、结构、抒情、描写、哲思等，你几乎都可以处处感到。我想到已然八十的老先生，在和我见面的那天，穿着海魂衫般的 T 恤，下身是藏蓝色牛仔裤，宛如一个年轻的小伙子。他不仅穿着时尚，还会使用电脑、发微信，我在看罢他写的三毛与舟山的情缘后随即发微信给他，让他尽快把文章电子版和照片给我，我原以为他会找人代发，孰料，几分钟后他就分别在电脑和手机微信上发过来，让我不由感到惊讶赞叹。纵览阎老的所有散文，我想说，他如果早些往外联系，多给国内的大报大刊投稿，他肯定会成为名声在外的散文名家。阎老《千岛情思》中曾引用雕塑家罗丹的名言——"美，就是性格和表现。"如果把这话放在阎受鹏老先生身上，我觉得是再合适不过了。

最后，我想说几句，阎受鹏老先生在舟山在普陀区除了教书育人，桃李满天下，他还在文学新人的培养上，具有伯乐和园丁精神。在普陀区虽然只匆匆待了一天，但从那些上到五六十岁下到十七八岁的众多业余作者对阎老的尊崇上，就足以看出他素日的为人与为文。如此，我便愈加地爱戴于他了。衷心地祝愿阎受鹏老先生身笔两健！

二〇一七年十月十五日

选择的理由
——《2006年我最喜爱的中国散文100篇》序言

这是我担任主编的第四本散文年选。熟悉本书的朋友，一定会有几个新的发现：一是出版社变了，由中国文联出版社改成上海学林出版社；二是本书过去由我和王宗仁共同主编，现在成了本人独立主编；三是在每一篇散文的后边，都附上了我的"一句话点评"。所以如此，主要是基于以下的考虑。

中国文联出版社一直是我所看好的一家文艺类出版社，他们过去对我很支持，先后推出由我主编的《全国首届冰心散文奖获奖作家作品集》《全国首届冰心散文奖获奖作家丛书》（六卷），并从二〇〇三年起连续三年推出《我最喜爱的中国散文100篇》年选，在全国散文界引起广泛关注，并逐渐树立起自己的品牌。但是，由于许多客观的原因，二〇〇四年和二〇〇五年两度年选都在年中才得以出版，虽然销售数量仍然比较高，可许多读者还是有意见，希望能尽早地见到此书。作为编者，我深知读者对中国散文学会和我们个人的信赖，在市场上先出现七八个选本的同时，依然期待我们这本。在此，我们除了感动和歉意还能说些什么呢？唯一能做的，就是进一步编好这本有特色的年选，同时配合出版社以最快的速度出版，尽快同读者见面。当然，仅以这样的一个理由，就让我考虑更换出版社，肯定不行。那样，我就对不住文联出版社的各位朋友了。

选择学林出版社，在我看来是有缘分的。二〇〇五年年底，经友人中间推荐，我应学林出版社之邀担任《零距离——名家笔下的灵性文字》大型散文丛书的主编。我以为，以我的学识、资历，无论如何是不敢担此重任的。但经过出版社的编辑、总编和社长的多次交流，他们还是力主我来挑这个大梁。二〇〇六年五月和八月，在我和出版社的共同努力下，这套中华人民共和国成立以来最大的一套散文大系（十卷本，收入一千名作家的一千篇散文）如期面世，很快在出版界、文学界，尤其是散文界引起关注。同时，也由此真正地向社会发出一个声音：学林出版社不单做学术、社科类的图书，也做文学类、文艺类图书。此前，学林出版社曾做散文随笔类的"新视觉"书系，尽管已初具规模，在圈内小有名气，但像"零距离"这样的规模、声势还远没有达到。不难看出，学林出版社是想以此为契机，以求拓宽出版范围，加快图书市场的产业化。

对此，我感到很快乐。我的选择已经不知不觉地和出版社的改革进程联系在一起了。什么叫改革，改革就是做事。做事的人，总是忙碌的。本来，我想这套书编完了，跟学林出版社的合作就可告一段落。想不到，出版社的领导又邀请我策划主编"女人坊"文学系列丛书。二〇〇七年一月，"女人坊"第一辑"中国当代著名女作家散文精品赏析丛书"响亮出场。说响亮主要体现在两方面，一是收入第一辑的五位女作家，个个都是大名鼎鼎：铁凝、张抗抗、陈祖芬、毕淑敏、迟子建。由于她们分别担任着中国作家协会和省市作家协会的主席、副主席，因此图书出版后，很多朋友把这套书戏称为"主席丛书"。我说"主席丛书"就"主席丛书"，它可以充分说明出版社和我本人在当今中国文坛的人气还是不错的。二是这套书的封面设计非常大方，女作家们的庐山真面目赫然于上，给人以难以名状的亲切感。有了这两套散文丛书的合作，再加上他们过去的"新视觉"书系，不用多说，上海学林出版社做文学类（重点是散文类）图书的市场已经基本形成。在这样的一个大背景下，我将《2006年我最喜爱的中国散文100篇》放到学林出版社自然也就是顺理成章的了。现在，由我策划、主编的第三套散文丛书也已经开始，我相信读者一定会喜欢。

关于这本书从今年起由我一个人主编，主要原因有两个。一是我和王宗仁都在中国散文学会担任领导职务，自二〇〇一年学会先后有三种选本。王宗仁除与常务副会长周明编另一本年选《中国年度散文排行榜》外，他自己还在担任《中国年度军旅散文》的主编。另一是我在学林出版社做散文图书的策划、主编一直是由一个人完成，为了保持这个程式，就只好如此。再有一点需要补充的是，王宗仁是我的老师，他待我有知遇之恩。二〇〇七年我将年届四十，人到了这个年龄，自然该独立门户了。否则，会被人视作没出息，长不大。

　　至于为什么从二〇〇六年起，我选择以"点评本"的形式主编《我最喜爱的中国散文100篇》，其想法主要有以下几种。第一，当下的年度散文选本有八九本之多，各有特色。我选一百篇，定位在"最爱"。当然，我说的最爱，是指在我的目力所及的范围。所选的作品，大体上代表着我的散文观。第二，一篇散文入选一个选本，自然有其入选的理由。对读者而言，通过入选的作品，就可以看出选家的追求、标准。但读者当中也有相当多的人，对一篇散文究竟好在哪里、差在何处并不知晓，他需要有人提示，特别是写作之外的朋友，如大中学生。第三，我从事散文批评多年，有相当多的朋友给以我支持、关注和鼓励，也有少部分朋友不同意我的某些观点，他们很希望跟我讨论、争鸣，以至是寻求跟我当面的交锋。我认为这都是正常的。第四，我来担任主编的"女人坊"第一辑出版后，很多朋友看了我写的《铁凝散文赏析》一书很喜欢，希望我在编年选时，最好在文后也能来几句点睛之笔。那样，既可以增强对本书的阅读效果，同时，也可以同其他选本有明显的区别。基于以上几点，我觉得可以考虑，便拿出时间认真地去做。说实话，这是一项很艰巨的工程，其个中辛苦只有自己才知道。当然，点评的过程，也是一次快乐的学习过程。就目前这个样子，"点睛"自然谈不上，沾边达意我想还是能做到的，只是委屈了朋友们。如有不妥之处，欢迎各界批评指正。

二〇〇七年一月二十日

散文的担当
——《2008 年我最喜爱的中国散文 100 篇》序言

二〇〇八年，注定成为我们民族的记忆。在国家发生的重大事件面前，我们的作家应当担当什么？用什么样的行动，写出什么样的作品？这是我们必须面对的，也是必须要回答的。记得在中央电视台抗震救灾义演晚会上，中国作家协会主席铁凝向全国作家发出号召：在祖国危难之时，在人民最需要的时候，我们作家不能缺席！我当时听后，感觉很受鼓舞。

我过去曾说，一个有良知、有责任感的作家，在国家和民族发生重大的事件时，应该留下自己的文字痕迹。我们看到，在地震后不久，在北京奥运期间，有相当多的作家，写出许多诗歌、散文和报告文学，甚至包括小说。这样的广泛参与性的集体写作，已经多年没有出现过。记得著名诗人雷抒雁在发表抗震长诗后，我第一时间给他发去短信，向他表示敬意与赞扬。雷抒雁当即回复：我写这样的诗，一半是为我们的国家和民族写作，大难有大爱；另一半是为自己写作，即为诗人的尊严写作！这个短信我保留了很长时间，也让我思考了很长时间。是啊，曾几何时，我们的作家写作，完全是忘我地歌唱。文学进入新时期之后，最初的十年，由于广大作家坚持现实主义创作，关心人民大众的物质疾苦与精神伤痛，不论是哪种文学体裁，发表的作品几乎都能引起社会的广泛关注。进入二十世纪九十年代，随着市场经济的空前活跃，作家的思想也开始发生转变，有相当多的作品由关注现实逐步向关注自我转化，最终使文学的大众性变成小众性。有评论家认为，这是文学最正常的发展时期，文学就应该是这个样子。对此，我持怀疑态度。

诚然，文学创作是最富有个人化的劳动。如果说，创作只为了个人消遣，不发表，不与社会发生任何联系，我们可以姑且不讨论。但是，就我所认识的作家，以及还不能称为作家的文学写作者，他们写作的直接目的就是要发表与出版。既然要发表与出版，这就意味着文学作品具有商品属性。如此，文学作品的创作者，就是生产者，就是商品的利润获得者。在这样的认识下，文学作品越走向大众，越会赢得最大的利润。历史证明，大凡优秀的作品，尤其那些经典作品，它们在获得巨大的社会效益的同时，也获得了巨大的经济效益。

过去，我们一直认为文学没有统一的标准。既然没有标准，就不好比较，没有比较就谈不上竞争，没有竞争，就达不到优胜劣汰。好了，现在我们有了一个参照系，那就是你的发行量，即你获得的最大的利润。行文至此，有人已经坐不住了，他们会叫嚷我在胡说，其直接理由是文学作品是特殊产品，不能单一用发行量和利润经济指标来衡量。他们还会举例说某某作品发行量不是很大，但确实有艺术性。这样的话在我看来：请打住！

还是回到文学的本质。我以为，文以载道，这话到什么时候都不过时。换句话说，我们的文学作品一定要有所担当。在这里，我觉得有必要对载道的"道"进行外延的扩大。过去，我们所谓的载道，主要强调的是道德、道义，而忽视道理、道路。何谓道？道就是用头指挥脚走路。而要想走得正确，就要有方向。方向分两个部分，一是指思想上的，另一是指事物发展的内在规律。长时期以来，我们的文学创作往往只重视思想性，而对规律性就有所不顾。结果，使我们的文学作品的水准大打折扣，甚至成为政治的附庸。反之，文学创作片面强调规律性——注意，我在这里用的是规律性，而不是艺术性！艺术性容易让人发憷，很多人一碰到艺术性就有所担心，怕自己是外行。其实，我们有很多天天喊为艺术而艺术的人，他们恰恰不懂艺术，不尊重艺术。所以，我们在当下艺术价值判断混乱的时候，必须重新提出艺术的担当，文学的担当，散文的担当。

我以为，要回答散文应该担当什么，最好的回答是散文应该不担当什么。就个人的经验和体会，我认为散文起码有如下的问题不应该担当：一不担当说教，二不担当造假，三不担当论文，四不担当做导游，五不担当做史地考古老师，六不担当百科全书，七不担当升官梯子，八不担当长跑运动员，九不担当随笔、杂文，十不担当……就此刹车，有道是做事不能追求十全十美，水至清则无鱼，就是说，剩下的不担当的内容当由散文同行们去填写。我相信，大家会比我想到的还要多。等到实在没得填写了，那就是散文全部该担当的了。也许，到头来一点担当的东西都没有了。真的那样，肯定不是散文出了问题，而是我们自己。如此，我们还真的要好好检讨呢！

二〇〇九年一月二十日

新世纪十年，散文该如何盘点
——《2009 年我最喜爱的中国散文 100 篇》序言

时光荏苒，转眼已进入新世纪十年。在这十年中，世界发生了许多重大问题，中国也发生了许多重大问题，譬如地震、海啸、禽流感、非典、金融危机……这些带有全球性或区域性的问题，多多少少会直接影响到我们的生活。既然可以影响到我们的生活，就必然要影响到我们的思维和思想，终将会影响到我们的文学。大的问题咱关注不了，也解决不了，这里我只想就十年以来的散文发展进行一次概括性的盘点，以期引起同行们对散文的进一步梳理与探讨。

第一，新世纪散文创作整体趋于平缓，没有出现大的风潮。不像二十世纪末出现了以余秋雨为代表的文化散文热和以张中行、季羡林为代表的学院散文热。前几年，有一种散文热，即官员散文热，但终因没有重要的领军人物而徘徊不前。

第二，随着网络的普及，很多人在网上开通博客，发表了大量的文章。这些文章从广义说，都可以称作散文。但水平良莠不齐，有相当多的文章跟我们传统的散文还不大一样，因此，我们还不能把其称为散文。

第三，传统与创新依然是散文创作的两大堡垒。坚持传统观念的依然誓死捍卫，呼唤创新的依然在不懈追求，双方好像没有中间过渡。

第四，散文各种评奖，各种会议，各种论坛，各种民间刊物，各种网站，各种博客层出不穷，这些无疑构成散文万花筒般的景象。

第五，散文阵地在萎缩中得到发展。我们注意到，在世纪初，有的散文刊物或报纸副刊逐渐退出市场，但随着时间流逝，散文逐步升温，当下发表散文、随笔的刊物越来越多。报纸副刊也具有领衔之风，为推动散文的发展起到了促进作用。

第六，进入新世纪以来，文学选本层出不穷。散文选本在全国有六七种之多，原因有三：一是市场需要；二是选家角度不同；三是选家缺少权威性。主要的问题是，所选的作家作品圈子现象严重，一味追求名家，不唯质量。最为突出的是，为赶图书订货会，其选稿时间在每年的十月就告结束。难道后三个月就没好散文？

第七，当代作家的自我意识日益强烈。当代作家非常在乎自己，考虑问题非常实际。即推荐谁，投谁的票，要看这个人对我怎样，对我有多少帮助。

第八，当代作家，尤其是散文作家，缺乏对现实生活的关注。也许是散文文体有其自身的局限。我们发现，在大量的散文中，题材大多过于陈旧，即使语言再好，手法再新，也没什么新鲜感。我历来主张，好作品是等来的，要看缘分，如果整天把自己关在屋子里冥思苦想，闭门造车，是很难写出经典作品的。文学创作是需要感性的，从情感出发，以理性结束。一味把散文当论文来写，会失去散文的艺术魅力。

第九，散文理论建设比二十世纪九十年代前要相对好些。但真正有真知灼见的散文批评家在全国很有限。而有些学院派评论，因为本身缺少创作实践，对散文一知半解，所写的文章大都晦涩难懂，处处堆砌新名词。我以为，好的文艺评论要像毛泽东同志那样，写出的文章通俗易懂，观点鲜明，还要高屋建瓴。

第十，近十几年散文作者出书比任何时期都多，比小说、诗歌、报告文学作者要多几倍几十倍。如何看散文作者出书？倘若仅仅只是散文作者给自己的一个交代和纪念，无可厚非。而要流通到图书市场，希望获得更多读者的共鸣，那就要看自己的命运了。我非常鼓励散文作者出书，一是对自己阶段性创作进行总结，二是可以评职称用，三是可以扩大社会交流。如果有可能，在全国举办一次散文图书博览会，场面一定很壮观。不过，出书可以，不能影响自己的家庭生活，更不能老是自费出书，反复出同一水平的书。那样，既浪费纸张也浪费自己的精力。

以上拉拉杂杂说了十条，不过是信马由缰。关于新世纪的散文创作我实在还有很多话要说，既然是写在前面的文字，就要有所节制，不然要耽误大家阅读书里边的正文了。还是那两句话，感谢支持，感谢理解。

二〇一〇年三月二十四日

我为什么不把《松树的风格》收入《致森林》一书
——答责任编辑乐惟清和上海读者

二〇〇六年八月五日至十日，上海第三届图书展如期举行。为成功举办这届书展，各出版社纷纷亮出自己的金色品牌。比如上海文艺出版社推出的《品三国》。作为这几年已经开始涉猎出版界的本人，自然十分关心其中的发展态势。当然，我更关心与我有直接关系的书。二〇〇五年九月，由上海文艺出版社副总编辑、资深编辑家魏心宏先生策划、本人担任主编的一套名为《零距离——名家笔下的灵性文字》的大型散文丛书正式列入上海学林出版社二〇〇六年度出版计划。这套书共十卷，分两辑。第一辑为"人与社会"编，由《致父母》《致师长》《致恋人》《致友人》《致孩子》五卷构成；第二辑为"人与自然"编，由《致大海》《致高山》《致小鸟》《致森林》《致故乡》五卷构成。借用出版社关于本丛书的宣传语，这套书可谓是"千人千篇、百年经典、今文观止、教学皆宜"的皇皇巨著。这套书原本计划在二〇〇六年五月新疆全国图书订货会上一次推出，由于时间紧迫，只好先推出"人与社会"编五卷，也可算是投石问路吧。一个月后，这五本书在市场上逐步升温，先是在大中学生中间，然后在图书馆系统，许多网站都把这五本书做重点图书在网页上宣传。如此，自然为出版社参加八月上海图书展增添了信心。为此，出版社的编辑、出版部门一阵忙碌，终于又将"人与自然"编五卷推向市场，同时还将全部十卷本做了精致的硬盒包装。按魏心宏的说法，这套书完全可以做礼品去送朋友的。以上就是关于这套书的出版经过。

关于这篇文章的起因：八月九日，星期三，按照出版社的安排，这一天出版社二编室主任、本套书的责任编辑乐惟清要到图书展去值班。巧的是，八月八日《文汇报》登载一条消息，说八月九日下午书展闭馆半天。什么原因没有说。八月十日一早，我给乐惟清打电话，询问书展的事。闭馆一事，乐说具体原因不清楚，后来又取消了，书展照常举行。我说不是因为图书的原因就好。谈及"零距离"散文丛书的销售情况，乐惟清说："虽谈不上火爆，但很是被关注。其中有几位读者在翻阅《致森林》一书时，发现在所收的篇目中没有陶铸的散文名篇《松树的风格》，当然，在别的卷本中也有同样的问题，他们表示不理解，或者说不能接受，希望编者能给予回答。关于这个问题，在本书还没有定稿时，我与社长就曾与你讨论过，当时我们也不好接受。最后，你用很多散文观点一再向我们说明你不入选的理由，我们才接受。当时，我就感到，等书出版后，肯定会有读者提出这样的问题。现在，果然如此，作为本书的编辑，我希望你能写一篇文章，回答这个问题。我觉得，这既是向读者负责，同时作为学术争鸣，也是一次很好的点。当下散文确实热啊！你是这方面的专家，你有发言权。我们都期待着。"乐惟清的话一点也不让我感到意外，我知道这一天肯定会到来。即使他不让我说，我自己也要说。何况关于经典名篇名著，我确实有许多话要说呢！现在有人愿意跟我讨论《松树的风格》了，就权且以此为例，但不能代表我的全部观点。

第一，陶铸同志是我非常敬仰的老一辈无产阶级革命家。关于他革命的一生，我看过许多写他的书和文章，后来又看了关于他的电视连续剧。我第一次读《松树的风格》是在一九八〇年九月，那一年我读初一。当时读课本里的这篇散文（后来还能背诵），我还不能理解陶铸的一生，也不知道这篇散文写作的背景。我们的语文老师只能讲课本里的东西，其他相关背景她很少给我们讲。也许她根本就不知道。《松树的风格》创作于一九五九年一月中旬，地点在虎门。

第二，谈《松树的风格》，不能脱离两个重要的背景：一是即将迎来中华人民共和国成立后的第一个十年，且在新年的前夕；二是正处在三年自然灾害期间。就是说，陶铸当时的心情一半是喜悦，一半是忧虑。在这样的情形下，一个共产党员，一个党和国家的高级领导干部将以什么样的姿态去面对，确实是一种考验。

第三，陶铸同志不是一个专业作家，其热爱写作并非是专心于文学上取得什么成就，他就是想把自己想说的东西写出来。当然，在作品中他运用了很多的文学笔法，使文章显得感情丰沛，有声有色。但这并不能把他的文章完全归类于文学意义上的艺术散文。关于文艺的标准问题，毛泽东早在一九四二年就在《在延安文艺座谈会上的讲话》中指出："文艺批评有两个标准，一个是政治标准，一个是艺术标准。"我个人以为，毛泽东所说的这个关于文艺批评的两个标准，实际就是创作的标准。事实也是如此。

第四，写作《松树的风格》，最初的原因，确实不是政治上的原因，而是"去年冬天，我从英德到连县去，沿途看到松树郁郁苍苍，生气勃勃，傲然屹立。虽是坐在车子上，一棵棵松树一晃而过，但它们那种不畏风霜的姿态，却使人油然而生敬意，久久不忘。当时很想把这种感觉写下来，但又不能写成"。就是说，自然的景色过去曾一度打动过作者，只是一直埋在心里没有形成文字。搞创作的人都知道，心里有了感动，未必就能写出好文章，或者连完整的文章都未必能成篇，因为没有燃烧的那个点。我个人的经验是，那个点既是感性的，更是理性的。那么，陶铸的点在哪里？作者在接着的叙述中，非常明白地交代出来："前两天在虎门和中山大学中文系的师生们座谈时，又谈到这一点，希望青年同志们能和松树一样，成长为具有松树的风格，也就是具有共产主义风格的人。现在把当时的感觉写出来。"显然，这时作者写作的目的已经不再是单纯地想写一篇抒发自己感情的文章，而是要写一篇教育青年如何成长的文章。这个转折，不只是写作目的的转折，更是作者由艺术审美向政治教化的转折。此时，可以肯定地说，陶铸不是作家的陶铸，而是高级领导干部的陶铸。

第五，陶铸为什么写松树？自然是松树的某些不同寻常处，也就是松树某些独有的品格。在作者眼里，松树具有很强的适应性，随处都可以生，而且生得很顽强。正因为它的顽强，所以它"要求于人的甚少，给予人的甚多，这就是松树的风格"。诚然，松树有很多是自然林，但并不是那么容易成活。以河北塞罕坝林场为例。在清朝中叶以前，那里层林尽染，草长莺飞，一度是皇帝木兰围场的理想之地。自清朝后期直至一九六二年，这里的树木几乎全部荒芜，不要说大片的松树林，即使看到一棵小松树都很稀罕。一九六二年组建林场后，种植的松树也是大片大片地枯死，经过二三十年的努力，林场职工才逐渐摸索出松树生长的规律。另外，在我们的城市绿化中，我们也会经常看到有很多移植的松树因环境的不适应很快地枯萎死去的景象。面对这些，谁还会相信陶铸对松树的简单认识呢？再有，作者用松树和杨柳、桃李做比较，也不十分的高明。这同高尔基拿企鹅同海燕做比较有什么两样呢？想想那些企鹅，以它们幼小的身躯能在寒冷的南极生存是多么让人敬佩呀！再说杨柳也未必就比松树低贱。茅盾先生在《白杨礼赞》中不是还把白杨树比作勇敢的哨兵吗？这不明显着把读者往云里雾里带吗？我向来认为，拿一种动物（植物）同另一种动物（植物）做比较，褒扬一个，贬损一个，是有失生物道德的。尽管这是写作者的一种表现手法。

第六，散文写作手法多种多样。以狭义的散文观点，我总觉得散文要多写感受的东西，写人与事物内在的联系，多叙述，少抒情，淡议论，如果后两者过多了，就会削弱散文的品质。散文要尽可能地让人润物细无声地感受，坚决不能说教，当然也不能过度地抒情。我所以不愿把《松树的风格》看作散文，或者不愿看作成功的散文，其最大的问题就是议论多、说教多、抒情多。请看这样的句子："每一个具有共产主义风格的人，都应该像松树一样，不管在怎样恶劣的环境下，都能茁壮地生长，顽强地工作，永不被困难吓倒。"再看这样的句子："目前，在社会主义革命和社会主义建设的日子里，多少人不顾个人的得失，不顾个人的辛劳，夜以继日，废寝忘食，为加速我们的革命和建设而不知疲倦地苦干着。"在结尾处，作者更是情不自禁："具有这种风格的人是越来越多了。这样的人越多，我们的革命和建设也就会越快。我希望每个人都能像松树一样具有坚强的意志和崇高的品质；我希望每个人都成为具有共产主义风格的人。"这些议论和抒情文字就其思想和追求而言肯定是崇高的，可它毕竟像领导讲话，而不是散文的语言啊！换言之，这些话即使陶铸同志不说，别人也会知道其中的道理的。因此，我觉得在当年党中央把这篇文章连同刘少奇的《论共产党员的修养》一书一起作为党员干部政治读物是有一定道理的。那么，为什么后来又把其选入中学生课本呢？我推测，一是这是一篇党和国家领导人（陶铸后来担任政治局常委）谈理想信念及人格修养的文章，通俗易懂，很适合一般党员干部和青年学生阅读；二是这篇文章具有一些文学性，可以列入散文体例。

第七，虽然说《松树的风格》以今天的目光看，它已然算不得什么上乘散文。但以历史的角度看，在当时还是具有积极的政治意义和时代意义的。这是任何人也不能否定的。透过这篇文章，对于我们当下散文创作和散文研究的启发意义在于：我们既要辩证地看问题，也要历史地看问题，即我们既要考虑作品的审美价值，也要考虑其意识形态价值，任何一点论都不利于我们的散文创作。同时，我们在创作和编辑散文时，只要不是"工具书""文学史"一类的东西，一定要坚持为现实服务的原则。也只有这样，才是真正的求真务实，才是科学的散文发展观。

二〇〇六年八月十日

因为有了你的声音，中国散文不寂寞

——读韩小蕙散文理论集《太阳对着散文微笑》

在京城媒体，活跃着一批在文学创作和文艺理论方面颇有建树的我的同行。如《人民日报》的徐怀谦、《解放军报》的陈先义、《工人日报》的胡健、《文艺报》的冯秋子、《中国青年报》的徐虹、《北京日报》的解玺璋等人。在这个群体中，我最钦佩的是《光明日报》的韩小蕙。

韩小蕙属于具有一定资历型的媒体前辈，我们相识已有十多年。不管别人见面怎么称呼她，每次见面我都发自内心地叫她一声韩老师。所以这样称呼，基于六点考虑。第一，她的年龄大我一轮以上，足可以以长辈论之。第二，从事文化记者多年，我一直以韩小蕙写的文化新闻模式为学习榜样，其主要特点不是就事论事报道事件，而是从中发现问题，给人以启迪，如关于"陕军东征"的提法。为此，我曾多次向比我更年轻的记者推荐，要多看韩小蕙的文章。第三，她写散文时间比我长，写得比我好。多年前，我曾读到她的散文集《有话对你说》，并写了读后感《女性的散文和散文的女性化》。第四，韩小蕙从事散文理论研究比我早，她写第一篇散文理论文章《太阳对着散文微笑》是在一九九一年，那一年我还在京郊农场工作。第五，我们都从事报纸副刊编辑工作，她任《光明日报》

"文荟"副刊主编，我任《中国文化报》文艺副刊主编。第六，从二〇〇一年起，她为长江文艺出版社主编年度散文选，我从二〇〇三年起为中国文联出版社和上海学林出版社主编年度散文选，我们还同时为多家出版社编选各种选本。

自二〇〇〇年前后，我开始致力于中国当代散文的研究。在这期间，我先后阅读了很多散文家、散文理论家关于散文的理论文章和专著。就专著而言，我最为推崇的是秦牧先生的《艺海拾贝》；就散文理论文章而言，我最为关注的是韩小蕙的声音。由文化艺术出版社二〇〇八年出版的这本散文理论集《太阳对着散文微笑》，大体上代表了韩小蕙当代散文理论的全部研究成果。通过这本书，也能大致对二十世纪九十年代以来中国散文二十年的现状有个大致的了解。通俗地说，这本理论集，它清晰地展现了中国当代散文二十年的时间隧道。

韩小蕙散文理论所以被散文界关注，大致有以下几个原因。第一，她能够总揽全局，对年度或某一个时期以及某种类型化的散文创作进行概括分析。如其自二〇〇一年起主编散文年选的后记——即年终散文综述文章，以及《九十年代散文的八个问题》《使灵魂深深震颤——阅读九十年代随笔》《该怎样回答那个尖锐的声音——说90年代女性散文》等篇什。第二，在总结中善于归纳问题，有自己的独立见解。如在散文界产生较大影响的《九十年代散文的八个问题》《散文不能离文学越来越远——1999年散文读后》《2002年散文六记》等篇章，每篇内容都有针对性，对当时的全国散文创作起到了警示的作用。第三，从九十年代初，她一直倡导散文创新，对当代散文的发展不断地进行鼓与呼，既肯定、尊重老作家，也大力扶持青年作家，而且二十年来热情一直不减。第四，其散文理论文章做到口语化、大众化、通俗化，从不装腔作势，卖弄新词，更不成天背着主义作弄人，能让最普通的散文爱好者看明白。这也是媒体评论家有别于学院派评论家的本质区别。第五，作为女性作家，其文风不失丈夫之气，对文坛诟病敢于直言，大有舍我其谁的英雄气魄。第六，她从事散文理论研究，其本身就是一位出色的散文家。中国改革开放三十余年，新时期文学也经历了三十余年。在总结散文创作的时候，人们一直公认散文理论建设滞后。我们不禁要问，是从事散文研究的人少吗？是出的散文理论著作少吗？我觉得也是也不是。这其中最关键的是大多数从事散文研究的人不懂散文，他们没有亲身实践散文写作，因此，他们的理论往往是空对空，相互间抄来抄去。很难想象，一个没有生过孩子的人，会写出像样的生育理论文章来。

　　鉴于此，韩小蕙的散文创作和散文理论成果被文学界，特别是被散文界关注，绝不是空穴来风，更不是一朝一夕的事，那是她长期不断辛勤笔耕、认真思索的结果。总之一句话，在中国当代散文界，韩小蕙是不可或缺的重要人物，因为有了她的声音，中国散文不寂寞！

二〇〇九年三月十五日

散文和诗歌的对话
——读李瑛文论集《诗美的追寻》随想

　　进入文坛十几年，特别是做文艺记者这几年，使我有相当多的机会接触结识了很多著名的作家、艺术家，每次与他们交流、研讨，在文艺理论上都会有相当大的收获。对我这个年轻人来说，那些年长的作家、艺术家与其说他们在接受我的采访，倒不如说是他们在把人生几十年的经验传授给我，所以，我常说，认识了一个作家、艺术家，就等同于拥有了一座富矿。去年末，著名诗人李瑛将他新近出版的一本文艺理论集《诗美的追寻》送给我，使我有机会能集中地将他近年对诗歌以及与文艺有关的问题的思考进行审视。过去，我同李瑛先生有过很多交往，见面的次数也不算少，还同军旅作家王宗仁到他家中拜访，当面聆听他的教诲。我不止一次地同文友说过，李瑛先生不仅是著名诗人，他同时还是个真正的哲学家，看他的诗，听他谈诗，无不充满着属于他自己的哲学精神。去年，是诗人从事诗歌创作六十年，因此，在读其文艺理论集《诗美的追寻》就有着特殊意义。最近两三年，在散文研究上我总想在其他艺术门类，包括自然科学方面进行比较，我想肯定会有所收获。去年，我写了一篇《散文与小说的比较一二》，文章发表后得到很多朋友的关注，尤其是得到一些从事文艺研究的前辈的肯定，使我更加坚定了这样的研究方向。下面的文字，便是我阅读李瑛先生部分文论的一些思考。为了使读者能看清楚，我采用了对话体的形式。当然，这也完全可以看作是我跟李瑛先生的一次心灵沟通。

李瑛：五十多年的创作实践，使我越发认识到，我实在缺乏像希腊亚里士多德所要求于诗人的要具有优越的天赋与敏感。我始终认为对于诗人来说，他总要站在时代的前面，以强有力的感情和燃烧的文字，表现自己所感知的社会情绪，创造的艰辛，表现对人的高尚心灵与力量的赞美，呈现人们灵魂对真理和对生活的热爱。

红孩：应该承认，人是有天赋和敏感的，但其优越的程度肯定差异很大。这既有遗传基因的影响，也有生活生长环境的影响。但就绝大多数人来说，天赋和敏感并不是与生俱来的，它们往往来源于生活的馈赠。这很像人扒去树皮而改穿衣服。无疑，在诸多文学样式中，诗歌是最为敏感的，也是最容易燃烧激情的。由此，是不是说散文就可以享受冷静、矜持了呢？我看也不尽然。因为，散文同样是非常敏感的，它对生活的敏感度绝不亚于诗歌。比如，我们到了某个风景地，诗人可以很快吟出几句诗，但散文作家同样也可以捕捉到生活的亮色（文眼）。至于表现所感知的社会情绪，创造的艰辛，表现对人的高尚心灵与力量的赞美，呈现人们灵魂对真理和对生活的热爱，散文和诗歌没有什么区别。

李瑛：我忽然想起在希腊文中，"诗人"这个"词"就是创造者这一含意。记得文艺复兴时期意大利诗人塔索也曾经说过："谁配享受到'创造者'的称号，唯有上帝与诗人。"上帝是不存在的，那么就只有诗人了。过去，我们曾引为自豪的诗歌，始终以崇高精神和高度艺术魅力证实自己价值和意义的我国的诗歌，现在仿佛显得比什么都软弱，如今，它正被处于极度冷落和困窘之中，而其自身，却又充满盲目的喧嚣和浮躁，使诗失去了它所应具有的尊严，这不能不使一些理智的诗人感到痛苦。

红孩：艺术不同于其他，它的自身的根本价值就是具有创造性。人们尊重科学家，是因为科学家可以发现一个世界，而艺术家却可以重新创造一个世界。在我们这个国家，虽然连一两岁的孩子都可以背上几首唐诗，但这并不意味着诗人就可以广为人们尊重。长期以来，我们的诗人，也包括作家，所承载的东西太多了。在崇尚自由、追求个性的今天，回避崇高，反叛传统，已经不单纯是诗歌本身的现象。任何事物在它成长、发展的过程中，都有它自身的发展规律，冷落、困窘，喧嚣、浮躁，恰恰是事物螺旋式发展的基本特征。当前散文创作不也是如此吗？不管是重新审视鲁迅、巴金、冰心，还是批评杨朔、刘白羽、秦牧，这都没关系，重要的是是不是在探讨艺术规律，使我们的散文创作在前人的基础上有所发展。当然，人各有志，你既可以捍卫你的诗歌、散文精神，但你同时也要允许别人有所探索。哪怕是否定。否定之否定，是哲学，也是科学。

李瑛：既然诗是和真理、和美并存的，既然我们应在诗中追求一种有意义的生命，那么我就希望我们的诗歌作者，能更多地加强些自身素质的建设。长期以来，我总觉得我们不少作者，在创作上似乎有些准备不足，乃至缺乏准备，主要是缺乏对生活较深层次的认识。他们程度不等地存在哲学肤浅、信仰苍白、思想简单、心理孱弱。他们或则只靠直感和臆想写作，或则只停留于浅层的社会观察和局限于现象的描绘或不断重复别人的认识和理解，或则流于单纯对形式和技巧的追求，却忽略了对诗的深刻内涵的发现。我不同意创作的无目的性。盲目的艺术家的时代应该结束了。我也不同意从观念到语言笼统地反传统，我国优秀的传统文化，至少在哲学和诗学领域中，有许多东西是足以使我们感到自豪的。我认为一个诗人思想感情的最佳交流对象，首先还应是他的同一代人，首先还应是他所处的时代，他应该明智地让下一代人和下一个时代去选择属于他们自己的声音和代言人，如同我们可尊敬的睿智的先人一样。

红孩：关于文学写作者我有两种判断，一种是仅仅爱好文学的人，这类人热情有余，但始终找不到进入文学的门槛，说得不客气一点，他们其实与文学没什么关系。我做副刊编辑多年，经常接触这方面的稿子，尤其是一些大小官员的稿子，他们连诗歌、散文的文体、规矩都没弄清，就冒着官气给你拿来了。另一种人是文学圈里的人，他们一旦进入文学后，便开始玩弄技巧，戏弄生活。这样的作家写来的稿子肯定够发表水平，但你发现不了他有多少思想深度，更谈不上有多少创造力。此二者类似于戏曲中的票友和科班。关于散文，我认为在唯美的前提下，无外乎有三种类型：第一，提供多少情感含量；第二，提供多少文化思考含量；第三，提供多少知识含量。综合起来，就是能给人提供多少信息量。说得通俗些，情感含量一般强调说事，文化思考含量强调说理，知识含量强调说明。而要真正写好这三类散文，哪一方面都要有生活的积累、知识的储备和写作技能的锻炼。如果自己在各方面还没有做好充分的准备，就盲目地玩技巧，搞流派，创主义，那肯定是要走弯路的。

李瑛：我始终认为，不论什么形式的文学，决定一部作品的成败，主要在于作家的思想艺术水平，在于他对生活的认识和把握的深度与广度，在于作家艺术地概括和反映生活的能力。评价一首诗，首先是看它的深刻的思想力度（包括政治的、社会的、道德的、哲学的、伦理的等）。诗歌绝不是简单的政治的附庸，而是诗人观察社会、剖析生活之后的反思和领悟，它应该具有鲜明的倾向性、宽广的历史背景和丰厚的哲学容量，它撼人心弦，怡人性情，使人通过对生活真理的认识，给人以美、振奋和慰藉。

红孩：长期以来，我们一说作品的思想性和艺术性，马上就会想到党性原则和主旋律那样的字眼。我觉得这本身没有错。问题是，我们有相当多的人总是片面理解党性和主旋律，认为这二者就是政治性。当然，我们的社会主义文学要讲政治。但是，那思想性中的思想不仅仅包括在政治上的共性高度统一，它也还包括作家在哲学、道德、伦理、社会等诸多方面的个性思考。没有个性思考，文学就不会有创造力，艺术就不会发展。既然我们的社会主义文学是开放的，是兼容的，作家在创作上就应该是自由的。在这样的理解下，再谈文学的艺术性，就不会有什么羁绊。散文这种文学样式，在艺术的表现和创新上较之于其他文体，应该说空间更大。近十年来，散文在总体发展上已成壮观之势，这是有目共睹的。尤其令人瞩目的是随笔的空前繁荣。我所以称散文发展为壮观之势，而没有用创作高峰那样的词汇形容，无非是想说，我们散文创作在思想解放上还相当不够，有思想厚度和力度同时在艺术上相当成熟的领军型的作家还微乎其微，更多的是在自家自留地上广种薄收。

李瑛：诗人应该是真实的代表者，是时代和社会的代表者。他应该既具有个人化的品位感觉，又有对现实生活的重造能力。文艺作品是人类审美意识的物化形式，是人类社会最高审美现象形态，它能在较大程度上满足人们的审美需要，提高人们的审美能力，培训人们高尚的审美情趣。诗中的美是由诗人心灵产生和再生的。这种美像真理，正如法国米勒所说，"美，就是表现的力"，它常能给人以奇妙无比的不可估量的启示、才智、灵感、激情和力量，使人的精神变得善良、睿智和崇高。诗歌创作的难度就在于没有定规和模式。当前在我国，物欲大潮的冲击和东西方理论的撞击，在一些作者中，造成了某种迷惑和混乱，特别是一些人素质不高、缺乏起码的创作准备，加之一些晦涩难解、似是而非的理论误导，使得诗歌在不少人头脑中失去了客观判断的标准，结果是败坏了诗的声誉，造成读者的严重流失。

红孩：诗歌是时代真实的反映，散文也同样是时代真实的反映。已经有很长一段时间，散文界一直在围绕"散文允许不允许虚构"进行激烈的争论。而在我看来，散文的某些细节可能有虚构的成分，但如果作家要虚构自己所处的时代却很难。要以历史的眼光去看，任何作家都有自己的局限性，正像你的头上落雨，而你不能要求阳光普照下的人跟你有同样的雨的感受。所以，我同意文学有重造性的功能。就是说，在你认为不可能的时候，而对方却恰恰可能。但是，有一个基本原则是你不能破坏散文的美质。我说散文是唯美的，不仅仅是指散文中的语言、表达的意境，还包括作家的审美情趣、思想的张力。当前，有相当多的读者和散文创作者，他们并不能真正认识散文中的"美"在哪里，他们只看作家名气，看文字长短，看发表报刊的级别。就散文创作者而言，模仿已经成为一种时尚，有个性的作家数量非常有限。我可以肯定地说，目前发表在报刊上的大量散文，其艺术性非常差，这些水货的泛滥对散文的发展没有一点好处。到头来，会像诗歌一样，既是对散文自身的破坏，同时也失去了更多的读者。

李瑛：从事文艺工作意味着一种崇高的道德责任。我们的创作和表演，不要一味迎合某些较低层次的文化消费者的精神需求，消极地适应他们未必健康的审美情趣。这里说的"迎合"，常常是指降低文艺自身的美学要求，放弃原则地去逢迎读者和观众层中肤浅的心理欲求，以获得他们的青睐，目的是获得名利或别的什么。爱尔兰诗人希尼说："在某种意义上，诗歌的功效等于零——从没有一首诗阻止过一辆坦克，而在另一种意义上，它是无限的。"文艺工作是艰苦的工作，是要靠老老实实的态度才能做得来的事。我们只能不趋时，不媚俗，不为金钱诱惑所动，不搞粗俗的低级趣味，不人为地制造轰动，不哗众取宠，而只靠自己执着艰苦的劳动去创造为人民所承认的艺术价值。

红孩：文化，从来都不是单纯的文化。坚持先进文化的前进方向，这其中的先进文化也是多元的。就文化本身来划分，大体上有三种类型，一是主流文化，即官方所倡导的文化；二是学院（精英）文化，即知识分子文化；三是大众文化，即流行文化。文学作为文化的重要组成部分，也同样适合这三种划分。当然，这三种状态也并不是截然分开、一成不变的，在很多时候，它们彼此之间互有交叉重合。仅就散文而言，我以为随着散文概念的泛化和散文创作人员的商业化，在现阶段，散文确实有迎合某些较低层次的读者——准确地说，应该叫消费者的需求倾向，特别是有些作家完全把散文（随笔）当作快餐食品出售，也有相当一部分官场中人，用散文打扮自己，到处欺行霸市。要论最精彩、滑稽的莫过于那些不停地制造轰动效应、祈望一夜成为大师的今日文豪们。每每读他们的作品，我总感到架门挺大，气势磅礴，但顺着散文的通道往里走进一半以后，我就发现那样的文章其实与散文关系并不大，除了野气、霸气以外，根本没有艺术的美的质地。不必怀疑，文学是科学，科学的东西就得按科学的规律去做。伪科学可以骗人一时，但不能骗人一世。

李瑛：诗歌创作一般是个体劳动的形式，常常有明显的个人印记和个性差异。诗的创作虽然是以个人的形象思维来完成，但却不能排除理性思考。我以为，作者在发现和提炼生活意义、表现自己内心世界和心灵活动的同时，必然渗透着自己的立场、世界观、思想感情和美学思想，包括他的哲学观和艺术观等。我不认为这个世界上存在着没有目的性和倾向性的文学。我爱诗，传播美、自由和希望的诗，是一种精神，一种思想品格，一种感情韵致，把它们注入生活的脉搏之中，就会放射出光辉和芳香；我爱诗，它使我发现自己，使我敏锐地意识到自己在时间之中的位置和所处的时代；我爱诗，它使我有崇高的信念，不倦地追求真理，热爱生活，永远用积极的态度认识这个世界；我爱诗，我想和人们谈话，我想倾吐和诉说。我以自己的思维方式、表达方式和自己的语言传达出心底真诚的声音，那是我对生活的认识和思考；我爱诗，它的永恒的生命在于创新，不仅是艺术上的探索和营构，更是内涵的挖掘和突破。我的诗总是闪着一种令人难以捉摸的光彩，具有一种惊人的美，一种巨大的震撼力和一种高度。每首诗都应该是一次新的出发。

红孩：劳动创造了音乐，劳动创造了舞蹈，劳动创造了文学，劳动创造了艺术，劳动者应该得到尊重。就大多数的艺术形式而言，一般都带有个人的色彩，倾注了自己的情感与心志。往往一个艺术作品诞生了，同时创造这个艺术品的艺术家的艺术品格就形成了。如果说诗是最浓缩的艺术形式，那么，散文则是最能让人倾诉心声的话筒。散文是真实的，散文是平和的，散文是温暖的；散文是清晨的露珠，散文是西下的夕阳，散文是夜晚的月亮；散文是父亲前额的皱纹，散文是深秋的落叶，散文是黎明前的曙光。我爱写散文，它能让我拉满弓的双臂有地儿释放；我爱读散文，它能让我结识不同性格的朋友；我爱批评散文，我常常把它当成自己的女儿。我爱散文的情感越丰富，散文离我似乎越遥远。散文于我，永远是待嫁的新娘。

二〇〇三年六月八日

下部

散文外部研究

散文与生活

生活的每一天都可以修禅
——读《倪萍画日子》

北京电视台有个七日七频道，曾经火得一塌糊涂。其特色之一，就是有个叫元元的女主播，操一口地道的京腔儿，对老百姓的大事小情进行实话实说。后来，元元到北师大读博士去了，这个栏目就逊色多了。我喜欢这个栏目经常说的一句话——生活是由一个七日又一个七日组成的。说得更具体点，我们的每一天就是一份日子。老百姓把每一天的生活，就叫过日子。

多年前，倪萍写了本书叫《日子》，读者很青睐。后来，宋丹丹跟赵本山演小品，说她演的白云也写了本书，叫《月子》。结果，根本没那么回事。什么叫日子，日子就是吃喝拉撒睡，柴米油盐酱醋茶。在这些琐碎的生活中，起主导作用的是人，是人的情感，是人与人之间的亲情和友情。

作为一名曾经的著名央视主持人，如今的影视演员，毫无疑问，倪萍是非常受人关注的公众人物。猎奇，是人的本能，尤其是对公众人物的猎奇，更是媒体和公众的一大喜好。有人把娱记称为狗仔队，也有人把娱记写的新闻称为八卦，对此，身为文化记者的我，感到很伤自尊。我以为，娱记写名家大腕未尝不可，名人可以出效益嘛！但问题是，如果那些老记者同行们整天关心的都是明星们是否有三角恋，穿的衣服是否漏肚脐眼儿，那就显得有点庸俗不堪了。

这几年关于倪萍的新闻不少。作为旁观者和同她有着一定交往的人，我可以负责任地说，倪萍的正面是真实的，她的负面很多都是我的记者同行的片面之言，有的近乎是八卦。以我前年组织的第三届"漂母杯"全球母爱散文大赛为例。大赛主办单位是中国散文学会、江苏省作家协会和淮阴区人民政府，征稿时间是春节过后，颁奖时间是五月二十日前后。在四月的评奖时，我把刚看过的倪评写的《姥姥语录》推荐给评委，此前我已经为这本书写了评论。我在发言中说，写姥姥当然是母爱的重要组成部分，倪萍写的虽然是自己的姥姥，但它所折射出的却是中国母亲的德行与智慧，其文字是纯粹的叙事抒情散文，功力非一般散文作家可以比。其他评委听过我的评介后，纷纷拿过《姥姥语录》通读，读过后一致说好。在最后决定是给倪评一等奖还是荣誉奖时，出现了争执。倪萍说，她从小就有过作家梦，上高中时她的散文还在青岛电视台播出过，这次参加评奖，她希望评委评的是作品的文学质量，而不是因为她是名人。我把倪萍的话原文转给评委，大家最后一致同意《姥姥语录》获一等奖。五月底颁奖消息一公布，就有个别人在网上对倪萍说三道四，我的回答只有一句话：这本书我读了，不知道你读没读，如果你没读，最好不要说话。很快，有关《姥姥语录》的质询就全部消失了。等到去年八月，《姥姥语录》获得第五届全国冰心散文奖时，几乎听不到任何的反对声。

还有一则关于倪萍的新闻。在某次慈善活动中，倪萍的一幅画被商家以一百多万收购。一时间，在书画界成了热点，也成了某些人攻击的靶子，说倪萍在搞商业炒作。对此，倪萍有她自己的认识："因为工作的便利，我有幸采访过许多大画家，见过许多名作，心里的这支笔就更不敢动了，眼高手低把我捆住了。'上不了大山上小山，上不了远山上近山'，又是姥姥语录替我松了绑，我开始以'无知者无畏'的姿态涂抹了。"二〇一二年二月，倪萍在荣宝斋成功举办第二次个人画展后，当朋友们举杯为她祝贺时，她却"躲进洗手间稀里哗啦地好哭了一顿。为什么画画？赚一大堆钱应该高兴啊！可画画是为了画钱吗？心里也知道画一堆费纸没人理会挺难受的，可如今孩子都被卖了，那滋味也相当难受，没有一个当娘的会拿着卖孩子的钱喝酒吃肉……想起第一幅画被高价买走的那份欢喜，如今我像孩子一样，不知是该哭还是该笑"。

倪萍的感受我相信是发自她内心的，而且我相信，在过于物质化的今天，只要稍微还心存理想的人都会有这样的感受。倪萍是对生活充满感性与感激的，她把自己的画画看作是"跟着日子去写意"。既然是写意，就要有所发现，有所感悟，有所冲动，否则你将如何挥动你手中的笔？与其说倪萍每天在画日子，倒不如说她在每天感悟日子。因为，画日子，老师、父母是可以告诉你的，而感悟日子，必须要由你自己去完成。

我注意到，《倪萍画日子》这本图文并茂的散文集，每一辑的名称都有着自己对生活的切身感受，如"日子，是熬一碗腊八粥""日子，是爱与被爱""日子，是那些人那些事儿""日子，是棉袄，有里儿也有面儿"。这些，当然只是形式，重要的是，在其中的每一篇文字中，作者都会从自己的经历中，发现一些让人心生感动的细节故事。然而，作者又不是在这里编织什么故事会，她把这些故事写得很节制，很有章法，读得多了，你会发现，作者会把生活中一些不经意的事情在不知不觉中演变成一种人生哲学。

我曾经说过，文学的最高境界，不只是美学，还包括哲学。在哲学中，有个性与共性的关系问题。作家写作，就是要通过个性的我去达到共性的我们。如果你写的是共性的知识与发现，那读者才懒得理你呢！真正的文学作品，是从我走向我们。我想，倪萍是非常熟谙这个道理的。不然，她写出的文章不会篇篇都会引起读者共鸣的。譬如：在《野草莓》一文中，作者由于好奇，去陡峭的山崖去看黑草莓，结果不知道什么原因，她从姨姥家带回的一篮子好吃的都不见了，这对于一个幼小的小姑娘来说，简直是天塌了一般。本以为回家会遭到姥姥的批评，谁知姥姥竟以一句"好哇，鬼也馋啊，她吃了饺子就不吃你了。拿一碗饺子换个小外甥，上算"给遮蔽过去了。这是一位多么善解人意而又充满智慧的姥姥啊！作者也从中悟出了普通人应该怎样地活着的辩证法。再如：在《达人秀》一文中，作者因为客串了一次主持人，而结识了一对卖鸭脖子的夫妻，因为老婆爱唱歌，每天卖完鸭脖子，她都要到郊区的一个立交桥下唱几首歌才回家。男人一直有一个愿望，就是希望有一天看到自己的老婆能在全国人民面前唱一首歌。这个愿望应该说是浪漫的，也可以说是很不现实的。因为他们"两口子只住在一个六平米的临时小屋里，床是用长条板子搭的，很窄，睡觉的时候俩人得互相紧紧地搂着才不会掉到地上"。但他们的爱情是甜蜜的，他们的愿望也最终实现了。所以，当他们二人委托倪萍给他们在北京郊区的女儿捎去零碎的压岁钱时，倪萍哭了，她不但捎去了，还主动给增加了两千元。作者在结尾处写道："这不是给予，这是接受，接受给我们做点人事儿的机会。"

　　本来，看完这本书我想就美术和文学的关系写点什么的。但一动笔，我的思绪就改变了初衷。我十分赞赏倪萍在自序中所说的"画的技术没有，画的灵魂显现"。由此，我不禁想到一个老和尚在告诫他到四方云游的弟子所说过的话：生活的每一天都可以修禅，在运动中修生活禅，处处是道场，就看各人的功夫实践了。

二〇一三年三月八日

平凡者的哲学
——关于倪萍的《姥姥语录》

我一直想就散文与民俗的关系写一篇文章。我发现，当下有很多的散文，已经很不传统很不民族了。在现当代许多的优秀散文中，对民俗的描写一直是很多重要作家不可或缺的东西。譬如鲁迅、老舍、赵树理、贾平凹、铁凝等，他们都写得很好。在民俗中，歇后语是重要的组成部分。歇后语是中国老百姓几千年的创造，经过岁月的冲刷，已经被今天的人们约定俗成地讲用。中国的很多老百姓，他们就是语言大师，他们就是哲学家。

正是带着这样的一种期待一种思考，我来细细品味倪萍的散文新著《姥姥语录》。

一九九七年，倪萍推出了她的第一本书《日子》，图书市场很是热闹了一阵子。关于这本书的定位，有人说这是倪萍的自传，文体可以用"纪实文学"定位；也有人说因为每一篇可以独立成篇，且一事一议，用"随笔"定位比较合适。我则认为，这是一本标准的散文集。我曾说，小说是我说的世界，而散文和诗歌是说我的世界。就是说，散文是从我出发的。《日子》出版后，更多的人不是从文体去关注，而是从作者是特殊的公众人物去关注。人们特别想知道，倪萍是哪里人，她的婚姻状况如何，她是怎样进入中央电视台工作的，在电视台里她有怎样的喜怒哀乐，甚至关心她的衣食住行。我觉得，这都很正常。

如果说《日子》是从我出发的，回答了世界"我是谁"，它已然完成了自身的使命。那么，就散文而言，仅仅完成了告诉世界"我是谁"还不行，你还必须实现从我走向我们的哲学过程。在这里，我是个性，我们是共性，只有通过我的倾诉去完成更多的人跟你共鸣，你的散文才算是真正的成功。这就好比看朱自清的《背影》，看到一个父亲，联想到天下的父亲。我想，倪萍是深谙其中的道理的。不然，她怎么会创作出让人纠结的《三个爸爸》呢？作为专业的散文理论研究者，我可以肯定地说，在最近几年写父亲题材的作品中，这篇散文是不可多得的上乘之作。

《姥姥语录》是一本更加纯粹的散文集。对于倪萍，她实现了三种夙求：第一，对姥姥的情感夙求；第二，对生活思考的夙求；第三，对散文文体的夙求。对于前两种夙求，我相信读者都能看明白，特别是作者对姥姥的情感任何读者都能强烈共鸣。在此，我想就《姥姥语录》的散文定位，提出我的几点看法。

很长时间以来，关于什么是散文，什么是好散文，散文界一直没有定论。我在几年前，曾这样说过，在用最平白的语言表达最佳的意境的情况下，好的散文的标准是：给人提供多少信息的含量，给人提供多少情感的含量，给人提供多少文化思考的含量。如果用这个标准去衡量《姥姥语录》，我以为倪萍全部做到了，而且做得很出色。因此，我要说，《姥姥语录》是一本散文集，是一本非常好的散文集。

《姥姥语录》所要传达的首先是姥姥是谁，她是一个什么样的老太太。作者在文字中交代：姥姥是个不识字的缠着三寸金莲的农村老太太，她的大名叫刘鸿卿。然后，所要传达的才是作者和她的五十几年的情感依赖。通过五十多年的生活观察，作者发现在这个普通的中国妇女的言行里，充斥着无数的人生哲理和对生活的认识。这些话虽然没有写在教科书里，也没有被更多的人约定俗成，但它却影响了作者的一生。

倪萍通过写姥姥，不单单是要表达她与姥姥的感情，更重要的是要告诉社会：我们要学会接受平凡，学会尊重普通人，学会从生活中感悟生活。不要以为只有领袖才可以创造语录，人民大众同样是生活的主宰。

平凡就是平等，平等是对人的最大尊重。这是我读《姥姥语录》最强烈的感受。

我喜欢"姥姥"的语录。姥姥的语录中充满着禅机。禅机有时就是哲学。譬如，关于待人说话："一半儿是用嘴说，一半儿是用心说。用嘴说的话你倒着听就行了，用心说的话才是真的。""说话是不是给别人听的？哪有自己对自己说的？给别人听的话就得先替别人想，人家愿不愿意听，听了难不难受，高兴不高兴。这一来二去，你的话就变了一半儿了。你看见人家脸上有个黑点，你不用说，人家自己的脸，不比你更清楚吗？打人不打脸，揭人不揭短，你要真想说，你就先说自己脸上也有个黑点，人家听了心里就好受些了。"关于大和小："人生下来有两杆秤，大秤和小秤。大秤是人人都可以称的，叫公家的秤，是以大多数人的利益和公平为准星的，小秤是自家的秤。家里的事上了公家的秤都是很轻的分量。""当兵的就是这个命，国家使完了咱再使。人家个那些命好的妈，国家使完了当妈的接着使，跟着沾光。咱这个当妈的命不好，国家使完了就完了，该这样。"关于金钱与生命："孩子，管多么富裕都没有年轻富裕啊。年轻的富裕就是胳膊是胳膊，腿儿是腿儿，年龄大了富裕管个啥？眼也花了，牙也酥了，浑身都穷了。钱有的是，可身子穷了。"关于为人处世："房子没有梁早晚得塌了，人要是没人帮着，你有多大能耐也活不起呀！""有一碗米给人家吃，自己饿肚子，这叫帮人；一锅米你吃不了，给人家盛一碗，那叫人帮你。"

很多人一提到哲学二字，都觉得抽象，神秘，看不见，摸不着，其实，那就是世界观，方法论，是你对世界的看法和做法。哲学与受教育的程度往往关系不大。在《姥姥语录》中，倪萍在阐释姥姥的哲学的同时，也在阐释自己的哲学。譬如，在对待人的死亡上，"人都要在故乡老去！是吗？谁说的？！这是法律吗？爱从来都是双刃剑，砍伤了都不知道怎么包扎。亲人的爱是可以把人打倒的。"在如何处理姥姥的后世上，"在我看来，这些事就像一个人穿衣服，合适就行了，其实最先应该安葬的是人的灵魂。"再譬如，在对待当官、出名、挣钱上，"当官的人一定努力当最大的官，为最多的人服务，使最多的人受益；做生意的人要挣到最多的钱，为社会创造最大的财富；名利场上的人要出最大的名儿，体现最大的价值。千万不要说当官的不想当大官，挣钱的不想挣大钱，出名的不想出大名，这都不真实。只要心地正，当大官、挣大钱、出大名都是有价值的。否则你就离开你的现在。"

这就是倪萍的哲学，一个受姥姥影响五十多年的倪萍哲学。从事编辑多年，看亲情散文无数，大都写得很雷同，能像倪萍这样的写成一本书，不与他人雷同，也不与自己的每一篇雷同的作家还不多见。要想写出独特的亲情散文，我的经验是：普通人一定要写亲人的片段，千万不要从生到死写流水账；名人、领导人可以从生写到死，是因为有人会研究名人、领导人成功的奥秘。但也并不因此就可以写成流水账。倪萍的《姥姥语录》，所以被更多的人青睐，我以为除了她以往的名人效应，关键还有她散文创作艺术的成熟。《姥姥语录》采用的是片段的，是靠思想的魂完成每一篇的。你可以把每一篇看成一个珍珠，串在一起就是一条完整的项链。同时，每一个珍珠的质地又是靠细节支撑的。因此，《姥姥语录》中的每一篇散文，甚至包括作者的序言都非常地打动人。过去，人们看倪萍的电视节目、影视剧常被她的真情所感动。由此，不难看出，倪萍不论在表演还是在写作上，始终有着一股属于自己的情愫。离开了情字，人还有多大的意思呢？只是文字中的倪萍要比演员的倪萍理性得多。

《姥姥语录》的成功，还有一个显著的特点，那就是叙述的口语化。我历来主张文学的通俗化，那种学院式的欧化的语言，实在不是给中国人听的看的。我非常欣赏姥姥对倪萍主持风格的最高评价：说人话。我觉得，这是最高的标准，也是最低的标准。一篇文章的好与不好，真不在你用了多少华丽的语汇，而恰恰在于你思想的深度和对文字把握的准确度。我们过去看《纪念白求恩》《白杨礼赞》《荔枝蜜》，哪一篇不通俗易懂呢？还是回到本文的开篇，我们要接受平凡，只有不断地接受平凡，才会发现越接近事物的真实，离开了真实，一切都将不属于我们。

二〇一一年五月二十二日

我是在做人生的学徒
——从铁凝的获奖感言谈起

这个标题不是我起的，我是从铁凝那里偷来的。在前不久举行的"古县·牡丹杯"2011年度华文最佳散文奖颁奖典礼上，铁凝主席以获奖作家的身份委托评委会向大家转达了问候和并发来贺信。铁凝说："人们有时会把写小说称为'作小说'，但很少听到有人把写散文说成'作散文'。也许散文的不可制作性确立了它的难度，散文需要智慧、诚恳、真性情。我是在做人生的学徒。作为一名写作者，散文是对我的情怀与文字的终身磨砺。当我学写散文时，我以为我是在做人生的学徒。"

这段话确实很精彩。作为从事散文研究多年，特别是对铁凝散文进行过专门评论的本人，我对这段话有着深刻的理解。关于散文的不可制作性，铁凝在一九九二年出版的散文集《草戒指》自序中就表述过。我当时的理解是，散文的内容要真实，要体现自己的真情实感。而经过多年的研究，尤其是当自己也有了一定的散文写作经验后，就越发觉得铁凝所说的"散文的不可制作性"有着先见之明。因此，我在很多的散文讲座、座谈中，多次告诫那些热心散文的写作者，千万不要以为散文好写，更不要以为那是在做作文。

散文不是作文。作文的重要意义是让学生掌握语言，把一个命题叙述清楚。作文的高端，才开始涉及表现手法和思想的挖掘。可以说，作文的高端是散文的初始。但我们从大量的散文写作者写出的作品看，他们大都还停留在做作文的中高端。我们从书店中看到的许多的中学生作文选，为什么很少吸引成年人阅读呢？主要的原因是思想的浅显和文字的学生腔。至于个别优秀的作文，即使放到成年的散文里，也不会差到哪里去。有的还有可能是非常优秀的散文。

作文和散文还有一个非常重要的区别。作文往往是命题作文，是老师要求必须写的，甚至规定了字数、时间，属于被动型；而散文则是作者自愿的自由的写作，其写作的动因是因为生活中的某一个节点被激活，让你不得不叙述、思考、议论、抒情。没人给你规定时间、字数，甚至发表与否都无所谓。前者是从概念出发，后者是从生活出发。这就不难理解"生活是创作的源泉"这句经典的文艺语录了。

正是带着这样的思考，当我看到铁凝说出"我是在做人生的学徒"这句话我就感到强烈的共鸣。对于作家而言，你的创造再充满想象、智慧，你也不会比生活给予我们的内容更丰富。所谓生活，首先要考虑生，人只有拥有了生命才能很好地活着。活着需要质量，光能呼吸、吃饭、睡觉，那不是真正地活着。人只有思想活着，才算是真正地活着。大千世界，芸芸众生，每个人都有着对世界发现、思考的本事。谁也不要说你是造物主，谁也不要说你对世界早就看透了，在世界、生活、人生面前，我们永远是微小的。我很喜欢"学徒"这个词，人只有想学手艺，才可以找师傅当学徒。写作很神秘，它的神秘在于我们一直有很多未知。即使你今天知道了许多，对于明天发生什么，我们仍然无法判断。然而，我们也不能因为其神秘，就变得无所适从。假设写作是一门手艺，那我们就可以找到它的规律。我们过去喜欢称呼某人为自己的老师，这个老师其实不是教你发现生活创作作品的老师，而是带领你去研究作品规律的老师。而你真正的老师、师父，只有是生活，是人生的悲欢离合。

那么，拜生活为师，是不是把生活如实地记录下来就是艺术呢？当然不是。铁凝说，散文的不可制作性决定了它的难度，散文需要智慧、诚恳、真性情。我理解为，作家首先要尊重生活，然后才根据自己的眼光、性情去发现、感觉、认识生活。在这里，智慧不仅是如何发现生活的亮色，更重要的是如何表现生活。如果有人把比喻、夸张、抒情、描写等看作是文学的制作性，那就大错特错了。艺术就是要表现，就是要来源于生活高于生活。生活没有表现，哪里还会有艺术。四五十年前，著名戏剧导演石挥就曾说过："艺术家要比人民高一点。"这里说的高一点，并不是工资待遇、社会地位，而是指对生活、人生的认识程度。假如你的认识程度还不如人民群众，那你这个艺术人民群众肯定不欢迎。艺术家的创造从来都不是孤立的，更不是闭门造车、苦思冥想出来的。聪明的艺术家往往会从人民群众中总结集体的智慧，化成自己的智慧。这种不断地从我走向我们的转化过程，就是艺术的不断创造创新过程。由此，也就真正理解铁凝为什么会说"作为一名写作者，散文是对我的情怀与文字的终身磨砺"那样的话了。

二〇一二年四月七日

掩卷沉思余香来
　　——读潘向黎散文集《茶可道》

　　人活一辈子，要看许多的书，人为什么看书，一为消遣，另一为获取知识。知识，由知和识组成，知是知道，识是识别。就是说，一个人有没有知识，不只是指你对事物认识多少，更重要的是指掌握事物的发展变化规律。古人常说，天机不可泄露。如果你设置的玄机让别人猜到了，那就会演变成"既生瑜，何生亮"的悲剧。

　　中国人喜欢饮茶，历史悠久，并且诞生了妙不可言的茶文化。五六年前，受友人之托，让我到福建安溪去访问铁观音的发明人——魏荫的后代传人魏月德。我开始以为此乃小事一桩，遂携妻带女打"飞的"到茶山小住两日，还煞有介事地同魏月德畅谈了两个半天，临别时在安溪茶叶批发市场又购买了有关茶文化的书籍十余本。回家后，马不停蹄地通读恶补，满以为可以对茶文化了解一二了，就可以写关于铁观音的散文。结果，写了两三万字，看后仍然觉得浮于表面，根本入不了茶文化的法门。只好告之朋友，暂时没有感觉，等什么时候有了心得，再还人家的"飞的"债。

　　文人圈中，倒有不少人嗜茶如命，也有人据此写成文章，如浙江作家王旭烽以写出《茶人三部曲》而获得茅盾文学奖，真是让人羡慕得要死。前年，在一次笔会上偶遇上海作家潘向黎，她送给我两本早年出版的散文集《红尘白羽》和《纯真年代》。向黎出身名门，又有日本留学经历，其散文语言叙述简洁，议论入木三分，且富含情趣与幽默。我有时在想，向黎的语言本来应该是学院气的，可她竟偏喜欢口语入文，很是老道。书中，有多篇涉及茶，如《小猫钓鱼》《都市隐居》《秦淮河》以及更直接的《人生如品茶》等，由此可见，向黎对茶很热爱也很有研究。后来，从上海朋友处得知，向黎对茶不是一般的热爱和研究，简直可以用"茶痴"来形容。这从她在《新民晚报》开的专栏，以及从她早中晚不舍昼夜把茶可以佐证。于是，我发信息向她约稿，希望她能赐几篇为我主编的报纸副刊增色。不料，潘向黎告之她的这一组谈茶的文稿暂时告一段落，不久即将成书，届时可赠我一册阅之。

辛卯岁末，向黎履行诺言，将三联书店新出版的《茶可道》散文集赠我，谦称让我没事闲看。这本让我期待已久的茶书岂能闲看，必须抢先看，天天新鲜着看，我倒要看看这个叫潘向黎的女子，该是怎样道破茶的天机的。

《茶可道》共收入作品八十余篇，每篇约一千二百字上下，读起来既可以思想连续，也可以独立成篇。总字数达十五万，不可谓不大。就题材而言，茶文化不可谓不厚重。但潘向黎并没有像某些故作高深的大作家那样把茶文化写成一篇大文章，罗列资料万千条，上下五千年议论的没完没了，而是从小处着眼，从自己细微的心灵感受落笔，从而把文章写得融知识性、趣味性和文学性于一体，韵味无穷。如《何处天下第一泉》一文，作者针对天下第一泉的不同争论，在引用了欧阳修的一句话"水味有美恶而已，欲举天下之水一一而次第之者，妄说也"之后，她认为只要觅得好水，能沏出自己满意的好茶，就是乐事，何必问虚妄的天下第几？若问到底有没有天下第一泉，也许有。在何处？在心里。除了在干净的心里，哪里有真正的天下第一泉？心泉不清不净，天下再没有干净的水，干净的茶了。看到此，我想到《射雕英雄传》里的欧阳锋，他苦心经营一辈子要当武林第一，结果第一倒是当上了，然而却成了疯子。读潘向黎的散文，常会令人产生这种忍俊不禁的快感。再如《人世真局促》一文，自古以来，诗与茶、禅同道，相互作用，启人心智。题目源于苏东坡咏茶长诗《寄周安孺茶》中"乳瓯十分满，人世真局促"诗句，意思为茶器里的茶汤可以注到十分满，人生在世就有种种欠缺，不可能这样圆满了。更深一层解释是满是茶汤的小小茶杯真实广大，杯外的人士反而狭小局促。这样的解释自然是此中有禅意了。但作者并不满足，她认为这十个字的含义远不止这些，只可以"说不清但能体会到，真是醍，醐，灌，顶"。只有对茶对人生都有着最深体验的人，才写得出这样的诗，它触及了茶饮的终极意义。或许是千年得以遇知音，向黎在几番论述后于结尾生发出自己对茶与人生的感悟："也许，使人们对茶恋恋难舍的，归根结底，不是因为百般功用，不是因为千般风雅，而是这种在短暂的人生、局促的人生中找到片刻自在的感觉。"

这就是潘向黎。散文创作，可分为描述型与分析型，不论是叙述还是说理，最终是要表达自己的思想感情。就是说，散文创作首先要有我，从我出发，从我的发现、感悟出发，实现我们的接受与共鸣。知识只是传播与接受的过程，是不带感情色彩的。只有思想感情才能达到共鸣。读《茶可道》，我的最大收获，不只是知道了中华民族茶文化的自然发展史，而且强烈地感悟到了潘向黎关于茶文化的人生哲学。过去，人们评价作品与人品总爱说文如其人，即做到了人品和作品的统一。我觉得，读《茶可道》，就仿佛在一个周末的午后，坐在茶馆里听潘向黎说茶书。其实，一些深谙茶道的人，其本身就是一杯茶，一杯充满文化自觉与自信的千年老茶。我想，潘向黎定属于此类。

二〇一二年一月十一日

242

让熟悉的生活充满诗意
　　——赵德印散文集《乡村记忆》读后

　　每个人都有自己熟悉的生活。很多前辈作家在谈到自己的创作经验时，经常说的一句话就是——写自己熟悉的生活。我也曾说，文学就是我的经历。那么，有了熟悉的生活，是否就意味着能写出好作品呢？那也不一定。这里还有个对生活的提炼和艺术的表达问题。

　　由于工作关系，我经常收到很多业余作者发来的稿件，一般的作者一次只发来一两篇，而有的作者竟然一次给我发过来五六篇，甚至是二三十篇，那意思是我把自己的作品都给你，能不能发，你瞧着办吧。平心而论，我对这样的作者是很反感的，这倒不是他对我的不尊重，而更多的是他对自己也不负责任。好在我还有着一个职业编辑的责任心，往往从中还是选一两篇看看的。多年下来，我发现很多业余作者有着许多共同的问题，亟待解决。第一，题材的雷同。典型的是乡村题材和军营题材。如写乡村，都写儿童的记忆，记忆中的老屋、老树、老街坊，以及村东头的碾子村西头的老井；也有的是写从城里回故乡的感受，大都前一半写的是怎样进村，后一段看到老宅，见到多年的乡亲、同学，其程式是鲁迅式的《故乡》。军营题材也如此，许多部队作者笔下写的永远是故乡的月亮多么皎洁，小桥、池塘多么有田园风光。第二，表现手法的雷同。换句话说，有的连表现手法都称不上，简直就是生活的流水账，想到哪儿记到哪儿。突出的是标题的陈旧与老套。如《记忆的小河》《我家的小院》《中秋月儿圆》等。第三，语言的直白与枯燥。大多数业余作者的语言，几乎是一致的，缺少地域性，更缺少地域性中的个性表达。尤其是同一题材的描写，好像是一个人写的。

我在谈赵德印散文之前，所以要说上面的话，自然与赵德印的作品有关。最近几年，我交往的写作者朋友中，有不少的公安警察。我觉得这一点也不奇怪，警察也有七情六欲、温暖情怀啊！如果说警察写的是侦破案例，或者说写的是侦探小说，肯定会赢得读者喜欢的。可是，假如他们不写这些，只写作为普通人的公共情怀的诗歌、散文，那还会有读者吗？当然会有，只不过没那么多罢了。也有特殊的，我的朋友鲍尔吉·原野就是一名警察，他的散文在国内独树一帜，其影响力甚至在某些知名的小说家之上。

赵德印写作，大约起步于二十世纪八十年代中后期。在那时期，北京郊区活跃着一大批文学的写作者。二三十年后，有的人写出了名堂，搞起了专业。有的人改弦更张，做起了生意，进入了仕途。有更多的人尽管成就不大，但仍然像老黄牛一样，在文学这条拥挤的小路上奋力前行。赵德印这次结集出版的这本散文集《乡村记忆》，无疑是他这么多年散文创作的一个集大成之作。我看过之后，如果以专业的角度看，这些散文也许还算不得散文的精品，有些明显地带有初学乍练的痕迹。我以为这没什么不好，谁没有人生的第一步第一本呢？我这样说，并没有看低赵德印的意思。相反，从这本原始的散文写作中，我却看到了作者几多闪光的东西。有的对于已经成名的散文家来说也是值得借鉴的。第一，身为一名警察，且在县城公安分局担任一定的领导职务，作者始终保持着人民性，对生活保持着极大的热情关注；第二，作者的思想是积极向上的，作品几乎都是从生活的细微处去发现去写作；第三，作品的文字短小，属于千字文，很适合普通读者阅读。这让我想起二〇〇八年我在西安出席第三届全国冰心散文奖颁奖大会后接受记者采访时，一位中学语文老师突然问了我一个问题：你们现在有很多的散文名家，为什么喜欢写大散文？少则三五千字，多则三五万字，那样的作品我们的中学生读着费劲。我建议，为了孩子们，请你发动一下全国的作家，要学会给孩子们写千字文！中学语文老师的话，对于当时主持会议的我，简直是五雷轰顶，太刺激啦！是啊，在提倡生活短平快的今天，我们的写作者什么时候关心过孩子们呢？

我以为，对于一般的阅读者，赵德印的散文或许是可以被认可的。但如果从散文的更高的艺术标准看，这些散文，包括一些准散文的作品，还是有很大的提升空间的。好的散文，不仅要让读者从中知道什么，更要从中感受到什么。如果只读出知道的东西而没有强烈的感受，就很难取得艺术的感染与共鸣。我相信，我的这些见解，赵德印会从内心接受的。

还有一点需要提示的，作者在写作时，不要急于想要宣传什么，要想你对生活有什么独特的发现和感受。你的经历一定是要别人没经历过的，或者是别人经历过的但还没有独特感受的。那种大众的公共的经验感受是不宜在文字中出现的。你所写的必须是你对生活诗意的表达。用公安术语说，你做的永远是个案，而不是公案。而要做到这一点，肯定要完成自身的身份角色转变。即你不是单位的宣传员，你是一个既存在于社会又游离于社会的独特的观察家，你的眼光你的文字只代表书桌前的你，与单位讲话的你无关。而要真正地做到这一点，并非是一件容易的事。但我相信，只要德印兄经过努力，一定会逐渐找到散文写作的规律的。我期待他下一部散文集的早日问世。

二〇一五年三月十二日

对生活的诗意表达
——刘政散文集《泥阳笔记》印象

人到了一定的年龄，就开始不自觉地喜欢回忆过去了。我曾经说，文学就是我的经历。就是说，你有什么样的生活，你就会写出什么样的作品。过去许多老作家在谈自己的创作心得时，总喜欢对后学者说，写自己熟悉的生活。

每个人都有自己的生活，并不是所有的生活都可以原封不动地进入文学，它需要作家的提炼、挖掘。著名艺术家石挥说过，艺术家就是要比人民高一点。所以，我每看一部作家的作品，在阅读时，经常会猜测和感受这个作家所经历的是什么样的生活。如果你不了解作家的生活环境，不了解作家的思想追求，你怎么能去认识其作品呢？

散文这个文体跟小说不同，它更直接表现作家的经历、思想和感情。因此，有很多作家一直坚持散文不能虚构的底线。我个人大体支持这个观点，但在表现手法、叙事手段上运用一些文学技巧我以为还是可以的。我相信，绝对真实的散文是不存在的。道理很简单，即使是摄影机，在选取具体的物象时，它还有个光线、角度、天气的讲究呢。更何况，机器是由人来掌握的，凡是正常的人，都有情感，都有自己的审美标准，不同的人对美有不同的理解。

在写作队伍中，有一批特出的群体，领导干部，也可以称作官员写作。近些年，关于官员写作有一些微词。就官员自身而说，有相当多的人怕被别人知道，尤其怕被上级知道，认为是不务正业。在我看来，这种担心是多余的。想想古代，有很多的诗人、散文家都是官员，而且级别相当高，像屈原、王安石。再看看早期的共产党人，马克思、恩格斯、列宁、斯大林、李大钊、陈独秀、瞿秋白、毛泽东、周恩来、刘少奇、陈毅等人，他们不都是卓越的作家、诗人吗？

官员写作，有其特殊的经历、视角，写出的作品被读者关注这很正常。一个单位，一个地区，有几个主要领导热爱文学，喜欢写作，对发展地方的文化事业，培养文艺人才，有很好的示范和表率作用。同时，通过不断的学习，提高自己的修养，不断地深入生活，加强和基层群众的血肉联系，关心群众的冷暖，会从根本上为官为民为文为民。

正是带着这样的一种心态，我开始仔细阅读刘政同志的散文集《泥阳笔记》。刘政是甘肃庆阳市正宁县人，他生于斯，长于斯，从政于斯。我与刘政见过几次面，也简短地交流过，感觉他为人质朴，写作思路清晰，有文气，也有志气。今年四月，在西安的一次文学活动中，刘政把这部散文集书稿交给我，希望我给看看，提提意见。我二十年前，在北京郊区工作过，熟悉刘政所经历的政府工作，也亲身体味过改革开放以来县乡农村的变迁。因此，当我读刘政的乡村题材的生活时就感到非常的熟悉，那些熟悉的人和事仿佛又回到我眼前。对他在第二辑所写的到全国各地及国外的见闻游记，我大体也相当熟悉。总的来说，刘政的散文写得非常真实，从生活出发，从细节出发，从人物出发，从情感出发，从散文的规矩出发，读后让人有温暖、有共鸣，也有诗意的美学追求。

自己从事散文写作和研究二十余年，由于自身负责中国散文学会工作，又长期编辑报纸副刊，每天每年都要看大量的散文，所以使自己的阅读视野变得很开阔。在文学的观念上，我历来是开放的，我们写作那么多年，谁能告诉你散文的定义，谁能告诉你应该怎么写不应该怎么写？我主张写自己的，写读者能读懂的，写读者在感情、思想和审美能共鸣的。我注意到，刘政在自己的创作自白中，也大致表达了这个意思。既然他有自己的文学理想，不妨就试试再说。在文学多元化的今天，我们千万不要对别人过多地苛求。当然，我这样说，并不是说我当老好人，对别人的作品不表明自己的态度。即使表明态度，我也不会用好与不好进行评判。我向来鼓励朋友们多出书，出书就是一次告别，就是一次新创作的开始。我相信，当你看完《泥阳笔记》后，你一定会与作者有所共鸣，你也许会觉得作品在某些方面还不尽如人意，这都没关系。因为我们还有时间，还有更多的可能性。如此，我期待着刘政新的散文集的问世！

二〇一四年十月五日

对现实生活的温暖关注
——读韩秀媛散文集《等风吹来》

写散文研究散文三十年，到现在越来越糊涂了，散文究竟应该怎样写？什么样的散文才算是好散文？面对自己，面对他人的提问，还真不知道答案。几个月前，警花作家韩秀媛打电话对我说，她最近有两篇散文被刊发在《人民公安报》副刊头题发表，反响还不错。记得当时我就对韩秀媛说，既然报社编辑看重你，读者也喜欢，那样的散文就该算好散文吧。

关于散文的话题很多，我也曾写过很多的文章。就当下的散文来说，有两大路数：一路是学院派写作，这类散文以写历史题材居多，具有批判精神，充满理性；另一路是生活型写作，这类散文以反映当下现实生活为主，对生活抱有极大的热情，充满感性。目前，对这两类散文，有各式各样的说法，捧之，抨之，屡见报端。我个人持中立，我以为散文是一种非确定的文体，最好要给它以更大的宽容和兼容，谁也不要以为谁的散文就是正宗，就可以被确定。任何散文的存在，都有它存在的理由。

我喜欢现实生活型散文。作家的文学创作，都是自我的，即都是从我出发，去表现我的经历、观察、思考、判断，这些看似是确定的东西，其最终完成的是非确定的答案。如果谁的作品，只留给读者一种思考一种答案，我可以肯定地说，这个作家的写作是失败的。用句形象的话，人的一生不可能是一条直线，他（她）只能是这条直线上的一个线段。文学的意义不在于你对于这条线段描写得有多准确，而在于通过这条线段去折射整个一条直线。这也是我不大支持学院派写作的真正原因。因为学院派写作，他们求证的往往是人生的线段，而不是生命的直线。就是说，散文不是论文，不是对生活的一二三四。聪明的作家，永远是一条泥鳅，让别人永远抓不到。

我认识很多的基层写作者，这些人大都是生活型写作。生活型写作好处很多，最重要的一点是接地气。想想我们生活的每一天，该有多少五光十色的故事发生，尤其是人到中年，要面对自己，面对家庭，面对父母，面对子女，面对学校，面对物价，面对房产，面对灾害，等等，这些牵一发而动全身，哪个都轻视不得，都不敢有丝毫闪失。如何在这喧嚣的社会中，偏安一隅，用一双善于发现的眼睛，去审视社会，去揭示社会，绝非是容易的事情。我们现在的写作者，缺少的不仅是表达，而且是发现，独特的文学发现。

二〇一四年，公安部文联与鲁迅文学院联合举办了公安作家创作研修班，经朋友介绍，我认识了来自黑龙江绥化市的公安女作家韩秀媛，这个高个子女孩，虽然是警察，但在朋友聚会的场合却表现得很羞涩。几天后，我们中国散文学会在文学馆组织了一次文学活动，我邀请韩秀媛和她几个同学参加了。会议期间，韩秀媛悄声对我说，她写了几篇散文，希望我能抽时间给看看。我告诉她不用客气，有散文发给我就是了。

平心而论，韩秀媛早期的散文还是很稚嫩的，题材也不是很宽。但我看了几篇后，却发现她并不缺少对生活中文学因子的发现，如细节，如情感，如思考，有了这些，只要经过一定的坚持，再经过好的专家指导和她自己的颖悟，她的散文很快就会走向成熟的。经过在鲁院的几个月的学习，我在我主编的《中国文化报》文学副刊上选发了她两篇散文，她又在中国散文学会成立三十周年期间举办的"我与中国散文30年"征文中，以散文《心中有座百草园》而获得一等奖，这些极大激发了她对散文的热爱，使得她的散文创作有了较大的提升。

韩秀媛为什么在较短的时间，在散文创作上能取得较大的进步呢？以我和她多次的接触交谈，我以为她做到了这样几点：一是她对文学有着执着的追求，除了工作和家庭必须要干的事情，她几乎把所有的时间都用在创作上；二是她始终保持着谦虚的学习态度，不断地向他人学习借鉴；三是具有较好的文学形象思维，尽管她所从事的公安纪检工作更多的是需要缜密的逻辑思维；四是自觉地在绥化公安和地方联系着大批的写作者，形成了很好的文学氛围，彼此学习，共同提高；五是写作态度端正，不为名利，始终以温暖的心灵关注现实生活。我这么写，好像有为韩秀媛总结经验树典型之嫌，可事实确是如此，我相信，对韩秀媛其人其作品熟悉的人都会同意我的看法。

前不久，韩秀媛给我打来电话，告之她要出版一本散文集。我说这是好事，出书不是目的，要通过出书，把自己以前创作的作品好好梳理总结一下，发现不足，确定下一步创作的方向。韩秀媛说她也有这样的想法，她提出，让我为这本散文集写个序言，我说序言谈不上，写点感受倒是很愿意，内容嘛，当然是关于散文，关于韩秀媛的散文啦。最后，我问韩秀媛，你的散文集的书名还没告诉我呢？秀媛说，叫《等风吹来》怎样？我说好啊，这是你一篇散文的标题。等我写完这篇推荐语后，已然是仲秋了，看来，秀媛是在有意等待收获的秋风呢。在北方，秋天是收获的，也是播种的季节。如此，我期待着秀媛的美好未来。

二〇一六年二月十日

看到了，写出来，还要想一想
——读康贵春散文集《秋林挹露》随想

作为报纸副刊编辑，每天都要看大量的散文。看散文多了，编发的也不少，便会从中发现一些共性的东西。好的散文，大都语言流畅，讲究，有韵味儿，融文学性、知识性与趣味性于一体，尤其有着作者独特的人生体验和感悟。反之，散文的美质就体现不出来。所以，当很多热爱散文写作的朋友问我散文写作的秘诀时，我一般总是这样回答：看到了，写出来，还要想一想。

以河北作家康贵春新近出版的散文集《秋林挹露》为例。与康贵春过去我没有接触，从他的简介和作品中得知，他从事文学创作的时间已经很长，积累了一些经验，也出版和发表了不少散文作品。搞文学创作的人都懂得，文学往往就是作家的人生经历。你有什么样的生活，你就会写什么样的作品。对于大多数作者而言，当过领导干部，特别是在不同的岗位经常调动的领导干部，对丰富自己的生活非常有好处。有的人可能因此仕途受到影响，但因此却成就了文学的成就。

看康贵春的散文，几乎就是看他的人生经历。他善于从自己的身上，发现文学的素材，一件普通的小事，一个极小的细节，往往就成为他散文的切入点。就是说，他完全可以看到什么，就写什么。如俗常生活中的《咸食》《香椿情缘》《手擀面》《沙发情怀》；旅途中的《从来佳茗似佳人》《岩谷花香大红袍》《夜宿乌镇》；以及到国外旅游参观的《拜谒马克思故居》《安徒生的故乡》《凝望贝多芬》等。在本书的几十篇散文中，我首先选看的是我过去也曾到过的地方和我所熟悉的生活。其目的在于，大家都去过同一个地方，但彼此的感受并不见得一致，所写的文字也会各有不同。这样进行比较，可以互相借鉴，有利于创作水平的提高。

我喜欢对生活平白朴素的描写。好的散文，一定是有生活气息，接地气通人情的。离开了生活与人情，扎在故纸堆里的东西能有多大意思呢？我们不妨看看作者在《手擀面》中婆婆夸儿媳妇擅长手擀面的歌谣："俺大家儿，会和面，和出的面，石头蛋儿；俺二家儿，会擀面，擀开的面，杨叶片儿；俺三家儿，会切面，切出的面，一条线儿；俺四家儿，会煮面，煮到锅里滴溜溜转儿；俺五家儿，会挑面，挑到碗里莲花瓣儿；俺六家儿，会吃面，稀里吧喳剪了眼儿。"再请看作者在《最忆水饺融融时》对父亲的描写："腊月的清晨，我们还在睡梦中，就被窗外传来嚓嚓的磨刀声叫醒，等穿好衣服来到院里，父亲早已把那把菜刀磨得锃光锋利，准备剁肉了。父亲是左撇子，左手使刀，我磨刀和他磨的面不一致，他使得不顺手，所以历来磨刀剁肉是父亲的活儿。看着父亲把猪肉割成块，切成片，理成丝，剁成馅，浇上花椒油，拌上五香粉，撒上大盐末，馅香已是阵阵扑鼻了。"看到这样的描写，我想读者一定会被感染的。

然而，会叙述会描写只是完成好的散文的基础。更重要的是要有作者自己的独特发现和思考，你这种发现只属于你自己，它必须赢得读者的广泛共鸣，这篇散文才算成功。在我们看到的大多数散文，甚至包括一些发表的作品，往往就是缺乏作者的独特性而被读者忘记。综观康贵春的散文创作，大体上都有自己的发现和思考，只是觉得还不够深不够广，缺少必要的联想与升华。因此，我中肯的希望，康贵春在以后的写作中，不仅要"看到了，写出来"，而且写之前和写之后还要想一想，看是否还有可发现可挖掘的东西。写熟悉的东西，是老生常谈；如何把大家都熟悉的东西，写出新意来，也是老生常谈。但我们有多少人能真正地认真体会呢？在此，我愿与康贵春等文友共勉。

二〇一六年四月九日

你是我眼里的风景

——读夏坚德散文集《黄稻草》絮语

今天是六月十五日，早晨起来忽然想到上小学时读到的一首童谣："六月里，麦子黄，公社社员收麦忙。小学生，来拾穗，拾得麦穗送麦场。"对于如今城市的孩子，麦子他们不可能认得，至于这首童谣更是无从听起。可是我记得，因为六月是收获的季节。

于是，当我看罢夏坚德散文集《黄稻草》时，我的眼前便不由出现一片片金黄的麦浪，那真是丰收的富有景象啊！无疑，夏坚德是麦田里的守望者，她缔造着这里的一切。尽管如此，我还是愿意视她为公社社员，只不过这公社不是三十年前的人民公社，而是充满文学意义的散文公社。在散文公社里，夏坚德不是新社员，她出道很早，已经出版过几本散文集，还为此专门开过研讨会。想来她种出的庄稼还是有特色，较为饱满的。

夏坚德不是专门的散文公社社员，她的本职工作是陕西省体育局的公务员。其最得意之作是将陕西国力足球队催生出来，从而改变了全国球迷长期以来认为秦人不会踢球的印象。夏坚德是我直接有所接触的第三位跟足球有关的体育界人士，此前我曾经采访过足球评论员张路，那时他还是北京体育研究所的所长。去年北京全国政协、人大两会期间，我和周明赴约见人大代表、陕西国资委主任白阿莹，不料吃饭时中国足球协会的掌门人谢亚龙也匆匆赶来了。细问才知道，原来多年前谢亚龙曾在安康挂职担任市委副书记。这就不奇怪了，敢情吃饭的人全是乡党。席间，由于众所周知的原因，我同谢亚龙关于足球的话一句都没说。不过，他的儒雅性格，倒留给我很深的印象。

不说足球了，还是回到散文。要说当下的散文创作，真是够热闹的了。我曾说，中国的散文创作已经到了商业化写作时代。其核心特征主要有两点：一是什么人都可以写散文，二是写散文可以谋生。我们不禁要问，人们为什么热爱写散文，我想主要原因也有两点：一是散文最容易表达人的思想情感，二是散文这个体裁容易驾驭，写的好坏不说，三分像即可。我这样说，完全采取的是宽容态度，是大散文的胸怀。如此，对那些整天喊散文革命，玩概念、主义的散文同人就更加迁就了。是啊，散文该向哪里革命呢？

我读到过很多革命过的散文，大都文字冗长，不知所云，更有甚者，常将散文当论文写，去求证某一人某一事物的因果。我总以为，散文千变万变，不能离开一个情字。说得直接些，非情感的东西与散文无关。我们不妨看看现代散文，鲁迅、冰心们谁写过大散文、文化散文，我们再看看中华人民共和国成立后刘白羽、杨朔、秦牧，他们也不曾写过。即使是台湾的余光中、三毛、席慕容，他们也没有涉足。相反，他们的文字大都短小，注重抒情，文字隽永，具有强烈的感染力。试想，他们如果总是写论文，他们的作品还会有久远的魅力吗？

正是在这样的前提下，当我看完夏坚德的散文集《黄稻草》后，眼前就突然有了豁然清爽的感觉。我知道，这本集子的散文，大都符合我的散文观。前些时，到河北讲课，有人问我散文写什么题材最好，我说这要因人而异。总的来说，要写熟悉的生活。当然，写熟悉的容易，但也最难。譬如，写我的母亲。我们谁没有母亲呢？但你不能仅仅写的是你眼里的母亲，你要考虑你的母亲同别人的母亲有哪些不同。你只有做到让别人读到你的母亲联想到天下的母亲，那样的散文才是成功的。像本集中的《我家的保姆》，看似是写玉川、红丫、小禾、养玲四个保姆，实则也是在写作者的母亲。透过这些女人的故事背后，你会感觉到中国女人的大爱，仿佛这些爱融入到我们每一个人的血液当中，汩汩作响。作家不同于普通人，要始终有一双会发现的眼睛。尤其要从身边接触的人当中发现文学的要素。发现的是细节，提炼的是文学的精神。我很佩服夏坚德，以他的工作环境，该会结识很多成功的大人物吧，可在她的笔下出现最多的却是些小人物。儿时的伙伴，少年的同窗，工作后的同事、朋友，即使是像跳水明星田亮那样的公众人物，她也是从"那双黑眼睛"入手，让人读后感到田亮更加的阳光灿烂。

如何写散文中的人物，对于当下的散文创作不是个简单的话题。固然，散文塑造人物不像小说那样容易，小说可以通过对话、肖像描写，几笔就能把人物的性格、形象刻画出来。但散文不同，它要通过整篇的情愫来完成。譬如《小桔灯》《背影》《藤野先生》。这样的人物散文，很多是可遇而不可求的。首先要求作者要有《蔷薇蔷薇处处开》的慧眼，然后还要有《箭女小竹》穿透靶心的思想内涵，最后还要有对《我家的保姆》中的地域文化的描写。具备了这三点后，最为重要的就是语言了。一个优秀的作家，往往都有着自己独特的语言风格。不必讳言，夏坚德有着属于她自己的语言——口语化。中国当代文学不同于古典文学，最大的区别就在于白话和文言。因此我说，所谓的好散文，就是能用平白朴素的语言写出自己独特的意蕴来。我向来提倡口语入文，这是文学通向大众的直接通道。当代文学为什么会萎缩，原因有多种，其中语言的书卷气、洋话连篇起了很大的作用。看夏坚德的散文，你绝对不会有阅读上的障碍。而更多的是一种轻松，一种幽默，好像看过一场胜利的球赛。

欣赏一篇好散文如同欣赏一幅好风景。在夏坚德眼里，她周围的人群都是她眼里的风景，她随便拿起笔，就可以把每个人的风景描绘出来。

这无疑是一种本事，也是一种自信与成熟。其实，夏坚德自己又何尝不是一处风景呢？我不管别人怎样看，在我的眼里，她的人和她的文就是很独特的风景。一句话，我喜欢！

二〇〇九年六月十五日

让我们记录生活中的每一次感动
　　——读刘月新散文集《小鸟闯进我屋里》

　　某一天某一刻，忽地你的手机想了，不等你说话，对方会当即问你——你是红孩老师吗？我说我是红孩，对方马上告诉你他（她）是谁谁。然后，他（她）会说读了你什么作品，在某个会议上见过你，你讲的话有多么多么好。总之，全是一大堆恭维你的话，让你心花怒放，笑逐颜开，美不胜收。等你听得甜得腻得差不多了，对方便会说你在北京吗？我最近几天要去拜访你，或者说最近几天你忙吗，如果不忙请你务必到我们这里来。我们这里是什么什么之乡，诞生过某某名人，言外之意，你必须来，你如果不来，你就真的有点拿架子，装蒜啦。就是说，无论如何，你得去一趟。这样的情形，我相信有无数的人都会遇到。不知道别人如何想的，我是一点也不烦。我把这样的贸然造访者，看作是一只小鸟，他（她）突然闯进你的视野，与你邂逅，那将是人生多大的缘分哩！

　　我与山东庆云的女作家刘月新的相识就有一只小鸟突然闯进我屋里的感觉。只是刘月新高大的个头不大像小鸟，起码像喜鹊，像丹顶鹤，特别是她的快言快语，爽朗的笑声，让你觉得真是一只快活的喜鹊呢！说来也巧，几年前，我到山东东阿县采风，回来写过一篇散文，就叫《黄河岸边的喜鹊》。刘月新本是河北沧州人，她的家乡与山东庆云县只有二十几里的路程。或许是民风接近的缘故，在刘月新的作品里，你已经很难看出她写的究竟是河北还是山东的特色。我曾多次讲，文学创作一定要有地域性，刘月新作为我的文学粉丝，一直追捧我的观点。可是，一旦落实到她的作品里，反而地域特色并不十分明显。这不怪刘月新，怪我没具体讲清楚。我们说的地域，指的是大的地域体系，它涉及文化传统、语言环境、风俗习惯等因素。就沧州和德州而言，这么多年来，虽然也出现过祖籍此地的王蒙、蒋子龙、肖复兴等名家，但他们的作品里几乎看不到这里的地域特色。这多少是他们的遗憾，假如他们能写出充满地域特色的作品，以他们的才气，或许会有更加不朽的作品传世。

关于地域文学写作，我是一贯倡导的。近年来，我到很多地方讲座，跟业余作者交流最多的问题就是写什么和怎么写。写什么，是社会学范畴；怎么写，是艺术美学问题。地方业余作者不缺生活，缺的是发现生活，提炼生活，通过我的发现写出我们的共鸣的作品。如何发现生活中的亮色，看似容易，实则很难。就大多数作者而言，往往发现不了生活中闪光的细节，总认为熟悉的地方没有景色，于是到各处去采风，去行走。当然，到各地走一走，长长见识，激活一下惯有的僵化的思维，这没什么不好。但那样的作品写得再多，往往也缺乏厚度。对于掌握一定写作技巧的人来说，对采风来的题材或许还能写好，可对于一般性的生活型写作者就很难说了。因此，我希望业余作者要很好地挖掘身边的直接经历的生活。只有悟透了熟悉的生活，再运用适合自己的写作技巧和语言表达习惯，作品才会写得出彩，写得有神韵。

刘月新在政府机关任职，甚至还一度担负着县里的招商工作，其忙碌程度可想而知。但她并不因此而对文学创作松懈。有几次她到北京开会办事，顺便到家里来拜访我。交谈中，她总会拿着一个本子，不停地记录我对文学创作的一些心得。她这种孜孜以求的精神，真是令人感动。在县里，她工作之余，几乎把时间都用在了文学创作上。在我们认识的两年时间里，她创作的散文能有几十篇。其中有五六篇还发表在我主编的《中国文化报》副刊上，为我们报纸添色不少。

刘月新的散文大都从现实生活着手，真实地记录着每一次的感动，而且极其重视细节的发现。譬如，那篇生动的《小鸟闯进我屋里》。作者不经意间看到办公室里飞进一只麻雀，她既没有抓它，也没有赶走它，而是做了极细致的观察："此时，小鸟啾啾地叫着，两只小腿不停地在那里摆动，没有要走的意思。我来了兴致，干脆停下手中的书，身子向靠背上一倚，双臂抱架与它对视起来。这只小家伙身子肥肥的，羽毛亮亮的，像个球儿，很是精神。看得出，是只雏儿。它啾啾地叫几声，向前跳跃几下，然后瞅瞅我；又叫几声，又向前跳跃几下，再瞅瞅我。我坐着，一动不动地欣赏它的表演。它越来越放松，从画框跳到画轴上，一落脚，画轴轻轻动了一下，就赶紧飞落到挂画的钉子上。小东西，真聪明。它左右扫视了一下，啾啾地叫几声，又从这个画轴跳到那个画轴上。在西墙正中那幅大字'梅香'的上方，它竟然低下头来，面朝大字深情地望着，好像头要钻到字里去。它想干什么呢？是故作风雅，还是闻到了墨香？它瞅瞅我，我一动不动。"再如，在《一路欢歌响叮当》中，对于女儿的观察："凌子上幼儿园了。她背上双背带的小书包，俨然一个小学生。每当从幼儿园里接回她，她把书包从背上解下来，拉开拉锁，哗地一下把里面的东西一股脑儿地倒在了床上，然后很像回事地写画起来。她拿一块粉笔，在大衣橱上画了一个很大的不规则的圆圈，回头问奶奶，奶奶你猜这是什么？奶奶没好气地逗她，俺不知道。女儿倒不生气，耐心地跟奶奶讲，这是鸵鸟蛋。奶奶不置可否，哪有这样的鸵鸟蛋？谁家的鸵鸟蛋有这么大？有啊，它是世界上最大的蛋。不用问，她这是现学现卖来了。凌子活泼好动，说话做事总是比姐姐安琪快半拍。我有时拿出她们幼儿园里的教材想检验一下学习成果，本来是想问姐姐的，我刚一发问，凌子站在身后抢先回答了出来，我们乐，她龇开一口小牙也跟着乐起来。"这样的细节描写，谁看了不心动呢？

好的叙事散文一定得意于细节的发现与描写。同时，这种描写绝不是孤立的没有目的的描写，它必须倾入作者的感情，而且这种感情要最大限度地和读者产生共鸣。只有这样，你的散文才能给人留下深刻的记忆。刘月新的散文好就好在她做到了叙事与抒情的统一。在我与刘月新的多次交流中，她也曾几次谈到对文史类散文的看法。她说，那些名家的文史散文好像挺有学问的，但读着就是打不起精神来。因此，她更钟情抒情散文。在中华人民共和国成立六十周年之际，我受出版社委托，主编了一本《中国抒情散文100篇》，刘月新拿到后爱不释手，承蒙其厚爱，亲切地称之为"枕边书""手边书"。像刘月新这种类型的作者具有普遍性，很多作者总怀疑自己偏爱某一种类型的作品是不是有点偏食？诚然，人吃全食最好，可谁能做得到呢？我以为，吃偏食固然营养不全，可在另一方面也是偏得啊。人一生选择什么，有时看似偶然，实则必然。从目前刘月新创作的大量的亲情、乡情、生态以及人生感悟的散文看，我可以肯定地说，她的创作之路走得很正确，而且非常地适合她。至于语言的娴熟，技巧的多变，我觉得在以后的创作中，她会更加地得心应手。过去人们不是常说，好婚姻是等来的吗？多年的经验告诉我，好作品也是等来的。刘月新少年时就做文学梦，人到中年才真正发力写作散文，以她的经历和才气，在散文的大家庭中一定会赢得自己的一席之地的。我真心地看好她！

二〇一二年一月六日

人为什么要生动起来

——关于"人物专访"一类文章的写作

我本不是个办事拖沓的人。几个月前，女诗人，喔，现在还要加上女博士头衔的尽心从网上给我发了个指示，说她要出书，让我写序。她这个人整天睁着个大眼睛，天真地看人看景儿，你不知道她什么时候会突发奇想，弄出点你意想不到的事。

书是关于"人物专访类"的，写序就顺便连她这个小女子一块儿写了。我知道她这是在跟我揭根子，大约多年前，我曾经跟她说过要为她写点什么的话，几次阴错阳差都没促成机会，后来她结婚了，我就打消了这个念头。当然，像我这样的人在文坛肯定不止七个八个，我相信大多数男人都有过这样的经历。果然，再以后相继接触了好几位跟我同尽心都是哥们儿的人，他们也彼此彼此。过去，写尽心的不少，连张中行、吴祖光、周汝昌、张锲等大人物都写了，还不止一篇，近来印象中司马南也写过，文字虽不长，但写得老道，估计能说到人家女孩儿的心尖尖上。不然，同样是朋友，她跟司马南合影为什么比我就近乎？

这些自然是笑谈。想来同尽心相识有十年了。一九九六年我在《中国艺术报》工作时，尽心去找我的一个同事，虽是匆匆见上一面，话语不多，但彼此给对方留的印象还算好，便记住了。事后，有机会参加诗词书画界的几次聚会，同尽心也见过，无非是打个招呼而已，并无深聊。当时，尽心给我的印象是这个女孩儿挺神，对诗词很有研究，如果长此下去，肯定是个了不起的人物。在中国写旧体诗词的人肯定比写自由诗的人要少，但总该有几十万吧。不过，年轻人和女诗人都很少，写出名堂的就更少，在认识尽心之前，我只知道著名书法家林岫女士是这方面的高手。现在，出现了个尽心，年龄不大，人样子又十分抢眼，她不火才怪呢！

正如前面玩笑所说，自参加完尽心的婚礼后，我们就疏于往来，偶尔在报刊上看到她的消息，便回忆一下她先前的样子。忽一日，看中央电视台马东主持的"挑战主持人"，无意中发现尽心也去凑这个热闹，还好，她居然得了那一场的冠军。尽管我不大主张尽心去参加这类近乎于选秀的节目，但从心里我还是希望她成功的。这就是所谓的朋友吧，甭管多长时间不见，一直还是惦念。

等到真的和尽心续上旧，是在二○○六年的六月间。那次，我和许多的作家、诗人应邀到延安的延川县，去参加黄河乾坤湾笔会。去的人大部分都是熟人，有的还是多年的老朋友。比如诗人石英、石祥和汪国真。可巧，在黄河边夜宿的当晚，我和汪国真被安排在一个房间。饭后聊天，我对国真说，去年我邀你给我主编的《文化月刊》写了一组诗，读者反应不错，很多人给编辑部写信打电话，希望了解你的近况。你这次即使不来，我也要找你的。希望给你做个专访。国真说好啊，那你就写吧，咱们都是老朋友，我把近况跟你说说。我说，咱们是朋友，好多人都知道，为了避嫌，还是换一个人。最近有人采访过你吗？国真犹豫了一下，马上说，前不久有个叫尽心的女孩给我写过一篇文章，还没发表呢。我一听说是尽心，马上问国真，你说的尽心是写诗词的那个尽心吗？国真说怎么你认识，我说我们是朋友，好多年没联系了。这样好了，你就让尽心把稿子发给我，我尽快安排。事情就这样巧，巧得让你感到得来全不费工夫。

凭借写得一手好诗词，我相信尽心的人物专访写得不会让我失望。

果然，回北京后几天，尽心发来写汪国真的稿件——《汪国真：别来无恙？》。我用几分钟浏览过一遍，心里不由感叹：到底是尽心啊！文字写得干净，利索，准确。我马上交给编辑，说就安排在第八期。然后，又在网上给尽心发了邮件，希望我们尽快见面。尽心很快回复，称她也很想跟我见面，最好还是等刊物出来，跟国真一起见面。我说好啊，让国真请客，不过你要打扮得漂亮些，我们编辑部的女孩长得都很漂亮，别让她们觉得我的女朋友太土。其实，我的话是在有意刺激尽心。虽然几年没见，凭她的修养一定会比过去更加出众的。

　　我们三人见过面后，我就主动邀请尽心经常给我们杂志写人物专访类的稿子，我告诉她我喜欢她的文章。尽心听后，很认真地问我：真的吗？你能不能具体说说？我说先不忙，你再给我们写几篇以后我再说。此后，尽心非常守约，接连写了蓝天野、甲丁、黄宗江、周有光等艺术家。我们编辑部的几个编辑都说好。除了在本刊发表的，她还从网上传来写丁聪、方成、王蒙、陈铎、卜留念的几篇。也就在这时，尽心有了出书的想法。她指示说我务必要写个序，主要原因是我读她写的人物专访最多，最有发言权。我当时想都没想就答应了。我不是不讲谦虚，对于人物专访这种文体我一直就想谈谈自己的看法。人物专访，在文学体裁中没有这个文体，在新闻写作中有人物通讯、人物专访和人物特写的分法。过去，人们习惯把人物特写纳入散文的范畴。我的理解是偏重新闻性的叫通讯，偏重文学的叫特写。好的人物特写，就是人物散文。不论偏向哪种写法，都要涉及人物，而且这个人物是专访。既然专访，人物肯定有其特殊性。有的人是领导、专家、名人，也有的人物是普通人、小人物。想来报纸、杂志和电视要开有关人物的专栏，就是要满足人们对这个人物的关注。塑造人物有两种：一种是新闻人物，强调新闻性；另一种是作者发现、推出的人物，他在跟公众见面之前，还不是新闻人物，但跟公众见面后就有可能成为新闻人物。人们写人物，最重要的是要把人们对人物不可知而最想知道的东西以最快的方式公布出来。当然，以最快的速度公布出来是写作的目的。但以什么样的手法、技巧，不同的写作者会有不同的选择。就个人而言，我不喜欢用编年体大而全地介绍人物，我喜欢以某个角度某个侧面或某个情节某个细节的描写，那样的人物才生动。人不生动写着没意思，看着更没意思。生动才不失为典型。写人物毕竟不是写生平事迹。我也不喜欢把人物写得过于丰满、完美，任何人都是有两面性的，人物过于完美肯定有失公正。尽管做到这些很难。还有一种写法，作者采写人物，不仅仅是因为人物感动了作者，而是人物适合了作者的某些思想。这种写法必须很大胆，既不能喧宾夺主，又要达到作者之目的。这几年我一直在做着这方面的尝试。记得同尽心的交流中，我隐约地也曾暗示过她，不知她有什么想法。

也就是写这篇文章前，尽心送我一本她编写的有关自己二〇〇六年"生活写真"的小书，里边记录了许多她与各界人物交往的剪影。自然也包括她与我和汪国真的合影。读来很是亲切，温暖。真难为她做得如此心细。我在被感动的同时，不免也生发一些遗憾：我已经很少看到尽心的诗词了。真不知是我对她关心少了，还是她对我疏忽了？或许，疏忽的还有诗坛吧？但愿我的担心是一种多虑。

走入铁凝的第三世界

——读《遥远的完美》产生的联想

一

一直想对铁凝的散文写些文字。尽管很多人一直把铁凝看作小说家。我之所以迟迟未写，其原因是多方面的。想来更主要的原因是关于铁凝我有很多的话要说。铁凝的名字开始进入我的视野，大约是在一九八三年，那时我刚初中毕业。在等待中考成绩的日子，由于无聊，我便模仿着杂志上刊登的诗歌学写诗。一个偶然的机会，我在邮局买到一本过期的《小说月报》，不经意间读到了铁凝的短篇小说《哦，香雪》。大概是自己的身上也有着香雪的影子吧，我很快就被这篇小说吸引住了。当时，我还不懂这篇小说怎么就首发在《青年文学》一九八二年五月号上，更不知道这篇小说已经获得了一九八二年全国优秀短篇小说奖。等后来我一切都明白、知道了，铁凝的名字也就由此走入我的生活。而且，一走就是三十余年。现在想起来，仿佛还是昨天发生的事。

我始终在关注着铁凝的创作。在我的内心深处，是从来不把铁凝当成作家来看的，我总觉得她是一个高我几年级的学校团总支书记，或者说就是我的姐姐。这是什么原因呢？难道我太需要别人的呵护，尤其是需要女人的呵护？或许真的如此。

生活和文学告诉我，我将和铁凝一起成长。引领我们的是那个唤作香雪的女孩子。不论是读铁凝的小说，还是读铁凝的散文，我总能读出温暖、读出清澈、读出善意来。关于铁凝的小说，我曾以她二〇〇二年创作的短篇小说《谁能让我害羞》和二〇〇三年创作的短篇小说《逃跑》为例写过专门的评论，分别收入由我主编的年度争鸣小说年选里（长江文艺出版社出版）。这两篇评论，我是以至善至美的心情写就的，可以毫不掩饰地说，铁凝的短篇小说在当下的中国文坛，无可挑剔，是真正意义上的"短篇王"。

下面我要写的文字，似乎与铁凝的小说无关。我要谈她的散文，具体说是谈她二〇〇三年出版的《遥远的完美》这本书（广西美术出版社出版）。这本书对铁凝很重要，对我也很重要。对铁凝的重要在于，这本书并不是一般意义上的散文集，它是作家以散文的笔法，对美术这门艺术进行的一次情感接触、生命体验以及个性的独立思考；对于我的重要在于，读这本书首先是跟着作者进行了一次艺术美术教育的普及，然后才是对散文文体本身的发现与思考。以我个人的判断，铁凝在写完这本书时，她不一定能清楚地意识到，她在客观上已经对当下的散文创作进行了一次有益的革命。

二

最初知道铁凝写了一组关于美术方面的赏析文章，是在二〇〇二年的《大家》杂志上。由于事先知道杂志上刊载的只是一本书的一部分，所以那一期的《大家》我就没买。我不知道别人买杂志的习惯，我是顶讨厌杂志搞连载或节选的，其后果是使你读的作品不完整。我期待着铁凝谈美术一书的早日出版。

仅从文学与书画的关系，最古老的说法莫过于"诗书画"之说。就是说，古人向来把诗书画作为一个整体来看待，可以想见，一幅山水画，假如没有书写得非常讲究的好诗，只恐这画画得再好也难免让人生出些许遗憾的。所以，古代文人大都擅长丹青，通晓乐理，相反，那些丹青妙手，往往也能将佳句信口拈来。很可惜，自白话以降，我国文坛画界能将诗书画集大成者愈来愈少，以至于人们每议论之，不得不掰着指头寻找了。

　　正因为如此，当我得知铁凝写了一本关于中外名画赏析的书后，心头不禁一阵欣喜。你想，作为一位在当代中国有着广泛影响的著名作家，她不仅能写得一系列出类拔萃的短篇小说，而且还能以不亚于工笔的笔端写出优美散文，况且，她还有着写诗的经历，从小生活在一位著名画家的左右，这些足以让人相信，她笔下的名作"赏析"，肯定与众不同，大有嚼头。

　　在铁凝之前，我已经为两位女作家写过关于美术与文学关系的文章。一个是张抗抗，一九九五年她出版了以一位画家的情感经历为题材的长篇小说《情爱画廊》。另一个是女诗人伊蕾，很有意思的是，在这本《遥远的完美》里，铁凝也写到了伊蕾，我们都探讨了伊蕾和她所追求的俄罗斯油画。这三个女作家，有一个共同点，她们都大谈油画，谈文学与美术的关系，但她们都不大画画。不过，我一点都不怀疑她们在美术上的天赋。

　　一九九九年春节前后，我到伊蕾在北京临时租住的地方——被其喻为"私人画廊"的民航宿舍楼去看她，伊蕾指着一张刚画就带着明显模仿痕迹的肖像画对我说，告诉你一个新闻，我开始画油画了。我听后说，好啊，等你画出名堂了，我给你当经纪人。然而，对于伊蕾——我和铁凝共同的朋友，铁凝曾专门到天津参观过伊蕾的喀秋莎美术馆，当她也听伊雷说她已经开始学画油画时，铁凝不禁以朋友间固有的语言方式来形容伊蕾简直是"想起一出是一出啊"。

　　无疑，铁凝的话能让我会心地一笑。但透过这话，我分明也能明白，她这话也绝不是随口说着玩的。铁凝从来没说过她画过油画。印象中，她在其散文名篇《河之女》中提到过她曾经以"刚出校门不久的年轻画家"的身份到河北怀来野三坡地区去体验生活，但在以后就很少见她再提自己画画的事了。在那个山村，铁凝还为一对婆媳画过像哩！我推测，那一定是速写。当然，铁凝要是想学画油画，比起一般人，她可真正地是近水楼台先得月。凭我对铁凝的直觉，她如果真的背向文坛，直面画坛，说不定真能整出个"当惊世界殊"！

三

搞报纸副刊多年，也主管过美术版的编辑工作。由于过去对美术接触得少，也分不出其个中的变化、流派、风格，所以每当美术编辑将所发的稿件送给我时，我一般只是大致浏览一遍，就匆匆签发。后来，时间长了，耳濡目染，我也就对此明白个一二。艺术各门类，表现形式不同，但其内里还是相通的。在一幅画前，不同的人肯定有着不同的感受，你可以作出各种判断，但你很难与作者创作的初衷相吻合。

这似乎有点让人捉摸不定。但我始终认为，艺术就是艺术，它不是玄学。在我所接触的大量的美术评论中，我发现有相当多的人他们非常善于用飘忽不定的朦朦胧胧、懵懵懂懂的语言对画作进行评介，读这样的文字常使人陷入云里雾里，借用民间的话说"内行看着像外行，外行看着像内行"。

那么，铁凝在这本《遥远的完美》中将怎样对她眼里的名家名作进行一次散文化的解读呢？关于散文创作，我想用作者所处的三种现场进行判断。第一种，是"我"在第一现场，这种散文强调的是作者亲历，体现的是一种自我叙述，作品带有浓烈的感性色彩；第二种，是"我"在第二现场，这种散文主要借用他人已有的知识，我虽然在现场，但这种现场具有一定的虚拟性，其作品体现的是理性色彩；第三种，是"我"在第三现场，这种散文是将"我"放在第三方，即局外人，把第一现场、第二现场已有的东西看作是一假定的静物，由"我"进行重新审视和解读，这种散文既是感性的，也是理性的，如果写作者没有超出常人的知识储备很难完成。

我不想用文化散文的概念来对《遥远的完美》进行认定。更何况"文化散文"的概念一直是我所批判的。试想，谁的散文是没文化的呢？

在这里，我倒想把《遥远的完美》看作是铁凝用"我在第三现场"的散文形式对其艺术之旅的一次小结，或者是一次探索。这当然不是铁凝的专利。此前，我曾看过肖复兴的《音乐笔记》。当然，你也可以把"第三现场"看作第三世界。

四

散文是各类文学样式中最自由的文体。铁凝所以用散文，而不用论文的笔触去写那些画家们，这绝不是她谦虚地视自己为外行，其关键在于"作者的选画是自由的，你选择的不一定是约定俗成的'世界名画'，只要它曾经引起过你的某种感受，甚至可以包括有些你并不喜欢的画；作者的文体亦是自由的，短则百字，长可千字、万字"。

在铁凝的第三世界里，她所要传达的"自由"是多方面的。透过其亲和的语言，你会自始至终地随着她在一位位画家面前穿行，在一幅幅画面前凝思，那些看似静的世界，因为有了铁凝的动，于是人与人、人与物在顷刻间开始互动起来，那情境让你叹惋，让你忧伤，让你激动，让你心存感激。

我注意到，铁凝在为其所选择的五十位画家以及他们的一百零七幅代表作进行评述时，她字里行间出现频率最高的词只有两个字：劳动。这让我不由想到了生产力的构成要素：劳动者、劳动工具和劳动对象。我们过去天天喊劳动万岁、劳动最光荣，但现在无数的年轻人最轻视的就是劳动。

关于劳动，关于艺术家的劳动，铁凝在一九九七年曾经跟画家父亲铁扬以米开朗琪罗为例有过一次对话。那时，铁扬刚从意大利旅行回来。

铁凝：我知道，亲眼看到意大利的艺术是中国画家从来都向往的，这次你去意大利，感受最深的是什么？

铁扬：是艺术家的劳动，原来真正的艺术家首先都是一个普通的劳动者。

铁凝：你说的劳动者我理解，但"普通"意味着什么？

铁扬：一个常人，一个普通人对于劳动的概念。

铁凝：常人的劳动和一个"非常人"的艺术家的劳动相比，区别又在哪里？

铁扬：常人劳动是要讲效率、讲劳动量的，比如在街上摆摊儿修车的、修鞋的师傅，还有计件挣工钱的人们，劳动量是他们追求的第一目标。有活儿他便拼命干，不会拒绝顾客，因为干活儿直接维系着他们的生计。如此累计，一个修自行车的人每天修十辆，一年他将修三千余辆。有了这被修的三千余辆自行车，他的生存才有保障。

铁凝：艺术家的劳动概念不是这样吗？

铁扬：不是。我是就目前中国的艺术家而言，就我自己的体会而言。在中国，一年画一张画和画一百张都可以。

铁凝：你的意思是不是说，这是中国艺术家的"铁饭碗"所致？

铁扬：也不完全。依我看，主要是我们的很多艺术家对自己所从事的职业了解不清晰。艺术家首先应该是个手艺人，而不是一个自封的不着天地的贵族天才。米开朗琪罗始终把自己看成一个手艺人。他从家乡来到佛罗伦萨，又到罗马，干什么来了？耍手艺来了。许多教皇、富豪向他"订件"，也是把他当作了一个聪明的手艺人。

铁凝：艺术家的职业意识和作品质量的高低有关系吗？

铁扬：这个问题其实你可以回答，我想听一听你的观点。我记得你对目前中国的城市雕塑发表过一点议论。

铁凝：是在一次会议上。我觉得在我们的城市雕塑中有两种现象应该引起注意，一是直接从县乡的小石雕厂里买来的一些机制成品，多是些被歪曲了的造型配以似是而非、非男非女的面孔，这些身体比例失调的怪异现象，却被冠以"阿波罗""维纳斯""大卫"什么的名称供人作为古典艺术欣赏，还有"凯旋门""罗马柱"，等等。二是一部分当代雕塑家只做些黄泥小稿，就交给石雕工人去打制，最后刻上雕塑家本人的名字。这些东西往往也就被打制得不伦不类，还听说有的雕塑家对最后的"成品"连看都不看。我觉得这真是目前城市雕塑的灾难。我想知道，米开朗琪罗的作品也是请人打制的吗？

铁扬：不可能。很多记载证明，米开朗琪罗的作品都是独自完成。《大卫》作了两年多，他把自己和石头用一道墙围起来，两年多以后才与观众见面。西斯廷教堂的天顶画也是这样画的。

铁凝：现在我理解了为什么在开始你先谈艺术家的劳动，因为艺术家只有首先把自己当成劳动者，才谈得上艺术家职业意识的体现，劳动量，也是观众对你作品认可的一种回报。不会有人去向一位不负责任的空头艺术家"订件"的，这是问题的另一面，一种良性循环。

熟悉米勒的人不可能不和他的《拾穗》连在一起。我们面对收割后的土地上的三位女性，在那一派凝重、肃穆的氛围中，你怎能不对劳动产生敬畏呢？铁凝认为，在某种意义上，米勒的人生纲领就是劳动。米勒赋予劳动一种古典的庄严，那是人类所必需的生活义务的一部分。而他的可贵不在于为后代画家提供了富有建设性的形式和方法，他的可贵在于他完整、诚实地实现了他的人生信仰、艺术理想、绘画实践以及个人生活态度的和谐统一。他笔下那些劳动着的人是以痛苦为自然的，因为它内含着道德，所以是善，而因为是善，所以才是美的。所有的艺术都是永无休止的劳动，而劳动本身是不分高雅和低俗的。这不是我的总结，它是铁凝在看过德加笔下的《烫衣妇》后的感悟。

五

佛家讲"悟时自度，迷时师度"。我不知道别人的感受，每次看一幅画，或听一场音乐会，我很少去听别人怎样说。我相信我的直觉，我相信自己的所悟。我不需要别人的"师度"。读铁凝对五十位美术大师及其作品的赏析，我始终有着这样一种感觉。

说得通俗些，接受艺术教育的过程，就是让艺术还俗的过程。在我国，经过多年对素质教育的千呼万唤后，教育部于二〇〇一年制定出台了"中国艺术教育十年规划"。尽管艺术教育已经纳入国家的教育规划，但不同的人对艺术教育的理解是不尽相同的。集中地表现在是以"精英教育"为主，还是以"普及教育"为主，是重点放在"专业人才培养"上，还是放在对大众的"欣赏水平提高"上。

毫无疑问，专家艺术院校（系）其教育目标当然要以培养艺术人才为己任。但是不是学校培养出了艺术教育人才，全民族的艺术教育水平就能有较大幅度的提高呢？我看也不一定。艺术不比经济，能用数字说话。在很大程度上，一个大师的出现，往往要比几百个几千个教师的影响大得多。历史已经证明，一个普希金的出现，确实提高了整个俄罗斯的文学水平。当然，即使我们有了大师的出现，我们也非常需要学校的基础教育。中国毕竟人者众啊！

或许，铁凝对林风眠的解读能说明我的观点。

铁凝说，先前每听到或看到林风眠的名字，她就想起一种闭眼迎风而立的小鸟，对这个莫名其妙的联想悠远而顽固。在相当长的时期，林风眠在当代中国美术史上的地位一直没有得到人们的认可，尤其在铁凝的父亲铁扬所处的二十世纪五十年代"苏风"盛行的时期，林风眠几乎为人们所不齿。尽管铁凝从小就看过林风眠的瓶中的花，水中的天，天中的水，看他怎么也走进不了她的视野，更谈不上构成什么影响。后来，即使在国外看过很多大师的杰作后，铁凝很难把林风眠和那些大师们的名字连在一起。

一次在北京，路过中国美术馆，正逢举办林风眠画展。想不到，这次的不期而遇，使铁凝"不知为什么，眼前的林风眠突然变作另一个人。我熟悉的那几张瓶中花、水中天和仕女们都在，在这里却变得光彩照人起来，一时间我心情的激荡甚至胜过了在纽约、在奥斯陆的博物馆里——我从未大言不惭地说，现在我已懂得林风眠了。但我完全可以说，林风眠的画分明已和我有着交流了"。

人和人有了交流，可以排除隔阂，增进了解。那么，人和物若是有了交流，那将会是怎样的心情呢？我想到了从"见山不是山，见水不是水"到"见山是山，见水是水"的境界转变。

对此，铁凝有着更深刻的感悟：任何艺术作品（文学也一样）都要被历史作些沉淀的。在艺术作品本身正经历着沉淀的时候，作为读者的我们也正经历着沉淀。经过了这种沉淀，读者和艺术、艺术和读者才走到一起来，这仿佛又是艺术对你的认可。

六

二〇〇四年年初，在中国现代文学馆举办了韩国作家许世旭先生散文研讨会。舒乙在发言中谈到了美术和文学的关系。他说，画家和散文家都有一双慧眼，即能做到"常物出故事"。后来，我在发言中又有所补充，我认为散文写作具有一种发现功能，它的意义不在于你给读者提供了多少信息、知识，而在于你给读者创造了怎样的一种艺术氛围。而且，这种氛围是平白朴素的，它不能排除在一切细节之外。

铁凝自然很会营造属于她自己的艺术氛围，这不仅在她的散文中，也包括她的小说。过去，有人认为铁凝文学作品中的细腻表现得益于孙犁式的"荷花淀派"，而在我看来，那只是说对了一部分，而更多的则得益于她的画家父亲，或者说就是她的天赋。读《遥远的完美》，不论是面对高更、梵高、罗丹，还是塞尚、莫奈、达利，以及中国的古代皇帝赵佶，现当代的黄宾虹、周昌谷，这些大腕在铁凝眼里不过是一群经常到她家串门聊天的朋友，而他们的幅幅惊世之作，则顺理成章地成为她眼里的"常物"。倘不如此，铁凝将如何去面对他们呢？

在评析法国画家巴尔蒂斯几幅作品《壁炉前的裸女》《猫照镜》后，铁凝以拷问自己的方式写道：所有的观照别人都是为了遮挡自己，我们何时才能细看自己的心呢？几乎我们每个人都不忍细看自己。细看会导致我们头晕目眩脚步不稳，可是我们必须与他人相处，我们无处可逃，总有他人是我们的镜子。我们越是害怕细看自己，就越是要急迫地审视他人，以审视出的他人的种种破绽来安抚我们自己那无法告人的心。

是的，我们需要不断地细看自己、审视自己。而要想看到真实的自己，其前提是必须把自己看作"常物"，自己既不是他人的神，也不是自己的神。随着年龄的增大、生活阅历的丰富，特别是当下经济生活的活跃，使人很难把自己看作是"常物"。如果一个人连平常心都不具备了，你能指望他会发现什么、创造什么？

还是回到自己的少年时代吧。我们的少年尽管不是完全的非物质时代，但那些亲切自然的东西足以使我们更加容易接近艺术。现在，当我面对铁凝给我提供的这五十名画家的一百多幅作品，我感到眼前一片迷茫，这些名作此刻已经羽化成一片石头，这些石头是多年前铁凝笔下的《河之女》："它不似滩，不似岸，不似原，是一河的女人，千姿百态，裸着自己，有的将脚和头埋进沙里，露出沙面的仅是一个臀；有的反剪双手将自己倒弓着身子埋进沙里，露着的是小腹。侧着的肩，侧着的髋，朝天的乳，朝天的脸。更有自在者，曲起双腿，再把双腿无顾忌地叉开来，挺着一处宽阔的阴阜，一片浓密的茅草，正覆盖住羞处。有的在那羞处却连茅草也无须有，是无色的丘，无色的壑。你不能不为眼前这风景所惊呆，呆立半天你才会明白，这原本是一河石头，哪有什么女人。那突起的俱是石：白的石，黄的石，粉的石。那凹陷的俱是沙：成窝儿的沙，流成褶皱的沙，平缓的沙。那茅草就是茅草，它怎能去遮盖什么人的羞处？然而这实在又是人，是一河的女人，不然惊呆你的为什么是一河柔韧？肌腱的柔韧，线条的柔韧，胸大肌，臀大肌，腹直肌，背直肌——连髋和腰的衔接，分明都清晰可见。你实在想伸过手去轻缓地沿着这腰弯抚摸，然而你又不得不却步。"面对着如此动人的文字，充满灵性的文字，恐怕我们除了感动还是感动，这其中也包括铁凝自己。除此，我还想到了铁凝从小经常翻看的那些在今天看来已经是非常原始简陋的美术印刷品，我相信，铁凝一定不会喜新厌旧地把它们丢弃，因为那些东西足以温暖一个花季少女美好的童年。也正由于有了这种温暖，才使我们看到昔日少女今天的灿烂人生。

七

在利用"五一"长假阅读这部《遥远的完美》期间，我所致力的中国散文学会于五月二日将在北京图书馆举行全国青少年读书节的颁奖活动。在去北图的路上，我一连想了一串问题，我们为什么读书？读书与写作有什么关系？读书与生活什么关系？怎样看待读书与知识更新？等等。走出会场，当我看到上百双目光向我聚来的时候，我并没有感到有多么的高高在上，相反，我倒觉得自己的内心很虚，因为我不知道我的发言能否给孩子们带来有益的东西。

我不曾想到，大会安排获奖发言的同学讲起自己的写作体会竟是那样的慷慨激昂，仿佛他们早就悟到了文学创作的真谛。细听，有几位同学在两三年内居然获得了十几项全国征文奖。再一看他们的发言稿，一律是打印稿。就是说，他们的写作已经完全的现代化了。然而，他们的书法如何呢？说得再直接些，他们对汉字的书写会是怎样的呢？凭我的直觉，他们肯定写不好。

当下，有无数的神童都在出书、获奖，不遗余力地充当着快餐式的特长生。似乎也只有这样，在这个时代他们才不会落伍。身处网络时代，你很难让艺术成为他们心灵深处的宗教，他们不是不想拥有属于自己的宗教，他们实在没有属于自己的时间。

所以，当我读完《遥远的完美》时，感到一种久违了的气息直冲我的心扉，这种气息让我喜出望外，热泪盈眶。此刻，我不禁又想到了香雪，以及《河之女》中那些状若女人般的石头。我曾不止一次地对朋友说过，在千万年前，人类不仅能跟鸟儿对话，而且还能与石头对话。

我还想到了铁凝的小说《大浴女》《麦秸垛》，它们分别取名于塞尚和莫奈的同名画作。关于小说《麦秸垛》，铁凝在莫奈《麦秸垛》赏析中写道：

> 我写中篇小说《麦秸垛》时，刚刚见过了莫奈《麦秸垛》的原作。冀中平原上的农民堆积麦秸垛的方式和法国人略有不同。但我闻过麦秸垛的气味，我也从早到晚目睹过太阳、风雨对麦秸垛的照耀和吹拂。我围绕麦秸垛纺织的故事是麦秸和人之间那悲喜交加的关系，那关于生计的，关于爱和死的难解难分的纠缠。当我想到莫奈的麦秸垛时，也许我曾经希望用文字、用我的叙述让读者在我的《麦秸垛》跟前也多做几次深呼吸，但我发现我没有这种能力。这是因为我没有阳光照耀下的麦秸垛那颜色的奥妙么？

在这段话的下边，铁凝还有句结论性的声音："我不能不感叹在作家笔下无法发生的事，在好的画家笔下，什么都有可能发生。"对此，我表示非常的认同。也直到这时，我才终于明白铁凝在后记结尾处所说的话的深刻含义："真正的谦逊是不容易的，它有可能让我们接近那遥远的完美，但真正的抵达却仍然是难以抵达。"

铁凝，你藏得好深。

二〇〇四年五月八日

散文现象论

中国新世纪十年散文发展概览

新世纪十年的散文发展，不是孤立存在的，它既是改革开放三十年文学的组成部分，也是新世纪文学发展的组成部分。但作为独立的文学样式，散文新世纪十年又有它的特殊性。其情况大致如下。

一、当代散文的沿革

按照我们传统的分法，白话文学分现代文学和当代文学两部分，即从五四新文化运动前后到一九四九年中华人民共和国成立前为现代文学，中华人民共和国成立后至今为当代文学。当代文学又分中华人民共和国成立后十七年文学和"文化大革命"后的新时期文学。新时期文学又可分为一九七八年至一九九〇年、一九九〇年至二〇〇〇年、二〇〇〇年至二〇一〇年三个时期。

白话散文不同古代散文。近百年来，它经历了几次大的发展时期。第一次是二十世纪二三十年代，以鲁迅、周作人、朱自清、梁实秋、冰心、郁达夫、沈从文、巴金等作家为代表，其艺术成就甚至超过了小说和诗歌。第二次是中华人民共和国成立后十七年，出现以刘白羽、杨朔、秦牧为代表的散文标志性作家。第三次是一九九〇年后的十年。先是台湾席慕容、张晓风的散文进入大陆，然后是小女人散文的崛起，到一九九五年后出现学者散文的高潮，最终以余秋雨的出现达到高峰。

二、关于新世纪散文的基本认识

应该说，新世纪十年散文，是二十世纪九十年代以来十年的延伸，有共同性，也有一定的发展变化。

第一，新世纪十年散文队伍近一步发展壮大，就体裁而言，这十年散文比小说、诗歌和报告文学要热闹得多。就作者队伍而言，可以用盛况空前来形容。从广义讲，网络文学的兴起，给无数人提供了对文学创作的可能，尤其是散文创作。据统计，全国现在有七千万人开通了博客，如果我们把这些作品都宽泛地认定是散文，那就意味着全国有七千万个散文作家。从狭义讲，全国每年经常在报刊发表文学作品的人至少有五十万人，这些人的作品不可能以小说、诗歌、报告文学为主，而更多的是散文。

第二，新世纪十年散文创作进一步得到繁荣。如果以每个作家每人每年发表两篇散文，那么每年将有百万篇散文面世。当下，出版社每年出版的散文集在一千部上下，如果再加上以丛书形式出版的，至少在五六千部。

第三，散文创作园地遍地开花。专门发表散文的刊物有《散文》《散文海外版》《美文》《散文百家》《海燕》《散文选刊》，以发表散文为主的大报副刊有《人民日报》"大地"、《光明日报》"东风"、《解放军报》"长征"、《中国文化报》"美文"、《文汇报》"笔会"等。散文选本有人民文学出版社、上海学林出版社、花城出版社、百花文艺出版社、长江文艺出版社、漓江出版社、时代文艺出版社、北京工业大学出版社等出版的八个年度选本。各省市刊物，包括一些内部刊物都发表大量的散文，开设了散文栏目，有的还创办了散文刊物，如《辽海散文》《散文风》《当代散文》《烟台散文》等。

第四，散文流派异彩纷呈。最近二十年的散文，尤其是最近十年的散文，就创作风格创作技法而言，应该说是白话散文发展一百年来最活跃最丰富的时期。既有散文、随笔、杂文的三分天下，也有写实散文、乡土散文、军旅散文、新散文、大散文、思想散文、学者散文、女性散文、在场散文、报人散文、官人散文的标新立异，闪亮登场。我们不能说哪种是主流，哪种是非主流，因为这些散文样式的大融合，才构成散文的繁荣景象。

第五，散文评奖日益增多，激励了散文的繁荣。目前以作家冠名的有"韩愈散文奖""鲁迅散文奖""冰心散文奖""郭沫若散文奖""老舍散文奖""吴伯箫散文奖""孙犁散文奖"，其中以"冰心散文奖"在全国影响最大。

第六，散文理论总体上还比较滞后，但自二十世纪八十年代以林非、刘锡庆、范培松等人为代表的散文理论家之后，又出现了以红孩、韩小蕙、王剑冰、古耜、李晓红、周闻道、张宗刚、陈剑晖、王冰为代表的新一代散文理论家、批评家。他们虽然还没形成完整的散文理论体系，但其锐劲正风头劲起。

三、当前散文创作存在的问题及思考

第一，当前散文创作虽然繁荣，但总体感觉比较芜杂。这其中的主要问题是，对散文的标准，即什么是散文？散文的标准是什么？什么是好的散文？一直没有弄清楚。这既是好事也是坏事。好就好在使散文写作更自由更宽泛，不好的一面是无章可循。当下，最需要警惕的是有很多非文学的东西进入散文，如文体不分、语言不分，使散文缺少了文学的意义。

第二，当前散文创作人心总体浮躁，追求散文自身质地的少，追求名誉地位的多。如前些年盛行的南有谁，北有谁，东有谁，西有谁，甚至让人尊自己为一代宗师，等等。更有人，盲目追求评奖，也有人片面追求发表数量，不重质量。还有相当多的人喜欢模仿，如文化大散文，就有相当多的人模仿余秋雨，结果使文化散文越写越差，有的已经钻进文史堆里，背离散文创作的规律。

第三，通过二十世纪二三十年代、五六十年代和九十年代散文发展出现的高潮规律看，散文创作在新世纪十年和未来的十年或者二十年间，很难再出现大的高峰。未来的十年，是散文家徘徊思考的十年，也是平稳过渡的十年。因此，散文界应该冷静地思考一些问题：一、什么是散文，散文的标准到底是什么，散文创作是否有规律可言？二、散文要面对现实，回到生活本身，文化散文、思想型散文是否作为散文发展的主流？三，散文越写越长，叙述、说教越来越多，描写越来越少，是否意味着散文发展的倒退？

第四，注重散文单篇的创作，名家一定要有名篇。没有名篇的散文时代算不得散文的高峰，一个散文家的名篇也不能代表一个时代。不论报刊发表，还是各种散文评奖，一定要加大单篇的力度。

第五，文学要正本清源，散文更要正本清源。散文要回到文学性、艺术性上来，目前非文学的东西太多。像过去地域性强，语言讲究，有独特风格，文章短小精悍、生活气息浓郁的散文作家越来越少，说教的，演义历史的，语言混乱的作品充斥报刊，实在是对散文的极大破坏。

第六，加强散文理论建设。中国散文学会自一九八五年成立以来，一直注重散文理论的研究。特别是二〇〇〇年以来的十年，几乎每年都举办两三次散文论坛，学会内部刊物《散文通讯》每期也发表大量理论文章，非常受广大会员的欢迎。

第七，加强中国散文学会和各地散文学会的工作。全国各省市地县有散文学会、协会近百家，少则几十人，多则上千人，中国散文学会十年间会员由二〇〇〇年的三千人发展到今天的六千人，极大地激发了广大散文作家的创作热情，他们非常热爱学会，积极参加学会的征文、评奖、采风、出书、论坛等活动，形成了非常和谐的散文大家庭。

二〇一〇年十月二十七日

见怪不怪的散文八怪

——兼谈我对当前散文的看法

近来，关于散文的议论很多。毋庸讳言，散文创作自二十世纪九十年代以来，随着新闻出版事业的蓬勃发展，使更多的普通人都能拿起笔来为报刊写些短文，这种短文虽然五花八门，但从广义上讲都该列入散文的范畴。我很为这种全民皆散文的现象欢欣鼓舞，因为散文再也不是专业作家和文学写作者的专利了。诚然，一种事物的兴起，必然使得有人喜来有人忧。这是极其正常的事。既然当前已经有很多人对散文说三道四了，我也就不揣浅陋表述一二，谁让我和你一样，都是散文狂热的喜爱者呢。

首先表明，我不是一个专事散文的创作者，更不是专事散文的研究者，我就是一个俗人，一个非常喜欢喝酒吃肉，更希望能多挣点钱，当一个什么什么长的俗人。但我在空闲的时间，常常读一些散文。在我的眼里，很少关注谁是名家，我只关心我所需要的东西，有意思，我就看完，或者有空再看一遍，没意思，顺手就扔。所以，现在我买刊载散文的报纸和杂志时就很谨慎，我不想盲目花钱，瞎花钱不如买肉吃。下面，我就把省下的买肉钱用来读散文的体会汇报一下，题目为《见怪不怪的散文八怪》。

第一怪，散文风格的界定越来越细。有人认为，近十年散文创作的繁荣可以与二十世纪二三十年代相比，其主要表现在数量大，品种多。出现了诸如"大散文""文化散文""学者散文""游记散文""艺术散文""思想散文""小女人散文""小说家散文"等名目繁多的界说。然而，在散文热闹的背后，当我们真平心静气下来回头看时，我们会发现在散文的舞台上除留下几个歌星般的名字外，散文在真正意义上并没有留下几篇名篇佳作，战罢的舞台显得十分混乱，缺乏科学的导演。有些品种一亮相，本身就是虚假伪劣，试问，谁创作的散文是"没文化的""没思想的""非艺术的"？又有谁的散文是"小散文"？

第二怪，散文创作与现实严重脱节，贵族化倾向已然显而易见。眼下，有相当一批作家，非常喜欢坐拥书斋，在资料中调来调去，更有甚者抄来抄去。同时，还有一批作家热衷于写史地性的"文化考古散文"，有人把这类作家戏称为盗墓者。其实，这样的东西我们有很多的电视专题片都有相近的记录。另外，在众多的文史书籍中也多有记载，无须有更多的作家劳神费力。然而，就是这样的作家作品，却被很多人盲目推崇，可想现代人有多么幼稚。

第三怪，散文越写越长。现在的文学期刊上，一两千字的散文已为作家所不屑，很多作家一下笔就五六千字，甚至一两万字，三五万字，用不了多久，下笔千言就会从我们的语境中消失，多亏万字上面还有十万百万千万。以前总不明白什么叫大散文，随着时间的推移，才发现大散文不是贾平凹所倡导的在题材的开拓上，而仅仅是在文字的长短上。早知如此，我早就成为大散文家了。

第四怪，散文越写越假，正在走向小说化。无疑，真实是散文的生命，但目前有一些散文明显地带有编造痕迹，以至于出现叙述逻辑混乱，甚至张冠李戴，道听途说。这就难怪有读者说，怎么那么巧，什么奇闻轶事都让作家遇到了，我们怎么遇不到。是的，作家天生就有一双会发现的眼睛，但有时这双眼睛也很虚假，只是这虚假不能常常被善良的读者发现。我个人以为，散文完全做到真实是不可能的，因为作家在选材时本身就做了手脚，但在大致情节、人物、时间和有关史地等相关知识上一定要真实。

第五怪，散文过分神秘化。散文不是玄学，在我看来，只要具备初中文化程度，就能读懂或者从事散文写作。散文也不是宗教，那种扎在宗教里，把一些自己尚未完全整明白的思想付诸于散文，既是对读者的亵渎，也是对散文的亵渎。宗教中不乏美文，它不是神化，而是哲学。

第六怪，散文不断点击名人，包括古代名人。名人出效益，这是市场经济下的必然结果。未名的点击成名的，久而久之，未名的也会成为有名的；名人点击名人，目的是使自己越发地有名。文坛上现在有一批酷士，专以酷评哗众取宠，但也有令人敬佩之处，起码不畏权贵，更不畏名人。这比散文界中的攀龙附凤者要高尚得多。

第七怪，散文叙述语言文言化、生僻化。无疑，散文是颇讲究语境的，历史已经证明，大凡好的散文，具有经典名篇特征的散文，它的叙述语言一定是通俗的大众化的。然而，白话文发展已经一个世纪了，可现在我们仍有许多作家、学者苦苦揪着文言的辫子不放，不失时机地将四六句充斥于作品中，因其是名人，渐渐便影响了其后学跟着效仿，读这样的文章，读者总有半生不熟的感觉。至于有意创造以示自己不俗的生僻词句，那简直就如同让读者吃沙子。

第八怪，散文开始市场化。我说的这种市场化，不仅仅是说作家已经将散文商品化，还包括从事散文编辑、出版者也已经将散文商品化。突出的是散文专栏、散文评奖、散文各种选本和散文排行榜的出现，这些方式的产生，往往不是从繁荣散文创作出发，主要目的是更大促销自己和自己控制下的散文产品，如报刊、书籍和网络等。

以上散文八怪，仅仅是我稍微总结一下的结果。若是继续选怪，恐怕二十怪也会有之。我要说明的是，我所列的散文八怪，并不都是我极力反对的，更不是一概否定。对于任何人的任何一种在创作上的尝试，我都充满敬佩，不然就无法体现与时俱进的时代特征！尽管如此，我还是要说，散文创作在不断创新的同时，也一定要坚守自己的规则，没有了规则，就很容易被别人吃掉。换句话说，坚守在一定意义上本身就是创新。

二〇〇一年九月一日

怕被别人忘记的写作
　　——《2011 年我最喜爱的中国散文 100 篇》序言

　　写作是要有个心态的。不同的人在不同的状态下，写出的作品质地会有很大的不同。年轻人跟老年人也有所不同，一般讲，年轻人有点猛劲，而上年岁的人作品就显得很绵润。这里主要指的是散文写作，如果是杂文，往往人越上了年纪，写出的文章就越辛辣。想想也是，人一旦活到七老八十，什么事情都看明白了，还有什么可怕的呢？

　　有。还真有可怕的。近年来，我接触了一批上了年岁的作家，有七老八十的，也有五六十岁的，他们最怕的就是被文坛所遗忘。这些人在中青年时，都曾写出过一定的好作品，有的在全省，甚至在全国还曾产生过很大的反响。然而，随着时过境迁，思维僵化，力不从心，写出的作品不要说再产生什么社会影响，有的人甚至连发表都成了问题。就我所供职的《中国文化报》副刊而言，每年收到这样的老作家的作品也不在少数，论名声，他们的作品不用说，应该发在头二条。可是，论质量，还真有点勉强。然而，为了报纸好看（有相当多的读者很看重作家的名气），也为了作家的尊严、面子，我还是把他们的作品放在头二条。文章发表后，很多老作家对我总是千恩万谢。我还得搭着笑脸说，谢谢您的支持，欢迎继续赐稿。谁料，本是客气的话，对方却当真，没过几日，又呼啦啦给你邮来好几篇（有些老作家不用电脑，坚持手写）。弄得你用也不是退也不是。拖得时间久了，人家还打电话催你。你又得有理没理地胡乱解释一通。等找着机会再选发一篇。

这种鸡肋般的作品也有好处，就是能应景。譬如纪念中华人民共和国成立多少周年，纪念某人某事多少周年，或者是清明节、三八节、端午节、重阳节以及现在新兴的各种洋节，他们的作品最能派上用场。年轻的作者由于缺乏阅历，写出的节庆作品大都平淡，没有内容，比鸡肋还不如。从这个角度说，许多中老年作家的作品有时也是宝贝，你还真不能没有一点储备。

我的许多老年作家朋友都说我孝顺，说我最能够体谅他们的心情。我的一位新识的年近八十岁的老朋友，他曾参加过抗美援朝，自从退休后便感到十分寂寞。后来到部队的干休所老年大学学习，无意中接触了几个喜爱书画和文学创作的朋友。几经周折，跟我认识。不久，他把一篇散文《会唱歌的金达莱》送给我。我很快编发了，还开玩笑对他说："您年轻时在朝鲜战场喜欢过一位女孩子，在心里埋藏了六十年，现在才说出来，老伴看后不吃醋吗？"老朋友哈哈大笑，说："哪里会吃醋，年轻时谁没有过浪漫呢！"老朋友的家人也都很兴奋，认为他又进入了人生第二春。现在，老朋友几乎每个月都要写一两篇作品给我，不是为了发表，而是想把内心深处的故事写出来。

不是为了发表，把内心深处的故事写出来，这实在是写作的真谛。就当下绝大多数写作者而言，有几个人能这样做呢？我们看到，有相当多的作家，写作是被动的，是等着编辑电话或登门约稿的。前几年，还有几个大牌作家公开提出，先付稿费再写稿。我们不能说被动写作一篇好稿子都没有，但总觉得这应景写作不那么可靠。我以为，一个作家正常的写作应该是：他对生活的某一方面有所触动感悟了，然后以自己的语言方式写出来。具体说投给哪家报社，那就看这个作家跟哪家报社的缘分了。我注意到，有很多的成名作家，他们所发表作品的报刊和杂志常常是固定的那么几家。反之，也有一批作家，很熟悉给报纸写作，他们采取的是四面开花，不论报刊大小，有求必应。从写作质地来说，我支持第一种，固定的给一些熟悉的报刊，这样会写得很从容。不好的一面是，会给人一种圈子的感觉。第二种虽然网撒得大，市场占有率高，可以扩大作家的社会影响力，但由于市场需求大，稿费多且高，容易使作者急功近利，创作出的作品比较毛糙。从我每年编选的年选看，很多名家的作品最终没能进入选本，其中重要的原因就是心态浮躁。

人都有一老，怕被别人忘记是人之常情。然而，艺术可不管你多大年龄，它只相信真理。我很佩服一批上了年纪的作家，譬如吴冠中、黄永玉、从维熙、贺捷生、舒乙、陈祖芬。随着年纪的增加，他们的文笔非但不陈旧，反而更加有力量有青春的活力。这样的作家，是不怕别人忘记的。因为，他们的写作，始终是在为自己为人生写作。

问题是，我们现在有相当多的中青年作家，在文坛刚出了点名，也开始有了怕别人忘记的写作心理。他们给自己有了规定，每年要在报刊发表多少小说，在报纸要发表多少散文，要出几部长篇小说，要写几部电视剧。一位前几年正火的作家对我说，名声到了，金钱如浪潮一样席卷而来，想挡都挡不住。因为是多年的朋友，他的作品我也经常浏览，发现质量越来越差，有的作品几乎不忍卒读。更有讽刺意味的是，还有人举报他的作品有抄袭嫌疑，也有人说他雇了枪手。作为朋友，我认为这都是假的。这位老兄有次聚会后曾无限感慨地对我说：兄弟，哥哥这几年是发了，可是我的代价你知道吗？我的心脏已经搭了三个支架。比起生命，钱算什么，就那么回事。好好活着，才是真的。

市场经济，使很多品牌一夜成名，也是很多品牌一夜毁掉。作家写作，自然排除不了功利，历史已经证明，凡是按照艺术规律创作的作品，它的艺术魅力越长久。那种总想着通过写作去挣钱，去捞取功名的人，其实已经跟写作没什么关系了。冰心、巴金的写作考虑过被别人忘记了吗？

如果总考虑怕别人忘记，以他们的名气和资历，恐怕每天发一篇作品也不是什么问题。但他们没有这样做，他们只是为自己的心灵写作。所以，至今人们记得住他们的不朽作品。就是说，写作是自己的事，如何欣赏是别人的事。正像我编选的这本散文年选，我说好说坏，那是我的认识，与别人无关。那么，什么与作者有关呢？

二〇一二年三月六日

我渴望看到科学小品

　　四月二十七日，出席北京市第八次文代会，在作家代表团的自由发言中，我向诸多的文友提出"作家需要知识更新"的话题，引起人们的共鸣。我举例说，由于多年做副刊编辑，我收到的很多来稿，大多是对过去的记忆，尤其是对乡村的贫穷记忆。毫无疑问，文学是承载历史的最好方式。但我们千万不能忽视，文学它本身是艺术形式，既然如此，就有一个语言表达和技巧运用的问题。自二十世纪八十年代以来，随着西方文艺思潮的进入，很多作家都不同程度地开始模仿"意识流""魔幻现实主义"等创作方法。最成功者莫过于早期的王蒙和今日的莫言。必须承认，人有聪明与愚钝之分。我想，我说王蒙和莫言属于聪明之人，大概是无人反对的。反之，如果我说有相当多的普通作者在文学感觉上略显愚钝，恐怕就要招骂了。

　　作家写作，最大的快乐就是作品发表，得到读者的欣赏。现实生活中，尽管各种诱惑很多，但痴迷于文学创作的人群仍然很庞大。近些年，各地的乡镇、街道以及村庄、社区纷纷成立了文联、作家协会、诗词学会，还办起了不同形式的报纸与刊物。我觉得，这是文化繁荣的一种具体体现。从另一个侧面，也足可以看出中国老百姓的日子较过去有了很大的提升。同样是在四月，我到某市参加文学创作年会，又一次看到有相当多的老年文学爱好者坐在领奖席上。这些老人我是相当熟悉的，每次见面，他们都像见到自己的儿子一样向我嘘寒问暖，而且还会将自己新近出版的书籍送给我。当然，也有相当多的作者把最近创作的散文、诗歌稿塞给我，希望我给看看、说说。平心而论，这些老人写的作品几乎没有什么艺术性，更多的是对生活的回忆，内容也多有雷同。只是，我不好当面说破。我知道，如果说破，那对于七老八十的人将是多么的残酷！其实，也不必这样想，这些老同志虽然心揣文学梦想，到了这把年纪，也不一定非要成名成家，只要活着充实有乐趣就行了。

我要说的要提醒的是中青年作家，也包括我自己，你要成为有作为的作家，你一定要问自己，你准备好了吗？通常，作家写作要有四个方面的积累，即生活的积累、感情的积累、技巧的积累和知识的积累。这四个积累缺少哪个都不行，特别是知识的积累。有道是学无止境，活到老学到老，任何人都不敢说他是知识的万花筒。二十世纪八十年代，一大批青年人提出"把失去的时间夺回来"，他们发奋努力，挑灯夜读，不管是电大、夜大、函大，没有一个不是爆门的。九十年代，面对新经济、高科技的信息时代，很多中年人又提出了"充电"之声。道理很简单，人和时间赛跑，你不努力，你就会落伍。在这样的背景下，我们的文学创作，有的人有了警醒，开始各种形式的"充电"，甚至到国外去学习。而更多的人则还是靠过去的简单知识加上生活的积累进行重复的写作。可以想见，这样重复的劳动，读者能满意吗？如果谁把读者当傻子，到头来他就是最大的傻子。

我们过去读经典名篇，你会发现，那些作家在当时创作时，他们是认真做过四个方面的积累的。尤其是知识积累。在本次文代会的自由发言中，我说，请问在座的各位，在最近的十几年中，谁看过我们的散文、小说中有大段的对草原、山川、河流和昆虫的景物描写？没有，一个也没有。当下，国家为了拉动内需，启动了"十一"黄金周、小长假，虽然交通便利了，人们去的地方多了，但又有谁真正地去观察去体味大自然了呢？我甚至说，谁要是能写出一千字的对大自然的纯粹描写，我愿意出一万元作为稿费。因此，我对文学作品的欣赏，不管他是什么人写的，只看他作品中有多少文学的知识元素。譬如，我们面前有一簇花，我希望有人能把其中的每一种花一一罗列出来。假如能，我就无比地佩服他，承认他有学问。

熟悉现当代散文的读者，一定会读过秦牧先生于二十世纪六十年代出版的散文札记《艺海拾贝》，这部书至今已发行逾百万册，影响了整整几代人，是秦牧先生的代表作之一。作品文笔优美活泼，形象生动鲜明，融自然科学、社会科学、哲学和艺术各方面的理论和知识，是难得的艺术理论著作中的"科学小品"。科学小品，不同于散文，但又具备散文的某些文学特征，因其文中洋溢的知识性为读者所喜爱。在二十世纪八十年代的中小学课本当中，一般都会收入几篇科学小品供学生欣赏，如竺可桢的《向沙漠进军》、茅以升的《中国石拱桥》等。只可惜，现在的科学家已经很少有人写这样的文章了。秦牧散文之所以在二十世纪五六十年代盛行，与杨朔、刘白羽并列为散文三大家，主要的原因就是他的散文体现了知识性与文学性的统一。可以说，秦牧是新中国文化散文的开拓者。

《艺海拾贝》自然不是秦牧纯粹的散文集，但其通过对物事的观察与分析，以散文的叙述方式去阐释文艺的理法，倒也别具一格。这本书我读过不止一遍，每次读后都会有新的收获。我非常佩服秦牧先生的博学，他对知识的涉猎是那样的广泛，诸如美术、音乐、戏曲、宗教、剪纸、动物、植物、饮食、服饰等，只要经过他的双眼，他就会心领神会，发现其跟艺术的关系。譬如，在《并蒂莲的美感》一文中，作者发现——"古往今来，不少赞颂男女纯洁坚贞爱情的艺术作品感动了人们，那些被人用来形容男女爱情的动物和植物，就多少给人一种美感了。如比翼鸟、连理枝、并蒂莲、双飞蝶之类"。然而，作者还发现——"如果以为如影随形、双双不离的东西就一定能引起人们关于纯洁坚贞爱情的联想，就一定能够引起一些美感，那就大错特错了。如雄虫一生都抱着雌虫过活的血吸虫"。至此，作者得出结论："美感任何时候都是以一定的思想内容为基础的。"看到此，你不得不佩服作者的以理服人了。

面对当下文坛读者不满的现状，我们的作家是不是该真的认真思考了。在寻找诸多的理由和答案时，我首选的是作家不是缺少精神的钙质而是缺少知识的积淀。所以，我宁可呼唤全国每年生产几十篇科学小品，也不希望生产泡沫般的上千部的小说和电视剧！

二〇一三年五月六日

散文与历史文化

散文的诗与志
——以周明散文为例

　　长期以来，在文学理论中，一直有"诗言志"一说。所谓"诗言志"，一般是指人类通过诗歌的形式，把作者的思想情感表达出来。志，在这里特指的是志气、志向。我们在上小学、中学时，老师在给我们讲到诗歌时，灌输的也基本是这个概念。可是，经过几十年的文学创作，我越来越觉得这种理解是片面的，或者说是不准确的。我要说的是，诗歌在表达思想情感的过程时，还有一个记录历史的任务。在这里，言的"志"不单纯指志气、志向，还有一个"史志"的意义。

　　人类的进化是漫长的，由猿到人的进化特征有很多，最重要的是语言和文字的产生。语言是用嘴说话交流，文字是要通过手写被记录的。在劳动生产与社会交往中，语言和文字是必不可少的。人们要说话，要记录生活，一部分为了生活需要，另一部分是为了表达感情，这表达又可分为自我抒发和相互抒发。说话是要出声音，声音大小长短是有节奏的，何谓节奏，节奏就是声音相对稳定的形式。有了这稳定的节奏，就产生了歌，歌再形成美的旋律，就有了审美，特别是通过文字的表达，就有了诗歌。诗歌的产生，终其目的是为了记录生活抒发感情的。

在中国古典诗词中，有很多的作品是记录劳动人民的生产生活的。如很多的叙事诗。叙事诗在二十世纪八十年代前还有，到了九十年代以后就逐渐消失了。想来，人们会觉得叙事诗过于简单，不大符合现代人的审美需要。诚然，自八十年代以后，伴随着国门打开，高考恢复，知识大爆炸，整个社会的文化程度有了大幅度提高，特别是西方文艺思潮的进入，似乎一切都进入全球化。在这样的大背景下，冗长的叙事诗显然与"时间就是生命"的快节奏不相适应，其惨遭淘汰纯属历史的必然。

那么，散文的发展如何呢？按传统的分法散文可分为叙事、抒情和议论三种类型，或者说是散文的三种表现形式。其实，在当代散文中，往往在一篇散文中，叙事、抒情、议论三者是缺一不可的，无非是侧重点有所不同。长期以来，叙事、抒情一直是散文的两个羽翼，也是人们喜闻乐见的。自九十年代席慕蓉、余秋雨之后，叙事和抒情散文明显暗淡了许多，许多作家、学者开始热衷文史类散文，也有人将其称为文化散文、学者散文、思想散文。就个人而言，我是不被任何人的散文理论所左右的，更不会被各种名词概念吓到，我有我的主张，我有我的散文标准。我非常赞同不同的作者对各种散文样式的写作尝试，贾平凹最早提出了大散文概念，我觉得其意义重大，究竟什么是大散文，贾平凹有他的解释，别的作家也有自己的见解。余秋雨的散文显然是新散文变革的一种尝试，读者最初读的时候感到耳目一新，才发现散文可以这样写。至于余秋雨接受不接受自己写的是大散文，这无关紧要，重要的是他开拓了散文的一条先河。

在余秋雨之前，我们可以追溯到杨朔、秦牧、刘白羽，甚至可以追溯到鲁迅、冰心、朱自清、周作人的散文。特别是朱自清和杨朔散文，几乎影响了中国当代散文的整个走向。至今，有相当多的作家写作散文，还有着朱自清和杨朔的痕迹。我并不认为沿用别人的传统就是落后，否则，我们国家还提倡什么非物质文化遗产保护呢？

就散文的诗与志而言，我觉得杨朔和朱自清的散文在诗性的发挥上都到了极致。杨朔在谈到散文创作时曾说过，他是要把散文当作诗来写的。这里的诗不仅是语言的美，也包括感情的抒发和文章意境的提升。正是由于杨朔有着这样的散文创作理念，因此在他的散文创作上，其选择题材和感情抒发上往往引领那个时代，也就是人们所说的"歌德式"写作。而在志上，关于自己的思想定位和写作追求，杨朔是统一的。而站在史志方面，有人则认为杨朔的散文是不真实的，他的作品是超现实或美化现实的。我觉得，这种批评不无道理，但如果站在杨朔的文学观上，我们似乎又无法指责。因为，每个作家都有自己表达艺术追求的权利。

关于史志性写作，近些年已经成为一种时尚。其实，在中国古典散文中，如《史记》《古文观止》中，几乎都是关于历史事件和人物的文学记录。不同的是，今天的人们由于思想的解放，文化的多元，使得人们对历史可以有着全新的认识与发现。这种作品，只是作者的一种表达，并不等同于历史的考证。可惜的是，当下有相当多的作者，把这种散文写作，当成考古论文，这就使得作品失去了文学的色彩。特别是有相当多的读者，也常把这类散文当成历史来读。我们过去总说，散文不能虚构，那现在人们写了那么多的历史性散文，是不是虚构呢？我以为，这就要辩证地看。过分地强调真实，文学的意义就会打折。同样，完全虚构，那样的作品还有阅读的价值吗？

对于史志性散文写作，我始终将其视为散文创作的一种模式。史志可以分为正史和野史，也可以分为国家史和个人史。我比较倾向于"我所直接经历的历史写作"。我以为，今天任何人的写作到了明天都将成为历史，也就是说，我们的写作不管你同意不同意，都将进入历史。诚然，历史性写作，很多人强调大事大人物，这样关注度比较高。但是，有很多涉及凡人小事的作品，也未尝不能进入文学史。关键是写作的角度，思想的深度，情感的浓度，能不能引起读者的共鸣。鲁迅笔下的事件和人物几乎都很小，可哪个没有进入文学画廊呢？

我注意到，在当代作家中，周明的人物散文在"情"与"志"上是有独到之处的。周明系陕西人，自一九五五年从兰州大学毕业分配到中国作家协会，至今已有六十余年，先后在《文艺学习》《人民文学》、中国作协创联部、现代文学馆以及中国报告文学学会、中国散文学会、茅盾文学研究会、冰心文学研究会任职，被文学界誉为基辛格式的人物。由于工作关系，他与冰心、茅盾、巴金、张光年、丁玲、萧军、艾青、胡乔木、贺敬之、柳青、赵树理、赵丹、徐迟、王蒙、从维熙、邓友梅、刘绍棠、柏杨、马识途、柯岩、黄宗英、陈祖芬以及章含之、王洛宾、刘晓庆等几百位几代作家、艺术家结下了深厚的友谊。在工作之余，周明常将自己与这些人物的交往，写成散文，在第一时间与读者见面。在这里，我必须强调周明散文的"在场意识"，否则就无从谈"第一时间"。

周明的在场，是指周明的散文都是写他直接经历的人物和事件。如初见巴金，是在北京饭店二楼的一间幽静的卧室。见柳青是在陕西长安县的皇甫村，当年柳青深入生活的地方。至于多次见冰心，有时在家中，有时听老人讲与邓颖超一起到中山公园赏花。在冰心先生弥留之际，他在医院病房正逢朱镕基总理前来看望。茅盾先生去世后，他很快写出了《我的心向着你们》，详细介绍了茅公的诸多往事，特别是茅公在遗言中怎样要求党组织追认他为中共党员和拿出二十五万元稿费设立茅盾文学奖，使读者看后更加敬仰这位文坛先驱。因工作关系，周明曾经六次去台湾，他与柏杨、张香华夫妇结下深厚的友谊。因为他的努力，柏杨克服层层阻力，将他的书稿遗存全部捐献给中国现代文学馆，也为周明写就《隔海相望的友谊》留下惊人的一笔。二〇一八年是中国改革开放四十周年，也是报告文学《哥德巴赫猜想》发表四十周年，作为这篇报告文学的策划者、责任编辑、作家徐迟的老朋友，由他写回忆文章责无旁贷，更是不二人选。我跟周明约稿后，他两天就给我写了五千多字的《改革开放的一枝报春花》，在我主编的《中国文化报》副刊发表后深受读者欢迎。

周明写人物散文非常地驾轻就熟，甚至已经形成了自己的风格。我们看一位作家写作是否成熟，就是要看其是否有了自己的风格。周明散文的风格，首先表现在语言的轻松自如，口语入文。其次是叙事的直接介入，而且以细节取胜。第三，他所写的人物，大都是在文坛、政界有着重要影响，这些人在近百年，乃至在未来的近百年是不可或缺的，值得人们去研究记忆的。因此，能为这些人进行生活的记录，实在具有史志的价值。我常说，周明在中国文坛的贡献，除了他做了多年的文学编辑、组织工作，还有一点，就是他用自己的笔对文坛进行了珍珠般的记录。这不是一般作家所具备的，它要求作者必须有独特的经历。也许，周明的这种史志性散文写作，本身就体现着他散文风格的志向与追求。倘真如此，我觉得文坛对周明散文是缺乏关注的。

二〇一八年二月八日

每个人的写作都是历史的记录

——赵国春散文集《荒原上的冷暖情怀》读后

　　人上了年岁总爱怀旧。有人干脆把这种感觉叫过电影。就文学作品而言，散文这种文学样式，是最容易描写历史的。我喜欢作者亲历的历史，那样的作品读起来亲切、温暖，仿佛你就在现场。反之，我就不欣赏一些学者的掉书袋写作，那些作品标榜文化散文，其实就是把看过的历史知识加上一点自己的前后议论而已。因此，我把散文写作分成生活型和分析型。前者强调的是感性，坚持我在第一现场；后者强调的是理性，作者虽然不在第一现场，但通过历史、地理知识去阐述。

　　就大多数散文写作者而言，基本都是生活型写作。鲁迅、老舍、冰心、朱自清、杨朔、袁鹰、铁凝、贾平凹、迟子建等，无一不是如此。而我们的古代作家，像《古文观止》中的散文，他们的散文作品大都是分析型的。当然，古人说的散文是相对韵文而言的，概念很宽泛。毫无疑问，古代的作家，首先是经过科举考试那样的制度考出来的高级知识分子，然后转换成官吏、幕僚。由于这些人的经历，其写作必然要写分析型文字。当下中国所谓的一些文化散文，大部分作者或是官员或是知识分子，他们热衷分析型散文的写作一点也不奇怪，他们这样做无非是想在长期的生活型写作面前表现出一种变化，一种脱俗，一种自我高大。二十世纪九十年代初，余秋雨的文化散文写作的确开了这种写作路数的先河，给人眼前一亮的感觉。但后来，随着很多模仿者的涌现，就渐渐地把这种散文的别样给扭曲了。原因很简单，这种散文样式适合余秋雨，而不适合每一个人。这就有点像当年的杨朔散文出现后，有大量的散文作家跟着模仿一样，结果几十年过去了，读者感到越看越乏味，作者写着也觉得太俗套。如今，有人站出来贬损杨朔、余秋雨，我觉得真是一点脑子都不过。对他们二位，我们不但不应该指责，反而应该供奉。任何一门艺术，最初的创新开拓者都应该被尊重，正因为有这些人的前仆后继，才会使我们的艺术不断地发展与繁荣。

我这么说，似乎与赵国春的散文扯远了。我想，还不是这样。既然写关于散文的文章，就不可能不涉及对当下散文的看法。道理很简单，赵国春的散文也是当代散文的一部分啊。我们不必在这里说某人的散文在当代中国散文的百花园里究竟是大树，还是繁花、小草，我只想说，每个人都是社会的一部分，每个人的写作都是历史的记录。

赵国春是属于北大荒的，也是属于北大荒作家群的。他属于北大荒第二代，他的骨子里流动着北大荒的血液，他的脚下沾满着北大荒的泥土。正因为如此，他的写作离不开北大荒的生活。北大荒是一片神奇而又多情的土地。由于出生在京郊农场，同属于农垦，我从很小就对北大荒充满好奇，充满想亲自去看一看的渴望。二○一○年六月底，我随黑龙江的一批作家组成一个采风团到北大荒的三个垦局十几个农场进行了参观。农垦总局的领导非常重视，让时任北大荒作家协会常务副主席兼任北大荒博物馆馆长的赵国春同志全程陪同。一路上，这个豪爽的北大荒大个子文人，对所到的大小单位是那样的熟悉，简直可以用一部活字典来形容。在此之前，我在自己所主编的《中国文化报》文艺副刊上曾发表许多赵国春写的文章，有纯粹的散文也有在北大荒生活工作过的文化名人记录。或许是发得比较多的缘故，有读者曾问我为什么经常发表有关北大荒的作品。

我说，因为我也曾是农垦人，我热爱那片热土。

一个作家的幸福，不在于他发表了多少作品，而在于他有没有自己的文学沃土。毫无疑问，生活在北大荒的作家是幸福的。不然，北大荒怎么会涌现出那么多在全国产生重要影响的作家呢？赵国春在出版这本《荒原上的冷暖情怀》之前，他已经出版、编辑了许多书，有的还得了全国性的文学奖，逐渐被文坛所关注。前不久，在北京参加全国第八次作家代表大会期间，我从聊天中得知他已经担任了北大荒作家协会的主席。我在祝贺的同时，也对他寄予希望，希望他能高举起北大荒文学的大旗，率领北大荒的新一代作家不断创作出无愧于北大荒的优秀作品。

关于这本散文集，赵国春希望我能写篇序，我说序不敢当，就写篇读后感，算作写在前面的话，给读者导读一下，至于读者喜欢不喜欢，那是自己的水平，与赵国春无关。最后，我想用我主编的《2010年我最喜爱的中国散文100篇》收入的赵国春的散文《亲历农垦总局大搬迁》一文后面我的点评来结束我的啰嗦话：我有过在农场工作的经历，对于北大荒农垦，我一直怀有景仰与敬畏之情。当去年七月，我与本文作者赵国春等一行十人一同踏入那片神奇的土地时，内心是非常激动的，有一种失踪多年的孩子找到亲娘的感觉。看过几处万亩粮田，感受到北大荒人的国家主人翁意识后，我曾含着热泪对很多的老北大荒人说：中国过去有两大精神——大庆精神和大寨精神，我要说，你们是第三种精神，即伟大的北大荒精神。是的，北大荒精神是伟大的，它毕竟被写进了中华人民共和国的历史。作为历史的记录者，"赵国春们"责无旁贷。我在并不遥远的北京期待着。

二〇一六年十月五日

文学跟文化不是一码事
——兼谈对"文化散文"的再认识

这是一个老话题。我所以在这里又重新提出来，无非是老话题遇到了新问题。我们过去一直认为，文学是文化的重要组成部分，这就如同北京是中国的一部分。然而，北京又非常特殊，在一定意义上，北京的声音就是中国的声音。由此及彼，文学在一定意义上也能代表着文化。比如，一个普希金的诞生，基本上就能体现着整个俄罗斯的文学水平和文化水平的高低。

很可惜，这种定式思维在相当长的时间里一直左右着我们的大脑。这种思维的可怕在于它不仅影响了我们对文学、文化的基本判断，而且还影响了我们对生活的基本判断。就是说，在一个人有限的一生，我们一直被谬误笼罩着。可以想见，让一个人一辈子远离真理，这是一件多么不道德的事情。

我始终不同意把散文分类，军旅散文、游记散文、叙事散文、抒情散文、文化散文、女性散文、行走散文、思想散文、学人散文、大散文——这些五花八门的东西，都没有"散文就是散文"来得简洁、准确。不可否认，凡是写作，都会面临一个题材的问题，有的可能是乡土题材，有的可能是都市题材，有的可能是军事题材，我们不能因为某个作家惯于写作某一题材作品，就把这个作家封为××作家。同样，我也不大同意"散文家"之说，这倒不是相对于小说家、诗人、评论家叫起来不习惯，而是觉得散文家太过于神圣了，印象中能以散文家称呼的古代只有"唐宋八大家"和现当代的"朱自清、沈从文、吴伯箫、刘白羽、秦牧、杨朔"，至于鲁迅、冰心、茅盾、老舍、巴金等人，读者一般总爱以作家、文学家相称，不大喜欢用"散文家"，当然这并不影响其在散文创作上的卓越成就。前几年，有好事者摆弄出一个"二十世纪末中国十大散文家论坛"活动，为此我曾写了一篇《是论坛还是神坛》的质疑文章，文章发表后在文学界产生很大影响，很多作家、编辑、读者都纷纷表示支持我的意见。总的想法是中国当代散文作家创作的作品远没有可以用得起散文家的称谓的，更不要说什么"十大""八大"家了。

具体说时下盛行的"文化散文"。二〇〇一年，有理论家提出"当前中国文学理论研究中一个值得注意的趋势是，来自于西方的文化研究被一些人简单接受了，出现了由二十世纪八十年代的向内转变为九十年代的向外转现象，一些原来的文学研究者，转向了经济、政治、思想的评论研究，出现了文学理论、批评队伍跨向其他学科的分流现象"，这些人"进行经济、政治、制度、思想的评论，力图介入政治、社会、思想批判"。也正是由于这个大的背景的存在，我们的散文创作才会出现随笔、小品文和"文化思考型"散文一度升温的现象。与此相伴，也才会出现"大散文"之说。当然，从大的范畴来说，非韵文皆是散文，随笔、小品文和一些议论性、说理性较强的"散文"更应当属于文学意义上的散文。但是，以我个人对文学散文的审美判断上来看，我是不大看好文化思考型的散文的。说得狭隘点，这类散文应该从文学散文中剥离出去。

我的直接理由是，散文属于文学，文学不等同于文化。作为文学散文，它强调的是作家的感性，是"我"的感受。而那些理性的东西几乎与作家无关。前不久铁凝在一次散文研讨会上说，"我常常想，好的小说是可以丰富人生的，好的散文是可以滋养心灵的，而真正能滋养心灵的散文在本质上都是朴素的，不勉强的"。在这里，有几个关键词，即"滋养心灵的""朴素的""不勉强的"，可以想见，能做到这三点，非文学散文莫属。至于那种拉开架式要评论宇宙、教训他人的"文化散文"断然无法实现。尽管如此，我对那些精心写作"文化散文"的写家们仍心存敬意，想想他们，为了一个事先准备好的命题，要千方百计搜集大量的文献、文史资料，甚至还要亲自到某地现场考察一番，更有个别身居高位者，还要发动属下到图书馆为其查阅相关资料，这一切真可谓劳死神了。在一通忙乎之后，他们才屏声息气地拿出几天几夜的时间在键盘上敲打出几万字的鸿篇巨制来。这些东西发表后，读者其实并不怎么叫好，而真正叫好热闹的除了作者自己，剩下的恐怕就是那些无知的小青年和追逐名人官人的编辑了。每当有人问我某某"文化散文""大散文"的评价时，我过去多会反问对方，那些知识你是真不知道吗？如果真的不知道，找时间翻翻书吧，都写着呢！再者，作者的那些议论难道你不会吗？如果不会，那你还从事什么写作啊！如今，即使我想说，也终觉得没那个力气了。原因很简单，文化愚民的数量远比民工多得多！

回到散文本身。散文毕竟是散文，是文学意义上的散文。作为一个散文作家，你要干的事就是要以文学的身份绽放你的文字，而不能以文史专家的身份去刨根问祖，倘不如此，您种了别人的地而荒废了自己的田，那成了什么人了？恕我直说，因为不说，我便心里堵得慌。

二〇〇五年四月十五日

一个人的文化日志
——《赵忱文集》三卷推介

赵忱出书了，而且出三卷，名曰《赵忱文集》，这在很多同事眼里，是挺大一个事。而于我，却一点也不觉得是什么新闻。因为，以赵忱的资历，出本关于文化的书，是很简单的事。即使是出文集。

赵忱一九八七年到中国文化报社工作，那时，报社刚创刊一周年。从此，一个风华正茂的天之骄女，怀揣着青春理想，开始了一个人在京城的文化之旅。她哪里会知道，这一走竟然长达二十六年，比她入报社的年龄还长。一九九六年底，我从《中国艺术报》调到《中国文化报》，报到的第一个部门就是文化周末部，而我的直接领导就是主任赵忱。在这之前，我是《中国文化报》的热心读者，由于是同行，我很关注《中国文化报》的每一个版面和栏目，我最喜欢的莫过于赵忱主持并撰写的"周末茶座"，这个专栏有三个特点：一是对话的人物都是各个领域的名家大腕，二是采访对象都具有一定的新闻性，三是作者与访谈对象对话平等、深入而轻松。当时，对于赵忱我是非常羡慕和佩服的。

自一九九二年进入媒体工作，我始终在新闻与文学中困惑。以我对赵忱的观察，我相信，她也肯定有过这样的困惑。不过，从她大量的作品中，我以为她较早地解决了这个问题。读赵忱的作品，你会觉得，她始终行走在新闻与文学的边缘。这显然与她的个性有关。长期以来，我一直在思考，记者的写作到底该不该有我？如果有我，我的比例该占多少合适？我期待自己回答，也期待同行回答。我很欣赏赵忱在《"红灯"照旧暖心田》一文中所说的话："你演你的，我有我的期待。"我对这话的理解是，不管我的采访对象是人还是物，也不管你有多大的名气，有多么热闹，我必须用我的眼睛，阐释我的思想。决不能像很多刚入行的记者，喜欢拿大路的通稿，或者一味地为写作对象捧场。我的另一理解是，记者采访任何人和事，时间通常是有限的，而在这有限的时间内，你必须要抓住你所需要的，即在有限的记录中寻找无限的可能。只有这样，写出的文章才会鲜活，才会引起读者的关注与共鸣。多年的经验告诉我，能做到以上两点，没有一定的阅历和淡定的心态是很难做到的。

媒体写作和作家的文学创作不同。记者的身份首先是公共的，然后才是自我的。你的天职是尽可能地把你知道的新近发生的新闻去告知那些尚未知道的大众。为此，我曾对新闻版和副刊版的文章做过比较，新闻作品人们关注的往往是发生了什么，一般不关注谁写的，而副刊作品人们往往关注是谁写的，然后才考虑写的是什么。与赵忱同事多年，我几乎看不到她写过什么新闻作品，而更多的是人物专访、文艺综述以及大量的文艺观察随笔。常看《中国文化报》的读者，有很多人喜欢看赵忱的文章。这大概与我说的她善于写副刊类文章有关。赵忱在文集第一卷开篇自白中说："做人不随波逐流，作文不千篇一律，是我命中注定的使命。"这话说起来容易，它需要多方面的积累。如知识的积累、生活的积累、感情的积累、人际关系的积累和写作技巧的积累。我注意到，赵忱的写作空间或者说所熟悉的艺术门类很宽，如戏剧、戏曲、音乐、舞蹈、文学、杂技、美术、影视，等等。如要真的要成为这些艺术门类的圈里人、专家，不是靠从书本上学到的那点知识就能够用的，它更多地需要迈动自己的双腿去跑，睁大自己的眼睛去发现，敞开自己的心扉去与人交往。正如赵忱在担任国家舞台精品工程媒体评委期间，在行走四十余天看过三十几台大戏后，她拖着大大的箱子回京时，"有人笑我箱子大，我说我的箱子里装着四季"。

是的，一个心里装着四季的人，他的内心该是最充实的。人只有充实的时候，他才会充满自信。我猜想，赵忧年轻时，她写的那些充满自信的文章，一定会有人说她口气挺大的。对此，我也遇到过这样的诘问。但赵忧的性格决定她不会改变自己。我能想象到二十余年来她采访的艰辛，也能体会到她对知识的储备是如何的忘我，而要做到这些，凭的不光是勇气和毅力，更多的是自身的文化自觉。赵忧把三卷文集分别取名为——"把沉睡的人都叫醒""我们必须脱胎换骨""离心最近的最文化"。我不能说这三者呈现的是递进关系，可我明白，你要"把沉睡的人都叫醒"，你自己必须是清醒的。人要清醒，需要充足的知识力量，对事物发展规律的原则秉持以及不可动摇的道德坚守。当下，有相当多的文化人，不是缺少文化的知识，而是缺少文化的操守。或许，有的人读了赵忧的文章，觉得她文笔过于犀利，总是把事情说得太透，我倒以为这恰恰反映了赵忧不愿随波逐流的文化自尊。

赵忧现在已经担任报社的副总编辑，很多年轻的记者、编辑经常在楼道里"赵总""赵总"地叫她，我们共事多年，不知道别人怎样感受，我听起来总觉得有些生疏。因为在内心深处，我还是喜欢署名赵忧的文章。《赵忧文集》三卷共收入作者从事媒体工作二十六年所写的作品三百余篇，约一百二十五万字，这当然只是她所有作品的一部分。而透过这一部分，则或多或少地折射出我们这个国家文化的发展历程。其实，不论你是什么人，你都是历史的创造者，是创造者自然也是历史的记录者。作为新闻记者，你的文字记录的是这个国家民族每天都发生的事，由于每个人的角度不同，传达给读者的声音与颜色肯定不尽相同。作为一个有鲜明个性的文化记者，我觉得赵忧所记录的文字可以看作是她一个人关于这个国家的文化日志。从这个意义上，我很愿意向读者朋友推介它。

二〇一三年四月八日

散文机构、评奖机制与活动

散文何时设单篇奖？
——兼谈鲁迅文学奖的改进及其他

一

今年是进入二十一世纪的第十个年头，祖国建设繁荣兴旺，文学事业空前发展，为此，我们有必要对过去的十年进行一次总结。新世纪十年，中国文学究竟经历了什么，取得了哪些成就，存在的问题是什么，有哪些工作需要改进、完善，这是广大文学工作者非常关注，也是需要认真思考的问题，更是需要认真回答的问题。鉴于新一届鲁迅文学奖评奖在即，我想就改进评奖机制提出一些想法和建议，请各界有识之士一同商讨。

文学是社会的反映。不论哪种文学样式，都是作家从生活出发，把人的思想、情感借助文字，通过艺术表现形式表达出来的。祖国悠久的历史，火热的现实生活，无疑为作家创作提供了丰厚的创作土壤。因此，我们的文学作品在内容表现上一定是丰富多彩的。人们热爱文学，除了满足对生活的认识与还原，还有对精神的需求和审美的需要。不同的人群喜爱不同的作品，任何题材、体裁的作品都有它的受众人群。因此，我们的作品要满足不同人群的需要。我们在提倡主旋律的同时，也必须要多样化。

作家既然创作，就要发表、出版，就要被人评头论足。没有一个作家的创作不想发表、出版的，也没有一个作家不希望自己的作品发表、出版后不产生任何反响的。所以，任何作家都应该以坦诚的胸怀接受大众的批评，尤其是敢于听取不同意见。任何文学组织、机构，开展文学评奖，其目的都是为了发现新人，推出优秀作品，繁荣文学创作，为读者提供优秀的精神食粮。开展健康、公正、有益的文学评奖，有利于文学的进步，社会的进步。

应该客观公正地说，中国作家协会在二十世纪八十年代开展的各种文学评奖极大地推动了中国文学的繁荣与发展，以至于今天的人们，谈到文学，谈到作家，大多还停留在对那一时期的记忆。进入九十年代后，由于文学整体"向内转"，现实主义文学创作逐渐淡出文学的主流，使得作家作品与社会生活严重脱节，最终形成了文学只是文学小圈子的游戏，读者越来越被冷漠。反之，读者也越来越冷漠文学。即使在九十年代后，中国作协又推出鲁迅文学奖，包括早先设立的茅盾文学奖，虽然评了好几届，但社会反响平平，最终受益的不过是获奖作家本人及其所在的管理机构。

毫无疑问，鲁迅文学奖、茅盾文学奖奖励的是精英艺术。然而，缺少了大众基础的精英艺术又能坚持多久呢？我们不妨在社会上搞个调查，看有多少人知道鲁迅文学奖，有多少人知道茅盾文学奖？再细问，看有多少人知道鲁迅文学奖的作者和作品，有多少人知道茅盾文学奖的作者和作品？不必脸红，我相信绝大多数人对此一无所知。相反，如果你问文学圈子里的人，恐怕也未必有半数人清楚。这就是中国当代文学的现状，谁也无法回避。中国文学走到这一步，其中的原因有很多，抛开经济、政治等大因素，与整个文学报刊的编辑思想、作协评奖机制有着直接的关系。

二

当前,文化体制改革全面展开,各种文学报刊将面临身份转换和观念转换。转换得好,则极大促进文学的发展;转换得不好,势必会使本就不景气的文学再次遭到滑坡。因此,首先有必要对带动全局工作的评奖机制进行有益的改进,以此来尝试改革的温度。试以鲁迅文学奖为例。

(一)修改评奖条例,让评奖更加透明、公正,尤其体现评奖的社会参与性。

(二)在确定评奖的范围后,首先要厘清鲁迅文学奖的特性和标准。当前,有些文学题材概念模糊,界限不明,既对评奖标准产生混乱,也对作家创作和读者对文学的基本认识产生错觉。譬如报告文学和纪实文学的区别;散文和杂文、随笔的区别;鲁迅文学奖要不要在诗歌奖中设旧体诗词(鲁迅是新文化新文学的代表,有人对此有看法)。从最近公布的评奖公告看,本届鲁迅文学奖增设了小小说一项。至此,小说从长篇、中篇、短篇和小小说都有自己的评奖归属。没有设的是中篇小说集、短篇小说集、小小说集。为此,我就有了这样的疑问,在连续多次的评奖中,为何散文不设单篇奖?而一律是散文集,甚至把杂文、随笔也划到这个范畴。无独有偶,诗歌评奖也是如此。熟悉散文、诗歌的朋友都知道,不要说古代散文、诗歌给我们留下许多名篇佳作,即使是现当代文学中的散文、诗歌名篇佳作,其数量无论如何要比小说影响大。我们今天能记住的许多作家、诗人的作品,没有一个记住的是他们的集子,而恰恰记住的是他们个别的名篇,多者三五篇(首),少者可能只有一篇(首)。然而,这些作家诗人就仅凭这一篇(首)却被人们永久地记住,甚至进入我们的文学史。鲁迅文学奖的散文集评出不少,在读者中几乎没什么影响。读者往往看的是你这个作家有没有名篇,没有名篇的散文集,艺术水准就会大打折扣,这是文学的基本规律。

在此,我强烈呼吁:鲁迅文学奖应该下决心取消散文集、诗集的评比,而要设立散文、诗歌单篇(首)奖!一篇散文、一首诗歌的意义绝不比一部小说、报告文学逊色。小小说也应该设单篇奖。单篇一定比集子的意义大。评集子获奖，作协就成了出版社的宣传部。也就是说，这些理论、概念、界线、分类问题如果不科学地解决，肯定会给评奖工作带来操作上的麻烦，也难以促进文学的发展与繁荣。

（三）评奖也是社会的反映。建议评奖设大众评奖和专家评奖两个部分（不是两个层次，专家未必比读者眼光高）。可以考虑先进行初评作品公示，让社会广泛参与投票。根据社会投票结果，结合专家评奖，进行终评。终评采取实名制，公开投票结果，每个评委必须写出两百字左右的评语。取消几名评委联名提名作品直接进入复评、终评的做法，这种做法实质是一种变相的特权、腐败。

（四）鉴于文学界的"张悟本（不是没有学历，是没有真才实学，颇像中医张大师那样到处兜售绿豆汤）式的专家、评委"也已经泛滥成灾，建议在评奖之前，确定评奖类别、名额后，首先进行评委评选。评委要有五分之一的读者评委（文学界以外人士参加）。评委采取自愿报名，责成有关机构进行初选，然后进行公示。建立专家库的办法是一种参考，但不是唯一。专家库一定要得到社会认可。而且要按文学体裁进行分组。不论任何人，不能连续担任两届评委。初评委和终评委应放在一起，终评委由初评委中选举产生。

（五）评奖要充分发挥作协所属学会、社团的作用，这些组织长期致力于某一文学类别的组织、研讨、评奖工作，熟悉作家队伍，积累了大量的经验，在作家中有着广泛的威信，对协助中国作协工作肯定会发挥积极的作用。可以考虑学会与创研部、创联部和作协所属报刊进行结合，组成专门的专项评奖办公室，负责评奖的组织工作。

总之，评奖工作要尽可能让社会参与，不能搞成作协自己的自助餐，更不能搞成小圈子的独食。只有开门办作协，开门评奖，让社会了解作协，参与作协，才能使文学重新回到在读者心中的神圣地位。

二〇一〇年六月二十三日

是论坛还是神坛？
——对北大讲坛评选所谓二十世纪末散文十家的质疑

关于散文的话题近来颇多。话题多，说明人们对这事儿关注。正如那些闲来无事的村妇就喜欢坐在一起议论张家长李家短，有人讨厌她们，认为太过于关心别人的隐私了。而我却不这样看，问题的关键在于你张家李家还是有供人谈资的话题，诸如婆媳不和、姑嫂相拼、父子反目以至第三者插足等，你能不让人背后议论吗？我曾经把这种街头议论的形式称作——街头论坛。

或许有人对这种老百姓喜欢的街头论坛形式很是不屑，认为其太粗俗，太没文化，太自由。但不管怎样，这街头论坛的形式一直生命力旺盛地存在着。当今世界，论坛之多，可谓盛况空前。作为一名供职于中央新闻单位的记者，每年我都要光顾五六个论坛。论坛，《现代汉语词典》解释为"对公众发表议论的地方，指报刊、座谈会等"。从这个意义上说，论坛具有十足的学术性。参加过论坛的人士也都明白，论坛的主题一般相对明确，发表观点的人可以各抒己见，往往因为观点的不同，论坛才有热烈的气氛。论坛结束后，主持人还要做一番小结，能达成共识的算一次收获，达不成共识的下次再论。

313

我对参加各种论坛一直很热衷。我喜欢论坛那种论剑式的双峰对峙，不论哪一方论点如何，都能给听众以启发，假如发言者再风度有加，言语诙谐，那更是一次难得的享受。但是，也并不是所有的论坛都很热烈，都很民主，都很学术，都很让人久久回味。特别是有些论坛，因为主办者或主持人太主观的强加于人的动机、做法、旨意，常常使与会发言者、更多的听众很有意见，有的甚至感到被主办者欺骗、利用了。我就有这样的经历。所以，但凡有参加论坛的邀请，我都要斟酌再三，才决定去与不去。

　　作为散文的狂热爱好者，我一直关注有关散文的信息。前些时，即从四月十三日起，由北大在线之北大讲坛主办，在北京大学举办了一次"中国散文论坛"活动，其主要形式是设坛开讲，主讲人分别为季羡林、卞毓方、余秋雨、王充闾、贾平凹，另有林非、曹文轩、王岳川等人加盟担任主持或点评。关于这次论坛，在日后的各媒体（如六月十七日《太原日报》双塔文学周刊）见报的消息中说："5月23日，中国散文论坛第五讲暨首届论坛仪式在北京大学隆重举行。著名作家、《美文》主编贾平凹作主题演讲并回答了高校师生的提问。至此，首届中国散文论坛已取得圆满成功并落下帷幕——来自北大、人大、清华、北师大等高校师生及各界近2000余人出席了论坛。整个会场呈现着隆重、热烈、客观、公正的学术氛围。截至5月23日，论坛前五讲已取得了圆满成功。北京、东北及南方媒体反应强烈。"猛一看这个大腕云集的阵势，我顿感眼前一亮，一次多么惊人的散文盛会啊！但一看标题，我就有些不解了，有的写"二十世纪末中国散文论坛"，也有的写"首届'中国散文论坛'闭幕"。既然是二〇〇二年举办的论坛，怎么能称"二十世纪末"呢？如果要强调"二十世纪末中国散文"，最好要像我一样引起来，免得听者、读者误会，何况设坛的诸位为文一直很"严谨"。再者，标题打"首届中国散文论坛"，显然是不尊重事实的，我清楚记得，中国散文学会于二〇〇〇年夏季在北京郭沫若纪念馆曾经举办过"二〇〇〇年中国散文论坛"，本人即是当时的论坛主持人；二〇〇一年秋天，中国散文学会又在秦皇岛举办了"二〇一年中国散文论坛"，论坛主持人为周明、石英；二○○二年六月二十二日，中国散文学会在苏州同里举办了"二○○二年中国散文论坛"，主持人为周明、石英、吕锦华和本人。既然中国散文学会已经举办了三次"中国散文论坛"，"北大讲坛"怎么能不顾事实，竟然打出"首届"呢？难道只有北大才是最有权威搞"中国散文论坛"的吗？只有北大搞的论坛才最正宗，才能取得"圆满成功"？既然前五讲已取得圆满成功，论坛怎么就落下帷幕了呢？那么后五讲呢？后五讲就不包括在"首届论坛"里了？

那么，"北大讲坛"为什么要搞这次"首届""中国散文论坛"呢？换句话说，搞这次论坛的意义、硕果究竟何在呢？在媒体新闻消息的最后说："中国散文论坛"闭坛后，将紧紧围绕二十世纪末中国散文这一主题，以余秋雨、卞毓方、贾平凹、王充闾、林非、张承志、史铁生、梁衡、李荐葆、余光中、董桥等最有代表性的作家及作品为研究对象，而向全国散文理论界征稿，并由北京大学出版社结集出版《二十世纪末中国散文研究》《二十世纪末中国散文十家》等书。并将与有关部门合作，评选出二十世纪末最有影响的中国"十大散文作家""十篇散文佳作""十大散文著作""十大散文理论专著"，并在著名媒体（含电视、电台、报刊、网络）公布。文章到这里，即使再糊涂的读者也会明白这次"论坛"的意义了。北大搞的这场所谓"首届中国散文论坛"目的并不仅仅是论坛，让高校学子们了解当代散文的现状，而且还有更深层的目的——急不可耐地向社会推出他们眼里的"二十世纪末中国散文十家"以及与此相关联的"副产品"。我不知道主办者采取什么样的方式、标准，向人们开出了一份"十人清单"。我这个人对什么事都爱刨根问底，看到这个十人清单后，我做出的第一个反应是十人之后还有谁？紧接着，我又反问自己，这十人之后的第十一人是谁？晚上，躺在床上无聊，我就试着开了有可能是第十一人的名单——袁鹰、刘心武、李国文、柳萌、韩石山、周涛、冯骥才、林希、蒋子龙、邵燕祥、石英、肖复兴、叶延滨、王宗仁、张抗抗、铁凝、王安忆、叶文玲、毕淑敏、舒婷、赵玫、韩小蕙、赵丽宏、吴冠中、冯秋

315

子、杨闻宇、马丽华、王英琦、唐敏、筱敏——当然，这三十人的名单不过是我暂时目力所及的，肯定还会有很多知名的散文家被我忽视了，但仅从这三十人当中，暂且委屈做第十一人候选，我想他们绝对够资格。只是他们不一定接受，这年头谁愿意做别人的陪衬呢！当然，更不愿做别人的靶子。甚至有人连名字都不愿同某人排在一起。人家会说，他们是神啊！

关于当前散文创作，我在《大意失荆州——浅议当前散文创作》《见怪不怪的散文八怪》《散文向哪里革命——与肖复兴对话》和《散文与小说的比较一二》等文章中皆有阐述。我始终认为，在"全民皆散文"的时代，不可能产生散文大师。散文创作，也包括其他艺术形式的创作，很难用一二三四的数字形式去评判谁数第一谁数第二，因为形象思维的东西毕竟不是田径比赛。自然，艺术创作也不是老百姓抢购大白菜，谁抢得多谁就收获大。更何况在一定时候，抢购往往变成了无政府主义的"哄抢"。因此，在这样的背景下，搞什么散文排行榜、小说排行榜，评什么散文十家、小说十家，就显得有些不伦不类，滑稽可笑。所以，我从来不主张文学上的商业炒作，更不主张在文学上造大路神仙。在商业炒作之风盛行的今天，谁又保证高等学府不被各种利欲迷惑呢？

回过头来还说，"二十世纪末中国散文十家"，我想先考证"世纪末"。这世纪末应该相对于世纪初，如果世纪初以二十年为限，那么世纪末也应该以二十年为限；如果世纪初以十年为限，那么世纪末也以十年为限。如此，问题就出来了，因为在世纪初的十年、二十年间，中国文学界从来没有评选过散文十家，当然也没搞过什么"中国散文论坛"。即使在五四运动前后十年，白话散文第一次空前发展时期也没搞过，但那一时期的重要作家却成了我们今天学习的经典。所以，我不太明白北大为什么发起搞"二十世纪末中国散文论坛"并推出"二十世纪末中国散文十家"系列，难道以这样"论坛"的形式就能推出所谓的"二十世纪末中国散文十家"么？众所周知，二十世纪初的那些经典作家绝不是靠什么"排行榜""评十家"一类的东西给抬举出来的，他们是经过岁月之河一点点被淘洗出来的。现在，二十一世纪刚刚过了两年，如果就开始评判上世纪末散文的得与失，我以为有些操之过急。另外，仅就现在有限的散文作者和读者而言，如果搞什么"二十世纪末中国散文十家"也为时尚早。在一个文化多元的时代，衡量一个作品的优劣很难，价值尺度、审美情趣、情感需要、教育程度、生存背景的不同常常使社会分成若干人群，这就很难使目光集中在某一两个明星上。况且，如今的明星又是何其多，观众还没来得及眨眼呢，明星早已匆匆晃过两三颗了。第三，关于"二十世纪末中国散文十家"，消息上说主办者将与有关部门合作进行评选，其实何必多此一举呢？既然主办者已经为十位"最有代表性"的散文家设坛了，还有必要搞什么评选呀？你说谁是"十家"谁就是"十家"，谁还能把你怎样！当今还没有一条法律说像北大这样的主办者无权评选"二十世纪末中国散文十家"。有道是机不可失，过了这个村可就没有这个店了。假如在我这篇文章发表前，"二十世纪末中国散文十家"硬是评选出来了，我看会有相当多的读者也就迷离马虎地接受了，反正这事也不影响他们吃喝。至于那些排名第十一名者，您也就认倒霉，谁让您赶上了排名第十一名的时代了呢！

二〇〇二年七月二十八日

告全国散文同胞书

——关于一些所谓散文机构及其活动的认识

各位散文同胞：

感谢大家对我的信任，不断光顾我的博客，并给予最大的支持和鼓励。近来，有不少的网友，尤其是中国散文学会的很多会员，给我写信，打电话，发信息，主要问及的问题有：中国除中国散文学会外，还有没有相关组织、机构，最近有个中国散文家协会是怎么回事？还有的问，《中国散文评论》《散文世界》等刊物是公开发行的吗？也有的问，有很多的文化公司，经常打着某些社团和报刊杂志的名义，有的以"中国散文年会组委会（筹委会）"名义搞的活动正规吗？等等，诸如此类问题，简直让我不堪一一解答。为此，我想就本人知道的情况做一下说明，仅供散文同行参考。

据我所知，中国的文学（文艺、文化）社团很多，但以中国冠名的必须有文化部、中国文联、中国作家协会三家中的一家（正部级）主管，并报请国家民政部社团管理中心批准注册，其级别为国家一级社团。民政部注册如同工商局登记，名称、经营范围相同的，原则上是不允许成立的。中国散文学会由中国作家协会主管，于一九八五年经民政部批准注册成立。其他省市地县的散文学会、协会由当地文联、社科联、作家协会主管，经所在地的民政部门批准注册。中国散文学会对各地散文学会并非上级主管，属指导合作关系。关于中国散文家协会，我不知道有这个社团组织，从我对社团管理条例的认识看，中国作家协会肯定不会同意成立这样的组织，而且国家民政部也不会同意。至于有人传言有这样的社团组织要成立，我感到很惊讶，不知道谁来主管，我想民政部社团管理中心也不会糊涂得就批准注册的。到目前为止，我没看到这样的相关批复和报道。

关于散文期刊。按新闻出版署规定，任何报刊都要有主管、主办单位，同时都要有全国统一刊号、条形码登记、定价、出版周期、邮发代号。现在有很多的报刊，采取以书号代刊号或一号多刊，以及用香港刊号的做法，都是违规违法的，即都可视为非法出版物。一旦发现，可由当地新闻出版局、扫黄打非办公室、文化执法部门取缔，责任人还要承担法律责任。《中国散文评论》杂志，经我多方面调查，可以明确地说，是一本非法出版物。我已向全国扫黄打非办公室电话咨询过。中国散文学会为此曾严厉向出版人提出批评，并让其停止侵权。《散文世界》曾于二十世纪八十年代创刊，由人民文学出版社出版发行，后停刊。现在办的《散文世界》，跟过去的《散文世界》没任何关系，肯定不是国家新闻出版署正式批准的公开出版物。

关于现在出现的以"中国散文年会组委会（筹委会）"等名义开展的活动，据我所知，凡是成立这样的机构，都要报文化部、中国文联、中国作家协会批准。凡是没有报批的，其公章一定是假的，其活动也一定是非法的。这些组织开展活动，其目的只有一个，就是骗取钱财。

鉴于以上情况，我恳请各位散文同胞，在参与各种散文组织机构开展的活动时，一定要多问几个是什么，为什么。当前，散文发展很繁荣，很多投机之人看到这块蛋糕，便不择手段以各种名义进行招摇撞骗，极大地伤害了朋友们喜爱散文的圣洁的心灵。在此，我呼吁散文界同行们，擦亮眼睛，揭露骗子，不参加、不支持他们的任何活动，并随时举起法律的武器，向混迹在散文界的混混们做坚决的斗争。全国的散文同胞们，团结起来！

二〇一三年一月十四日

散文与大众

感谢散文，它让我走向我们
——写在"东丽杯"孙犁散文奖颁奖之际

当下文学的评奖很多。我以为，评奖多不一定是坏事，这就如同在闹市上开馆子，不管你是老字号、四五星，还是卖包子、快餐的小店铺，只要合法、卫生，有特色，最终得到实惠的还是食客。

写散文也如同厨师做菜。全国的厨师很多，南北八大菜系，成百上千种做法，不怕你嘴大嘴叼，就怕你的肚子小。本来，散文、小说这行当是没有什么名姓的，更没有什么规矩的，可随着写主和看客的共识，便逐步形成了规矩。规矩可以治理国家、社会，但运用到文学艺术上，就未必如愿。新诗的发展，就是一次最大的破了规矩，结果新诗和国际接了轨，也赢得了现代人接受。

我曾经说过，散文同小说比较，小说是我说的世界，散文是说我的世界。尽管文学创作是个体劳动，是作家自己的事，但作家创作的作品毕竟要呈现给这个社会。我以为作家写作的过程，就是一个不断我说和说我的过程。我们挚爱散文，是由于它能够给我们更多的表达自己内心情感世界的机会。我说与说我，都是表达一个我的过程。但仅仅如此，是远远不够的。想象那些优秀的散文，无一不是通过我达到我们的过程，这就如同读朱自清的《背影》，当我们看到作者的父亲，一定会联想到自己的父亲；当我们看到贾平凹的《丑石》，一定会想到生活中无数的"丑石"。其实，纵观天下的事情，完美如意并不钟情于我们，我们拥有的更多的恰恰是生活的艰辛与苦难，同天上的星星比起来，我们是星星，更是丑石。丑石的追求，亦即散文的追求。我们应该感谢散文，它总是在提醒和鼓励我们，散文的创作过程就是从我走向我们的过程，也就是从心灵走向心灵的过程。

因此，在这个意义上，我不想把文学把散文分成精英和大众两个阶层，谁能相信，精英就是大菜就是太阳，而普通的写作者就是小葱拌豆腐就是星星、丑石。我们说鲁迅是二十世纪中国文学的太阳，对于这一点，鲁迅先生自己都不认同。否则，他为什么说自己不够申报诺贝尔文学奖的资格呢？其实，经过八十年的身后评价，鲁迅得不得诺贝尔文学奖，都不会影响到在中国人心中的地位。

鲁迅是拥有文学理想文学思想的人，人们在评讲他的成就时，几乎很少有人谈到他文体的贡献。相反，人们在说孙犁、杨朔时，都说他们在散文上形成了自己的风格，他们在二十世纪中国文学的闹市中拥有了自己特色的馆子，而且食客众多，偷学手艺的人也不在少数。问题是，分店倒是不少，就是没有老店的味道。

或许如此，我在看各种文学的评奖时，就经常琢磨，你说这评奖是评"规矩"呢，还是在评故事评文体评风格评思想评情感？如果说评"规矩"，我认为这规矩本身就是个问题，凡是规矩都是人定的，也许几个人，也许一个人。按规矩出牌，肯定顺风顺水，如果不按规矩，问题就出来了。要么出局，要么有权威替你说话，你可以例外。在中国当下的作家中，好像只有一个人可以不按规矩（政治规矩必须要讲）出牌，那就是王蒙，他写的作品你可以说是散文是小说是故事是文字游戏，你怎么说都可以，可他就是有读者有人追捧。贾平凹说，王蒙属于贯通的人。在我看来，所谓贯通，就是成了精，谁拿他也没办法。

这让我想起多年前，铁凝在谈到散文创作时，她说"散文河里没规矩"。我当时不理解，散文河里怎么能没规矩呢？多年以后，我终于明白了铁凝的话，散文就是要自由，它从不确定中来，终究还要回到它的不确定当中。如果谁把散文确定了，那么完蛋的不是散文，而恰恰是确定散文的人。

"东丽杯"（也叫"文化杯"）全国群众性文学评奖活动已经开展二十几年了，今年评出的是孙犁散文奖，我以为这桌菜已经够丰盛的了。我想说几句中听的话，一是这个奖发起于天津，面向全国，立足于基层文学作者，这肯定接地气，聚人气，树正气，你想啊，当下的名家大腕，有哪个不是从基层培养起来的？二是天津市市区两级政府部门一直参与介入，这本身就体现着一种对繁荣社会主义文艺的态度，而且这个态度是二十几年来一直不动摇的！三是评奖的范围、文体的要求比较宽泛，体现着艺术格局上的大气。如果做不到这三点，总是一味地从我出发、以我为主，我想这个奖是坚持不下来，也不会造成这么大影响的。反之，东丽杯做到了从我出发，去面向更多更广泛的我们，既形成了社会效应，也产生了很好的艺术共鸣，所以才使这个奖成为国家文化部命名的公共文化示范项目。

在此，我由衷地说，感谢散文，它"让我走向我们"。

二〇一五年九月二十八日

散文应该这样

——《2003 年我最喜爱的中国散文 100 篇》序言

从事散文写作多年，感觉越写越难。这倒不是题材的缺乏，而是感觉在形式上有所创新非常不易。这十年，散文革命的浪潮此起彼伏，各种操刀手犹如梁山好汉一路杀来，但真正汇聚到聚义大厅商讨国是时，胸有成竹者一人皆无。

我并不想抹杀一百单八将，王伦、晁盖、宋江三代领导人不能不说不想当皇帝，林冲、卢俊义也不是不想在仕途上前程似锦。无奈，这些诸君生活在一个无序动荡的社会里，生活使他们来不及多想安邦定国之韬略，无时无刻不卷入结义兄弟们个人与社会的恩恩怨怨、打打杀杀之中。说白了，梁山好汉不过是一群乌合之众。以今天的视角看《水浒传》，实在看不出有多少文学以外的文化含量。

当下的散文创作也是如此。我们不难看到，有许多李逵、鲁智深式的人物成天喊着要革命，要杀入散文的"东京"去，其嗓门、架势确实不小，但热闹一阵之后，人们发现，他们并没有留下多少理性的东西，满地散落的不过是鸡窝里的稻草。我从来没有听说过，在中国武术的套路里，有李逵板斧三十六式一说。

散文的百花园绚丽多彩。人们欣赏某种花草，并不是因其量大，而是由于其个性的生长。我们不必怀疑，更不必否定，朱自清、杨朔、余秋雨确实代表着属于他们的散文时代。但是，如果在属于他们的时代里，有人甘愿步人家的后尘，一路模仿克隆，你说你能够在百花园里独树一帜吗？

不论你是作者、读者抑或编者，你只要涉及散文，你就会面临一个必须回答的问题，即什么样的散文是好散文，换句话，一篇好的散文应该怎样？说得具体些，那就是一篇好的散文有没有标准。铁凝曾说，散文河里没规矩。她还说，散文具有不可制作性。就是说，散文写作是完全可以自由的，不受任何约束。

我认同铁凝的话。但我也深知道，她所说的"没规矩""不可制作"并非是指初学写作者。试想，一个连基本游泳姿势，诸如蛙泳、蝶泳、仰泳都不掌握的人，跳进游泳池里就拼命地四肢乱蹬，进行肆无忌惮的狗刨，那非得叫工作人员给制止不可。即使工作人员不管，也会让其他游泳者笑掉大牙。如今的社会，强调的是法治，一切都要守规矩，按一定的规则办事，只有不违章，才可以不怕警察，在大路上自由行驶。我们过去总是讲"得到"，其实在"得到"的背后还有一个"得道"。道是什么，道是规律，道是方法，只有真正的"得道"，才算是真正意义上的"得到"。

那么，是不是掌握了散文写作的基本技法就可以写出一篇好看的散文呢？当然不是。我从来不否认技巧、形式、语言对散文的影响，但更重要的是作家对生活的发现、提炼、思考。我过去说过，在唯美的前提下，散文无外乎有三种成分：第一，提供多少情感的含量；第二，提供多少文化思考的含量；第三，提供多少知识含量。综合起来，就是能给人们提供多少信息量。说得通俗些，情感含量一般强调说事，文化思考含量强调说理，知识含量强调说明。由此，不难看出，散文写作实在是开放的、包容的。也正因为其开放和包容的无限大，从而使散文易写，写出精品很难。

好的散文可遇而不可求。不论是什么样的散文家，穷极一生能创作出一两篇举世公认的名篇就非常不错了。当前，全国从事散文创作的作者很多，由于出版业的空前发展，使得文学也不得不卷入文化产业的运营当中，散文开始出现商品化已经是不争的事实。在这样的背景下，我们再呼唤散文大师和散文名篇的出现，显然有些不合时宜。尽管如此，众多的散文创作者和爱好者仍然在企盼着好的散文多起来。这种心情当然叫人理解。正是考虑到以上的原因，我们编选了这本《2003年我最喜爱的中国散文100篇》，以此满足人们对精品散文的渴求。这个选本，收集了本年度发表在各个报纸、期刊以及新出版的散文集中的散文精品，我们不想说它有多高的权威性，但我们敢说这些散文都是我们用心编选并喜爱的。当然，我们喜爱的，只是我们的一种态度，一种感觉，一种标准。由于目力所及，肯定还有大量的精品力作没有走进我们的视野，遗珠之憾在所难免。好在这是第一本，明年再编选的时候，我们会更加努力地多看一些作品，也真诚地希望作者、读者朋友积极地向我们推荐你们所喜爱的作品。如果一篇作品能做到你喜爱我也喜爱的程度，我想这篇作品离一篇好的散文的目标就不远了。

需要说明的是，本书在编辑过程中由于时间仓促，再加上很多通信不畅，使我们无法尽快地通知部分作者其作品将入选本书，在此，我们一是感谢作家们的大力支持，二是请没接到作品入选通知的作家原谅。本书出版后，希望作者与我们积极联系，以便尽快地给您邮寄样书，支付稿酬。

最后，我要向众多的散文同人说一句话：热爱散文是一个人幸福的选择。写什么样的散文和读什么样的散文，完全是自己的事。散文国界里没有大师，每个人都是普通的劳动者。一分辛勤，一分收获。过了许多年以后，当有人问你散文应该怎样时，你当举起你自己的谷穗、高粱自信地说：散文应该这样。

二〇〇一年十月三十一日

散文向着师生笑

　　——同河北省行唐县第一中学语文教师赵爱心的一次对话

　　二〇〇九年五月，应河北省散文学会的邀请，我出席了在石家庄举行的河北省散文学会第四届优秀散文奖的颁奖活动。在我颁发的获奖作家中，有一位气质颇佳的女教师吸引了我。后来在同获奖者照集体合影时，刚巧这位女教师就蹲在我的前边。照完相后，我为各位业余作者做了当前散文创作的讲座。这时，这位女教师很礼貌地跟我讨要了一张名片，并说她很想听我的讲座，可是她正教高三毕业班，学校里的事太多，只得提前回去，希望以后能向我请教。外出开笔会，办讲座，遇到这样的情形很多，也就顺其自然而去。一个多月后，高考结束。一天我突然接到短信，发信者自称是河北省行唐县第一中学的语文教师赵爱心，她提示在石家庄我为她颁过奖，希望我能就散文创作的问题向她传授经验。我说经验谈不上，一起交流吧。就这样，经过 QQ、博客和电子文件等多种样式的交流，我们彼此由陌生到熟稔，无疑为今后的合作提供了可能。赵爱心老师现为河北省优秀教师、河北省优秀班主任、石家庄市十佳班主任，业余时间创作发表了很多的散文和教育随笔，每次看后，都让我有欣喜的感觉。一天，谈到当前的中学语文教学，我说中学语文教学，在很大程度上是散文教学，可是，老师在教授学生写作时，从来不说写散文，而是说写作文。这就给孩子造成了很大的困惑。赵爱心老师听后说：您说得不错，在教学中我也常有这样的困惑，我看了您的很多关于散文创作的理论，但中学散文教学中好像还没有这些说法。我们不妨由此展开一次对话，您看怎样？我说好啊，说不定我们还能对话出一部书呢！只是我现在准备得还不太充分，就想到哪说到哪吧。权且为将来的成书开个头。我们也希望有更多的老师和学生参与这次讨论。

赵爱心：最近读了您不少关于散文创作的理论，受益匪浅。您曾经说过，散文应该是"润物细无声"的艺术，坚决不能说教，也不能过多地抒情。过多的议论或抒情，都会削弱散文的美感。那么您提倡的这种以叙述为主的散文和中学阶段所说的记叙文有区别吗？我们中学语文教学中一般只教记叙文和议论文的写作，对散文的定义比较模糊。学生常常会问老师，到底什么样的作品算记叙文，什么样的作品算散文？这些概念性问题不止学生，老师们也大都不清楚。您能帮我们解开这一困惑吗？

红　孩：我从事散文理论研究始于二〇〇〇年前后，主要有两个原因。一是自己写了十几年散文，越写越不知道散文怎么写。写出的作品，不是前人的模式，就是浅显、空洞，很难得到别人的共鸣。二是自从承担中国散文学会的部分组织领导工作后，很多地方都邀请我去讲课，我被问得最多的问题不是谁的散文写得好，而是散文是什么，什么样的散文是好散文。当然，也有很多初学写作者问我，你觉得记叙文是散文吗？平时学生写的非议论文，算不算散文？诸如此类问题，看似简单，其实很难回答。作为一个多年从事散文创作的人，一个长期在报纸主编副刊的编辑，一个在国家级散文学会担任一定领导职务的人，如果对上述的基本问题都搞不清楚，那不仅是我的难堪，也是散文界的难堪。于是，我找来一些有关散文理论的书进行研读，结果我很失望。有的玩概念，说了一大段文字，弄得人一头雾水，不知其究竟要表述什么。有的自己没有写作经验，总结得跟实际创作的感受是两码事。更有的对散文根本不懂，说的理论完全是错误的。关于对散文的认识，我在多篇文章中已有阐述，这里不重复。我只想对中学散文教学说几句话。记得看过一本教辅参考，在导语中编纂者煞有介事地写道：作文是什么？作文就是生活，写作就是对生活的感悟。作文是什么？作文就是情感，写作就是自我真情的表白。作文是什么？作文就是个性，写作就是张扬自我风采。作文是什么？作文就是思想，写作就是作者的独立宣言。作文是什么？作文就是创造，写作就是展示探索成果。作文是什么？作文就是文化，写作就是负载文化底蕴。作文是什么？作文就是审美，写作就是表达美感享受。面对如此空洞、不着边际的理论，我相信老师和学生们都会发蒙的。

关于作文和散文的区别，我的观点是：作文是写给别人的，散文是写给自己的。散文是文学创作，创作和写作的不同在于，创作充满个性，写作带有一定的共性。而中学阶段学生练的那种记叙文，大多不是严格意义上的散文，而是在老师的三令五申下，写出的太具模式化和匠气化的文章，在对生活没有太深体验对人生没有真正思考的前提下，所谓的散文写作，不过是文字的堆积和技巧的卖弄而已，这样写出来的文章，即使可以拿满分，一样给人哗众取宠、华而不实的感觉。而真正的散文写作，一定是灵魂的写作，一定要引起读者情感的共鸣。学生写作，刚开始的时候，可以重于技巧，但到了一定阶段，教师一定要会指导学生返璞归真、正本清源，学会用个性的表达发出自己真实的声音。这才是散文的正途。

赵爱心：我一直觉得，中学语文教师，首先应该是一个对文字非常热爱的人，只有喜欢写作并有深切写作体验的老师，才能更好地教会学生写作。您能对老师们的写作提出更具体的指导和建议吗？

红　孩：你这个问题提得非常好。我历来主张身教重于言教，老师要想让学生写好作文，首先自己要会写作文。当然，写作文和写作、创作还是有很大区别的。不过，写好作文也是基础。我接触的作家中，大部分人在上学时写的作文都很优秀，还有相当多的作家是由于自己的老师本身就是作家。像从维熙、刘绍棠就深受老师创作的直接影响。我的高中老师也是个作家，出版过一本长篇童话。记得十年前我回自己的母校给学生讲文学课，我过去的班主任——一位语文教师课后对我说，你讲的是对的，对我的触动很大，可我们在讲课时，还得按教学大纲去讲。我说你们的教学大纲只是教学生如何分析文章，而不是教学生如何写作文章。不光中学如此，大学也如此，才导致很多满分的高考作文，很规范，条理很清晰，但恰恰缺少灵气。我说的灵气，是充满个性的对生活的发现与提升。因此，我建议语文老师要多练笔，从笔下悟出写作的真谛。如果学生的老师不从事写作，最好能找从事创作的人经常沟通。这样，对课堂作文教学能起到很好的提升作用。

赵爱心：您长期搞散文理论研究，却很少关注中学阶段的散文教学，中学散文的读者大都是老师和学生，这是一个庞大的群体，您不因此而觉得遗憾吗？您对中学语文课本近几年所选的散文怎么看，是否还有更好的建议？

红　孩：从校园毕业后，很多人几乎很少再回到学校，似乎学校的一切都可以远远抛在脑后不予考虑了。等想到学校，才发现不是因为求知的欲望，而是由于孩子一天天长大，他们需要读小学、中学。家长辅导孩子作业，最挠头的就是辅导作文。记得有次随著名作家王蒙先生外出开会，在路上他就曾开玩笑说，他辅导孙子的作文就被老师判为不及格。我也有过类似的经历，只不过是老师没有判不及格，要求只写一件事。我当时一阵苦笑，感觉老师在扼杀孩子的天性。当下，全国从事散文创作的作者数以几十万计，但他们很少关心中学散文教学。这个人群是多么庞大啊！我所在的中国散文学会，学生会员几乎没有，老师入会的不过几十人。就是说，长时间以来，我们的文学创作跟校园是脱节的。学校不了解社会，社会也不了解学校。这几年，中学语文课本的改革比较大，引起社会的较大关注。我以为这很正常，不变是不对的，变肯定有缺憾。任何一本书，其内容的选择都有局限性，但我相信选家们是经过集体的智慧、认真的思考的。从新入选的作品看，大体代表着这个作家或这个作品在那一时期的较高水平。在我看来，选作品固然重要，但怎样解读这些作品更重要。我清醒地看到，对任何一篇作品的解读，不论是课本还是教辅，几乎都像外科医生一样一点点地解剖，而缺乏整体性。懂得创作的人都明白，写作者在创作之时，是从一个细节出发，有所触动后才开始落笔的；其后面的文字并不是解剖学那样将肌肉、骨骼、脏器一点点叠加，而是靠一种节奏，一种气韵，通过叙述、联想、抒情、议论一气呵成将文章整体完成。这很像我们传统的中医，讲究整体性。所以，我从来反对老师在课堂教学中对学生提出的这一段很重要，那一句是文眼，最后是呼应的说法。就是说，一个人的存在，是整体性的存在，你不能认为头比脚更重要，离开了脚，这个人毕竟是不完美的。如果说，过去很少关注中学散文教学是我的遗憾，那么，中学散文教学只用"西医"的办法去解读文章，将是中国语文教育的一大遗憾。

赵爱心：高考现在基本上是议论文一统天下，很少出现情真意切反映学生真实生活和深切感受的散文，你对这点有何看法？我认为高考作文的导向直接影响着中学作文教学，老师们也忽略了对散文创作的指导，更多地是练习那种模式化的论文，要么就是那种泛滥的抒情和空洞的议论相结合的变体。您对这一现象怎么看？

红　孩：你提的这两个问题实际是一个问题。一般来说，小学生作文训练学生叙述能力，要求能把事情说清楚，文字流畅即可。到了初中，则要求学生在叙述上能有些文采，掌握叙述、抒情、议论、描写等种种表达方式。到了高中，由于学生已经进入成年，则要求他们要有思辨能力，判断事物的能力。因此，在高考中普遍考议论文就不奇怪了。从广义上讲，议论文也是散文的一种，它更接近于随笔与杂文。在我国古代的政论文里，几乎全部是议论文。过去的士子只有通过政论文去谈治理国家的宏韬伟略，才能赢得考官以至皇上的赏识，得到朝廷的重用。一篇好的政论文，除论点鲜明，逻辑缜密，也要文采飞扬。我个人以为，高考考议论文十分必要，学生大多写作议论文也很正常，但中学语文教学不能因此而忽略了对散文创作的指导。其实在高考阅卷中，情真意切的叙述性的散文较之那种泛泛而谈的议论文，更容易让阅卷老师眼前一亮，从而赢得高分。同时，中学阶段良好的散文教学，会更好地帮助学生营建真挚丰富的内心世界，让他们成为说真话讲真情有真味的善良纯正的人。这样的人，膜拜真善美，鄙弃假大空，不虚假，不伪饰，更善于体察生活，反思人生，更善于用敏感的心灵去捕捉平淡生活中的亮点和诗意。

另外，在中学阶段的散文创作中，老师们若侧重指导学生叙述与议论完美地结合，会更有利于学生的综合发展，但切忌那种模式化的训练和引导，那样会把学生局限于太多的条条框框，而散文，应该是种种文学式样中最不拘一格、挥洒自如的文体。

通常，作文写得好的同学，在进入大学和走向社会后，很会与人打交道。道理很简单，他们知道怎样跟人说话，知道说什么话，而且有解决问题转化矛盾的能力。说白了，作文就是做人。

赵爱心：感谢您百忙之中的指点，希望以后有更多的人越来越关注中学阶段的散文创作。

二〇一〇年八月六日

接受平凡
——王绪年散文集《海边纪事》序

写下这个标题，我感到很舒服，甚至在舒服的刹那还裹挟一丝暖意，尽管窗外已是北京的深秋了。几个月前，当友人将王绪年的散文集书稿《海边纪事》寄给我，希望我在前边写几句话时，正是我情绪非常烦躁的时日。近几年来，由于自己致力于文化批评，不免在性格上形成了一种凡事爱挑毛病的习惯，这就为自己在社会和单位无形中树立了一些所谓的敌人。特别是生活在体制中的官场，哪个人没一些毛病和问题呢？于是，明明是错误的做法，结果因为大家都一直在错，错得已经相当麻木，我便不知好歹地提出来，这当然要遭到别人的不满与愤怒。我常问我自己：这难道是我的过错吗？

关于散文批评也是这样。好在我赢得了大多数人的赞许与掌声。这大多数人中的大多数，恰恰不是那些成名的作家，而是那些生活在底层多年对文学非常钟情痴心不改的人们。几天前，在一家杂志举办的散文年会上，我在评点获奖作品时，起初我想对那些雷同化写父母亲人故乡小河的作品说些否定的话，但话到嘴边，我反而观念一转，持起了肯定态度。想想看，就大多数人而言，谁有多少机会成天到各地旅游观光呢？即使去了，又有多少时间用于思考呢？所以，他们写来最为顺手最为亲切的还是那些父母亲人故乡小河题材的。我以为，写重复题材固然可怕，但如果能写出自己鲜明的个性来，恐也不失为一种选择。人写作一般有三个层次，一是通过写作改变自己的命运，二是通过写作在当地取得一席之地，三是写作形成风格，在全国形成一定影响，以至成名成家。就一般作者而言，达到前两步都不难，但要做到第三步就没那么幸运了。其实，写作的最高层次，不是思想问题、语言问题、技巧问题，而是哲学问题。就说写自己熟悉的生活，写父母亲情故乡小河那样的题材，如果作者只写出我的感受，而不能引发我们的感受，那这个作品就不算很成功。就是说，一个好的作品，一定做到了由我到我们，即从个性到共性的过程。譬如，我们看朱自清笔下《背影》中的父亲，马上会联想到天下的父亲，这就是朱自清的魅力。正是带着这样的思考，使我一点点进入王绪年给我讲述的海边故事。

对于大海，谁不热爱呢？前年，应上海一家出版社之邀，我曾编辑一套十卷本的散文大系，其中有一卷就是《致大海》，书中收录一百篇中外作家对大海的灵性描述。过去，我也曾写过关于大海的散文，但由于对大海了解得不够，认识得不深，总觉得写不出大海的神韵来。多年前，读了大连作家邓刚写的小说《迷人的海》，就觉得这家伙简直把大海写绝了。近一个时期，邓刚沉寂于文坛十年后复出，推出了属于他的大海系列散文，再一次让人体会到写海高手的生花妙笔。当时就想，以后恐怕不会有人再写这类散文吧？起码，在写的时候，心里会有些生畏的。邓刚毕竟写出了关于大海的高度。然而，不同的人对大海的感受肯定是不同的。就说这本《海边纪事》，它不是一般作家所写的关于大海的几篇或十几篇组合，而是整整一本书，共计九十六篇。其内容主要是作者对海边生活的琐事记忆，既包括鱼类、鸟类、植物类，也包括当地的民俗风情。仅以我的目力所及，这是国内第一部专写海边生活且写得较为全面的散文集。当下，作家的写作方式多种多样，不论怎样选择，我总觉得地域性越强的作品，越有独特性，越有生命力。我很赞成作者在《原汁原味——海边纪事之六十一》中所做的思考："前些年，朋友互相请吃饭，基本在家里做。老家在城里的，明明是鲜活的鱼，杀了后非要裹上面粉，用油炸过再烧。新鲜的蟹虾煮好了，一定给每个人发个醋碟，倒上一些醋蘸着吃。我开玩笑道，城里人吃油条吃惯了，连吃鱼也要炸着吃。新鲜的鱼汤不叫鱼汤，成了面糊糊。"

读王绪年的《海边纪事》，使我不得不重新思考一个老问题：什么样的散文才能称为好散文？过去，我曾经说，在唯美的前提下，散文要给读者提供三种含量：一、提供多少情感的含量；二、提供多少知识信息的含量；三、提供多少文化思考的含量。我还说，我心中的好散文是那种"用最平白朴素的语言表达出最强烈的意蕴的文字"。按照这个标准，我以为作者大体上做到了。或者说，他是有意在向我说的目标进行尝试与追求。如此说来，我们二人做到了心心相应的彼此关照了。真的如此，倒也是一种缘分呐！

这一切都因为散文。散文是艺术，是艺术中的高雅艺术。但高雅并不意味着不能与大众结合。我们真的不必把散文搞得太神秘，散文就是一杯白开水，是一本大百科全书。你只要有心，随时都可以进出这个门槛。真正的艺术一定是接受平凡的艺术，平凡的艺术不可能拒绝平白的语言去描述。有了这样的认识，再读《海边纪事》这样的文字，你就会越品越有味道了。

二〇〇七年二月五日